Kornelia Busch

ASPHALTKINDER

Herstellung und Verlag: BoD – Books on Demand, Norderstedt
Satz & Layout: Wilke kreativ, Hilchenbach
Bildnachweise Umschlag: shutterstock.com © sasa_so
                             shutterstock.com © Luis Molinero
© 2016 Kornelia Busch

ISBN: 9783741272837

Für meine Eltern
Franz und Gretel Schmidt

DIE AUTORIN

Kornelia Busch
wurde 1963 in Weidenau, heute Siegen, geboren.
Nach ihrem Studium an der Bundesakademie
für öffentliche Verwaltung war sie als Diplom-
Verwaltungswirtin bei der Bundeswehr beschäftigt. Heute arbeitet sie als freie Schriftstellerin
und lebt mit ihrer Familie im Siegerland.

„Scheiße! So eine verdammte Scheiße!" Kaum war ihm der Fluch entfahren, meldete sich auch schon sein Gewissen, und er dachte an die wenigen Worte, an die er sich noch erinnerte. Seine Mutter hatte gemahnt: „Du sollst nicht fluchen!" – ‚Scheiße' ist zwar auch nicht schön, aber wenigstens verstößt es nicht gegen Gottes Gebote." „Scheiße, verflixt!" Jakob klapperte vor Kälte mit den Zähnen. Der Durchlauferhitzer sprang nicht an. Wieso hatte er auch schon wieder vergessen, die dämliche Stromrechnung zu bezahlen! Wenn er nicht so viel getrunken hätte, dann wäre er so früh wie immer gewesen, und dann wäre ihm aufgefallen, dass der Strom abgestellt worden war, und dann hätte er seinen fettigen Kopf erst gar nicht unters kalte Wasser gehalten. Er hatte bis in die Nacht hinein getrunken. Vermutlich war er erst weit nach Mitternacht heimgekehrt, aber er wusste es nicht genau. Deswegen war er heute viel später dran als sonst und hatte kein Licht mehr anmachen müssen, als er den Ofen angeheizt hatte. Wenigstens ans Holzholen hatte er gestern gedacht.

Da er aber nun schon angefangen hatte, würde er sich die Haare trotzdem gründlich waschen und gut ausspülen. Haarewaschen war für Jakob so ziemlich das Schlimmste. Wenn seine kaputten Knochen es erlaubten, wusch er sich immer zuerst den Kopf. Das war das Wichtigste. Er hasste es, wenn der Kopf juckte und er wegen der fettigen Haare die Kappe aufsetzen musste. Danach kamen, je nach Dringlichkeit, die Achselhöhlen, der Hals und zuletzt die Füße dran, wenn ihn sein verkrüppelter Körper nicht schon vorher zum Aufgeben zwang. Die Füße waren zwar auch wichtig, aber wo musste er schon die Stiefel ausziehen? Manchmal ließ er sie sogar nachts an, wenn er keine Lust mehr hatte oder die Schmerzen zu groß waren, um sie aufzuschnüren. Morgens war er dann froh, weil er sich das Anziehen sparte. Aber insgeheim schämte er sich dafür. Seine Mutter hätte die Hände über dem Kopf zusammengeschlagen. Das Rasieren hatte er schon länger aufgegeben. Es fiel ihm nicht nur körperlich schwer, sich jeden Tag einige Minuten vor den Spiegel zu stellen, ihm fehlte auch der innere Antrieb dazu.

Während er mit der einen Hand die Kopfhaut massierte und sein dünnes Haar einseifte, klammerte er sich mit der anderen krampfhaft an der Spüle fest. Der Schmerz wurde schlimmer, beinahe stechend. Ihm war übel und schwindelig. Die Hand, mit der er sich festhielt, zitterte. Zuletzt fuhr er sich noch mit dem Waschlappen unter den Achselhöhlen her, mehr war nicht drin. Erschöpft ließ er sich auf den Stuhl fallen, den er eigens für diesen Zweck bereitgestellt hatte. Das kalte Wasser tropfte ihm aus den Haaren und rann den Rücken hinunter in sein Unterhemd. Jakob fror erbärmlich. Er hasste diese Prozedur, und heute war es noch schlimmer als sonst, weil das Wasser so verdammt kalt war.

Wieder packte ihn die Wut wegen seiner Sauferei. Wie viel besser sein Leben doch wäre, wenn er nur das Trinken in den Griff bekäme! Die ständige Übelkeit und das morgendliche Zittern waren grauenvoll. Morgens musste er lange würgen, bis der erste Schluck im Magen blieb. Aber was sollte er sonst mit dem Leben anfangen, wenn nicht mit den Anderen am Brunnen zu sitzen? Sein Dasein als Krüppel bot ihm nun mal keine bessere Perspektive. Jedenfalls fiel ihm nichts ein, wofür es sich lohnte nüchtern zu bleiben. Seit dem Tod seiner Mutter war er nie länger als ein paar Tage klar im Kopf gewesen.

Schnell verdrängte Jakob den Gedanken an seine Mutter. Wie leichtfertig hatte er ihr das Versprechen gegeben! Er hätte ihr alles versprochen, nur um nicht allein zu bleiben. Ihren Tod hatte er nicht aufhalten können; doch seine voreiligen Beteuerungen quälten ihn lebenslang. Mehr denn je fühlte er sich heute als Versager. Das mochte damit zusammenhängen, dass er nach langer Zeit wieder würde nach oben gehen müssen. Er dachte daran, was seine Mutter in den Wochen vor ihrem Tod so oft zu ihm gesagt hatte:

„Gib dich nicht auf, Junge! Du kannst körperlich jede Menge für dich tun. Nur deine Hüfte ist kaputt. Deine Arme und Beine sind in Ordnung und vieles andere auch. Trainiere deinen Körper, so gut es geht, und halte dich vom Alkohol fern. Viele

Menschen schaffen es, auch mit ganz schweren Behinderungen einen guten Beruf zu erlernen und sogar eine Familie zu gründen. Du schaffst das auch! Es ist zwar für dich besonders hart. Aber wenn du nur willst, dann bekommst du auch die nötige Kraft dafür. Aber bitte, gib dich nicht auf! Dein ganzes Leben liegt noch vor dir."

Seine Mutter war noch nicht unter der Erde gewesen, da hatte er schon aufgegeben. Er hatte aufgegeben, ohne überhaupt jemals gekämpft zu haben. Als sie gestorben war, war er in Lethargie und Schwermut gefallen, und die hatten ihn nie mehr verlassen. Nicht nur sein Körper, auch seine Seele, ja sein ganzes Leben war ihm gleichgültig geworden. Und statt seinen Körper zu kräftigen, hatte er zur Flasche gegriffen. Man hatte ihn gewähren lassen, obwohl er erst vierzehn war; vielleicht weil auch andere dachten, Jakob hätte keine Chance. Damals wie heute fehlte ihm die Energie dazu, etwas anderes zu tun als zuzusehen wie die Zeit verging.

Endlich brannte das Feuer im Ofen, und bald wurde es warm. Aber Jakob war so durchgefroren, dass er immer noch mit den Zähnen klapperte. Mit letzter Kraft frottierte er sich die Haare, bis sie nicht mehr tropften. Dann machte er sich auf dem zweiflammigen Campingkocher einen starken Kaffee, gab ordentlich Cognac dazu und schleppte sich zum Sofa auf dem er nachts schlief. Wenn er auch von innen richtig warm sein würde und das Zittern aufgehört hätte, wollte er endlich tun, was zu tun war. Aber erst musste er sich von der Strapaze erholen.

Heute musste er endlich nach oben gehen, um Bares zu holen. Auch Gerti sollte etwas bekommen. Sie sollte noch einmal bei ihm putzen. Die Küche starrte nur so vor Dreck.

Für die Leute im Ort war er einfach nur Jakob, ein Mann, der auf der Schattenseite des Lebens stand. Er hatte keine Feinde, bis auf den einen, viele Bekannte, aber niemanden, dem er wirklich nahe stand – außer Gerti vielleicht. Manchmal nahm sie ihn in den Arm. Dann machte Jakob sich ganz steif, denn in diesen Momenten wurde er von starken Gefühlen überwältigt, die ihn an seine Kindheit erinnerten, und es trieb ihm die Tränen in die Augen. Gerti spürte Jakobs Zerrissenheit und beschränkte sich meist darauf, ihm auf die Schulter zu klopfen. Wenn Jakob es nur zulassen würde, dann würde sie sich um ihn kümmern wie um ihr eigenes Kind. Aber sie war klug genug, ihm ihre Gefühle nicht zu zeigen. Fast täglich klingelte sie unter einem Vorwand an seiner Tür, und manchmal ließ er sich von ihr helfen, zum Beispiel, indem er sie bat bei ihm zu putzen. Aber das kam eher selten vor, weil sie sich immer gegen die paar Euros wehrte, die er ihr dafür geben wollte.

In dem kleinen Dorf bei Siegen kannten ihn alle, und alle verhielten sich ihm gegenüber anständig. Jakobs Eltern waren gute Leute gewesen, und im Ort wusste jeder, wie früh er die beiden verloren hatte. Dass seine Tante sich nicht um ihn gekümmert hatte, war auch niemandem verborgen geblieben. Vor allem die Älteren hatten Mitleid mit dem schmächtigen, einsamen jungen Mann, der abends nach dem Zeitungaustragen von einem Unbekannten zum Krüppel gefahren worden war und der trotz vieler Operationen niemals schmerzfrei sein würde.

Jakob hatte schon früh keine Chance auf ein gutes oder wenigstens normales Leben gehabt.

Gerti wohnte im Haus neben ihm, und als Kind war er dort ein- und ausgegangen. Kurz nach dem Tod seines Vaters starb auch Gertis Mann, und sie blieb allein mit ihrem Sohn. Irgendwie hatte sie es geschafft, das kleine Häuschen zu halten. Um einigermaßen über die Runden zu kommen, hatte Gerti zeitlebens für andere geputzt und gebügelt. Die Witwenrente war erbärmlich klein, weil ihr Mann schon mit achtunddreißig Jahren Krebs bekommen hatte und nicht mehr hatte arbeiten können. Ein paar Jahre lang hatte sie ihn zu Hause gepflegt, und als er starb, nahm sie jede Arbeit an, die sich ihr bot, um für sich und ihren Sohn Ralf sorgen zu können. Vor Gerti hatte Jakob schon als Junge Respekt gehabt. Ihre Energie schien unerschöpflich. Obwohl sie ihr Geld damit verdiente, den Dreck anderer Leute wegzuwischen, war sie immer fröhlich und guten Mutes. Trotz ihres Putzkittels und der verarbeiteten Hände strahlte sie mehr Würde aus als all die reichen Geschäftsfrauen, in deren Haushalten sie sich plagte. Dennoch war das Geld stets knapp gewesen. Als ihr Mann nicht mehr hatte arbeiten können, hatte Gerti große Flächen ihres Grundstücks umgepflügt, um Kartoffeln und Gemüse anzubauen. Auf ihrer großen Wiese auf der anderen Seite des Baches, standen verschiedene Obstbäume, die sie ebenfalls mit fröhlichem Schwung hegte und pflegte und von deren Ernte Jakob stets einen Anteil erhielt.

Gerti zuliebe zwang Jakob sich hier und da einen Apfel oder ein paar Johannisbeeren zu essen, obwohl er eigentlich nie Appetit auf Obst oder frisches Gemüse hatte.

Nachts wurde es zu kalt für die Tiere. Jakob hatte ein schlechtes Gewissen und mochte nicht zu Horst hinschauen. Sein zahmer Dompfaff saß immer noch aufgeplustert auf seiner Stange und fror. Seine Tiere mussten leiden, weil er vergessen hatte, die Gasrechnung zu bezahlen. Vielleicht schaffte er es heute, seine Hemmungen zu überwinden und in dem Bücherladen nachzuschauen, was Dompfaffe außer Körnern noch gerne fraßen. Für Horst würde er sogar ein paar Schnecken oder Würmer sammeln, nur so als Leckerbissen, auf keinen Fall jeden Tag. Er konnte sich nicht gut bücken, und eklig war es auch. Aber in solchen Situationen wie heute hätte er gerne etwas Besonderes für den Vogel gehabt.

Auch Tiger, sein Kater, der über Tag draußen herumstreunte, mochte es nachts warm. Wenigstens ihn konnte er entschädigen. Er würde Tiger zum Ausgleich eine ganze Dose Thunfisch servieren. Dem Vogel konnte er nur ein wenig den Kopf kraulen und ihm versprechen, für nächtliche Wärme zu sorgen.

Es war nicht das erste Mal, dass man ihm das Gas abgestellt hatte. Aber Gas und Strom zusammen, das war mehr als heftig! Jedes Mal nahm er sich vor einen Dauerauftrag einzurichten.

Aber es scheiterte stets daran, dass er dafür seine Schublade durchforsten musste. Wütend auf sich selbst ballte Jakob die klammen Hände zu Fäusten. Er hasste sich für seine Antriebslosigkeit; aber es fiel ihm unendlich schwer aus seinem Alltagstrott auszubrechen. Auch wenn eigentlich alles andere besser war als das, fehlte es ihm an Energie, etwas zu tun, das man noch aufschieben konnte. Aber nun gab es keine Entschuldigung mehr: Er musste die Unterlagen suchen und zur Sparkasse gehen. Dafür brauchte er Bargeld. Dann wäre auch das leidige Thema ein für alle Mal beendet. Er würde sich dazu zwingen, künftig mit dem Geld sorgsamer zu wirtschaften. Dann bräuchte er auch nicht mehr hinaufzugehen.

Mittlerweile war es so warm, dass Jakob zu schwitzen begann. Kaum eine halbe Stunde hatte es gedauert, bis es schön warm im Zimmer war. Er nahm sich vor tagsüber mit Holz zu heizen und nur nachts die Thermostate aufzudrehen, damit das Haus nicht zu sehr auskühlte.

Die Kosten für Heizung und Strom waren immens, weil die Isolierung nicht mehr gut war. Vieles wäre am Haus zu tun, das Dach müsste neu gedeckt und die Heizung überholt werden. Aber Jakob liebte das Haus trotzdem und würde sich nie davon trennen, obwohl er nur den unteren Wohnraum nutzen konnte. Er hing an dem kleinen Haus. Dort war er geboren, und dort hatte er seine glücklichste Zeit verlebt. Dort fühlte er sich mit seinen Eltern verbunden und meinte, die Seelen der beiden seien immer noch in den Räumen gegenwärtig. Alle schönen Erinnerungen hatten mit diesem Ort zu tun. Auch wenn sich mittlerweile der Unrat türmte und alles nach Unsauberkeit roch, war es dennoch sein Zuhause. Im Gegensatz zu seinen Kumpeln brauchte er sich nicht jede Nacht ein Dach über dem Kopf zu suchen. Er ging abends einfach zurück in sein Zuhause, in dem er sich geborgen fühlte, auch wenn er dort ganz allein lebte. Irgendetwas von der guten Zeit war in den alten Mauern geblieben, und soweit es an Jakob lag, würde das auch immer so sein.

Nach der zweiten Tasse Kaffee, die Jakob mit noch mehr Cognac angereichert hatte, kroch er die Treppe hinauf in den zweiten Stock. Dieser Gang war ihm verhasst. Jedes Mal drängte sich die Katastrophe in sein Bewusstsein und jedes Mal die brennende Schuld, die er auf sich geladen hatte.

Wie in vielen alten Häusern war die Treppe steil und das Geländer wackelig. Auf den Stufen lag der Staub zentimeterdick. Die Sachen im oberen Stockwerk interessierten ihn nicht. Die wenigen Möbel waren wertloser Müll. Alles, was zu gebrauchen war, hatte seine Tante und deren Mann mitgenommen, um sie irgendwo zu verhökern. Sie waren kurz vor Jakobs achtzehntem Geburtstag bei einer Nacht- und Nebel-Aktion abgehauen, den alten VW-Bus bis unters Dach beladen mit Jakobs Eigentum. Jakob war heilfroh gewesen, sie auf so unkomplizierte Weise loszuwerden, denn er hätte nicht den Mut gehabt sie hinauszuwerfen. Deshalb hatte er stillschweigend zugeschaut, als sie eines nachts klammheimlich das Weite gesucht hatten. Die Tante war nach Mutters Tod zu Jakobs Vormund bestimmt worden und hatte bis zu seinem achtzehntem Geburtstag Wohnrecht in seinem Haus gehabt. Seine Mutter hatte es so gewollt, damit Jakob nicht noch sein Zuhause verlor. Dass sie nicht für regelmäßige Mahlzeiten sorgte, hatte Jakob verkraften können. Doch dass sie das ehemals so schmucke kleine Häuschen und den herrlichen Garten hatte verwahrlosen lassen, hatte ihm in der Seele weh getan. Wäre er in der Lage gewesen, dann hätte er alles gehegt und gepflegt, war es doch alles, was ihn noch mit seinen Eltern verband.

Jakob schenkte der völlig heruntergekommenen Wohnung im oberen Stockwerk keine Beachtung. Für ihn war lediglich die Abstellkammer wichtig. Dort bewahrte er das Geld und die Erinnerungsstücke an seine Eltern auf. Jakob war gerade einmal fünfzehn gewesen, als seine Mutter an Krebs starb. Zwei Jahre zuvor war sein Vater verstorben. Der Gedanke an seinen Vater schmerzte ihn am meisten. Es war so sinnlos gewesen! Vater hätte nicht zu sterben brauchen.

Als der Vater ein Lungenemphysem bekam und wegen der Staubbelastung nicht mehr als Schreiner arbeiten konnte, hatte er eine schlecht bezahlte Stelle als Nachtwächter angenommen. Für Vater war es schlimm gewesen. Er war nie ein Nachtmensch gewesen. Aber Jakob hatte ihn nie klagen hören. Einmal hatte der Vater sogar gesagt, dass er trotz allem ein glücklicher Mensch sei. Jakob erinnerte sich noch gut an seine Worte, für die er damals überhaupt kein Verständnis gehabt hatte:

„Junge, was will ich mehr? Ich hab' trotz meiner kranken Lunge eine Arbeit gefunden. Dafür bin ich dem Herrgott dankbar. Und ich hab' dich und deine Mutter. Damit habe ich alles, was ich brauche, um glücklich zu sein."

Zwei Jahre später war der Vater nicht von der Nachtschicht nach Hause gekommen. Als die Mutter in seiner Firma nach ihm gefragt hatte, sagte man ihr, er sei schon vor einer Woche fristlos entlassen worden. Ausgerechnet in der Nacht, in der eingebrochen worden war, war der Vater eingeschlafen. Er war erst aufgewacht, als die Diebe auf der Flucht versehentlich eine Mülltonne umgestoßen hatten. Aber da war es zu spät gewesen. Der Firma war durch sein Versagen hoher Schaden entstanden. Die Mutter erfuhr auch noch, dass er bereits ermahnt worden war, weil er schon zwei Mal den vorgeschriebenen Rundgang versäumt hatte. An diesen Tagen waren zumindest keine Eintragungen im Wachbuch gewesen, und Vater hatte zugegeben, dass er eingeschlafen war. Jakob und seine Mutter hatten verzweifelt nach ihm gesucht. Sie hatten alle Freunde und Bekannten angerufen. Doch vergebens. Niemand hatte ihn gesehen. Immer wieder hatte die Mutter gesagt:

„Wenn er sich nur nichts angetan hat! Warum hat er uns nichts davon gesagt?" Später fuhren die Streifenwagen die Umgebung auf der Suche nach ihm ab. Erst am Abend fand man ihn. Die Polizei hatte ihnen die schreckliche Nachricht gebracht, dass man den Vater tot am Waldrand auf einer Bank gefunden hatte. Er war erfroren. Jakobs Vater hatte seine Familie nicht unnötig belasten wollen und gehofft, schnell eine neue Arbeit zu finden. Bisher war noch kein Gehalt ausgeblieben.

Als sein Vater noch gesund war, hatte er genug Geld verdient, um für sie zu sorgen. Auch wenn sie nicht wohlhabend waren, hatte sein Verdienst ausgereicht, um die Raten für das kleine Häuschen mit dem schönen Grundstück zu bezahlen.

Jakob blickte nach draußen auf die leeren Ställe, in denen er als Junge alle möglichen Tiere gehalten hatte, und erinnerte sich an den schweren Tag, an dem er die letzten Kaninchen und Meerschweinchen verschenkt hatte. Er hatte sie nach dem Unfall nicht mehr versorgen können. Jakob dachte an die glückliche Zeit zurück, als er noch gesund war und die Eltern lebten. Der Vater war einen sinnlosen, frühen Tod gestorben und er von einem Betrunkenen zum Krüppel gefahren worden. Damals hatte er gedacht, dass es schlimmer nicht werden konnte. Doch das Schicksal hatte ihn eines Schlechteren belehrt.

Seit Mutters Tod war es in Jakobs Leben kalt und trostlos geworden; es gab nichts, auf das er sich hätte freuen können. Nur die Tiere lösten kleine Glücksmomente in ihm aus. Er hätte gerne einen Hund gehabt, doch er war nicht einmal in der Lage eine Leine zu halten. Mittlerweile hatte er sich damit abgefunden, aber er freute sich immer auf die Hunde beim Brunnen. Auch deswegen zog es ihn nach Weidenau, die nächste größere Stadt.

Oben flitzten Jakob die Mäuse über die Füße. Er nahm sich vor ein paar Lebendfallen aufzustellen, sobald es seinen Knochen wieder etwas besser ging. In dem feuchtkalten Wetter, das derzeit herrschte, konnte er nicht ständig nach oben gehen und die Fallen überprüfen, die Schmerzen waren zu groß. Aber es wurden langsam zu viele Mäuse. Unten waren sie auch. Gegen Gonzales hatte er nichts, und es war ihm auch egal, wenn im Keller oder am Dachboden Mäuse waren. Aber bei aller Tierliebe wollte Jakob sie nicht auch in dem Wohnraum dulden. Manchmal konnte er von dem Trippeln über ihm kaum einschlafen.

Gonzales wohnte unten bei ihm. Er war ein ganz gewöhnlicher Mäuserich. Aber Jakob hatte sich mit ihm beschäftigt, und mittlerweile war Gonzales so zutraulich geworden, dass er, wenn Jakob ihn mit einem Fiepen lockte, tatsächlich reagierte. Dann krabbelte Gonzales vorsichtig aus seinem Loch hervor, lugte umher, ob die Luft rein war, und holte dann Brotkrumen oder Käserinden aus Jakobs Hand, indem er sich auf die Hinterbeine stellte und sie mit den Vorderpfötchen nahm, um sie in aller Ruhe zu verputzen. Dabei schaute er Jakob aus großen schwarzen Knopfaugen an, als ob er eigentlich mehr erwartet hätte. Manchmal ließ er sich von Jakob sogar berühren. Aber ohne Futter ließ er sich von ihm nicht anlocken geschweige denn anfassen. Gonzales bewegte sich im unteren Wohnbereich ganz ohne Scheu. Auch wegen des Mäuserichs würde Jakob niemals Totschlagfallen aufstellen.

Tiger hatte an Mäusen kein Interesse. Wenn eine Maus auftauchte, hatte Jakob ihn jedes Mal unruhig beäugt. Er traute ihm nicht. Aber der Kater reagierte kaum, er stellte nur die Ohren hoch und zuckte mit dem Schwanz. Offenbar ließen ihn zumindest die Hausmäuse kalt. Trotzdem war es Jakob lieber, wenn Tiger tagsüber nicht im Haus blieb. Tiger liebte es draußen herumzustreifen. Außerdem konnte er jederzeit in den baufälligen Schuppen, der dem Vater früher als Unterstand für sein Auto gedient hatte und jetzt jede Menge alter Gartengeräte und sonstigen Plunder beherbergte.

Eine Stunde später verließ Jakob das Haus. Glücklicherweise lag die Bushaltestelle direkt gegenüber, und neben seinem Haus standen ein Briefkasten und ein Zigarettenautomat. Besonders Letzteres wusste Jakob zu schätzen, wenn er mal wieder vergessen hatte Tabak zu kaufen. Den Bus konnte er Gott sei Dank kostenlos benutzen. Dafür war sein Behindertenausweis gut, auch wenn er sonst nicht viel davon hatte. Die freie Busfahrt war ein Segen für Jakob. Anders hätte er es sich die tägliche Fahrt zum Brunnen nicht leisten können. Er wäre gezwungen in seinen vier Wänden mutterseelenallein auf den Tod zu warten. Darüber hinaus erwartete Jakob kein anderes nennenswertes Ereignis mehr in seinem Leben, außer vielleicht Gertis Tod. Der wäre allerdings für ihn ungleich schlimmer als sein eigener.

Von seinen Kumpeln wusste kaum jemand von Jakobs Haus; und die wenigen, die wussten, wo er wohnte, hatte er im Glauben gelassen, das Haus gehöre seiner Tante und er bewohne dort nur ein Zimmer. Alles andere wäre zu riskant gewesen. Unter seinesgleichen fragte man nicht danach, wo jemand schlief oder woher jemand Geld hatte. Vielleicht, weil Geheimnisse das einzige Gut waren, mit denen man sich eine gewisse Macht unter den Leuten auf der Straße sichern konnte. Vielleicht auch, weil das Reden über Geld zum Tabu im umfangreichen Ehrenkodex der Männer am Brunnen gehörte. Geld hatte man zeitweise, oder man hatte vorübergehend keines. Eine feste Bleibe hingegen, über die man frei verfügen konnte, galt als der Heilige Gral unter den Obdachlosen. Davon träumte zwar jeder, aber kaum jemand hielt das für eine realistische Möglichkeit. Man schlug sich eben so durch. Jeder kannte die zur Verfügung stehenden Schlafplätze in der Umgebung. Die meisten verbrachten die Nächte im städtischen Asyl oder in den Unterkünften der Frommen, was sich gleich blieb, denn die Regeln waren dieselben, nur dass bei den Frommen ein paar Bibeln herumlagen, die sich hervorragend zum Zigarettendrehen eigneten. Dafür waren die Duschen aber schlechter. Der eine oder andere schlief lieber draußen, wo er seine Ruhe hatte und nicht beklaut werden konnte. Dafür hatte er dann aber nicht den Luxus einer wärmenden Decke und einer vernünftigen Toilette mit ausreichend Papier. Wenn man rund um die Uhr Alkohol brauchte, blieb einem nichts anderes übrig, als draußen zu übernachten.

Auf der Straße galten andere Gesetze als sonst, und das war auch gut so. Für Jakob war es von existenzieller Bedeutung, mit den anderen zusammenzusitzen, weil er das Leben allein nicht aushalten konnte. Zwar konnte man nicht von einer Gemeinschaft sprechen, aber zumindest gehörte man irgendwo dazu. Echte Gespräche ergaben sich genauso wenig wie engere Bekanntschaften oder gar Freundschaften. Am besten kam man zurecht, wenn man die Klappe hielt und sich nirgends einmischte, wenn es einen nicht unmittelbar betraf. Ob man sich mochte oder nicht, war belanglos. Aber über allerlei nützliche Kontakte zu verfügen war immens wichtig. Im Zweifelsfall wusste man, an wen man sich wenden konnte, und sei es auch nur, um an nützliche Informationen zu kommen. Auch daher waren Geheimnisse begehrte Güter, denn Informationen eigneten sich hervorragend zum Tausch gegen anderes.

Jakob fuhr schon seit Jahren zum Brunnen nach Weidenau. Dort war immer etwas los, man hatte frische Luft, konnte sich hin und wieder etwas zu essen holen, und billigen Alkohol gab es auch überall zu kaufen. Der Tag ging jedenfalls einigermaßen schnell vorbei, und das war schließlich das Wichtigste.

Jeden Tag freute sich Jakob auf die Hunde, Rex und Peggy. Wenn sie ihn sahen, gebärdeten sie sich wie wild, fingen an zu bellen und zu winseln und zerrten an den Leinen. Jakob genoss dieses Ritual so sehr, dass er schon von Weitem nach ihnen pfiff. Zwar würde er das niemals zugeben, aber die begeisterte Begrüßung von den Hunden war der einzige Lichtblick in Jakobs eintönigem Leben. Er litt unter der Sinnlosigkeit seines Daseins, aber indem er sich um die Hunde der anderen kümmerte, hatte er wenigstens eine sinnvolle Aufgabe. Im Gegensatz zu deren Besitzer machte er sich Gedanken um ihr Wohlergehen. Er hatte immer Futter dabei, und oft war das die einzige richtige Mahlzeit, die die Hunde am Tag bekamen. Die anderen hielten Jakob für verrückt, weil er Geld für Hundefutter ausgab. Entweder überließ man ihnen den trockenen Toast von der Bratwurst, oder die Hunde fraßen Reste aus den Mülltonnen bei den Schnellrestaurants. Davon ernährten sich die Obdachlosen schließlich auch hin und wieder. Jakob hatte ihnen erklärt, dass die salzigen Abfälle schädlich für Hunde seien, aber sie lachten nur darüber und sagten, das sei dekadenter Quatsch für reiche Leute. Jakob ärgerte sich darüber, dass sie ihm nicht zuhören wollten, so wie man auch sonst keinem zuhörte, der nichts zu erzählen hatte, was nicht unmittelbar nützlich oder wenigstens unterhaltsam war. Für Letzteres kamen allerdings nur spektakuläre Ereignisse in Frage, solche, die sich auch für einen Artikel in der Boulevardpresse eigneten.

Ab und zu brauchte Jakob Abwechslung. Dann fuhr er ein paar Stationen weiter bis zum Siegener Hauptbahnhof und verbrachte dort seinen Tag. Ihn zog es vor allem dorthin, weil er so in der Nähe der lieblichen Verkäuferin aus dem Backshop sein konnte, von der er oft träumte. Wenn sie abends manchmal etwas von dem übrig gebliebenen Gebäck verteilte, konnte Jakob ihr ganz nah kommen und ihren wunderbaren Geruch wahrnehmen, der ein sehnsüchtiges Verlangen in ihm auslöste. Die kostenlosen Kuchen- oder Pizzastücke interessierten ihn nicht. Aber er war beinahe süchtig nach der Wärme, die sie ausstrahlte, eine Wärme, wie nur Frauen sie haben können und nach der Jakob sich mehr als alles andere sehnte.

Trotzdem fuhr Jakob nicht oft zum Hauptbahnhof. In Siegen fühlte er sich einfach nicht wohl. Dort trafen sich Punks mit ihrer lauten Musik, großkotzige, türkische Jugendliche und Nazis, die auf Leute wie ihn regelrechte Hetzjagden machten. Die Atmosphäre war bedrohlich und angespannt. Schlägereien waren nicht selten die Folge.

In Weidenau am Brunnen fühlte er sich sicher, dort war es ruhig. Und in den seltenen Fällen, in denen einer von ihnen aus der Reihe tanzte und Passanten belästigte, schritten die anderen ein. Man regelte unliebsame Angelegenheiten unter sich. Alle wussten, dass man sie hier nicht gerne sah. Für die Obrigkeit spielte es keine Rolle, wer von ihnen gegen die öffentliche Ordnung verstoßen hatte. Die Folgen bekamen alle zu spüren, die nicht so aussahen, wie anständige Leute auszusehen hatten. Man mochte keine Penner, schon gar nicht in der Stadt, und jeder Anlass wäre recht, um sie loszuwerden. Deshalb ließen sie sich nichts zu Schulden kommen, bettelten nicht, achteten auf Sauberkeit und verhielten sich ruhig. Es war zu schwierig, einen Platz zu finden, an dem man den ganzen Tag über bleiben konnte. Offiziell durfte man nirgends sitzen und Alkohol trinken, auch nicht am Brunnen. Deshalb hatte auch keiner große Vorräte dabei. Man wechselte sich beim Beschaffen ab und holte immer nur kleine Mengen Bier. Die leeren Dosen und Flaschen entsorgte man schnell, damit es nicht nach Besäufnis aussah. Alle versuchten, möglichst unauffällig zu bleiben und sich keinen Ärger mit Polizei und Ordnungsamt einzuhandeln. Denn der Brunnen war für viele zu einer Art Heimat geworden, einem Ort, mit dem sie sich verbunden fühlten und den es zu schützen galt. Wenn sie schon keinen Menschen auf der Welt hatten, zu dem sie gehörten, so hatten sie hier wenigstens einen Platz, an den sie immer zurückkehren konnten.

Trotzdem versuchte man sie mit allen Mitteln zu vertreiben; stets gab es neue Schikanen. Vor Monaten hatte die Stadt die einzige kostenlose, öffentliche Toilettenanlage zugemacht. Pinkeln war für die Männer kein Problem, aber manchmal brauchte man eben doch ein Klo. Im Einkaufszentrum musste man fünfzig Cent bezahlen, wenn man eine Toilette benutzen wollte, und man hatte ein ganzes Stück zu laufen. Man brauchte passendes Geld und musste sämtliche Klamotten mitnehmen, weil jeder jeden beklaute, sobald sich nur die Möglichkeit dafür bot. Aber wenn sie anfingen hinter die Büsche zu kacken, käme das Ordnungsamt schneller als sie gucken konnten. Die kannten mit Pennern und anderem für die Gesellschaft nutzlosen Gesindel kein Erbarmen und suchten daher nur nach einem handfesten Grund, den Beschwerden der Geschäftsinhaber nachzukommen und die Nichtsnutze zum Teufel zu jagen.

Wenn Peter oder Herbert aufs Klo mussten, dann passte Jakob auf die Hunde auf. Der eine oder andere vertraute ihm auch seine Tüten an. Im Gegensatz zu anderen verlangte Jakob dafür keine Gegenleistung. Manchmal bekam er fürs Aufpassen ein Bier oder einen Schnaps spendiert. Obwohl er sich nur selten an Gesprächen beteiligte und auch lieber ein wenig abseits von den anderen saß, hatte er im Laufe der Zeit eine gewisse Vertrauensstellung unter den Männern am Brunnen erlangt. Das konnte ihm vielleicht einmal von Nutzen sein. Doch das war nicht sein Hauptbeweggrund. Er war von Natur aus gutmütig und hilfsbereit.

Jakob war spät dran. Nur so eben bekam er noch den Bus um kurz nach elf Uhr. Seine Jackentaschen hingen vom Hundefutter durch, die Hose war verbeult, und auch sonst sah er ein bisschen heruntergekommen aus.

„Hi, Jakob! Spät dran heute, was? Na, ja, recht hast du. Warum früher aufstehen als nötig? Ist verdammt kalt und nass heute."

Wolfgang, der Busfahrer, und Jakob kannten sich von klein auf. Jakob nuschelte ein paar Worte als Erwiderung und setzte sich hinter den Fahrersitz.

Von Helberhausen nach Hilchenbach waren es nur drei Stationen. Jakob blickte ins Fenster und betrachtete sein Spiegelbild. Was er sah, war ihm zuwider. Trotz der mühsamen Haarwäsche hing ihm sein mausbraunes Pony strähnig ins Gesicht. Einige Strähnen, die er übersehen hatte, als er sich die Haare zu einem dünnen Pferdeschwanz zusammengebunden hatte, kitzelten seine Wange. Mechanisch zog er das rote Gummi heraus und raffte die Haare erneut zu einem müden Zopf zusammen. Jakob war viel zu dünn, aber heute sah sein Gesicht selbst für ihn erschreckend hohl aus. Die Schatten unter seinen Augen waren fast schwarz, seine Haut fahl und bleich.

Die Trinkerei würde ihn über kurz oder lang umbringen. Das war ihm klar. Der Hausarzt hatte erst letzte Woche gemeint, seine Blutwerte seien Besorgnis erregend, und man müsse dringend nach der Ursache forschen. Seine Nierenwerte waren so schlecht, dass er eigentlich sofort ins Krankenhaus gemusst hätte. Jakob litt unter schrecklichen Kopfschmerzen und Schwindel. Manchmal pulsierte der Schmerz hinter seiner

Stirn so heftig, dass ihm schlecht wurde und er sich übergeben musste. Der Schmerz war meist nur von kurzer Dauer, doch die Übelkeit blieb, und der Schwindel nahm zu. Sein Hausarzt hatte ihm dringend geraten, möglichst bald zu einer gründlichen Untersuchung in seine Praxis zu kommen. Schon seit langem mahnte er Jakob, dass er anständig essen müsste und keinen Alkohol mehr trinken sollte. Seine Lunge rasselte vom vielen Rauchen, als habe er sich im Bergwerk eine Staublunge eingefangen. Aber Jakob war zu müde und zu matt, um sich ernsthaft Sorgen zu machen. Trotzdem wollte er nicht irgendwann an einer schrecklichen Krankheit elendig zugrunde gehen. Deshalb nahm er sich jeden Abend vor, am nächsten Tag zum Arzt zu gehen. Doch dann war wieder ein Tag vorüber, und er hatte nichts unternommen. Wenn die letzte Packung Schmerzmittel aufgebraucht war, musste er zum Neurologen. Sein Hausarzt weigerte sich, das starke Medikament weiter zu verordnen. Er konnte aber den Überweisungsschein nicht mehr finden.

Jakob verdrängte den Gedanken und schaute aus dem Fenster. Als er sein Spiegelbild darin sah, wandte er sich ab. Er sah furchtbar aus. Andererseits, wer schaute ihn schon an? Seine Kumpanen wirkten auch nicht frischer, und die Passanten, die am Brunnen vorbeigingen, nahmen Menschen wie ihn als Individuum ohnehin kaum wahr. Ihretwegen brauchte er sich nicht zu verstecken.

In Hilchenbach angekommen, ging Jakob zuerst in die Sparkasse, um die Sache mit Strom und Gas zu regeln. Roland war am Schalter. Jakob hatte ihn früher in der Schule oft gehänselt, weil er so brav und fleißig war. Trotzdem hatte der gutmütige Roland ihn abschreiben lassen und ihm dabei geholfen, den Schulabschluss zu schaffen. Roland hatte immer für alle Fächer die Hausaufgaben gemacht. Ansonsten konnten die Lehrer nur bei den Mädchen so etwas erwarten. Eine Leuchte war Roland zwar nie gewesen, aber er hatte sich hochgearbeitet und war seit Jahren am Schalter der Stadtsparkasse tätig. Er war ein anständiger Mensch, der ihn auch heute noch freundlich behandelte. Auch wegen Roland hatte Jakob all die Jahre geschwiegen.

„Na, Kumpel! In welcher Klemme steckst du heute?", fragte Roland freundlich, als Jakob an den Schalter trat.

Jakob grinste verlegen und vermied wie immer den Blickkontakt. Er mochte Roland. Aber er konnte ihm nicht in die Augen sehen. Etwas lag zwischen ihnen, von dem der arglose Roland nichts wusste.

„Hab mal wieder die Gas- und auch die Stromrechnung vergessen. Kannst du mir helfen? Hab das Geld in bar dabei. Müsste so ungefähr stimmen."

„Klar, gib mal die Mahnungen! Ich mache es dann fertig."

Während Jakob nach den Zetteln kramte, meinte Roland: „In deiner Tante hab ich mich echt getäuscht. Damals haben alle gedacht, die würde dich nur ausbeuten. Aber wenn es eng wird, lässt sie dich doch nicht hängen. Da sieht man mal wieder, dass Blut dicker ist als Wasser." Jakob brummte etwas, das man als Zustimmung deuten konnte, während Roland die notwendigen Formulare ausfüllte.

„Machst du das auch mit den Gas-Heinis für mich klar? Dein Cousin kann da doch bestimmt was machen dass es ein bisschen schneller geht. Ich sag dann Karl Bescheid, damit er einen schickt, der das Gas morgen oder übermorgen wieder anstellt." – „Klar, Jakob. Ich ruf auch Kurt gleich an und sag', dass du bezahlt hast. Vielleicht hast du heute Abend dann schon wieder Strom. Aber versprechen kann ich nichts."

„Danke, Roland, bist ein feiner Kerl. Ich mach's irgendwann mal gut." – „Schon okay."

Jakob verließ das Sparkassengebäude und ging über die Straße. Der Bus nach Siegen stand schon an der Haltestelle, so dass er gleich einsteigen konnte. Er lehnte die Stirn gegen das Fenster und versuchte, gegen die Gespenster der Vergangenheit anzukämpfen. Roland! Wochenlang hatte er ihn nicht gesehen, und ausgerechnet heute, da er nach oben gemusst hatte, machte er Schalterdienst. Es war wie verhext. Wenn Roland von damals wüsste, würde er ihn dann auch so freundlich behandeln? Wenn er damals doch nur nicht geschwiegen hätte! Die schrecklichen Bilder zogen wie ein Albtraum an Jakob vorbei.

Es war schon nach neun Uhr abends gewesen, als Jakob die letzte Zeitung verteilt hatte. Er war heilfroh gewesen, dass er endlich fertig war. Am frühen Abend hatte der Nieselregen angefangen, und Jakobs dünne Jacke war mehr als klamm gewesen. Trotzdem hatte er noch eine heimliche Zigarette geraucht, bevor er sich auf den Heimweg begeben hatte. Wegen des Fußballspiels waren die Straßen wie leergefegt gewesen, und er hatte sich beeilt, damit er wenigstens die letzte Halbzeit noch sehen konnte. Vor dem beleuchteten Fußgängerüberweg war er stehengeblieben, als sich eine große Limousine näherte. Jakob dachte, sie würde anhalten, weil sie so langsam fuhr. Doch dann war der Wagen plötzlich nach vorne geschossen und ins Schleudern geraten. Jakob hatte den Aufprall kaum gespürt. Fast acht Meter war er durch die Luft geflogen, bevor er rücklings auf der Straße aufgeschlagen war. Er hatte geglaubt, bereits tot zu sein. Sein Kopf war wie in Watte gehüllt gewesen, und die Stimmen waren nur dumpf und verzerrt an sein Ohr gedrungen. Kurz darauf hatte er schnelle Schritte und das laute Klappern von Stöckelschuhen gehört. Eine warme Flüssigkeit war über sein Gesicht geronnen, es war Blut, das aus einer Platzwunde am Kopf strömte und neben ihm auf dem Asphalt eine kleine Lache gebildet hatte. Als der grelle Schmerz einsetzte, hatte Jakob gewusst, dass er noch nicht tot war.

Irgendwann hatte er das Bewusstsein verloren und war erst im Krankenhaus wieder zu sich gekommen. Seine Mutter hatte am Bett gesessen und ihm erklärt, was passiert war. Er hatte keine Erinnerung an den Vorfall. Er erfuhr, dass er einen schweren Unfall gehabt hatte, und dass seine Hüfte zertrümmert war. Fast wäre er innerlich verblutet. Doch man hatte ihn gerade noch rechtzeitig operieren und die zerrissene Milz entfernen können. Bald würde alles wieder gut, hatte seine Mutter gesagt.

Nichts wurde gut. An einen wochenlangen Krankenhausaufenthalt hatte sich eine Reha angeschlossen. Von dort war Jakob mit der Gewissheit zurückgekehrt, dass er für immer ein Krüppel bleiben würde. Jakobs Schicksal war besiegelt.

Auch nach ein paar Tagen war seine Erinnerung nicht wiedergekommen. Er wusste bloß, was andere ihm erzählt hatten. Ein Pfleger hatte ihn nachts vor der Hintertreppe der Klinik gefunden. Da war er schon fast verblutet. Nur eine Notoperation hatte ihn gerettet. Niemand hatte etwas gesehen, und niemand wusste, wer ihn überfahren hatte, auch Jakob nicht. Die Polizei hatte eine blutige Schleifspur entdeckt, die etwa fünfzig Meter weiter in einer Seitenstraße endete. Der Täter hatte offenbar keinen Gedanken darauf verschwendet, Jakob möglichst schonend in Sicherheit zu bringen. Statt ihn bis zur Tür zu fahren, hatte er den verletzten Jungen wie einen Zementsack hinter sich her geschleift und dort abgelegt. Diese brutale Vorgehensweise übertraf den Tatbestand der Fahrerflucht bei Weitem. Wenn man den Täter geschnappt hätte, wäre er für einige Jahre hinter Gitter gekommen.

Monatelang hatte Jakob sein Hirn zermartert. Doch die Ereignisse des Abends lagen in völliger Dunkelheit, genau wie die Identität des Täters und dessen feige Flucht. Er besaß lediglich ein Taschentuch, das er Monate nach dem Unfall in seiner Jakkentasche gefunden hatte. Damit hatte der Täter versucht, das Blut aus Jakobs Platzwunde zu stillen. Jakob musste es unbeabsichtigt eingesteckt haben.

Als Jakob am Busbahnhof in Siegen-Weidenau angekommen war, führte ihn sein erster Weg zum Aldi. Sobald er den rechten Fuß aufsetzte, durchfuhr ihn ein stechender Schmerz vom Oberschenkel bis in die Hüfte hinein. Er stützte sich schwer auf die Krücken. Wie üblich stand eine Clique junger Leute vor dem Laden, die sich dort mit Bier und Schnaps versorgten. Die meisten waren arbeitslos, arbeitsunwillig oder Schulschwänzer, denen eine ähnliche ‚Karriere' wie Jakob bevorstand. Er hatte ein ungutes Gefühl im Bauch. Manchmal waren Nazis unter ihnen. Jakob hatte panische Angst vor ihnen, sie waren in seinen Augen das personifizierte Böse. Einer hatte ihn mal festgehalten und ihm mit stinkendem Atem hasserfüllt ins Ohr geraunt: „So einer wie du gehört in die Gaskammer, du Zekke. Wir müssen arbeiten, damit nutzlose Krüppel wie du auf Staatskosten saufen können." Dann hatte der Nazi mit voller Wucht gegen seine Krücken getreten, so dass Jakob den Halt verloren hatte und vor ihm auf den Boden gefallen war. Alle hatten gelacht, und einer hatte Jakob auf den Kopf gepisst.

Diesmal war die Luft rein, Jakob ging in den Laden und kaufte ein paar Dosen Bier und ein Päckchen Tabak. Als er den Laden wieder verließ, fiel ihm ein wunderschöner Hund auf, der an einem der „Hundeparkplätze" an der Wand festgebunden war. Der Hund lag ruhig auf dem Boden und wartete geduldig auf seinen Besitzer. Jakob betrachtete ihn genauer. Es war eine Hündin, die ihn mit sanften, klugen Augen beäugte. Älter als ein oder zwei Jahre war sie sicher nicht. Ihr schwarz-weißes Fell war lang und seidig und sah gepflegt aus. Der Schwanz war wie bei einem Schäferhund gewunden und buschig. Das überwiegend schwarze Fell wurde in der Mitte von einem weißen Streifen unterbrochen, der sich von der Schnauze bis zum Hinterteil zog. Die Rute war schwarz, nur die Schwanzspitze war weiß. Um den Hals des bildschönen Tieres war ein rotes Tuch geschlungen. Jakob kam näher. In seiner Stimme lag Zärtlichkeit: „Na, du schönes Mädchen? Wartest du schon lange? Ich kenne dich noch gar nicht. Hast du Hunger? Willst du ein Leckerli?" Schwanzwedelnd richtete sich der Hund auf und sah Jakob erwartungsvoll an. Es schien, als habe er genau verstanden, dass es etwas zu Fressen gab. Jakob kramte in der Tasche nach Hundekuchen, während sich die sanfte Hündin näherte. Gerne ließ sie sich streicheln, und als Jakob ihr die Kehle kraulte, legte sie genüsslich den Kopf in den Nacken. Die

Bröckchen nahm sie gierig und ohne zu zögern. Jakob sah, dass sie gut genährt war. Aber jetzt war sie augenscheinlich sehr hungrig. Er wollte erneut in die Tasche greifen, als eine junge Frau wütend aus dem Laden stürmte und Jakob so aggressiv und laut anschrie, dass er entsetzt zurückwich.

„Verpiss dich, du verdreckter Penner! Lass meinen Hund in Frieden, sonst hetze ich ihn dir auf den Hals!" – „Aber, ich wollt doch nur ..." – „Halt die Fresse und hau ab!" Die junge Frau hob den Arm, als wolle sie zuschlagen. Jakob rappelte sich hoch und flüchtete, so schnell es seine schmerzende Hüfte zuließ, zurück in den Laden, um zu warten, bis die Verrückte abgezogen war. Erst nach ein paar Minuten wagte er sich hinaus und ließ sich auf die erstbeste Bank sinken. Dann öffnete er eine Dose Bier und leerte sie gierig in einem Zug. Er war von der unbegreiflichen Aggressivität dieser Frau noch völlig geschockt. Hatte sie am Ende gedacht, er wolle dem Hund etwas antun oder er wäre ein Häscher, der Tiere für Versuchszwecke entführt? Dann könnte er die Reaktion des Mädchens verstehen. Für heute war er jedenfalls so fertig, dass er nicht mehr den Mut fand in den Bücherladen zu gehen. Mühsam schleppte er sich durch die überdachte Fußgängerzone an den Geschäften vorbei in Richtung Brunnen. Als er in die Fensterfront des Sportladens blickte, sah ihm seine eigene Gestalt entgegen: Er sah aus wie ein uralter Mann. Und das Schlimmste war: Genauso fühlte er sich auch – uralt.

Der Brunnen war ein kleiner Platz, in dessen Mitte sich drei metallene, grün angelaufene Figuren befanden: ein Kind, das vor einer Frau und einem Mann in erwartungsvoller Pose hockte – wohl die Darstellung einer glücklichen Familie beim gemeinsamen Spiel. Im Sommer sprudelte Wasser um die Figuren herum. Im Gegensatz zu diesem Idyll saßen hinter dem Brunnen auf den Drahtsesseln die überwiegend wohnsitzlosen Alkoholiker, aus deren Augen alles andere als Glück sprach, ein Haufen hoffnungsloser Männer und Frauen, die vom Leben nichts mehr als billigen Alkohol und einen einigermaßen sicheren Platz zum Schlafen erwarteten. Kaum einer hatte noch Träume, die sich auf etwas anderes als Alkohol und Schlafen bezogen.

Die Stadtväter hatten sich bei der Planung des Platzes sicher vorgestellt, dass sich dort bei gutem Wetter Mütter mit ihren Kindern niederließen, um sich vom Einkauf auszuruhen und Eis zu essen, oder Geschäftsleute und Angestellte, die ihren Imbiss verzehrten und dort die Mittagspause verbrachten. Am Abend hätte der Brunnen zu einem Ort der Begegnung werden können, an dem man sich treffen und die Ereignisse des Tages debattieren konnte.

Doch kaum war der Platz fertig gestellt, wurde er zum Zentrum all derer, die man in der Stadt nicht haben wollte: Arbeitslose, die schon morgens ihr Bier dort tranken, Schulschwänzer, die nicht auf den Sesseln, sondern auf den Lehne saßen, und Drogensüchtige, die einen Platz brauchten, um den Tag irgendwie und irgendwo hinter sich zu bringen. Mittlerweile war der Platz fest in der Hand einer einzigen Clique, zu der auch Jakob gehörte. Die Leute, die dort saßen, interessierten sich nicht für neue Bepflanzungen oder die Geschäftsauslagen. Sie waren nur da, um nicht allein zu sein.

Jakob saß meist ganz rechts außen. Zwischen dem Brunnen und dem naheliegenden Spielplatz befand sich ein Billigladen, in dem man lauter unnütze Dinge für wenig Geld kaufen konnte. Der Spielplatz war – vermutlich auch zum Ärger der Stadtväter und Ladeninhaber – fast ausschließlich von türkischen Kindern und deren Müttern besetzt. Die lange Bank vor dem Sandkasten teilten sich dunkelhäutige Ausländer, Drogensüchtige und Nichtsesshafte aus anderen Ecken Deutschlands.

Uniformierte liefen dort häufig Streife, als ob man demonstrieren müsse, dass die Sicherheit der Bevölkerung trotz der Leute auf den Bänken zu jeder Zeit gewährleistet sei. Dies führte dazu, dass man sich in dieser Passage weit weniger sicher fühlte als am Bahnhofsplatz der Nachbarstadt, die zwar keineswegs weniger zwielichtiger Gestalten aufwies, aber dafür patrouillierten dort kaum Polizisten.

Das Übermaß an Staatsmacht verunsicherte die Leute, und man hatte ständig das Gefühl auf einem Pulverfass zu sitzen. Laufend wurden Personenkontrollen durchgeführt, die Obrigkeit schielte auf die Junkies, ob man sie nicht bei einem Drogendeal festnehmen könnte. Man beäugte die Taschen und Tüten der Nichtsesshaften auf einen nicht zulässigen größeren Alkoholvorrat hin und demonstrierte mit jedem Blick, dass man nur auf die Gelegenheit wartete, den unliebsamen Mob zu entfernen. Umso vorsichtiger verhielt sich eben dieser. Die Drogenabhängigen kauften ihren Stoff unter der Brücke, etwa vierhundert Meter weiter in der Nähe der Bahnstation, wo es Drogen aller Art gab. Auch andere heiße Ware wechselte dort den Besitzer, ohne dass die Polizei Wind davon bekam. Dies geschah wiederum zum Leidwesen der Eisenbahn, die bei Weitem nicht über genügend Securitypersonal verfügte, um den Vandalismus auch nur im Entferntesten unter Kontrolle zu halten.

Doch Anlieger und Bahn klagten vergeblich; an diesen Orten wurden nicht mehr Polizisten eingesetzt, da sie dafür an anderen Plätzen hätten verringert werden müssen. Dies erschien zu riskant. Man legte den Schwerpunkt auf diejenigen, die wie Verbrecher aussahen, denen man von weitem ansah, dass sie am Rande der Gesellschaft lebten. Das Gesindel am Brunnen war den Leuten zwar ein Dorn im Auge, die wirklichen Verbrecher bewegten sich jedoch ganz unbemerkt zwischen den normalen Bürgern. Die Insider wussten, was hier im Einzelnen geschah und wo man was und für welchen Preis bekam. Keiner redete groß darüber. Wurde man gefragt, hatte es sich als das Beste erwiesen, mit den Schultern zu zucken, als lebe man im Dauernebel, was nicht ganz von der Hand zu weisen war.

Als Jakob gegen zwölf Uhr eintrudelte, war noch nicht all zu viel los. Schon von weitem erfasste sein Blick die armseligen Gestalten, die dort saßen: Knolle war wie üblich bekleidet mit seiner vor Dreck starrenden, schwarzen Manchesterhose und einer albernen, schwarz-rot-goldenen Baseballkappe, die er seit der Fußballweltmeisterschaft ständig trug. Neben ihm stand die obligatorische, braune Aktentasche mit einem Notvorrat Bier, die er bei sich haben musste, um sich einigermaßen sicher zu fühlen. Knolle stank noch fürchterlicher als üblich, da er sich angewöhnt hatte seine Zigaretten aus billigem Pfeifentabak zu drehen. Der widerliche, süßliche Qualm kratzte Jakob im Hals und stank noch durchdringender als der gesamte verlauste Kerl. So krank wie der Tabak roch, sah Knolle auch aus; ohne große Mühe hätte man ihn für einen soeben Verstorbenen halten können. Seine Gesichtsfarbe wechselte immer mehr von weiß zu gelb, wenn man von der blumenkohlähnlichen Nase, die von einem dunkelroten Adergeflecht durchzogen war, einmal absah. Wie immer schwadronierte er laut über seine phantastischen Zukunftspläne: dass er sich Morgen auf die Suche nach Arbeit begeben wolle, sich dann nach einer eigenen Bleibe umschauen würde, weil er es Leid sei mit sechsundfünfzig Jahren in einer schäbigen Absteige wohnen zu müssen, wo jeder seine stinkenden Socken herumliegen ließ und in der man nicht einmal Damenbesuch empfangen könne. Ja, und wenn er endlich eine ordentliche Wohnung und ein regelmäßiges Einkommen hätte, dann könne er auch ans Heiraten denken. Und dann sähe ihn hier am Brunnen keiner mehr. Er jedenfalls werde hier nicht bleiben. Soviel stehe fest. Niemand hörte ihm mehr zu. Jeder kannte die alte Leier zur Genüge. Mit Sicherheit würde Knolle diese Geschichte auch noch in zehn Jahren erzählen, falls er dann überhaupt noch lebte. Und auch dann würde keiner zuhören.

Zwei Sessel weiter saß Eddi. Den mochte Jakob sehr gern. Eddi sah aus wie ein Globetrotter und hob sich auch äußerlich von den anderen ab. Sein Markenzeichen waren ein riesengroßer Wanderrucksack, der weit über die Schultern hinausragte, und eine dunkelblaue Strickmütze, die er nur selten abzog. Seine Füße steckten das ganze Jahr über in derben Wanderstiefeln, unter denen er dicke Wollsocken trug. Eddi schleppte immer sein gesamtes Hab und Gut mit sich herum. Er nächtigte meist draußen oder – bei schlechtem Wetter – im Obdachlosenasyl in der Frankfurter Straße, das nur Betten für die Nacht bereitstellte. Morgens um sieben musste man das Haus verlassen, egal wie man sich fühlte. Einlass war erst wieder um einundzwanzig Uhr. Eddi ging nach dem Anziehen erst einmal zur Tagesstätte für Wohnungslose, wo es heißen Kaffee und Frühstück gab. Wer wollte, konnte sich dort den ganzen Tag aufhalten. Aber die meisten zog es direkt auf die Straße. Ohne Alkohol schaffte es keiner, den Tag auszuhalten. Es fehlte eben an Perspektive und sinnvoller Beschäftigung.

Im Gegensatz zu den anderen war Eddi stets frisch geduscht. Er nutzte die sanitären Anlagen des Asyls regelmäßig. Die meisten waren abends vom Tag und dem Alkohol so müde, dass sie nur noch schlafen wollten. Und morgens drückte sich fast jeder solange wie möglich in die warmen Kissen. Nur Eddi stand früh genug auf, um in aller Gründlichkeit zu duschen. Allerdings hatte er immer panische Angst, sein Rucksack könnte gestohlen werden, so dass er ihn in einen großen blauen Müllsack steckte, um ihn mit in den Duschraum nehmen zu können. Dort ließ er ihn keine Sekunde aus den Augen. Sowohl im Nachtasyl als auch in der Tagesstätte wurde gestohlen, was das Zeug hielt. Keiner traute dem anderen über den Weg. Das war für all diejenigen ein Problem, die mehr besaßen, als sie am Leib trugen. Manche zogen es daher vor, draußen auf einer Pappe unter der Brücke oder in einem Hauseingang zu nächtigen.

Selbst Eddis Kleider waren sauber. Er nutzte die Möglichkeit, wenn er in irgendeiner Einrichtung eine Waschmaschine mitbenutzen durfte. Ein zweites paar Kleider trug er im Rucksack bei sich, so dass er diesbezüglich flexibel war. Obwohl auch bei ihm der Alkohol Lebensmittelpunkt war, hatte er deutlich mehr Energie als die anderen; vielleicht deshalb, weil er morgens und mittags in der Bahnhofsmission oder der Tagesstätte aß. Selbst wenn er keinen Appetit hatte und ihm meist übel war, nahm er regelmäßig ein kleines Frühstück und eine leichte Mittagsmahlzeit zu sich. Außerdem schwor Eddi darauf, dass rohe Zwiebeln enorm viel zur Gesundheit beitrugen, und zum Erstaunen vieler aß er täglich einige davon, die er in Ringe schnitt und über Tag verspeiste. Durch seine Hygiene – und Essgewohnheiten bekam Eddis Tag eine gewisse Struktur, die ihm ein klein wenig mehr Lebensinhalt und Würde verlieh, als die anderen Trinker von sich behaupten konnten. Man konnte Eddi leicht für stumm halten. Aber das war er nicht. Er sprach nur selten. Aber wenn er es tat, dann hörte man ihm zu. Wenn Eddi meinte, es lohne sich den Mund aufzumachen, musste es etwas Wichtiges sein. Sein Gesicht war wettergegerbt und von einem krausen Vollbart umrahmt, der ihm auf die Brust reichte. Eddi legte Wert darauf, dass der Bart ordentlich gekämmt und frei von Krümeln war. Daher begutachtete er sich immer in einem kleinen Handspiegel, wenn er loszog, um neues Bier zu beschaffen.

Auch Herbert kam regelmäßig zum Brunnen. Er war der Abstoßendste von allen, und Jakob hielt möglichst Distanz zu ihm. Noch nie hatte Jakob einen abscheulicheren Mundgeruch bei jemandem gerochen als bei Herbert. Keiner von ihnen hatte die Zähne in Ordnung, aber Herbert setzte allem die Krone auf. Er hatte lauter schwarze Zahnstummel, und – was Jakob besonders widerlich fand – zwei große Schneidezähne, die von braunen Löchern regelrecht zerfressen waren. Dies sah ekliger aus, als wenn er gar keine Zähne gehabt hätte. Mit Herbert zu reden war sinnlos. Er hatte seinen Verstand komplett versoffen und konnte ziemlich aggressiv werden. Man musste sich vor ihm hüten. Herbert hatte die gefährliche Eigenschaft, jedes Wort und jede Geste auf sich zu beziehen, auch die von zufällig vorbeigehenden Passanten. Deshalb konnte er aus heiterem Himmel Wutanfälle bekommen. Dauernd fühlte er sich von irgendeinem bedroht. Aber zu Herbert gehörte Peggy! Und Jakob und Peggy liebten sich über alles.

Peggy, der schwarzer Pudelmix, hatte Jakob schon von weitem erspäht. Wie jeden Morgen war sie aufgesprungen und riss an der Leine. Dabei bellte sie wie verrückt. Herbert war zu blöd, um den Zusammenhang zu erkennen, und so war auch seine Reaktion stets die gleiche. Er schrie sie an und riss an der Leine: „Du verdammte Töle, blöder Köter, hast du den Verstand verloren?" Doch der Pudelmix war nicht zu bremsen.

Als Jakob ankam, sprang der Hund an ihm hoch, leckte seine Hand und wollte gestreichelt werden. Dann warf er sich auf den Rücken und streckte Jakob seinen Bauch entgegen, über den dieser allerdings nur sanft mit der Krücke fahren konnte. Endlich setzte Peggy sich aufrecht hin. Jakob kraulte sie hinter den Ohren, während die Hündin genüsslich die Augen schloss. Jakobs winziges Lächeln ließ sein sonst so lebloses Gesicht strahlen.

Wenn es in Jakobs Leben überhaupt so etwas wie Sinnlichkeit gab, dann waren es die Momente, in denen er mit seinen Händen durch das warme Fell eines Tieres fuhr. Der Duft von Pferden und Kühen, das Berühren von seidigem Fell oder der Blick in die sanften Augen eines Hundes waren die glücklichsten Augenblicke für ihn überhaupt. Die Wärme eines Menschen hatte er zuletzt vor über zwanzig Jahren gefühlt.

Peggy schaute Jakob erwartungsvoll an. Sie forderte ihn auf, das zu tun, worauf sie ganz versessen war: fressen! Jakob riss die Dose Hundefutter auf und leerte den Inhalt auf den Boden. Peggy stürzte sich gierig darauf und leckte das Pflaster ab, bis zum letzten Molekül. Dann legte sie sich zufrieden hin und leckte sich noch lange danach das Maul.

„He, Krücke, haste mal' n Bier für mich?", lallte Herbert.

„Vergiss es!", war alles, was Jakob dazu zu sagen hatte.

Er setzte sich an den äußersten rechten Rand und öffnete eine weitere Dose Bier, als Abdullah, ein eleganter Marokkaner, an ihm vorbeiging. Abgesehen von seinem dunkleren Teint, wirkte der Mann sehr europäisch. Jakob und er blickten sich für einen winzigen Moment an. Sie kannten sich. Manchmal kaufte Jakob bei Abdullah ein paar Gramm Cannabis. Mit dem Blick hatten sie sich darauf verständigt, zur üblichen Zeit am üblichen Ort ein kleines Geschäft miteinander zu tätigen. Meist trat Abdullah gar nicht selbst in Erscheinung, sondern schickte einen seiner unzähligen Handlanger, die allesamt mit größter Vorsicht zu genießen waren. Zahlungsunfähigkeit wurde nicht akzeptiert. Abdullah hatte den Ruf eines angesehenen und anständigen Geschäftsmannes, der es als einer der wenigen Ausländer geschafft hatte, mit seinem Teppichhandel in der hiesigen Region Fuß zu fassen. Überall war der freundliche, bescheidene und gut aussehende Mann beliebt. Dass Abdullah eine Größe im Geschäft um illegale Drogen und Waffen war, wussten nur wenige. Niemals wurden Junkies oder andere zwielichtige Gestalten mit ihm zusammen gesehen. Es gab andere Möglichkeiten mit ihm in Kontakt zu treten. Für Abdullahs Integrität würde jeder der hiesigen Händler die Hand ins Feuer legen.

Jakob war kein Junkie, aber hin und wieder rauchte er gern ein Haschpfeifchen, weil er diesen Rausch mehr mochte als das übliche Besäufnis. Überdies wirkte die Droge Appetit anregend. Nur nach Haschisch hatte Jakob Lust auf Essen. Sonst aß er nur, wenn ihm der leere Magen Probleme verursachte. Es schmeckte Jakob einfach nicht. Aber heute würde er sich mit Süßigkeiten eindecken, die er am Abend in wohligem Rausch zu sich nehmen wollte. Dennoch war die Pfeife die Ausnahme. Es handelte sich um eine einsame und teure Sucht. Da Jakob wusste, dass er mit einem klaren Kopf den Tag niemals aushalten könnte, würde es sicher nicht bei Cannabis bleiben. Schon sehr bald würde er härtere Drogen benötigen und damit einen Teufelskreis in Gang setzen, den er täglich bei den Junkies vor Augen hatte. Mehr als ein Pfeifchen die Woche gönnte er sich daher nicht. Die furchtbaren Qualen des Drogenentzugs wollte er sich nicht auch noch antun. Das morgendliche Zittern und die Übelkeit vom Trinken setzten ihm schon mehr als genug zu.

Ohne nach etwas Besonderem Ausschau zu halten, trank Jakob sein Bier und rauchte. Etwa fünfzig Meter weiter, auf der Bank vor dem Spielplatz, saß die junge Frau, die ihn eben so aggressiv beschimpft hatte. Zu ihren Füßen lag der wunderschöne Hund mit dem roten Halstuch. Sie kraulte ihn hinter den Ohren und blickte dabei gedankenverloren ins Weite. Als sie ihre Hand zurückzog, um in der Tasche zu kramen, leckte der Hund ihre Finger. Jakob beobachtete, wie die junge Frau einen Flachmann aus der Tasche zog und sich an den Mund setzte. Es erschütterte ihn, wie gierig das Mädchen den Schnaps hinunterkippte. Sie war doch fast noch ein Kind! Ein Kind mit leeren Augen, die eine merkwürdige Kombination aus Verlorenheit und Härte ausstrahlten. Jakob konnte den Blick nicht von ihr abwenden. Sie war anders als die Jugendlichen beim Aldi, reifer vielleicht, irgendwie verlorener. Auch äußerlich spiegelte sich Widersprüchliches. Ihre dünnen Beine steckten in engen Jeans, die Knie traten überdeutlich hervor. Der dicke Parka hatte ganz sicher schon viele Jahre auf dem Buckel und war verdreckt und verwaschen. Selbst von weitem konnte Jakob erkennen, dass ihre kleinen Hände rot vor Kälte waren. An den Füßen trug sie derbe Springerstiefel. Die Jacke war bis oben hin zugezogen, so als sei ihr furchtbar kalt. An ihrem übergroßen Rucksack baumelte ein zweites Paar Schuhe; billige Turnschuhe für wärmeres Wetter oder als Ersatz, wenn die anderen nass waren. Es war offensichtlich, dass auch sie heimatlos war, ohne festen Wohnsitz und vermutlich ohne feste Beziehungen, so wie alle hier draußen. Nur das sie keiner der Cliquen angehörte. Jakob war sicher, dass sie nicht von hier stammte. Es schmerzte ihn, sie so zu sehen, auch wenn sie ihn eben wie Dreck behandelt hatte. Ein Mädchen in ihrem Alter sollte so nicht leben. Wo waren ihre Eltern? Wo ihre Freundinnen? Wo ihr Zuhause?

Irgendwie kam sie ihm bekannt vor. Aber er konnte sich beim besten Willen nicht erinnern, woher. Den Hund hatte er mit Sicherheit noch nie gesehen; ein so schönes Tier wäre ihm im Gedächtnis geblieben.

Plötzlich wurde Jakob von dem lauten Kläffen eines Hundes abgelenkt. Es war unverkennbar Rex, ein Terrier, der niemanden außer seinen Besitzer Peter und ihn, Jakob, in seine Nähe ließ. Darauf war Jakob sehr stolz. Der Hund war aggressiv und hätte eigentlich einen Maulkorb tragen müssen. Er zerrte wie üblich an der Leine, pinkelte an die Hauswand des Tabakladens und zog dann wieder in Jakobs Richtung. Anders als Peggy wollte Rex zuerst fressen. Er kratzte hartnäckig mit seinen Vorderpfoten an Jakobs Knie, was ziemlich weh tat, weil seine Krallen zu lang waren. Der Hund bekam zu wenig Auslauf. Jakob öffnete schnell die Dose und leerte sie auf den Boden. Während Rex gierig fraß, streichelte Jakob das drahtige Fell des Hundes, das, wenn es ordentlich geschoren würde, ihn als wunderschönen Foxterrier zu erkennen gäbe.

Peter gehörte zu den ganz Jungen am Brunnen. Wahrscheinlich war er sogar einige Jahre jünger als Jakob. Sein Alter war schwer zu schätzen, aber es interessierte sich auch niemand dafür, wie alt dieser Parasit eigentlich war. Er kam schon seit Jahren zum Brunnen und war mit seinem Leben nicht einmal unzufrieden. Im Grunde hatte er es sich selbst so ausgesucht. Antriebs- und interesselos, wie er war, hatte es ihn von der Schule, direkt auf die Bank beim Brunnen gezogen. Der Übergang vom Schulschwänzer zum Arbeitslosen war fließend gewesen. Er gehörte weder zu denen, deren Existenz, aus welchen Gründen auch immer, in die Brüche gegangen war, noch gehörte er zu denen, denen es aufgrund äußerer Umstände, wie einer Behinderung, versagt geblieben war, sich eine bürgerliche Existenz aufzubauen. Er lebte faul in den Tag hinein, so wie es sein Vater ihm vorgelebt hatte: Willenlos und ohne Ziel ließ er sich treiben wie eine Amöbe. Nachts und bei schlechtem Wetter lümmelte er im Männerwohnheim vor dem Fernseher herum, meist saß er jedoch beim Brunnen und gab zu jedem Passanten, der vorüberging, einen blöden Kommentar von sich, den niemand hören wollte. Über Nacht und je nach Laune auch zu anderen Zeiten drückte er seiner minderbemittelten Schwester seinen aggressiven Hund aufs Auge. Mithilfe kleiner staatlicher Zuwendungen und mithilfe seiner Schwester verfügte er über genug, um seinen ständigen Alkoholdurst zu stillen;

die Mahlzeiten holte er sich entweder im Wohnheim, in der Bahnhofsmission oder aus dem Kühlschrank der Schwester.
 Der große Haken an der Sache war aber, dass Hund und Schwester überhaupt nicht miteinander auskamen. Die Schwester hatte panische Angst vor Rex, und Rex, der ihre Abneigung spürte, knurrte, sobald die Frau in seine Nähe kam. Daher musste der Hund auf dem blanken Boden der fensterlosen Abstellkammer liegen und warten, bis Peter sich an ihn erinnerte und ihn daraus befreite. Häufig kam Peter spät, so dass Rex sich schon entleert hatte. Dadurch war die Kammer so verdreckt, dass die stinkende Luft in den Flur entwich, kaum dass die Türe geöffnet wurde. Rex bekam dort nicht einmal Futter. Angeblich hatte Peters Schwester Angst davor, das Zimmer zu betreten, obwohl der Hund zusätzlich am Tisch angebunden war. Mitleid mit dem Hund hatte sie nicht. Vermutlich war sie ebenso verroht und gleichgültig wie Peter.
 Zu gern hätte Jakob Rex genommen, aber weil er an der Leine riss und nicht bei Fuß ging, war das unmöglich. Für Jakob war ganz klar, dass Rex so bösartig war, weil er schlecht behandelt wurde. Er glaubte nicht, dass ein Tier von Natur aus böse sein konnte. Bei Menschen war er sich da nicht so sicher.
 Peter hatte eine Art, die Jakob anwiderte: Er war neugierig und geschwätzig zugleich. Kaum hatte sich Jakob zu Rex hinab gebeugt, fing das dumme Gerede auch schon an: „Weißt du schon das Neueste?"
 Jakob signalisierte mit einem Achselzucken sein Desinteresse.
 „Die Zecke ist wieder hier!" In Peters Stimme lag Sensationsgier, die bei Jakob jedoch ins Leere lief. Um die Sache abzukürzen fragte er nach:
 „Wer?" – „Na, die Zecke! Du weißt schon, die Alte mit dem Kind, die immer mal wieder hier auftaucht und Leute abzockt. Diese fiese Ellen! Die musst du doch kennen!"
 Wieder zuckte Jakob mit den Schultern. An die „fiese" Ellen konnte er sich ganz genau erinnern. Er hatte sie immer aufmerksam beobachtet. Aber in den letzten Jahren hatte er sie

nicht mehr gesehen. Als er ihren Namen hörte, tauchte ihre erbärmliche Gestalt wieder vor seinem geistigen Auge auf. Auch an das Kind, das sie ein oder zwei Mal bei sich gehabt hatte, konnte Jakob sich erinnern, ein dürres, verstocktes Mädchen, dessen Gesicht so ausdruckslos war, dass es einem kalt den Rücken hinunterlaufen konnte. Er hatte es nie sprechen hören und bezweifelte, dass es dies überhaupt konnte. Es hieß, sie sei Ellens Tochter. Vom Alter her hätte sie eher deren Enkelin sein können; wahrscheinlich war das Mädchen deshalb auch nicht normal. Auf jeden Fall war die Kleine schon mindestens zehn oder elf gewesen, als Ellen sie zum ersten Mal mit hierher gebracht hatte. Vielleicht konnte sie nicht länger im Heim bleiben, so dass sie mit auf Betteltour musste. In dieser Zeit musste sich Ellen dumm und dusselig verdient haben. An einem behinderten Kind ging kaum einer einfach so vorbei. Jakob erinnerte sich daran, dass Ellen dem Kind ein bestimmtes Verhalten antrainiert hatte, wenn Passanten zu ihr hinschauten. Er wusste es deshalb so genau, weil er Ellen dafür verachtete, dass sie ihre geisteskranke Tochter benutzte, um Geld zu machen. Wenn das arme Ding zu spät oder falsch reagiert hatte, wurde es bestraft, manchmal sogar geschlagen. Jakob war ganz in Gedanken versunken und zuckte zusammen, als Peter weitersprach.

„Diesmal ist sie allein hier!" – „Wer?" – „Na, die Zecke!" – „Ach so." – „Ist schon ewig her, dass sie hier war. Wo die sich wohl überall herumtreibt? Meine Theorie ist, dass die Alte die Städte nach 'nem bestimmten System abgrast. Wenn sie wo zu lang war oder Ärger mit den Bullen kriegt, dann geht's ab in 'ne andre Stadt. War früher jedes Jahr hier. Urplötzlich hatte sie dann die Kleine bei sich. Glaub, die ist bekloppt. Aber mit der hat sie 'ne Menge Kohle gemacht. War 'ne richtige Dressurnummer mit der. Und wehe, die funksmonierte nich richtig ..."

Jakob mochte dem Geschwätz nicht länger zuhören und wandte sich demonstrativ ab. Was ging ihn das Ganze an? Er öffnete eine weitere Dose Bier und drehte sich eine Zigarette. Ihm war immer noch schlecht, und er hatte Kopfschmerzen.

Auch die Augen machten ihm wieder Probleme. Manchmal sah er alles doppelt. Er kniff das eine Auge zu, um besser sehen zu können, und schaute nach der jungen Frau, die immer noch mit ihrem schönen Hund beim Spielplatz saß. Als Jakob beobachtete, wie die Frau zärtlich ihren Hund streichelte und ihn sogar auf den Kopf küsste, musste er lächeln. Ihm wurde ganz warm beim Anblick von so viel Liebe. Dieses Tier hatte es richtig gut. Umso mehr wunderte sich Jakob über die heruntergekommene junge Frau. Dass sie trank, war offensichtlich. Aber vielleicht war sie gar nicht obdachlos. Vielleicht machte es ihr einfach Spaß in solchen Sachen herumzulaufen und wie eine Stromerin auszusehen. Ein Hund war jedenfalls nichts für eine, die auf der Straße lebte. Fast nirgendwo waren Hunde erlaubt, und er konnte sich nicht vorstellen, dass die junge Frau ihre Hündin länger als ein paar Minuten aus den Augen ließ.

Jakobs Vorrat an Bier ging zur Neige, und seine Blase drückte entsetzlich. Normalerweise wäre er ins Gebüsch neben dem Spielplatz gegangen. Man konnte dort nicht gesehen werden. Diesmal jedoch verspürte er eine seltsame Scham vor der jungen Frau, die sicher leicht erraten konnte, was er dort gemacht hatte. Er beschloss, ins nahegelegene Einkaufszentrum zu gehen. Dort könnte er Bier kaufen und dann die Toilette im oberen Stockwerk vor dem Elektromarkt benutzen. Für die Drehschranke der Toilettenanlage benötigte er fünfzig Cent, so viel wie für eine Dose Bier. Dafür würde er gleich die Gelegenheit nutzen und einen Blick in den Spiegel werfen; Waschen und Kämmen konnten sicher nicht schaden.

Beim Aufstehen knackten seine Knochen laut, und ein höllischer Schmerz schoss ihm ins Bein, so dass er ins Straucheln geriet. Neben ihm wieherte Herbert dämlich:

„Ich glaub, du musst ma deine Knochen ölen und nich den Hals!" Jakob beachtete ihn nicht und und humpelte, schwer auf die Krücken gestützt, ins Zentrum. Als er nach dem Einkauf die Rolltreppe hochfuhr und endlich vor der Schranke stand, wühlte er vergeblich nach einem fünfzig-Cent-Stück. Er hatte vergessen, sich im Laden Geld wechseln zu lassen. „Fuck!" Wütend schlug Jakob mit der Faust gegen die Absperrung. Der Schmerz, der sich prompt bemerkbar machte, ließ ihn noch zorniger werden. Da wurde überall über Menschenwürde geschwafelt, aber kostenlos zu pinkeln gehörte wohl nicht zu den natürlichen Rechten. Er hatte Glück im Unglück, denn zufällig kam Abdullah vorbei. Der konnte ihm einen Euro in zwei passende Münzen wechseln. Erleichtert stand er endlich vorm Urinal. Danach wusch sich noch gründlich Hände und Gesicht, kämmte sich und verließ erfrischt die Kabine.

Mit tiefer Befriedigung beobachtete Jakob eine gut gekleidete und sicher auch gutbetuchte Frau, die ebenso verzweifelt wie er zuvor nach einer passenden Münze kramte. Jakob konnte sehen, dass die in Not geratene Frau sich nach einem adäquaten Geldwechsler umsah. Ihn streifte ihr Blick nur einen winzigen Moment. Erst als ihr nichts anderes übrig blieb, überwand sie sich und sprach ihn verlegen an:

„Könnten Sie mir vielleicht zwanzig Euro wechseln, junger Mann? Ich hab' kein passendes Geld und noch einmal an die Kasse im Laden ..."

Sie brach mitten im Satz ab und sah ihn flehentlich an. Die Situation musste ihr unerträglich peinlich sein.

„Wechseln kann ich leider nicht. Soviel hab ich nicht dabei. Aber ich gebe Ihnen gern ein passendes Geldstück", erwiderte Jakob höflich und reichte ihr die Münze, die er inzwischen aus der Hosentasche gekramt hatte.

„Geht mir auch manchmal so. Ist schon okay!" Für Jakob war es ein inneres Missionsfest, der Dame so generös aus der Verlegenheit helfen zu können.

„Sehr freundlich von Ihnen. Ich würde mich gerne erkenntlich zeigen, aber ..." „Schon gut!", rief er ihr hinterher, als sie durch die Sperre eilte. Er hatte jede Sekunde des kleinen Wortwechsels genossen, hatte er doch oft genug die Verachtung vieler Wohlhabender am eigenen Leibe zu spüren bekommen.

Jakob humpelte zurück. Die Schmerzen und auch die Übelkeit hatten nachgelassen.

„Wo warst du denn so lange? Hast 'e mal 'ne Dose für mich?" Jakob schüttelte nur den Kopf. „Ich bezahle auch!" Peter fragte jedes Mal, obwohl ihm noch nie jemand etwas gegeben hatte. Er hatte selbst Geld und außerdem gesunde, junge Beine. – „Geh doch selbst, du fauler Sack!", fuhr Jakob ihn an. – „Ich kann aber nicht weg. Wegen Rex. Weißt du doch!" – „Red keinen Bockmist. Auf den Hund passe ich schon auf. Der läuft dir ganz gewiss nicht hinterher." – „Aber der beißt!" – „Mich nicht! Entweder du gehst oder sitzest eben auf 'm Trockendock. Mir egal!"

Peter schaute sich nach einer bequemeren Alternative um. Aber bei den anderen brauchte er es gar nicht erst zu versuchen; die hatten alles mitbekommen und grinsten ihn blöde an. Wütend wankte Peter davon, während Jakob Rex, der seinem Herrchen nicht mal hinterher schaute, das Fell kraulte. Jakob war sich sicher, dass der Hund längst über alle Berge wäre, wenn er frei laufen könnte. Es gab nichts, was ihn bei Peter hielt. Jakob hatte sich nie die Mühe gemacht und gefragt, warum Peter überhaupt einen Hund hielt. Er mochte sein Tier ja nicht einmal. Peter wäre sowieso zu dumm, um ihm eine vernünftige Antwort darauf zu geben. Er lebte rein instinktiv, aß und trank wie ein Vieh und machte sich keinerlei Gedanken darüber, wie er auf andere Menschen wirkte, wenn er laut rülpste oder furzte. Skrupellos nahm er, was ihm nicht gehörte, und nutzte jeden Vorteil, der sich ihm bot, ohne sich jemals zu revanchieren.

Am frühen Abend, als Jakob sein letztes Bier ausgetrunken und sich den Stoff für ein Haschpfeifchen besorgt hatte, machte er sich auf den Heimweg. Der Bus stand schon da, und er war froh, sich in die weichen Polster sinken lassen zu können. Erst in einigen Minuten würde der Bus abfahren, doch Jakob genoss die Wärme der Heizung und schaute hinaus in die Dämmerung.

Zum ersten Mal an diesem Tag fühlte er sich richtig wohl. Er hoffte inständig, dass die Briketts, die er morgens aufgelegt hatte, seine Wohnung behaglich warm gehalten hatten. Sein Blick schweifte über den großen Parkplatz, der voller Autos stand. Am Parkscheinautomat hatte sich eine Schlange gebildet. Die meisten Geschäfte schlossen um diese Zeit schon. Die Gestalt, die neben der Schlange stand, erkannte Jakob auf den ersten Blick, obwohl er sie lange nicht gesehen hatte. Peter hatte tatsächlich Recht gehabt. Ellen war wieder in der Stadt auf Beutezug. Ihre Kleidung war unauffällig wie immer. Soweit er sehen konnte, trug sie einen gesteppten, dunklen Mantel, dunkle Hosen und halbhohe Stiefel. Dazu hatte sie aber – und das hob sie aus der Masse deutlich heraus – eine Lapplandmütze mit Ohrenklappen und Fausthandschuhe an. Eigentlich war sie für diese Jahreszeit, es war erst Oktober, viel zu warm angezogen. Aber Jakob wusste, dass dies Teil ihrer Inszenierung war. So wirkte sie auf den ersten Blick wie eine frierende, alte Frau. Den meisten mochte gar nicht auffallen, dass ihr mit dieser Bekleidung unmöglich kalt sein konnte. Zum Nachdenken blieb den Angesprochenen keine Zeit.

Er beobachtete, wie Ellen sich scheinbar zögernd einer Frau mit Kinderwagen näherte, als sei es ihr peinlich, diese anzusprechen. Der Standort war ideal. Am Kassenautomat holten alle ihre Geldbörsen heraus, um nach passenden Münzen zu suchen. Jakob brauchte es gar nicht genau zu sehen, er kannte Ellens Blick in diesen Momenten ganz genau. Durch ihre billige, die Augen vergrößernde, schmierige Brille hob sie den Blick demütig nach oben und sah dem Opfer direkt ins Gesicht; dabei murmelte sie irgendetwas vor sich hin und streckte flehend die behandschuhten Hände vor. Ihre ganze Haltung mimte Armut und Elend. Jakob sah, wie sie ihre vermutlich rissigen Lippen bewegte. Er wusste, dass die Leute das meiste, was Ellen murmelte, nicht verstanden. Das war auch nicht weiter wichtig, Hauptsache, man hörte die Schlüsselwörter: „Hunger", „Kälte", „Krankheit" und das heutzutage selten benutzte Wort

„Barmherzigkeit". Vor allem Frauen und ältere Menschen legten Ellen ohne nachzudenken Geld in die ausgestreckte Hand. Nicht selten bettelte sie dann um mehr, und man legte noch eine Münze drauf. Daraufhin senkte sie jedes Mal demütig den Blick und wisperte ein „Vergelt's Gott".

Für Jakob war es unbegreiflich wie ein Mensch sich derart erniedrigen konnte, aber es musste eine sehr erfolgreiche Show sein, die Ellen abzog, sonst hätte sie sich längst etwas anderes einfallen lassen. Wurde sie von einem Angesprochenen ignoriert, so blieb sie einfach in seiner unmittelbaren Nähe mit ausgestreckter Hand und flehendem Blick stehen, bis derjenige die unerträglich peinliche Situation nicht mehr aushielt und ihr schließlich doch ein Geldstück in die Hand legte. Diese Taktik zog fast immer. Selbst vor Gruppen machte Ellen nicht Halt. Nicht selten lief sie solange nebenher, bis irgendjemand ein Geldstück locker machte, nur um die Alte loszuwerden.

In den Jahren, als Ellen ihre geistig behinderte Tochter mitschleppte, um sie zu vermarkten, waren selbst die Abgebrühtesten unter den Männern am Brunnen über ihre Skrupellosigkeit entsetzt. Ellen war eine eiskalte Geschäftsfrau mit einer gut florierenden Geschäftsidee, und jedes Jahr, das ihr mehr Falten und graue Haare bescherte, ließ ihre Einnahmen wachsen. Ihr jeweiliger Beutezug dauerte nie länger als eine Woche, vermutlich deshalb, weil so niemand in der von Armut gezeichneten Alten die professionelle Betrügerin erkennen konnte. Dann verschwand sie wieder und keiner wusste wohin. Man vermutete, dass sie danach andere Städte abklapperte, und man fragte sich, wo sie dann wohnte. Weder im Frauenhaus noch in einer anderen Einrichtung für Wohnungslose hatte man sie je gesehen. Es ging das Gerücht um, dass Ellen in Pensionen oder gar Hotels wohnte. Aber niemand bekam etwas aus ihr heraus, obwohl sie abends manchmal bei ihnen am Brunnen saß, um Kontakte zu knüpfen, um an eventuell nützliche Informationen zu kommen.

Zu gern hätte Jakob gewusst, wo sie ihren Reichtum stapelte. Dass dem so war, daran hatte Jakob keinen Zweifel.

Als der Busfahrer den Motor anließ, beobachtete Jakob gerade noch, wie die junge Frau mit dem Hund auf Ellen zuging. Offensichtlich kannten sich die beiden. Das Mädchen gestikulierte mit den Händen, während sie sprach. Sie schien sehr aufgeregt zu sein. Es musste irgendetwas mit dem Hund zu tun haben, denn sowohl Ellen wie auch das Mädchen wiesen immer wieder mit der Hand auf das Tier. Sie stritten heftig miteinander. Als der Bus anfuhr, sah Jakob, wie Ellen dem Mädchen mit der flachen Hand ins Gesicht schlug. Er blickte ihm nach, solange er konnte. Zuletzt sah er die junge Frau einsam auf dem großen Parkplatz stehen. Ellen war gegangen.

Mit einem Mal erkannte Jakob, dass es sich um das Mädchen handeln musste, das Ellen als ihre geistig behinderte Tochter ausgegeben hatte. Inzwischen war sie so gut wie erwachsen.

Die Szene, die er soeben beobachtet hatte, wühlte ihn auf. Seit Jahren war ihm nichts mehr wirklich nahe gegangen. Aber der Anblick des Mädchens strahlte soviel Verlorenheit und Verzweiflung aus, dass Jakob ein ohnmächtiger Zorn auf Ellen packte.

„Du bösartiges Aas! Wo soll ich denn jetzt hin?" Es war eher ein Schrei als eine Beschimpfung, die sie Ellen hinterherbrüllte. Doch Ellen ging davon, ohne sich auch nur ein einziges Mal umzudrehen.

Mara presste sich die Hand auf die glühende Wange, und in diesem Moment wusste sie, dass dies das letzte Mal gewesen war, dass Ellen die Hand gegen sie erhoben hatte. Sie würde nicht mehr zu ihr zurückkehren. Viel zu lange schon hatte sie sich Ellens grausamen Bedingungen gebeugt, nur weil sie keine Alternative für sich gesehen hatte. Aber jedes Jahr war es härter geworden, und Ellen hatte jede Kürzung damit gerechtfertigt, dass die Auslagen für Mara ständig wuchsen. Mit dem letzten radikalen Sparkurs hatte Mara allerdings nichts zu tun gehabt. Ellen hatte selbst zugegeben, dass sie sämtliche Rücklagen verzockt hatte. Aber für Mara sah es so aus, als müsse sie allein die finanziellen Konsequenzen tragen hatte. Dadurch hatte Ellen sie vollkommen von sich abhängig gemacht. Mara hatte keinen Pfennig Geld gehabt, um Ellen heimlich zu verlassen. Aber nun war endgültig Schluss mit der Ausbeutung! Ellen hatte den Bogen überspannt, und Mara würde diesmal nicht klein beigeben. Ab sofort wollte sie ein freies und unabhängiges Leben führen. Nach knapp sieben Jahren war es Zeit, den Schlussstrich unter die jahrelange Sklaverei zu ziehen.

Zum ersten Mal im Leben fühlte Mara sich frei, auch wenn sie überhaupt keine Ahnung hatte, wie es weitergehen sollte. Wenigstens brauchte sie jetzt keine Angst mehr vor den Behörden zu haben. Schließlich war sie fast volljährig. Als sie damals blauäugig von zu Hause geflohen war, hatte sie als Minderjährige keine andere Wahl gehabt, als bei Ellen unterzutauchen. Selbst bei Ellen war es noch besser als zu Hause gewesen. Daher hatte sie auch nie versucht ihrer Kerkermeisterin davonzulaufen. Das hatte sie eigentlich erst für den Tag ihres achtzehnten Geburtstages im März geplant, vorausgesetzt, dass sie bis dahin genug Geld beisammen hätte, um eine Flucht zu riskieren. In den einsamen Jahren bei Ellen hatte sie in Büchern und der virtuellen Computerwelt Halt gefunden und sich in Tagträume von einem glücklichen Leben geflüchtet. Und dieses Leben sollte jetzt beginnen.

Mara war zehn Jahre alt gewesen, als sie von zu Hause fortgelaufen war. Damals hieß sie Felicitas Winter und sollte in ein paar Monaten als einzige aus der Klasse in ein nahegelegenes Privatgymnasium wechseln. Sie hatte Angst gehabt, dass sie dadurch auch ihre einzige Freundin, Kerstin Hoffmann, verlieren könnte. Für Felicitas wäre es das schlimmste Unglück überhaupt, wenn sie nicht mehr bei Hoffmanns auf dem Hof sein dürfte. Das war der einzige Ort auf der Welt, wo sie sich sicher fühlte und gemocht wurde. Kerstin und sie waren unzertrennlich gewesen, aber die Eltern der kleinen Felicitas sahen den Umgang ihrer Tochter mit dem Arme-Leute-Kind

Kerstin nicht gerne. Von dem Schulwechsel hatten sie sich auch erhofft, dass Felicitas passendere Freundschaften knüpfte. Sämtliche Kinder ihrer wohlhabenden Bekannten besuchten das Helenen-Stift, das seinen Schülern eine exzellente Ausbildung bot.

Bei einem Kurztrip mit den Eltern nach Belgien hatte sich für Felicitas eine einzigartige Chance zur Flucht eröffnet, die sie genutzt und niemals bereut hatte. Denn nichts konnte schlimmer sein als das, was sie an jedem Mittwochabend zu Hause über sich hatte ergehen lassen müssen.

Felicitas war mit ihren Eltern über Pfingsten für ein paar Tage nach Zeebrügge gefahren, um ein verlängertes Wochenende mit Bekannten zu verbringen, deren Boot dort im Yachthafen ankerte. Während sich ihre Eltern „köstlich amüsierten", wusste sie vor Langeweile nicht ein noch aus. Mit der verwöhnten Tochter von Müllers konnte Felicitas nichts anfangen. Die war bereits fünfzehn und hatte ganz andere Interessen. So saß sie meist mit einem Buch in der Ecke herum oder wanderte die kurze Hafenpromenade auf und ab, auf der Suche nach irgendwelchen Meerestieren. Nachdem sie am Pier zufällig einen vertrockneten Seestern gefunden hatte, hoffte sie darauf, noch andere interessante Sachen wie Muscheln oder Krebse zu entdecken.

An dem Tag, an dem Felicitas beschlossen hatte zu fliehen, war sie mit ihrer Mutter, deren Freundin Sabine und dem älteren Mädchen mit dem Zug nach Brügge zum Shopping gefahren. Seitdem sie am Bahnhof ausgestiegen war, hatte Felicitas nur einen einzigen Wunsch: Sie wollte einen Kescher haben. Immer wieder hatte sie ihre Mutter deswegen gefragt, doch die hörte ihr einfach nicht zu und war bald von ihr sichtlich genervt. Im Gegensatz zu den anderen glaubte Felicitas ganz fest daran, dass sie am Hafen Fische fürs Abendbrot fangen könnte, wenn sie nur einen Kescher bekäme. Um des lieben Friedens willen durfte sie sich das ersehnte Teil endlich kaufen, musste dafür aber versprechen, den Rest des Einkaufs ohne weiteres Quengeln auszuhalten. Die beiden Frauen suchten nach passenden Abendkleidern für ein Fest, das am nächsten Abend in ihrem Hotel stattfinden sollte. Elisabeth, Sabines Tochter, hatte ein großzügiges Taschengeld bekommen und durfte selbstständig umherstreifen. Den ganzen Tag über war Felicitas mit den beiden Frauen von einem Geschäft ins nächste gewechselt. Die Füße taten ihr weh, und sie langweilte sich erbärmlich. Deshalb war sie heilfroh gewesen, als sie endlich die Rückfahrt mit der Eisenbahn angetreten hatten. Zurück in Zeebrügge, durfte sie auf dem Pier noch eine halbe Stunde nach Fischen suchen. Die Mutter war ins Hotel geeilt um zu duschen und sich für den Abend zurecht zu machen.

Den Entschluss wegzulaufen hatte Felicitas Hals über Kopf gefasst, nachdem sie ein Gespräch der Eltern belauscht hatte. Sie war etliche Male an der Mole auf und ab gewandert, ohne auch nur einen Fisch gesehen zu haben. Frustriert hatte sie ihr Vorhaben aufgegeben und war zum Hotel zurückgekehrt. Die Tür des Appartements war nur angelehnt, so dass Felicitas ohne anzuklopfen eintreten konnte. Gerade wollte sie den Fernseher einschalten, da hörte sie, wie die Eltern sich im Bad unterhielten. Sie waren dabei, sich für den Abend umzuziehen.

„Warum können wir denn nicht noch einen Tag dranhängen? Es ist doch ganz egal, ob wir morgen oder übermorgen nach Wiesbaden zurückfahren. Du hast doch sowieso bis zum Ende der Woche frei", hörte Felicitas ihre Mutter sagen.

„Ich werde das jetzt nicht nochmal mit dir diskutieren, wir fahren morgen zurück und damit basta!", antwortete Herr Winter gereizt.

„Kannst du denn nicht einmal den blöden Männerabend ausfallen lassen? Ich habe keine Lust mit Sabine allein Essen zu gehen! Gabi ist noch bis nächste Woche auf Ibiza."

„Stell dich nicht so an! Das eine Mal wirst du schon überleben. Der Mittwoch ist unser Jour fixe; den lasse ich nicht

45

ausfallen. Wenn jeder nur nach Lust und Laune käme, dann würde das nie was. Und überhaupt, – du verstehst dich doch auch hier prima mit Sabine!"
„Sabine will aber auch noch hierbleiben."
„Jürgen aber nicht! Wir haben gestern darüber gesprochen. Er freut sich auch auf Mittwoch; Uwe hat was Besonderes geplant. Da werden wir ihm nicht dazwischenfunken."
„Du denkst nur an dich! Die ganze Woche bist du von morgens bis abends in der Klinik und ich hänge alleine zu Hause und langweile mich."
„Willst du mir jetzt auch noch Vorwürfe machen, dass ich Chefarzt in der Frauenklinik geworden bin? Immerhin verdiene ich mit meinem Beruf jede Menge Geld, das du dann mit vollen Händen zum Fenster rauswirfst ..."
„Das habe ich ..."
Felicitas schaltete den Fernseher ein; sie wollte nichts mehr hören. Ihr Herz schlug hart gegen die Rippen, sie bekam Angst.
Als die Mutter kurz darauf ins Wohnzimmer kam, war ihr nichts von dem Streit anzumerken. Wie so oft klang ihre Stimme aufgesetzt fröhlich:
„Hallo, Süße! Du bist ja schon da! Dann komm mit ins Schlafzimmer, damit ich dich fein machen kann fürs Abendessen!"
„Bitte, Mama! Ich will hier oben bleiben. Mir ist schlecht und ich hab' Bauchweh." In Felicitas' Augen schimmerten Tränen, eine löste sich und rann über ihr rundes Bäckchen.
„Schatz, was ist denn wieder los? Komm, stell dich nicht an! Das geht doch gleich wieder vorbei."
„Mama, bitte ...!"
Die Mutter wurde ungeduldig, und Felicitas wünschte, sie hätte nichts gesagt. Beinahe willenlos ließ sie sich von der Mutter ins Schlafzimmer ziehen und umkleiden. Felicitas' Widerstand hatte sie gereizt, deshalb fuhr sie ihr mit der Bürste ziemlich rabiat durchs Haar; Felicitas konnte ihre Tränen nicht mehr zurückhalten und fing laut zu weinen an.
„Mein Bauch tut so weh ...", jammerte sie.

„Stell dich nicht so an. Du hast nur wieder keine Lust mit uns runterzugehen." – „Mama, das stimmt doch gar nicht!" „Komisch, bei uns kriegst du jedes Mal Bauchschmerzen, wenn du mitkommen sollst. Was ein Glück, dass du immer putzmunter und gesund bist, wenn Hoffmanns dich erwarten!"
„Mama, ich kann doch nichts dafür!"
Die Mutter setzte zu einer Antwort an, wurde aber von ihrem Mann unterbrochen, der mit der Krawatte in der Hand vor den Spiegel trat.
„Was ist los, mein Schatz?", fragte er und sah erst seine Frau, dann Felicitas an.
„Sie hat schon wieder Bauchweh und will nicht mit!" Mutters Ton war schroff. Der Vater schnitt ihr mit einer kurzen Handbewegung das Wort ab. Er kam näher und schaute Felicitas prüfend ins Gesicht. Ihr Atem ging schneller, und sie wurde bleich, als sie seinem Blick begegnete.
„Dem Kind geht es wirklich nicht gut. Sieh doch, wie blass sie um die Nase ist!", sagte er an seine Frau gewandt. Dann tätschelte er Felicitas' Wange.
„Okay! Du kannst oben bleiben und fernsehen. Ich lasse dir eine Tasse Tee und Zwieback bringen und für später ein paar Salzstangen. In der Zimmerbar ist bestimmt Cola. Ausnahmsweise darfst du dir davon eine nehmen, wenn du noch Durst haben solltest. Mama kommt ab und zu rauf und schaut nach dir. Wenn es dir besser geht, kannst du ja nachkommen. Wir sitzen in der Bar hinter dem Frühstücksraum. Bis dann, Kleines!"
Er beugte sich herab, um Felicitas zu küssen. Das Kind drehte schnell den Kopf weg, so dass sein Kuss nur die Wange streifte.
„Da hat sie ja mal wieder erreicht, was sie wollte!", fauchte die Mutter verärgert und verließ das Zimmer ohne ein weiteres Wort. Der Vater fuhr ihr noch einmal durchs Haar und lächelte sie an. Dann folgte er seiner Frau und schloss leise die Zimmertür hinter sich.
Felicitas weinte bitterlich, sie hatte panische Angst vor Mittwoch. Als die Gefühle sie zu übermannen drohten, fiel es ihr

wie Schuppen von den Augen: Sie musste fliehen, der Zeitpunkt war gekommen. Felicitas' Gedanken überschlugen sich. Blitzschnell war der Plan gefasst. Sie wusste, dass die Mutter frühestens in ein oder zwei Stunden nach ihr sehen würde. In einer halben Stunde gab es Abendessen, danach würden sie noch einen Cognac an der Bar trinken, bevor das Kartenspiel begann. Wenn die Mutter käme, um nach ihr zu sehen, wäre sie schon über alle Berge.

Auch wenn der Zeitpunkt spontan gewählt war, handelte Felicitas so, wie sie es sich schon unzählige Male vorgestellt hatte. Die Idee dazu stammte aus einem Krimi, den sie einmal im Vorabendprogramm gesehen hatte. Da war es um einen Einbruch und Mord gegangen. Der Film hatte sie deshalb so fasziniert, weil das Opfer ein kleines Mädchen in ihrem Alter gewesen war. Der Einbrecher war von dem kleinen Mädchen überrascht worden, als er gerade dabei gewesen war, die Schubladen im Wohnzimmer zu durchwühlen. Der Räuber hatte das Mädchen mitgenommen und entführt. Erst Wochen später, als man die Leiche des Kindes gefunden hatte, war man dem Täter auf die Schliche gekommen. In dem Film war das Kind aus dem Versteck des Entführers geflohen. Aber der hatte es bald aufgespürt, weil seine auffällige rote Jacke in dem Gebüsch, in dem es sich verkrochen hatte, zu sehen gewesen war.

Was Felicitas damals gesehen hatte, spielte sie nun nach. Aber sie würde es besser machen. Sie wusste, dass es wichtig war, falsche Spuren zu legen. Seit sie den Film gesehen hatte, hatte sie immer wieder darüber nachgedacht, was sie tun würde, wenn jemand sie entführte: Sie würde auch fliehen! Und zwar dann, wenn der Entführer schlief. Aus eigener Erfahrung wusste sie, dass jedem irgendwann die Augen zufielen, ob man wollte oder nicht. Dann würde sie noch eine halbe Stunde warten, bis der Mann tief genug schlief und nicht merkte, wenn sie ihm den Schlüssel abnahm. Und dann wäre sie frei und könnte machen, was sie wollte. Auf keinen Fall würde sie nach Hause zurückkehren. Sie würde sich eine kleine Hütte am See suchen und ein Reh, einen Hasen und einen Fuchs zähmen, die dann für immer bei ihr wohnen bleiben sollten. Zu Hause durfte sie nämlich keine Tiere haben, nicht mal einen Hamster, obwohl sie sich nichts mehr wünschte als ein Lebewesen, das ihr gehörte. Ein Hund wäre ihr größter Traum.

Auf Hoffmanns Hof lebten Kühe, Schweine und Hühner. Felicitas überlegte, ob sie sich vielleicht später auch einen Bauernhof kaufen wollte. Dann hätte sie Milch, Fleisch und Eier. Anstelle eines Autos würde sie zwei Ponys haben, auf denen sie reiten oder die sie, wenn sie einkaufen müsste, vor eine kleine Kutsche spannen könnte. Noch lieber als allein im Wald zu leben wäre ihr, wenn sie bei Hoffmanns auf dem Hof leben dürfte. Aber dem würden ihre Eltern niemals zustimmen. Ihre Mutter rümpfte die Nase, wenn sie von Tante Ulrike redete, weil die so nach Vieh roch. Vater nannte die Hoffmanns „Proleten". Auch wenn Felicitas nicht wusste, was genau das bedeutete, war ihr klar, dass es etwas Schlechtes sein musste. Sie selbst fand nichts, was sie bei Hoffmanns störte, erst recht nichts Schlechtes. Felicitas mochte den Geruch von Vieh und Heu. Außerdem roch es im Haus an den Wochenenden auch nach Hefekuchen. Denn Tante Ulrike backte dann immer zwei Bleche, Streuselkuchen und Apfel- oder Pflaumenkuchen. Davon durften sie, Kerstin und ihre Geschwister so viel abschneiden, wie sie wollten. Außerdem war Frau Hoffmann auch ohne Schminke schön. Es machte gar nichts, dass sie ein wenig mollig war. Felicitas fand sie in ihrer blauen Schürze und den Gummistiefeln wunderschön, und sie mochte es sogar, wenn sie von Kerstins Mutter in den Arm genommen wurde.

Für einen Moment spielte Felicitas mit dem Gedanken bei Hoffmanns anzurufen, damit sie ihre Eltern fragten, ob sie nicht bei ihnen wohnen dürfte, verwarf den Gedanken aber sofort. Sie wollte so weit wie möglich vom Vater und seinen ekligen Freunden fliehen. Dann würde sie doch lieber alleine im Wald leben. Wie so oft verlor Felicitas sich in Tagträumen und lächelte abwesend. In Gedanken kraulte sie ihr gezähmtes Rehkitz und blickte auf den kleinen See vor ihrem Blockhaus.

Als es an der Tür klopfte und das Zimmermädchen ein Tablett mit Tee und Gebäck hereintrug, musste sie sich fast ins Bein zwicken, um wieder in die Realität zurückzukehren. Das Kind bedankte sich artig und wartete, bis sie die Schritte der Frau draußen auf dem Flur hörte. Dann atmete sie tief ein und ging ans Werk.

Für ihre Flucht brauchte sie Geld, und sie musste sich verkleiden. Also durchsuchte Felicitas die Schränke und Schubladen im Appartement. Sie hatte Glück: In der Innentasche von Vaters Jacke fand sie gleich ein ganzes Bündel Banknoten. Er misstraute dem Plastikgeld und nahm lieber Bares mit in den Urlaub. In Mamas Handtasche, die auf dem Bett lag, befand sich ebenfalls ein Geldbeutel mit ein paar Scheinen und Münzen darin. Felicitas zählte nach und stellte fest, dass sie mehr als vierhundert Euro hatte. Das war viel Geld, damit könnte sie sich nicht nur eine Hütte kaufen, sondern auch einen Hund und sich so ihren heißesten Wunsch erfüllen. Dieser Gedanke versetzte sie in Vorfreude, und die Panik, die sie eben noch verspürt hatte, war wie weggeblasen. Sie zwang sich in Ruhe nachzudenken, damit ihr kein Fehler unterlief. Zuerst suchte sie nach einem unauffälligen T-Shirt und ein paar anderen Sachen, damit sie sich später umziehen konnte, und steckte sie zusammen mit Mutters Handtasche in eine Plastiktüte. Sie mochte die alberne weiße Kombination aus Rock und Bluse nicht, die ihr die Mutter fürs Abendessen angezogen hatte. Außerdem waren diese Kleider zu auffällig.

Alles sollte nach einem Einbruch aussehen. Deshalb warf sie die große Vase neben der Tür um, zerrte ein paar Kleider aus den Schubladen und öffnete sämtliche Schranktüren in Bad und Schlafzimmer. Zuletzt warf sie die halbvolle Teetasse auf den Boden und zertrat sie mit dem Schuh. Dann riss sie sich ein paar Haare aus und drapierte sie auf dem Glastisch. Im Fernsehen hatte die Polizei auch nach Haaren gesucht. Als sie den

Aschenbecher auf den Teppich kippen wollte, stieß sie versehentlich ein Glas vom Tisch. Reflexhaft versuchte sie es aufzufangen. Dabei stieß das Glas an den Kristallaschenbecher und zersprang. Eine längliche Scherbe bohrte sich in Felicitas Handballen. Das Kind keuchte vor Schmerz, überwand sich aber und zog das Glasstück heraus. Die Wunde blutete heftig, und Felicitas griff zum erstbesten Stoff, den sie zu fassen bekam. Mit der teuren Spitzendecke riss sie auch den Blumenschmuck herunter, den das Zimmermädchen am ersten Morgen mit einem Gruß von Müllers gebracht und dort hingestellt hatte. Angesichts des Blutes und des unbeabsichtigten Tohuwabohus geriet Felicitas in Panik. Sie schnappte sich die Plastiktüte, stürzte aus dem Zimmer und sprang in den Fahrstuhl, dessen Türen gerade dabei waren, sich zu schließen. Heftig atmend lehnte sie sich an die Fahrstuhlwand und presste ein Tuch auf die blutende Wunde. Dann drückte sie den Knopf zum Erdgeschoss. Als der Aufzug anhielt, zwang sie sich zur Ruhe. Sie hatte Glück, denn der Empfangschef am Tresen stritt sich gerade mit einem anderen Mann. Beide starrten auf den Computerbildschirm unter dem Schlüsselbord. Das Foyer war leer, abgesehen von einer Frau, die versuchte, ihr schreiendes Baby zu beruhigen. Niemand bemerkte, wie das Kind mit der Plastiktüte das Hotel verließ. Felicitas wusste, wohin sie gehen wollte und was sie als Nächstes in Angriff nehmen würde. Nicht weit vom Hotel befand sich das Schnellrestaurant, wo sie am zweiten Abend mit der Tochter von Müllers einen Hamburger gegessen hatte. Dort würde sie sich in Ruhe die unauffälligen Sachen anziehen, damit sie so aussah wie alle anderen Kinder und in der Menge nicht auffiel. Felicitas wusste, dass ihre Eltern sie in ein paar Stunden suchen und wahrscheinlich auch die Polizei informieren würden. Sie eilte über den Gehweg entlang der Hauptstraße, bog dann rechts ab und kam nach wenigen Minuten beim Schnellrestaurant an.

In Mamas Handtasche befand sich ein kleines Täschchen, Mutter nannte es ihr „Necessaire". Darin bewahrte sie Schminkutensilien, ein Nageletui und Nähzeug auf. Das Nähzeug war das Wichtigste, denn dazu gehörte eine kleine, scharfe Schere. Damit würde Felicitas endlich das tun, was ihr die Mutter, trotz unzähliger Bitten, immer verwehrt hatte: die verhassten, langen Haare abschneiden.

An ihrem sechsten Geburtstag hatte Felicitas sich schon einmal die Haare abgeschnitten. Abends sollte wieder Herrenrunde sein, und kurz bevor die Geburtstagsgäste kamen, hatte Felicitas sich ihre hellblonden Schillerlöckchen abgeschnitten, die die Männer so mochten. Ihre Mutter war außer sich vor Zorn gewesen und hatte sie verprügelt und angeschrien. So etwas tat sie sonst nie. Eigentlich war Mama überhaupt nicht streng. Felicitas konnte tun und lassen, was sie wollte. Doch was das Aussehen betraf, war die Mutter unerbittlich. Jeden Morgen nahm sie sich die Zeit, um ihre Tochter schön anzuziehen und zu frisieren. Zu keiner Zeit des Tages verbrachte Mama so viel Zeit mit ihr wie morgens. Mama kleidete und frisierte sie an jedem Tag wie ein Püppchen und war erst dann zufrieden, wenn ihre Tochter ‚entzückend' aussah. Felicitas mochte das überhaupt nicht; sie schämte sich vor den anderen Kindern deswegen. Unzählige Male hatte sie ihre Mutter angefleht, ihr normale Sachen wie Jeans und Pullover anzuziehen. Außerdem hatte sie sich kurze Haare oder wenigstens geflochtene Zöpfe gewünscht wie andere Mädchen sie hatten. Sie verabscheute ihre hellblonden Locken, die die Mutter mit Schleifen oder teuren Spangen aus dem Gesicht hielt. Aber Mama – und vor allem Papa – waren in diesem Punkt unerbittlich.

Damals hatte die Mutter ihr heftige Vorwürfe gemacht und gesagt, dass ihre Haare bestimmt glatt nachwachsen würden und die Locken nicht wiederkämen. Als Felicitas das hörte, freute sie sich trotz des ganzen Ärgers. Doch es kam anders. Sobald ihre Haare wieder länger wurden, bearbeitete ihre Mutter sie morgens mit der Rundbürste, was noch mehr Zeit in Anspruch nahm. Felicitas hasste es, denn so lange sie wie eine Prinzessin aussehen musste, würde das Schreckliche immer weitergehen.

Vor den Kassen im Schnellrestaurant herrschte großer Andrang. Besonders Familien mit kleinen Kindern wollten um diese Zeit etwas zu Abend essen. Auch Felicitas hatte Hunger, Zwieback und Tee hatte sie nicht angerührt. Aber zuerst musste sie dringend auf die Toilette. Sie ging die Treppe hinauf ins Obergeschoss, wo sich die Toiletten befanden. Zum Glück fand sie eine freie Kabine und erleichterte ihre Blase. Sie beschloss, sich in der Kabine umzuziehen und einige Veränderungen an sich vorzunehmen, damit sich die Leute nicht so leicht an sie erinnerten. Ihre weißen Kleider waren zu auffällig und die Schuhe unbequem. Schnell riss sie sich die Sachen vom Leib und schlüpfte in die unauffällige Jeans und das dunkelblaue T-Shirt. Dann tauschte sie die Riemchensandalen gegen ein paar Turnschuhe und zog die vergoldete Haarspange aus den Haaren. Dann folgten die Ohrringe und das Halskettchen. Es fiel ihr nicht schwer, sich von den Sachen zu trennen. Sie mochte keinen Schmuck. Außerdem war sie heilfroh, dass sie zu Hause daran gedacht hatte ihre Jeans einzupacken. Die Mutter hatte nur feine Sachen für die Reise herausgelegt. Aber Felicitas hatte schnell noch ihre Lieblingshose und die Turnschuhe in den kleinen Koffer getan. Sie stopfte das weiße Kostüm in die Tüte und fingerte die Handtasche heraus, um nach dem Necessaire zu suchen. Für Felicitas war es ein Moment der Befreiung, ihre goldenen, langen Haare in die Toilettenschüssel fallen zu lassen und die Spülung zu betätigen. Mit ihrem neuen Erscheinungsbild hatte sie alle äußeren Kennzeichen abgelegt, die an die „Prinzessin" und deren unsägliches Schicksal erinnerten. Sie fühlte sich frei und sicher, als sie mit der kleinen Schere ihr Haar zu einer struppigen Kurzhaarfrisur zurechtschnitt. Als sie sicher war allein zu sein, stellte sie sich vor den Spiegel im Waschraum, um ihre neue Frisur ein wenig in Form zu schneiden. Mit sich zufrieden verließ sie den Waschraum und ging die Treppe zurück in den Verkaufsraum.

Noch immer drängten sich vor den Kassen Leute. Felicitas war unruhig. Vor über einer Stunde war sie aus dem Hotel geflohen und fürchtete nicht mehr viel Zeit zu haben, bis man nach ihr suchte. Daher verzichtete sie auf Burger und Pommes und wandte sich zum Ausgang. Eine junge Angestellte verteilte dort rote und blaue Kappen mit dem Logo der Imbisskette an Kinder. Felicitas griff begeistert nach einer roten. Sie hatte seit Tagen vergeblich versucht so eine zu ergattern. Sofort setzte sie sich die Kappe ein wenig schief auf, so wie sie es bei einem älteren Mädchen gesehen hatte, und fühlte sich cool damit.

Unschlüssig, wohin sie gehen sollte, ließ sie sich mit der Menschenmenge treiben, die mit vollen Einkaufstüten den naheliegenden Supermarkt verließ. Ein paar Minuten später fand sie sich auf einem großen Parkplatz wieder. Als sie suchend in alle Richtungen schaute, rutschte ihr die volle Plastiktüte aus der Hand. Missmutig hob sie sie auf und beschloss, sich einiger Sachen zu entledigen, auf die sie verzichten konnte. Mutters unförmige Handtasche und den viel zu großen Geldbeutel warf sie in die nächstbeste Mülltonne, nachdem sie alles Brauchbare herausgefischt hatte. Das Geld stopfte sie sich lose in die Hosentasche. Die Kleidung behielt sie vorsichtshalber, damit sie im Notfall etwas zum Wechseln hatte. Lediglich die Sandalen wollte sie wegwerfen. Die waren ihr schon immer unbequem gewesen. Sie kramte noch danach, als sie am Ende des großen Platzes angelangt war, fand aber nur den rechten Schuh. Der andere musste ihr aus der Tasche gefallen sein. Achselzuckend warf sie ihn an der Schranke die kleine Böschung hinab und wand sich einer belebteren Gasse zu. Unversehens fand sie sich am Bahnhof wieder. Am besten wäre es, mit dem Zug in die nächste größere Stadt zu fahren. Felicitas wollte so schnell wie möglich von Zeebrügge weg, da man sie natürlich zuerst vor Ort suchen würde. Von Zeebrügge war es nicht weit bis Brügge. Dort kannte sie sich ein wenig aus, da sie dort schon zwei Mal gewesen war, einmal mit allen zusammen auf einem Ausflug und ein zweites Mal mit der Mutter und Frau Müller zum Shopping. Felicitas traute sich zu allein mit dem Zug zu fahren. Aber sie fürchtete, dass der Mann am Schalter sie wiedererkennen würde. Unschlüssig lief sie einer Schulklasse hinterher und überlegte, ob sie sich anschließen sollte. Die Schüler waren etwa in ihrem Alter. Da würde sie nicht leicht auffallen. Vorneweg ging die Lehrerin, die einen großen blauen Schirm aufgespannt hatte, wahrscheinlich weil sie so von allen Kindern gut gesehen werden konnte. Eins nach dem anderen drängten sich die Kinder in den Zug nach Brügge. Im letzten Augenblick stieg auch Felicitas ein und ließ sich aufatmend in einen Sitz fallen. „Bleibt hier bei mir! Ich habe die Fahrkarten", hörte sie die Lehrerin rufen. Da kam auch schon die Schaffnerin und kontrollierte die Fahrgäste. Felicitas Herz klopfte schnell und laut. Was, wenn die Schaffnerin zu ihr käme? Doch sie hatte Glück. Die Frau knipste die Sammelfahrkarte bei der Lehrerin ab und ließ ihren Blick über die Kindergruppe gleiten, die fast den halben Waggon besetzte. Den anfänglichen Versuch die Kinder abzuzählen gab sie gottlob auf, da es immer noch Rangeleien gab, wer bei wem sitzen durfte. Dann kam sie direkt auf Felicitas zu. Ihr wurde schlecht vor Angst. Die Schaffnerin würde sie an der nächsten Haltestelle bestimmt der Polizei übergeben. Überall hingen Schilder, die darauf hinwiesen, dass Schwarzfahren angezeigt wurde. Die Frau blieb stehen und kontrollierte die Fahrkarte eines jungen Mannes vor ihr, beachtete aber Felicitas nicht weiter. Sie war offensichtlich der Meinung, Felicitas gehöre zur Schulklasse. Felicitas fiel ein Stein vom Herzen. Aber sie nahm sich vor, nie wieder ein solches Risiko einzugehen. In Brügge stieg sie mit den Kindern aus und schaute sich unschlüssig um. Die Bahnfahrt war ihr sehr kurz vorgekommen, viel kürzer als die Fahrt mit der Mutter. War sie hier sicher? Am Bahnsteig erkannte sie ein Zimmermädchen des Hotels. Schnell versteckte sie sich hinter einem Ticketschalter. Felicitas bekam es mit der Angst zu tun. Wenn die Frau sie nun gesehen hatte? Erst gestern hatte sie von ihr ein Bonbon geschenkt bekommen. Panisch sah sie sich um. Sie musste so schnell wie möglich von hier verschwinden. Aber wohin? Die an den Bahnsteigen angegebenen Orte kannte

Felicitas alle nicht. Sie kam sich verloren und dumm vor. Eine laute Männerstimme tönte aus dem Lautsprecher und bat um Gehör, auch auf Deutsch. Felicitas verstand das meiste nicht, nur dass ein Zug Verspätung haben und um Viertel nach sieben auf Gleis zwei ankommen würde. Der Zug würde um sieben Uhr zwanzig weiterfahren und auch in Aachen haltmachen. Aachen! Dort war sie schon einmal in einem Feriencamp gewesen, und es hatte ihr gut gefallen. Damals hatten sie auch den Dom besichtigt. Felicitas war von den dort ausgestellten Reliquien tief beeindruckt gewesen und hatte sich an den Kleidern, die Maria und Jesus getragen haben sollen, nicht sattsehen können. Sogar eine Windel des Jesuskindes konnte man betrachten. Voller Begeisterung hatte Felicitas ihren Eltern davon erzählt. Aber sie hatten nur gelacht und gesagt, dass die Sachen lediglich zeigten, wie naiv und dumm manche Menschen seien, wenn sie an Gott glaubten. Für Felicitas aber waren die Reliquien Beweise dafür gewesen, dass die Geschichten in der Bibel stimmten und Hoffmanns keine blöden Spinner waren, wie Vater immer behauptete. Sie glaubte an Gott, weil Kerstins Vater ihr viel davon erzählt hatte, und ging deshalb regelmäßig mit ihrer Freundin in den Kindergottesdienst. Die Eltern hatten ihr es erlaubt, auch wenn sie sich darüber lustig machten. So konnten sie am Sonntagmorgen wenigstens ungestört frühstücken. Felicitas hatte ohnehin nie Appetit. Außer bei Hoffmanns. Dort ließ sie sich gerne zu dem frischen Hefekuchen einladen. Herr Hoffmann sagte dann immer zu ihr: „Wo steckst du das alles bloß hin, du halbe Portion?" Zu Hause aß Felicitas kaum. Besonders wenn der Vater mit am Tisch saß, bekam sie fast keinen Bissen herunter.

Felicitas liebte die biblischen Geschichten und hörte dem Pastor aufmerksam zu, wenn er aus der Bibel vorlas. In kleinen Gruppen wurde anschließend darüber gesprochen. Warum sollte der Pastor den Leuten Märchen erzählen? Außerdem glaubten nicht nur Kinder und dumme Leute an Gott. Felicitas erinnerte sich an die Geschichte vom letzten Mal. Da hatte der Pastor die Geschichte von Naomi und Ruth erzählt. Naomi hatte alle ihre Söhne verloren und sich deshalb einen anderen Namen gegeben: Mara, die Bittere. Das bedeutete, dass sie nicht mehr glücklich war. Felicitas dachte daran, dass die Frau vom Kindergottesdienst zu ihr gesagt hatte, dass Felicitas genau das Gegenteil bedeutete. Eigentlich passte der Name „Felicitas" gar nicht zu ihr. „Mara" war eher richtig und klang auch noch sehr schön. Sie beschloss, sich ab sofort so zu nennen. Als Nachnamen könnte sie sich „Sommer" statt „Winter" nennen. Das konnte sie sich leicht merken. Ihren echten Namen konnte sie sowieso niemandem sagen. Das wäre viel zu gefährlich gewesen.

Aus der Prinzessin „Felicitas Winter" wurde das Straßenkind „Mara Sommer".

Mara suchte in den Hosentaschen nach dem Geld, das sie ihrem Vater aus der Jacke gestohlen hatte, und wandte sich dem Bahnhofsgebäude zu, um sich eine Fahrkarte zu kaufen. Als sie sich in die Schlange vor dem Ticketschalter einreihte, bekam sie es wieder mit der Angst zu tun. Was sollte sie antworten, wenn der Mann am Schalter sie fragte, warum sie ohne Eltern mit dem Zug fahren wollte? Sie überlegte sich, dass sie sagen würde, ihre Mutter suche noch nach einem Parkplatz und dass sie in Aachen von ihrer Tante Ina abgeholt würde. Zögernd schritt sie zum Schalter:

„Eine Fahrkarte nach Aachen, bitte."

Der Mann in Uniform fragte nach ihrem Alter und sie antwortete nach einem kurzen Räuspern:

„Ich bin zehn Jahre alt."

„Also halber Preis". Mehr sagte der Mann nicht, dann gab er ihr die Fahrkarte und das Wechselgeld. Als Mara sich in den Zug setzte, klopfte ihr Herz immer noch laut und schnell. Erst bei der Abfahrt wurde ihr etwas leichter zumute. Sie versank in Tagträumen, wie immer, wenn sie vor Angst nicht ein noch aus wusste.

Doch als ob der liebe Gott selbst ein Einsehen in ihre Situation gehabt hätte, stieg wieder eine Reisegruppe mit Kindern in Maras Abteil ein. Sie war erleichtert. Auch diesmal würde sie nicht besonders auffallen, auch wenn es sich um eine erste oder zweite Grundschulklasse handelte.

Als die letzten Kinder kreischend und schubsend einstiegen, träumte Mara sich wieder weg aus der Realität. Diesmal stellte sie sich vor, sie wäre mit auf der Klassenfahrt, hätte aber vor allen anderen im Zug gesessen, weil ihre Mutter immer so besorgt um sie wäre und mit ihr eingestiegen sei, um einen guten Sitzplatz für sie zu suchen. Die anderen Kinder müssten jetzt selbst sehen, wo etwas frei wäre. Mittlerweile beherrschte Mara die Flucht in die Fantasie so gut, dass ihre Gefühle die Illusion eines glücklichen Lebens beinahe perfekt wiederspiegelten. Warum kann Mama nicht einfach sein wie Kerstins Mama? Und Onkel Jürgen wäre mein Vater, der auf mich aufpasst, dass mir niemand etwas Böses antut, dachte sie und wischte sich die Träne fort, die sich aus dem Augenwinkel gelöst hatte, als sie sich Kerstin und den Hoffmanns, die sie nun auch nicht wiedersehen würde. Aber sie wollte um keinen Preis auffallen, also zwang sie sich zu lächeln und lenkte sich wieder mit schönen Gedanken ab: Was für ein Tier soll ich mir bloß zuerst kaufen – ein Pferd oder lieber einen kleinen Hund? Lieber einen Hund; der soll für immer mein allerbester Freund sein! Reicht das Geld denn dafür aus? Mit einem Mal wurde ihr klar, dass ihr Geld nicht für immer reichen würde. Die Fahrkarte war schon so teuer gewesen, dass ihr angst und bange geworden war. Womöglich wäre eine Hütte am See gar nicht zu bezahlen! Sorgen und Ängste überwältigen Mara, so dass sie die Tränen nun doch nicht zurückhalten konnte.

„Die Fahrkarten, bitte!"

Die laute Stimme des Schaffners holte sie zurück in die Wirklichkeit. Mara suchte in der Tüte nach dem Ticket. Weil so viel Andrang am Schalter geherrscht hatte, hatte sie die Fahrkarte zusammen mit dem Wechselgeld in die Plastiktüte geworfen.

Nun fand sie den Schein nicht und wurde zunehmend panisch. Soeben hatte der Mann den Sammelfahrschein der Kindergruppe abgestempelt und der Betreuerin zurückgegeben. Dann hatte er zählend über die Sitze geblickt, und nun kam er zu ihr. Mara hatte das Ticket noch immer nicht gefunden und wollte gerade zu einer Entschuldigung ansetzen, als der Schaffner den Waggon verließ, um im nächsten Abteil seine Kontrolle fortzusetzen. Aufatmend ließ sie sich in den Sitz zurücksinken und überließ sich wieder ihren Träumen. Ob sie sich einen Fernseher kaufen sollte?

Im letzten Jahr hatte sie deswegen Ärger bekommen. Sie war eine gute Schülerin, und ihre Arbeiten waren fast immer fehlerfrei. Allerdings meldete sie sich nie im Unterricht. Nur wenn die Lehrerin sie etwas fragte, gab sie Antwort. Deshalb, und weil sie oft müde war und über Bauchweh klagte, musste sie mit ihrer Mutter zur Schulpsychologin. Die hatte gefragt, ob sie viel Fernsehen schaue und welche Sendungen sie sehe. Dann hatte sie noch wissen wollen, ob sie gut schlafen könne. Mara hatte wahrheitsgemäß geantwortet, dass sie oft von Monstern träume und nachts oft wach im Bett liege. Seitdem musste sie abends um sieben Uhr das Fernsehgerät ausschalten. Mama hatte ihr gesagt, dass sie nur Kinderfilme schauen dürfe und spätestens um acht Uhr das Licht löschen solle. Obwohl niemand sie kontrollierte, achtete Mara darauf pünktlich ins Bett zu gehen. An ihren Fernsehgewohnheiten hingegen änderte sie nichts; auf manche Sendungen mochte sie nicht verzichten, auch wenn sie für Kinder eigentlich nicht geeignet waren.

Mara beschloss auf den Kauf eines Fernsehers zu verzichten. Sie wollte das Geld lieber für Hundefutter und Leine aufsparen. Ihr Pony würde Gras fressen. Allerdings würde sie andere wichtige Dinge, wie Hufkratzer und Striegel benötigen. Mara wusste, dass diese Dinge teuer waren. Zum Reitunterricht im Reitstall der Eltern hatte sie keine Lust gehabt. Aber das Reiten auf dem weißen, zotteligen Pony auf Hoffmanns Hof, das mit den Kühen auf der Weide stand, war toll gewesen. Ganz ohne Sattel hatten die Kinder dort auf dem gutmütigen Tier reiten können, wann immer sie mochten. Das hatte ihr richtig Spaß gemacht, ebenso wie das Striegeln des Ponys oder das Ausmisten der Pferdebox.

„In wenigen Minuten erreichen wir Aachen. Sie haben dort Anschluss ..." Mara schreckte hoch. Sie musste eingeschlafen sein, denn von der Fahrt hatte sie so gut wie nichts mitbekommen. Benommen rieb sie sich die Augen und schaute auf die Uhr. Kein Wunder, dass ihr der Magen knurrte, es war fast acht Uhr abends. In Aachen ließ sie sich vom Menschenstrom mitziehen, der dem Ausgang zustrebte. Danach trödelte ziellos umher; sie hatte keine Ahnung, wie es weitergehen sollte. Die Stadt war größer als sie sie in Erinnerung hatte. Noch war es angenehm warm. Schon seit Mara ausgestiegen war, hatte sie ein flaues Gefühl im Magen gehabt, aber jetzt überfiel sie ein Hunger, wie sie ihn seit damals, als es angefangen hatte, nicht mehr gehabt hatte.

Damals war sie sechs Jahre alt gewesen. Mara wusste es noch gut, denn am nächsten Tag sollte sie eingeschult werden. Seit damals musste sie das Prinzessinnenspiel spielen. Von da an lebte sie in Angst und Schrecken vor den furchtbaren Männerabenden, an denen die Mutter weg und sie ihren Peinigern ausgeliefert war. Schlagartig hatte Mara ihre kindliche Unbeschwertheit verloren und wurde scheu, ernst und misstrauisch. Sie mied alle Erwachsenen, auch die eigene Mutter, der sie nicht vertrauen konnte, da sie fast immer auf Vaters Seite stand und nie wirklich Zeit für sie hatte. Nur zu Kerstins Eltern, Onkel Jürgen und Tante Ulrike, fühlte sie sich hingezogen. Ihnen vertraute sie und genoss es, bei ihnen zu sein. Allerdings erzählte sie auch diesen Leuten nichts von dem furchtbaren Prinzessinnenspiel. Maras Mutter war auf die einfachen Leute nicht gut zu sprechen und verstand nicht, warum ihre Tochter so oft dorthin wollte. Für sie waren diese Menschen ein rotes Tuch und sie sprach nur abfällig über sie.

Dem Vater bereitete Maras Nähe zu diesen Leuten kein Problem. Ihn amüsierte der Hang seiner Tochter zum gemeinen Volk. In seiner Jugend hatte er selbst manchmal bei der Heuernte geholfen. Er hatte den Bauern sogar ein bisschen bewundert. Damals hatte er die Strapazen einfacher Arbeiter oder Bauern mit Freiheit verwechselt. Aber schon bald hatte er erkannt, dass dieses Leben nichts als sinnlose Plackerei bedeutete. Der Beruf des Bauern führte eher zum Sozialamt als zum Heldentum. Er war sich sicher, dass seine Tochter irgendwann genauso dachte.

An einer Dönerbude holte sich Mara einen großen Döner mit allem drum und dran und eine Dose Limonade. Damit setzte sich in den kleinen Park, an dem sie schon mehrfach vorbeigekommen war. Hier gab es viele schöne Eckchen, und bei der Mahlzeit konnte sie in aller Ruhe überlegen, wie es weitergehen sollte. Sie wünschte sich, dass sie jemanden um Rat fragen könnte. Einen Augenblick dachte sie daran, bei Hoffmanns anzurufen und sie um Hilfe zu bitten. Doch diesen Gedanken verwarf sie schnell. Sollten die Eltern sie tatsächlich suchen, würden sie vielleicht mit Hoffmanns sprechen. Und Hoffmanns würden nicht lügen, auch nicht in ihrem Fall. Herr Hoffmann hatte immer gesagt, dass er Unehrlichkeit verabscheue.

Plötzlich fiel Mara ein, dass am Bahnhof ein Plakat für in Not geratene Kinder gehangen hatte. Dort war die Nummer eines Sorgentelefons angegeben, die man anrufen konnte, wenn man nicht mehr weiter wusste. Ausdrücklich hieß es da, alle Anrufe würden vertraulich behandelt. Vielleicht konnte man ihr dort sagen, wo sie wohnen könnte.

Mara ging zurück zum Bahnhof und schrieb die Telefonnummer von dem Plakat ab. Ein Glück, dass in Mamas Handtasche eine Telefonkarte war, obwohl Mama ihr Handy immer dabei hatte. Mara hätte nicht gewusst, wo sie eine solche Karte hätte kaufen können. Ohne Probleme fand sie ein Telefon. Sie überlegte sich genau, was sie sagen wollte, und wählte dann die angegebene Nummer. Eine freundliche

Frau fragte nach ihrem Namen und ihrem Alter. Mara nannte ihren neuen Namen.

„Das ist aber ein ungewöhnlicher Name! Weißt du denn auch, was er bedeutet?" – „Ja"

„Was hast du auf dem Herzen, Mara?"

„Ich suche eine Hütte, die ich kaufen kann."

Die Frau lachte und fragte, wofür sie denn eine Hütte brauche.

„Ich bin von zu Hause weggelaufen und möchte mir einen Hund kaufen und in einer Hütte am See wohnen."

„Warum bist du denn weggelaufen? Und wo bist du im Moment?" Die Stimme der Frau hatte sich verändert. „Ich bin jetzt mit dem Zug hierhin gefahren und will nicht mehr nach Hause, weil Papa und die anderen Männer immer mit mir das Prinzessinnenspiel spielen wollen. Ich mag das nicht. Es tut weh und ist eklig." – „Was ist das für ein Spiel?"

„Von dem Spiel darf ich nichts sagen, weil ich sonst in ein Waisenhaus komme und an ein Bett gekettet werde. Deshalb will ich eine Hütte kaufen. Geld habe ich genug."

„Wo bist du jetzt genau? Wir holen dich sofort ab. Auf keinen Fall kannst du allein in der Stadt bleiben. Das ist viel zu gefährlich. Dann reden wir in Ruhe miteinander und rufen deine Mutter an, damit sie sich keine Sorgen mehr macht."

„Meine Mama darf überhaupt nichts wissen von dem Spiel."

„Gut! Aber jetzt sag mir erst mal, wie die Straße heißt, wo du jetzt bist. Ich schicke sofort jemanden hin. Es wird bald dunkel und du musst doch schlafen. Wenn du hier bist, überlegen wir in Ruhe, was wir tun können. Wir finden bestimmt eine Lösung, mit der alle einverstanden sind." Die Frau merkte, dass Mara ihr nicht traute.

„Ich mache dir einen schönen Kakao, und dann kannst du dich ein bisschen ausruhen und mit den Puppen spielen."

„Ich mag keine Puppen!"

Auch nicht Ken und Barbie? Die mögen doch alle kleinen Mädchen." – „Ich nicht!"

Mara dachte mit Schaudern an das letzte Weihnachtsfest. Sie hatte Barbiepuppen eigentlich noch nie gemocht. Aber Mama schenkte sie ihr gerne, weil auch die Töchter ihrer Freundinnen verrückt darauf waren. Meistens spielte Mara die ersten Tage damit. Dann warf sie sie aber jedes Mal in den Schrank, in dem sie alle uninteressanten Spielsachen aufbewahrte. Ihrer Mutter hatte sie das nie gesagt, sie mochte sie nicht enttäuschen. Aber zum letzten Weihnachtsfest hatte sie Ken und Barbie als Hochzeitspaar geschenkt bekommen. Dazu eine Kutsche mit Pferden und andere Utensilien. Sie war mit den Puppen in ihr Zimmer gegangen und hatte gespielt, dass Ken und Barbie Streit miteinander hätten. Barbies lange, blonde Haare hatte sie mit einem Feuerzeug abgesengt und das elegante Kleid in Stücke geschnitten. Auch Ken hatte Felicitas ausgezogen. Mit einem schwarzen Filzstift hatte sie seine Augen übermalt und den Unterleib ebenfalls mit dem Feuerzeug angesengt.

Mitten im Spiel war die Mutter ins Zimmer gekommen. Als sie sah, was Felicitas getan hatte, wurde sie fuchsteufelswild und erteilte ihr eine ganze Woche Stubenarrest. Die Puppen seien extrem teuer gewesen und wären nun völlig ruiniert, hatte sie geschrien. In ihrem Zorn hatte sie die Puppen nebst Zubehör vom Boden gerafft und das teure Spielzeug in die Mülltonne geworfen.

Als der Vater abends zu ihr ins Zimmer kam, hatte Felicitas den Vorfall schon beinahe vergessen. Sie rechnete auch nicht damit, dass der Vater dazu etwas sagen würde. Solche Angelegenheiten interessierten ihn normalerweise nicht. Aber als er sie mit schmalen, gefährlich glitzernden Augen ansah und von den Puppen sprach, bekam Felicitas schreckliche Angst. Er drohte mit leiser Stimme sie zu bestrafen, genauso, wie sie auch bestraft würde, wenn sie von dem Prinzessinnenspiel etwas ausplaudern sollte. Und sie solle auch in der Schule bloß vorsichtig sein und nichts malen oder sagen, was ihn zornig machen könnte. Die Lehrerin würde ihm sofort berichten, wenn sie in der Schule etwas malte, was mit Männern und Frauen zu tun habe.

Felicitas wurde panisch. Sie hatte ja nicht einmal bemerkt, dass ihr Spiel mit Ken und Barbie mit dem Prinzessinnenspiel zu tun haben könnte. Außerdem hatte sie auch nicht vorgehabt, jemandem die zerstörten Puppen zu zeigen. Sie hatte nur getan, wonach ihr im Moment der Sinn gestanden hatte. Als der Vater ihr Kinn festhielt und sie so zwang ihn anzusehen, brachte sie kein Wort heraus.

„Hast du das verstanden?", zischte er.

Felicitas nickte, und als sie den Blick senkte, rollten Tränen über ihr Gesicht.

„Dann ist es ja gut!", sagte er lächelnd und streichelte ihr die Wange. Dann ließ er sie los und und verließ das Zimmer. Felicitas hörte ihn draußen eine fröhliche Melodie pfeifen. Ein Schaudern überkam sie; sie wusste, dass der Vater die Drohung wahrmachen würde.

„Bis du noch dran?", unterbrach die Frau Maras furchtbare Erinnerung.

„Ja."

„Gut, dann sag mir jetzt mal, wo genau du im Moment bist. Ich möchte nicht, dass dir noch etwas passiert!"

Mara bekam Angst. Niemals würde die Frau ihr helfen, eine Hütte zu finden. Sie würden die Mama suchen, und dann käme alles heraus. Panisch warf sie den Hörer auf die Gabel. Vor nichts fürchtete sie sich mehr als vor dem Waisenhaus, und zurück nach Hause wollte sie niemals mehr.

Langsam wurde es dunkel, und Mara begann zu frösteln. Sie beschloss zunächst in ein Hotel zu gehen und morgen, wenn sie ausgeruht wäre, einen neuen Plan zu schmieden. Ihr fielen fast die Augen zu, als sie gegen 22.00 Uhr eine Gaststätte fand, die zugleich Hotel war. Mara traute sich erst gar nicht hinein, denn am Tresen standen etliche Männer und tranken Bier. Doch die Frau an der Theke lächelte ihr ermutigend zu und sprach sie an:

„Na Kleine, wen suchst du denn? Es ist doch viel zu spät für dich, und du bist ja total müde!"

„Ich möchte ein Zimmer mit Fernseher mieten." – „Bitte?" Mara wiederholte fast trotzig ihren Wunsch.

„Das geht doch nicht! Dafür bist du noch viel zu klein! Wo sind denn deine Eltern? Du bist doch nicht etwa ausgebüxt?" Als Mara klar wurde, dass sie kein Zimmer bekommen würde, hatte sie sich schon in Richtung Ausgang bewegt. „Warte doch", rief ihr die dicke Wirtin hinterher, als Mara zu rennen anfing. Die Frau folgte ihr noch ein paar Meter, kam aber bald aus der Puste. Was sie ihr nachrief, konnte Mara nicht mehr verstehen.

Erst jetzt merkte sie, dass Flüchten viel schwerer war, als sie gedacht hatte. In ihren Plänen hatte sie mit solchen Problemen nicht gerechnet. Jeder fragte zuerst nach ihren Eltern. Sie wusste nicht mehr ein noch aus und wagte auch nicht mehr, jemanden um Hilfe zu bitten. Verzweifelt versteckte sie sich im Park, wo sie todmüde und frierend auf den Morgen wartete.

Erst am nächsten Morgen wagte sie sich wieder auf die Straße. Als sich in einem Schnellrestaurant die ersten Schulkinder anstellten, reihte sich Mara ebenfalls in die Schlange ein. Sie bestellte eine Portion Pommes und einen heißen Kakao und setzte sich an einen kleinen Tisch am Ausgang. Sie ließ sich Zeit und trank den Kakao in kleinen Schlucken. Lange saß sie vor ihrer leeren Tasse, unschlüssig, wie es weitergehen sollte. Mit Schrecken wurde ihr bewusst, wie viel Geld sie schon ausgegeben hatte. Irgendwann fragte eine Bedienung, ob sie denn nicht zur Schule müsste. Sie erklärte stotternd, dass sie auf ihre Mutter warte, die beim Frisör sei. Vor lauter Angst ließ sie die halbe Portion Pommes liegen und verschwand in der Toilette.

Als sie in den Spiegel schaute, stellte sie entsetzt fest, dass sie genauso aussah wie die Kinder aus den berüchtigten Hochhäusern zu Hause: ungekämmt und ungewaschen. Vater sagte, das seien alles „Assis", also ganz üble Leute, die sich nicht wuschen, die Schule schwänzten und auch nicht zur Arbeit gingen. Das seien alles Gangster, und schon die Kinder würden zum Stehlen in die Warenhäuser geschickt. Mara bekam Angst. Wenn die

Polizei sie erwischte, käme sie am Ende ins Gefängnis, wo man Diebe einsperrte. Schnell verließ sie das Restaurant und ging zur Hauptstraße zurück in Richtung Fußgängerzone.

Den ganzen Tag irrte sie herum, hielt sich aber immer in der Nähe des Parks auf, in dem sie die Nacht verbracht hatte. Manchmal ging sie auch auf den Spielplatz, nur, um nicht aufzufallen. Sie war verzweifelt. Was sollte sie nur tun? Gegen Abend setzte sie sich wieder auf die Bank. Sie weinte aus Angst vor der Nacht. Wie schön wäre es jetzt, zu Hause in ihrem warmen Bett zu liegen! Aber wenn sie Mama anriefe, würde die sofort dem Vater Bescheid sagen. Dann käme alles heraus. Sie hatte schlimme Dinge getan, sogar gestohlen, und der Vater war streng. Mara war sicher, dass er sie dafür ins Heim stecken würde. Die Mutter würde ihr bestimmt nicht helfen. Sie stimmte dem Vater immer zu. Aber selbst wenn nichts dergleichen geschah, konnte sie es zu Hause nicht mehr aushalten. Allein der Gedanke an das abendliche Baden und das unerträgliche Prinzessinnenspiel, von dem sie längst wusste, dass es kein Spiel war, löste Entsetzen in ihr aus.

Sollte sie vielleicht doch die Frau vom Sorgentelefon anrufen? Mara fröstelte, sie war verzweifelt und wusste nicht mehr weiter. Der Gedanke, noch eine Nacht draußen zu verbringen, war unerträglich. Doch sie wusste keinen Ausweg, also blieb sie einfach sitzen, auf der Bank in dem kleinen Park in der Nähe des Bahnhofs.

Ellen saß auf der anderen Seite des Parks. Sie hatte noch Zeit, bis der Zug abfuhr, und zählte das Geld, das sie an diesem Tag verdient hatte. In Aachen war Kirmes gewesen, und deshalb war sie jeden Tag in diese Stadt gefahren. Übers Internet verfolgte sie alle Erfolg versprechenden Veranstaltungen und plante danach ihre Woche. Heute würde sie zurück in ihre Wohnung fahren können. Das war ihr am liebsten. Immer konnte sie das nicht so einrichten. Es kam häufig vor, dass sie mehrere Tage lang verreisen musste. Dann nahm sie sich eine billige Pension.

Aber von Aachen aus konnte sie abends zurück nach Köln fahren. Das war allemal billiger, als sich irgendwo einzumieten und morgens ein Frühstück zu bezahlen. Ohne Frühstück vermieteten die Pensionen meist nicht, erst recht nicht für die paar Tage. Ein Hotel kam wegen der Papiere nicht in Betracht. Ellen wollte auf gar keinen Fall, dass man ihre Wege im Fall des Falles nachvollziehen konnte.

Schon seit einer ganzen Weile beobachtete sie das kleine Mädchen auf der Bank gegenüber. Blitzschnell hatte sie mit ihrem geübten Blick erfasst, dass es sich um eine Ausreißerin handeln musste. Sie witterte die Angst und Verzweiflung des Kindes und wusste gleich, dass die Kleine nicht zu den notorischen Ausreißerinnen gehörte, so wie sie damals eine gewesen war.

Als sie begonnen hatte auszureißen, war sie etwa im gleichen Alter gewesen, einige Male von zu Hause aus, später aus diversen Heimen oder Pflegefamilien. Aber über kurz oder lang war sie immer aufgegriffen worden. Erst als sie mit fünfzehn Jahren wegen ihrer Frühreife, Roheit und dem von frühem Alkohol- und Zigarettenmissbrauch geprägten Lebensgewohnheiten ihr kindliches Aussehen verloren hatte, war ihr endgültig die Flucht gelungen.

Die ersten sechs Lebensjahre hatte sie bei ihrer Mutter verbracht, einer Alkoholikerin, die ihren Lebensunterhalt mit illegaler Prostitution bestritt. Weder ihre Mutter noch sie selbst wussten, wer ihr Erzeuger war, und es hatte Ellen auch gar nicht interessiert, wer von den Freiern ihrer Mutter derjenige war, dessen Erbgut sie trug. Ein Kind der Liebe war sie jedenfalls nicht, und ihre Mutter hatte ihr diesbezüglich auch keine Illusionen gemacht. Ellen war ihrer Mutter stets im Weg gewesen, besonders bei ihren Liebesdiensten. Es war ihr völlig gleichgültig gewesen, was die Tochter davon mitbekam. Über Tag hatte sie meistens geschlafen, unterbrochen nur von den notwendigen Trinkpausen. Ein schmuddeliger Bademantel war ihre übliche Bekleidung. Abends takelte sie sich auf und empfing ihre Freier. Ellen musste oft zwangsläufig zusehen, da weder ihre Mutter noch deren Kunden Wert darauf legten, die Türen immer geschlossen zu halten. Hin und wieder vergingen die Männer sich auch an ihr. Die Wohnung war verdreckt, und Ellens Kleider rochen unsauber. Da die Mutter morgens für gewöhnlich noch betrunken im Bett lag und ihr herzlich wenig daran lag, ob Ellen zur Schule ging oder nicht, wurden die Behörden schon bald auf die Verhältnisse aufmerksam. Ellen landete mit zehn Jahren in einem Kinderheim.

Im Laufe der Jahre wechselte sie in verschiedene Heime und Pflegestellen. Es kam immer wieder zu Problemen, weil Ellen die Schule schwänzte, in Geschäften stahl und häufig betrunken war. Niemand kam mit ihr zurecht. Es gab Pflegeeltern, die sich ernsthaft vorgenommen hatten, dem Kind ein wenig Nestwärme zu geben. Alle scheiterten. Ellen war nicht empfänglich für Liebe und Geborgenheit. Vielleicht weil sie nicht gewohnt war in den Arm genommen zu werden, vielleicht auch, weil sie jede Nachfrage, wie es in der Schule war oder was sie den Tag über gemacht habe, lediglich als unliebsame Kontrolle verstand. Von klein auf war sie sich selbst überlassen gewesen und hatte nie Rechenschaft über irgendetwas ablegen müssen. Ihre Mutter hatte sich nicht dafür interessiert, was sie über Tag trieb, und diesen Zustand hielt Ellen für normal. Versuchte ihr jemand nahe zu kommen, verschloss sie sich wie eine Auster. Körperkontakt und nette Worte hatte sie in ihrer frühen Kindheit immer nur dann erfahren, wenn sie für sexuelle Handlungen benötigt wurden, mit denen ihre Mutter den Etat aufbesserte.

Ellen verließ die Schule ohne Abschluss, aber dumm im eigentlichen Sinne war sie nicht. Was sie wissen musste, eignete sie sich problemlos an. Als Herumtreiberin fiel ihr das Leben auf der Straße nicht schwer. Es gab immer Männer, die ihr Unterschlupf gewährten, und Ellen zeigte sich durch sexuelle Gefälligkeiten dafür erkenntlich. Wenn sie keinen aufgegriffen hatte, schlief sie in leer stehenden Häusern, von denen es in ihrer Jugend etliche gab, oder auf einem Pappkarton in Parks oder Hauseingängen.

Als sie volljährig geworden war, hatte sie eine kleine Wohnung bezogen, die von der Fürsorge bezahlt worden war. Ihren Lebensunterhalt verdiente sie weiterhin mit gelegentlicher Prostitution, Diebstahl oder Hehlerei. Solange sie jung war, liefen die Sexgeschäfte recht gut. Ein junger Körper wird gern gekauft, auch wenn er nicht mit Schönheit gesegnet ist. Diese Haupteinnahmequelle versiegte mit zunehmendem Alter. Als sie feststellen musste, dass die Zahl ihrer Freier sich auf einzelne, meist betrunkene Männer aus der Unterschicht reduziert hatte, beschloss sie diesen Erwerbszweig aufzugeben und sich ein neues Betätigungsfeld zu suchen.

Zuerst zog sie in eine andere Stadt, in der sie niemand von früher kannte. Mit wenigen Handgriffen konnte sie sich älter machen, als sie mit ihren fünfzig Jahren war. Ihr mausbraunes Haar, das von grauen Strähnen durchzogen war, ließ sie sich zu einer kurzen, unmodernen Frisur schneiden. Sie trug abgelegte Kleider aus den Kleiderstuben der Kirchen oder aus Secondhandläden, wobei sie Wert auf ältlich wirkende und abgenutzte Sachen legte. Besonders wichtig waren die Schuhe, denn viele Leute mochten Bettlerinnen nicht direkt in die Augen sehen, sondern senkten angesichts der peinlichen Situation den Blick, der dann unwillkürlich auf die ausgetretenen Schuhe fiel.

Sie unterließ strafbare Handlungen wie Diebstahl und Hehlerei, trank tagsüber nichts mehr und begann das Geschäft der professionellen Bettelei. Um den Mitleidsfaktor zu erhöhen, hatte sie sich aus dem Tierheim einen erbärmlich aussehenden Dackelmix besorgt. Das Tier hatte ein stumpfes Fell und der halbe Schwanz fehlte ihm. Außerdem litt der Hund unter grauem Star, der seine Augen trüb aussehen ließ. Ellen wusste, dass es viele Menschen gab, die lieber einem Tier als einem bedürftigen Menschen etwas zukommen ließen, und vergaß nie zu betonen, dass ihre Hündin krank sei und dringend zum Tierarzt müsse. Ihr selbst fehle das Geld dazu, und der Hund leide unter einem quälenden Ekzem im Ohr. Das tat er tatsächlich, und daher schüttelte er immer den Kopf und kratzte sich die juckenden Ohren. Das brachte Ellen zusätzlich Geld ein, oft mit dem Hinweis verbunden, die Spende auch wirklich für den Hund zu verwenden.

Als sie Mara entdeckte, kannte sie sich in dem Metier der professionellen Bettelei bereits bestens aus. Ellen war stets über alles informiert, was sich im Umkreis von etwa zweihundert Kilometern abspielte. Über Internet, Fernseher und Radio erfuhr sie alles, was sie wissen musste. So hatte sie bereits mehrfach die Suchmeldung von einem Arzttöchterchen gehört, das angeblich in Belgien entführt worden war. Der Ort war durch eine gute Bahnverbindung nach Aachen in relativ kurzer Zeit zu erreichen. Schnell wurde ihr klar, dass das Kind auf der Bank das gesuchte sein musste. Das lange Haar hatte sie sich offensichtlich selbst abgeschnitten. Aber mit der Kappe, die nun neben dem Mädchen auf der Bank lag, wäre das kaum jemandem aufgefallen. Von der feinen Kleidung erkannte man beim ersten Hinsehen nichts. Statt der beschriebenen weißen Riemchensandalen trug sie Turnschuhe, fleckige Jeans und ein dreckiges, zerknittertes T-Shirt. Leute mit ungeübtem Blick würden das Kind beim flüchtigen Anschauen in die „Arme-Leute-Schublade" stecken. Ellen erkannte jedoch trotz allem ihre Herkunft aus besseren Kreisen.

Die Tatsache, dass das Kind sich die Haare selbst abgeschnitten hatte, ließ Ellen ahnen, dass kein Verbrechen vorlag. Die Kleine war aus gutem Grund dem goldenen Käfig entkommen, und Ellen witterte diesen bereits nach wenigen Minuten. Die abgeschnittenen Haare sprachen Bände. Sie hatte am eigenen Leib erlebt, wie groß das Interesse der Männer an kleinen Mädchen mit langem Haar war. Besonders scharf machten sie wippende Locken, die zu kindlichen Zöpfen frisiert waren. In den besseren Kreisen war es nicht anders als in dem Milieu, in dem sie groß geworden war. Diese Erfahrung hatte sie gemacht, als sie mit fünfzehn die ersten Sexgeschäfte tätigte. Damals hatte sie viele Kunden in Anzug und Krawatte gehabt.

Fieberhaft überlegte Ellen, wie sie aus ihrer Entdeckung Nutzen ziehen konnte. Mitleid verspürte sie in keinem Augenblick. Falls sie überhaupt irgendwann einmal warme Gefühle gekannt hatte, waren ihr diese längst abhanden gekommen.

Bisher waren noch keine Angaben zu einer eventuellen Belohnung gemacht worden. Sollte sie ihren Fund melden, konnte sie nicht mehr als ein paar läppische hundert Euro erwarten. Je länger das Kind verschwunden blieb, umso höher würde vermutlich die Summe ausfallen. Das Risiko, am Ende wegen Kindesentführung verhaftet zu werden, war allerdings hoch.

Eine „Kollegin", die hauptsächlich in Heidelberg und Umgebung arbeitete, besaß einen mongoloiden Sohn, der eine Menge Geld einbrachte. Der Junge war fünfzehn Jahre alt, gutmütig und sah erbärmlich aus. Allein beim Anblick des „Mongos" zückten die Leute den Geldbeutel. Der Junge war eine nie versiegende Einnahmequelle, eine wahre Goldgrube für die Frau. Deren Geschäftsidee hatte Ellen dazu inspiriert, sich einen elend aussehenden Hund anzuschaffen. Allerdings konnte sie damit bei Weitem nicht an die Einnahmen heranreichen, die ihre Kollegin mit dem unterbelichteten Sohn erwirtschaftete.

Das Kind, das sie seit einer knappen halben Stunde im Blick hatte, war die Chance ihres Lebens. Sie wäre nicht sie selbst gewesen, wenn sie diese einmalige Gelegenheit nicht nutzte, um bares Geld damit zu machen. In Ellens Hirn reifte ein Plan:

Mit ein paar Handgriffen und etwas Training könnte sie das Kind fürs Geschäft benutzen. Doch zunächst wollte Ellen dem Mädchen ein wenig auf den Zahn fühlen und herausfinden, warum es weggelaufen war. Da sie mit den Gesetzen der Straße vertraut war und ein sehr unauffälliges Leben in einem anonymen Wohnsilo führte, traute sie sich zu diese Herausforderung anzunehmen. Durch jahrelange Übung war Ellen außerdem zu einer wahren Meisterin im Spurenverwischen geworden und konnte, wenn nötig, innerhalb weniger Stunden ihren Wohnsitz wechseln. Sie hatte schon früh gelernt, den Behörden möglichst aus dem Weg zu gehen und war als Erwachsene nie aktenkundig geworden.

Ellen kaufte am nahegelegenen Imbiss zwei Portionen Pommes mit Ketchup. Dann schlenderte sie langsam auf das einsame Kind zu, das mutlos vor sich auf den Boden starrte. Wie beiläufig setzte Ellen sich daneben. Der Blick des Kindes streifte zuerst den alten Hund, der sogleich ein winziges Lächeln in Maras trauriges Gesicht zauberte.

„Na, Kleine! Auch auf Reisen? Gott sei Dank bin ich für heute fertig mit arbeiten. Mann, bin ich müde! Wenigstens hab' ich noch Zeit was zu essen, eh der Zug kommt. Siehst auch hungrig aus. Da hab' dir gleich 'ne Portion mitgebracht. Allein schmeckt 's mir nicht."

Mara zögerte kurz. Doch dann nahm sie die Pommes aus Ellens Hand.

„Wie heißt der Hund?", fragte sie und streichelte das staubige Fell. Der Hund schnupperte an ihrer Hand und leckte sie dankbar. Er genoss die seltenen Streicheleinheiten.

„Das ist Susi. Sie ist mein Ein und Alles!", log Ellen.

„Er ist schon alt, oder? Muss er bald sterben?" Bei der bangen Frage zitterte Maras Stimme.

„Das wäre schrecklich für mich! Aber sie ist erst neun Jahre alt. Leider ist sie fast blind und auch nicht ganz gesund. Aber sie kann trotzdem noch lange leben. Hunde werden zwölf Jahre oder älter. Manche sogar sechzehn oder siebzehn. Möchtest du sie auf den Schoß nehmen? Das mag sie sehr."

Mara strahlte Ellen an und ließ sich den Hund auf die Knie legen. Dann teilte sie ihr Essen mit dem überglücklichen Hund. Eine Weile sprach keiner von beiden. Ellen merkte, dass das Kind sich manchmal ängstlich umsah.

„Brauchst keine Angst haben! Wenn du bei einer Erwachsenen sitzt, ahnt keiner, dass du ausgebüxt bist." Mara erschrak. Woher wusste die Frau das?

„Keine Sorge! Ich sage keinem was. Bin selbst oft abgehauen, als ich klein war. Aber die haben mich immer wieder gekriegt und zurück ins Waisenhaus gesteckt. Mit fünfzehn hab ich's dann aber endgültig geschafft. Auf Jugendliche gucken die nicht so."

„Du warst im Waisenhaus? Wie schrecklich!"

Schon das Wort reichte aus, um Mara in Angst zu versetzen. Ellen hatte die Angst des Kindes herausgehört und reagierte prompt, indem sie diese Angst schürte:

„Ja, ich war im Waisenhaus, und es war furchtbar!" – „Warst du auch ein böses Mädchen?", fragte Mara bang.

„Manchmal hab' ich meiner Mutter nicht gehorcht oder war frech zu ihr. Deshalb hat sie mich dahin gebracht! Aber zu Hause fand ich es auch nicht schön. Möchtest du denn gerne wieder nach Hause?", tastete Ellen sich vor.

„Nein, nie mehr! Aber ins Waisenhaus gehe ich auch nicht! Ich will mir eine kleine Hütte kaufen und da wohnen. Auf jeden Fall kauf ich mir dann auch einen Hund!"

„Hm, schwierig! Bist noch ziemlich jung. Hast du denn Geld?" – „Mehr als 200 Euro sogar!"

„Für 'ne Hütte brauchst du mindestens tausend! Hier in Aachen kriegst du eh keine Hütte, aber in Köln. Da gibt es jede Menge."

„Ist es weit bis Köln?"

„Nee, ganz in der Nähe. Ich wohne in Köln und fahre gleich dahin zurück. In ein paar Minuten geht mein Zug."

Ellen ließ ihre Worte wirken und aß mit Appetit von ihren Pommes, bevor sie beiläufig fragte: „Willst du denn auch dorthin?"

Endlich fühlte Mara sich von jemandem ernst genommen, und sie fasste schnell Vertrauen zu Ellen.

„Ich weiß noch nicht genau. Vielleicht!"

„Wenn du willst, kannst du mit mir mitkommen. Ich hab da 'ne Wohnung für mich allein. Da kannst du erst mal richtig schlafen, und morgen könnte ich dir vielleicht helfen. Aber gleich muss ich los, sonst verpasse ich den Zug! Ich heiße übrigens Ellen."

„Wirklich? Du würdest mich mitnehmen?"

„Klar! Warum nicht?"

Ellen zuckte mit den Schultern, als ob dies keine große Sache wäre. Erleichtert willigte Mara ein. Diese Frau muss der liebe Gott geschickt haben, dachte sie, als sie sich nach ihrer Tüte bückte. Endlich wusste sie, wo sie die Nacht über bleiben konnte. Außerdem würde die nette Frau ihr weiterhelfen. Sie war schon ganz mutlos gewesen, weil ihr mittlerweile klar geworden war, dass sie allein kaum eine Chance hatte. Außer Ellen hatte jeder nach ihren Eltern gefragt. Ellen verstand sie wenigstens. Sie war selbst im Waisenhaus gewesen und wusste, dass manchen Kindern nichts anderes übrig blieb als zu fliehen. Mara bewunderte die offensichtlich arme Frau mit dem kranken Hund, weil sie es ganz alleine geschafft hatte aus einem Heim zu fliehen, wo man für immer eingesperrt war.

Auf dem Weg zum Bahnhof durfte sie Susi an der Leine führen. Mara war müde und erschöpft, als sie in Köln endlich vor einem der vielen grauen Wohnblocks Halt machten. Ihr schoss durch den Kopf, dass es dort aussah wie in dem Viertel zu Hause, dem „Assiviertel", wie Vater es nannte. Aber Ellen war ganz bestimmt kein „Assi". Ihre Wohnung war zwar klein, aber aufgeräumt und sauber. Dafür dass die Möbel alt und schäbig waren, konnte Ellen nichts. Auch Hoffmanns Möbel waren alt gewesen. Trotzdem hatte Mara sich dort wohler gefühlt als zu Hause, auch wenn die Eltern über den Hof die Nase gerümpft hatten. Durch den Vergleich der Eltern mit Hoffmanns war in Mara ein Weltbild herangereift, in dem arme Leute eher gut und reiche eher schlecht waren. Daher fühlte sie sich in Ellens Wohnung sicher und geborgen.

„Möchtest du baden?", fragte Ellen das Kind. „Du zitterst ja vor Kälte." Mara zögerte und antwortete nicht gleich. „Du kannst die Tür ruhig abschließen, wenn du magst. Ich möchte auch nicht, dass jemand mir beim Baden zuschaut. Aber keine Sorge, ich komme bestimmt nicht rein."

„Ja, danke. Mir ist wirklich ein bisschen kalt, und ich fühle mich auch schmutzig. Ich habe schon tagelang dieselben Kleider an."

„Leg deine Wäsche ruhig vor die Badezimmertür. Ich muss sowieso noch waschen. Für die Nacht kannst du einen von meinen Schlafanzügen anziehen. Es sieht ja niemand, dass das Omasachen sind. Und morgen, wenn du aufstehst, sind deine Kleider wieder frisch."

Dankbar ging Mara ins Bad und ließ das Wasser einlaufen. Während sie sich gründlich die Zähne putzte, gab Ellen großzügig Badeschaum hinein, so dass das ganze Badezimmer frisch und wunderbar roch. Dann machte sie das kalte, helle Licht der Deckenlampe aus, und schaltete das wärmere Licht über dem Badezimmerschrank ein. Damit Mara nicht fror, holte sie auch noch einen kleinen Heizlüfter aus der Abstellkammer und wärmte den Raum auf.

„So, ich lass dich nun mal in Ruhe und richte uns noch ein kleines Abendbrot vorm Zubettgehen."

Ellen verließ das Bad und hörte schon kurz darauf, wie sich der Schlüssel im Schloss drehte. Nun gab es für sie keinen Zweifel mehr: Das Kind war sexuell missbraucht worden. Ihr war auch aufgefallen, dass die Kleine kein einziges Mal von ihrer Mutter gesprochen hatte, vom Vater ganz zu schweigen. Ellen war sicher, dass Mara zu keinem der beiden Elternteile Vertrauen hatte und daher nicht ohne Weiteres zu einem von ihnen Kontakt aufnahm. Vorerst reichte ihr das als Sicherheit. Aber so bald wie möglich musste sie dafür sorgen, dass Mara ihr Elternhaus hassen lernte. Ellen wusste schon, wie sie das bewerkstelligen würde, wenn nur Mara alles erzählt hätte. Dass sie das tun würde, daran hatte Ellen keinen Zweifel.

Mara war froh, die schmutzigen Sachen ausziehen zu können, und freute sich auf das Schaumbad, das sie von innen her wärmen sollte. Hätte sie die Tür allerdings nicht abschließen dürfen, dann wäre sie nicht in die Badewanne gestiegen; die Angst vor offenen Badezimmertüren saß zu tief. Nun ließ sie sich entspannt ins warme Wasser sinken und schloss die Augen. Solange sie zurückdenken konnte, hatte der Vater sie abends gebadet, wenn er zu Hause war. Mama rieb sie auch überall mit dem Waschlappen ab. Aber Vater wusch sie ganz anders. Unten herum, meinte er, müsse man mit den Fingern gründlich reiben, damit alles richtig sauber würde. Dabei steckte er seinen seifigen Finger immer tief in sie hinein. Das tat schrecklich weh, vor allem am Anfang. Dass der Vater sie badete war ihr schrecklich unangenehm, und sie bekam jedes Mal komische Gefühle dabei, so als sei etwas nicht in Ordnung. Sie durfte auch nie das Bad abschließen, wenn sie sich wusch. Aber wenn er mit ihr zusammen dort war, schloss er fast immer ab. Das machte ihr schon deshalb Angst, weil weder Vater noch Mutter sich beim Duschen einschlossen. Einmal hatte sie Mama gesagt, dass Papa sie viel gründlicher und anders wüsche, und dass sie lieber nur von ihr gebadet werden wollte. Aber Mama meinte, Vater sei schließlich Arzt und lege daher besonders viel Wert auf Hygiene. Seitdem sie Mama davon erzählt hatte, rieb auch sie fester mit dem Waschlappen.

Mara wurde von den Erinnerungen überwältigt, deshalb wusch sie sich schnell und zog den altmodischen Schlafanzug an, den Ellen ihr gegeben hatte. Arme und Beine musste sie hochkrempeln, damit er ihr passte.

Vorm Zubettgehen tranken sie noch einen heißen Kakao und aßen jeder ein Stück Streuselkuchen. Während Mara Fernsehen schaute, machte Ellen ihr ein Lager im Bügelzimmer zurecht. Dort befand sich ein altes Sofa und allerlei Utensilien wie Wäschespinne und Staubsauger. Für den Fall, dass sie länger bleiben sollte, hatte Ellen ihr versprochen, den alten Schrank für ihre Sachen freizumachen und ein Nachtschränkchen zu besorgen. Mara war selig, als Ellen ihr erlaubte, Susi bei sich im Bett schlafen zu lassen. Der Hund war ihr seit Aachen nicht mehr von der Seite gewichen. Beide genossen die Nähe und Wärme des anderen in einer Weise, wie sie sie beide in ihren armseligen Leben noch nie erfahren hatten. Mit dem Hund im Arm schlief sie ein.

Unterdessen durchsuchte Ellen die Tüte, die Mara in der Küche vergessen hatte. Neben Geld und etwas Kleinkram fand Ellen zwei Pässe. Der eine gehörte Veronika Winter – offensichtlich der Mutter – der andere dem gesuchten Kind: Felicitas Winter. Ellen grunzte zufrieden und durchdachte noch einmal die Möglichkeiten, die sich ihr damit eröffneten:

Das Kind den Eltern zurückbringen und dafür eine gewisse finanzielle Entschädigung zu fordern, lohnte sich nicht. Selbst wenn man ihr zweitausend Mäuse dafür zahlte. Ihr Foto würde dann womöglich in den Zeitungen erscheinen. Dadurch büßte sie ihre Anonymität ein, die für ihre Tätigkeit unverzichtbar war.

Lukrativer wäre es, eine Entführung vorzutäuschen. Damit könnte sie so viel herausschlagen, dass sie ihrem derzeitigen Gewerbe nicht mehr nachzugehen bräuchte. Allerdings bestand ein sehr hohes Risiko geschnappt zu werden, und Ellen hatte nicht vor, den Rest ihrer Tage im Gefängnis zu verbringen. Einmal hatte sie zusammen mit einer Pflegemutter ihre Mutter im Knast besuchen müssen. Die Erinnerung an diesen widerwärtigen Ort verstärkte ihr ungutes Gefühl bei dem Gedanken an einen Erpressungsversuch.

Lieber den Spatz in der Hand als die Taube auf dem Dach, dachte Ellen gutgelaunt. Aber wenn sie das Kind behalten wollte, müsste sie einige Veränderungen an ihr vornehmen, auch wenn man sie schon jetzt nicht mehr auf den ersten Blick erkennen konnte.

Nun machte es sich bezahlt, dass sie sich in einem anonymen Wohnblock eingemietet hatte und seit ihrer Zeit in Hannover nie mehr aktenkundig geworden war. Damals war Ellen in Köln untergetaucht, ohne sich von den wenigen Bekannten verabschiedet zu haben.

Die Kneipen in Köln, in denen sie sporadisch verkehrte, um an den Automaten zu spielen und ein paar frisch gezapfte Biere zu trinken, lagen einige Bushaltestellen von ihrer Wohnung entfernt. Aber auch dort kannte sie niemand mit vollständigem Namen. Nicht einmal der Beamte vom zuständigen Sozialamt konnte sich an sie erinnern. Wenn sie dorthin ging, um Stütze zu beantragen, fragte er sie jedes Mal aufs Neue nach ihrem Namen. Die Flure dort quollen über vor Menschen, und die Chancen auf eine Arbeit waren gering, wenn man wie Ellen über vierzig war und weder Schulabschluss noch Berufsausbildung hatte. Manchmal suchten Firmen übers Arbeitsamt Putzfrauen oder Ähnliches. Für diese Fälle hatte sie eine Taktik entwickelt, damit sie erst gar nicht in Betracht kam. Zum Vorstellungstermin kam sie grundsätzlich zu spät und angetrunken. Außerdem hatte Ellen eigens für diesen Zweck Kleidung, die den Eindruck von abstoßender Unsauberkeit machte und nach altem Schweiß stanken. So kam sie nie in die engere Wahl für eine der schlecht bezahlten Hilfsarbeiterstellen, für die es Unmengen angenehmere Bewerber gab.

Ging Ellen ihren Geschäften nach, so sorgte sie freilich für ein ganz anderes Erscheinungsbild. Sie frisierte ihr kurzes graubraunes Haar mit dem Männerschnitt schlicht und altmodisch und trug ausschließlich Kleider, die zwar verwaschen und schadhaft, nie jedoch schmutzig waren. Auch sie selbst wirkte nicht unsauber. Ellen legte aber Wert darauf, fahl und kränklich zu wirken. Notfalls griff sie zu Puder, um nicht allzu gesund auszusehen. Im Sommer wählte sie Kleidung, die zu warm und zu schwer aussah, im Winter bevorzugte Ellen leicht und luftig wirkende Sachen. Bei jedem Einsatz wirkte sie durch und durch bedürftig. Für ihr Haar und ihre Haut benutzte sie Kernseife. Damit sah sie zwar sauber aus, roch aber nicht nach gesunder Frische. Bei der Arbeit verzichtete sie auf Alkohol und Zigaretten. Denn nach Alkohol riechende Bettler erweckten kein Mitleid, sondern Abscheu. Ellen war nahezu immun gegen Infektionskrankheiten, abgehärtet durch die Straßenarbeit. Die Beine und Füße, besonders der linke Fuß, machten ihr allerdings zunehmend Probleme. Ellen schob das aufs Rauchen und schränkte ihren Zigarettenkonsum ein. Sie brauchte mittlerweile öfter Ruhepausen, um den Fuß hoch zu lagern.

Im Laufe der Jahre hatte sie ein ganzes Netz von Privatunterkünften aufgebaut, deren Besitzer keine Fragen stellten und schwarz vermieteten. Während mehrtägiger Einsätze konnte sie sich so immer wieder aufwärmen und rasten. Auch dort würde es niemanden interessieren, wenn sie mit einem Kind aufkreuzte.

Als Mara morgens erwachte, roch sie den Duft von warmen Brötchen. Anders als zu Hause bekam sie sofort Appetit aufs Frühstück. Sie fühlte sich so frei und unbeschwert wie seit Jahren nicht mehr.

„Guten Morgen, liebes Kind", begrüßte Ellen Mara honigsüß.

„Ich war heute schon tätig für dich und habe einen Bekannten angerufen vom Gartenbauverein.", log sie.

„Stell dir vor, in ein paar Wochen wird ein kleiner Schrebergarten frei. Den könntest du bekommen. Solange kannst du gerne bei mir bleiben."

Mara sah sie irritiert an.

„Was ist das, ein Schrebergarten?" Ellen erklärte ihr mit ein paar Worten, was es damit auf sich hatte, und versprach, mit ihr am Nachmittag zu der Anlage zu fahren und sie ihr zu zeigen.

„Vorerst ist es besser, wenn du noch eine Weile untertauchst. Die suchen dich wahrscheinlich überall; heute ist übers Radio schon eine Suchmeldung rausgegangen."

In den nächsten Wochen wurde tatsächlich fieberhaft nach dem Kind gesucht. Sowohl in der Tageszeitung als auch im Fernsehen wurde Maras Bild gezeigt. Wie berichtet wurde, gab es Hinweise auf ein Verbrechen. Es meldete sich sogar ein Mann, der behauptete, das Mädchen entführt zu haben, und eine halbe Millionen Euro Lösegeld gefordert hatte. Er wurde als Trittbrettfahrer entlarvt. Die Polizei verfolgte mehrere Spuren, aber alle verliefen im Sand. Jedes Mal, wenn im Fernsehen oder

Radio von Mara die Rede war, rief Ellen das Kind zu sich. Außerdem schnitt sie alle Zeitungsartikel aus und gab sie Mara, die sie in einer grünen Sammelmappe aufbewahrte. Mara war Ellen unglaublich dankbar dafür, dass sie sich bei ihr verstecken durfte, solange die Wellen so hoch schlugen. Ellen bestärkte Mara in dem Vorsatz, nie mehr nach Hause zurückzukehren. Sie kaufte Spielsachen und Bücher für das Kind und verwöhnte sie. Arglos erzählte Mara ihr von ihren Sorgen und Sehnsüchten. Ellen wusste dies geschickt zu nutzen und nährte im Verlauf der nächsten Wochen Maras Ängste noch. Gleichzeitig deutete sie aber an, dass sie eine Lösung für ihre Probleme hatte.

Geschickt lenkte Ellen die Gespräche auf die schweren Zeiten, mit denen Mara rechnen musste, sobald sie auf eigenen Füßen stand. Sie verstand es, in dem Kind allerlei nützliche Ängste zu schüren, indem sie von ihrer eigenen Kindheit erzählte und die Geschichte mit Lügen und Übertreibungen würzte. Ausgeschmückt mit vielen Details berichtete Ellen vom brutalen Vorgehen der Polizei, der Gnadenlosigkeit von Behörden und den harten Strafen im Heim und bei den meisten Pflegeeltern. Als Mara ihr erzählte, dass es Heime gäbe, aus denen man nie wieder herauskäme, und dass ihr Vater dies erzählt hätte, lachte Ellen nur.

„Das Kinderheim ist zwar furchtbar. Aber es gibt kein Kinderheim, aus dem man nicht mehr herauskommt. Da hat dein Vater dich angelogen. Er wollte dir damit nur Angst machen, und das ist ihm wohl auch gelungen. Das ist ziemlich gemein von ihm. Aber ich weiß ja nicht, warum er das zu dir gesagt hat. Vielleicht wollte er bloß einen Spaß machen, und du hast es nicht gemerkt."

Geschickt flocht sie die eigenen Erfahrungen im Heim ins Gespräch ein und lenkte das Thema damit auf sexuellen Missbrauch.

„Das ist ja schrecklich! Genau so wie das schreckliche Prinzessinnenspiel, zu dem mich mein Vater immer gezwungen hat."

„Möchtest du mir davon erzählen? Manchmal tut es gut, mit jemandem über die Sachen zu reden, die einem Angst machen. Dann fühlt man sich gleich besser. Willst du mir nicht erzählen, vor wem du weggelaufen bist? Du weißt ja, ich bin auch oft ausgerissen, nur haben die mich immer schnell wieder eingefangen, und dann hat meine Mutter mich jedes Mal ganz furchtbar bestraft."

„Warum bist du denn immer weggelaufen?", wollte Mara wissen.

„Weil es zu Hause so schrecklich war. Meine Mama war fast immer betrunken, und jeden Tag waren fremde Männer bei Mama im Bett. Manchmal hat sie die Männer auch zu mir ins Bett geschickt. Ich fand es furchtbar, wenn die in mein Bett kamen. Meine Mutter hat ihnen das erlaubt, obwohl ich das nicht wollte. Die haben mir weh getan. Meiner Mutter war das egal; ich glaub, die hat dafür sogar Geld gekriegt. Das war so widerlich, dass ich am Anfang echt froh war ins Heim zu kommen."

Ellen beobachtete Mara aus halb geschlossenen Lidern. Bingo! Sie hatte ins Schwarze getroffen. Mara war auch missbraucht worden. Da war sie ganz sicher. Nun galt es das Vertrauen des Kindes zu festigen und möglichst viele Details zu erfahren. Das Kind würde älter und schwieriger werden. Da musste sie etwas gegen sie in der Hand haben.

„Im Heim wurde es dann etwas besser. Aber da bin ich auch immer ausgerissen. Die haben mich da gehauen."

„Das Heim ist das Schrecklichste auf der Welt überhaupt!", unterbrach Mara sie aufgeregt.

„Wie kommst du denn darauf?", fragte Ellen vorsichtig. Sie ahnte bereits, dass hier ein wichtiger Schlüssel zu Maras Ängsten lag, den sie nutzen konnte, um einen weiteren Keil zwischen Mara und ihre Eltern zu treiben.

„Ich habe mal ein Kinderheim im Fernsehen gesehen. Da waren ganz viele Kinder in einem einzigen großen Saal. Manche hatten nicht mal ein richtiges Bett, und manche waren an ihr Gitterbett angebunden. Die hatten auch nichts Richtiges zum Anziehen und nicht genug zu essen. Trotzdem hatten viele ganz dicke Bäuche. Nur die Arme und Beine waren ganz dünn. Alles war schmutzig. Papa hat gesagt, dass die Kinder nie da raus kämen."

„Warum denn das nicht?", fragte Ellen interessiert.

„Papa hat gesagt, dass da Kinder reinkommen, die Böses über ihre Eltern erzählten. Manche Eltern hätten einfach keine andere Wahl, wenn Kinder immer wieder Lügen über sie verbreiteten. Das macht ja die ganze Familie kaputt, wenn Kinder über ihre Eltern schlecht reden."

„So ein Unsinn!", konstatierte Ellen. „Das gibt es garantiert nicht in Deutschland! Vielleicht im tiefsten Sibirien oder sonst wo, aber nicht hier! Dein Vater hat das nur erzählt, um dir Angst zu machen! Der hat bestimmt zu dir gesagt, dass du auch dahin kämst, wenn du was Bestimmtes erzählen würdest, stimmt's?"

„Woher weißt du das?"

„Meine Mutter hat mir auch immer Angst mit dem Heim gemacht, damit ich keinem erzähle, dass bei uns immer fremde Männer sind. Aber im Heim war es besser als bei ihr. Willst du mir erzählen, worüber du nicht reden durftest? Dann kann ich dich besser beschützen. Sonst kann es sein, dass die Polizei dich findet und dich wieder nach Hause bringt. Ich glaube, dass dein Vater dann sehr wütend wird."

Ellen hatte Mara eingeschüchtert. Sie zögerte mit der Antwort.

„Komm, mir kannst du alles erzählen! Ich verstehe dich, weil ich ja auch ganz schlimme Sachen erlebt habe und dir nur helfen will. Aber wenn du mir nicht vertraust ..."

„Doch, ich vertraue dir ja!"

„Du musst es mir nicht erzählen, wenn du nicht willst!" Ellen tat beleidigt.

„Aber ich will es dir sagen! Ich habe nur noch nie darüber geredet."

„Also, mittwochs haben sich die Männer immer zum Kartenspielen verabredet." – „Welche Männer?" – „Fang einfach an, und erzähl mir, was passiert ist, kleine Mara!", schmeichelte Ellen dem Kind.

„Das waren mein Vater, Herr Kleinmann und Herr Brockmann und der Herr Müller. Das sind Freunde von Papa, die spielen dienstags immer Skat bei uns."

„Und wo war deine Mutter dann immer?"

„Die hatten auch ihren Jour fixe. Die Frauen gingen dann zusammen Bowlen."

„Aha!"

„Wenn die Männer da waren, durfte ich nie ins Wohnzimmer kommen. Aber das wollte ich ja auch nicht, da war es mir sowieso zu laut. Beim Spielen haben die immer die Karten so auf den Tisch geknallt und ganz laut gesprochen. Es roch dann auch immer nach Schnaps und Zigarettenrauch, das fand ich eklig. Einmal war mir ganz furchtbar schlecht, und da wollte ich den Vater um Tropfen bitten. Der ist ja Arzt."

„Ach, dein Papi ist Arzt? Sind die anderen Männer auch Ärzte?" – „Nein. Herr Müller ist Chefredakteur bei einer Zeitung, Herr Brockmann ist ein Kriminalrat und Herr Kleinmann ist Rechtsanwalt.", antwortete Mara altklug.

„Aha, alles hohe Tiere!", grunzte Ellen verächtlich und machte Mara ein Zeichen fortzufahren.

„Also, an dem einen Dienstag war es schon sehr spät. Da haben die Männer wieder Filme geguckt. Ich habe das immer gemerkt, weil da so flackerndes Licht unter der Tür durch kam. Das haben die immer nach dem Spielen gemacht, und dann haben die manchmal ganz komische Geräusche gemacht. So wie Schweine im Stall gegrunzt. Da musste ich manchmal drüber lachen, weil ich mir die Männer im Anzug vorgestellt habe, wie sie auf allen Vieren laufen und im Stroh herumschnüffeln."

Ellen lachte leise. Dem Kind gefiel es, dass Ellen ihr sie so aufmerksam zuhörte und auch lachen musste, als sie das mit den Schweinen erwähnte. Mutig erzählte sie weiter:

„Ich hatte an die Tür geklopft. Aber ich konnte nicht hören, ob jemand „Herein" gesagt hatte. Ich hatte zwar Angst, bin aber dann doch ins Wohnzimmer gegangen. Die Männer haben mich gar nicht bemerkt. Die haben alle ganz komisch ins Fernsehen gestarrt. Da lief ein ganz fieser Film von einem kleinen Mädchen, das ganz doll geschminkt war und durchsichtige Sachen an hatte. Ein nackter Mann hatte seine nasse Zunge in ihren Mund gesteckt. Das war furchtbar eklig, und ich wollte nur schnell weg. Aber dann musste ich niesen, und da haben mich alle auf einmal angestarrt. Ich hatte schon gedacht, dass Papa jetzt ausrastet. Der hatte einen knallroten Kopf. Aber eh der was machen konnte, hat Herr Kleinmann ihm ein Zeichen gemacht und gesagt: „Na, du kleine Prinzessin, kannst du nicht schlafen? Bleib doch ein bisschen!" Und dann hat er mich auf seinen Schoß gezogen und meine Beine gestreichelt bis unters Nachthemd. Als ich denen gesagt habe, dass ich wieder zurück ins Bett wollte, war denen das egal. Papa wollte mir nicht helfen, der guckte mich genauso glasig an wie die anderen. Die haben sich dann neben Herrn Kleinmann gesetzt und auch überall an mir herumgetatscht. Dabei lief die ganz Zeit der furchtbare Film. Das kleine Mädchen musste an einem ekligen Plastikteil lecken, und der Mann hat es überall angefasst. Erst ganz spät durfte ich wieder in mein Zimmer. Papa ist dann noch zu mir gekommen und hat mir gedroht, dass ich in so ein Heim käme, wenn ich was davon erzählen würde. Ich habe dann so Angst gekriegt, dass ich erst eingeschlafen bin, als es schon hell wurde. Das weiß ich noch ganz genau, weil ich am nächsten Tag eingeschult wurde."

„Was ist dann passiert?", fragte Ellen mit sanfter Stimme. Mara war kurz vorm Weinen, da legte Ellen ihren Arm um sie und raunte ihr ins Ohr: „Erzähl mir alles, dann fühlst du dich gleich besser!" – „Ja, und dann musste ich jeden Dienstag irgendwann ins Wohnzimmer kommen. Die Männer brachten immer neue Sachen mit, die ich anziehen musste. Dann haben die Fotos von mir gemacht." Mara geriet an dieser Stellen ins Stocken. Sie musste sich erst einmal räuspern, um fortzufahren: „Und dann haben sie mir ihre Penisse reingesteckt. Und weil ich so laut geweint habe, weil es so schrecklich weh tat, hat Papa mir dann immer roten Saft gegeben, wovon ich ganz müde und schwach wurde. Das war auch gut gegen die Schmerzen. Aber da konnte ich donnerstags immer kaum aufstehen." – „Das ist ja furchtbar, was die miesen Kerle mit dir gemacht haben. Aber wenn du das irgendwo erzählst, glaubt dir das kein Mensch. Ausgerechnet die Stützen der Gesellschaft, die eigentlich kleinen Kindern helfen sollten, haben dir so etwas Böses angetan. Glaub mir, ich kenne solche Männer, und ich weiß, dass die Reichen die allerschlimmsten sind, weil denen ja keiner was Schlimmes zutraut. Wenn du das woanders erzählst, dann stecken die dich entweder ins Irrenhaus, wo die Bekloppten sind, oder in ein Heim für Schwererziehbare", schürte Ellen Maras Ängste.

„Was hat denn deine Mama dazu gesagt, wenn du donnerstags immer so schlapp warst?" – „Die hat sich geärgert, weil die dachte, dass ich abends immer lange herumgeistere und heimlich von den Süßigkeiten und Chips nasche, die die Männer dienstags am Tisch stehen hatten." – „Warum hast du denn deiner Mutter nichts davon gesagt? Gute Mütter halten doch immer zu ihren Kindern." – „Meiner Mutter durfte ich nichts sagen. Aber das hätte ich sowieso nicht getan. Die hat ja immer zu Papa gehalten und nicht zu mir. Außerdem glaubt sie mir nicht. Ich habe ja mal das mit der Badewanne erzählt. Dass der Papa mich auch von innen wäscht, obwohl ich das nicht will. Da hat sie gesagt: ‚Du spinnst! Der macht das nur gründlicher, weil der Arzt ist und genau weiß, wie man's richtig macht.' " – „Ich bin sicher, dass deine Mutter wusste, was die nachts mit dir machten. Eine Mutter weiß, was mit ihrem Kind los ist, oder sie liebt es nicht und sieht absichtlich weg, damit sie nichts machen muss. So wie meine Mutter. Die hat auch gesagt, dass sie das nicht gewusst hat. Aber sie hat gelogen und musste deswegen ins Gefängnis." Mara schaute Ellen entsetzt an. „Wirklich?"

„Ja, wirklich! Eine Mutter, die ihrem Kind nicht hilft, ist noch schlimmer als die Kerle, die mit kleinen Mädchen schreckliche Sachen machen. Du weißt, dass dein Vater und die Männer gefährliche und böse Verbrecher sind, und dass du keine Schuld an alle dem hast, oder? Es ist gut, dass du geflohen bist. Denn dein Vater und die anderen sind mächtig. Niemand hätte dir geglaubt, und dann wäre alles viel schlimmer geworden. Aber mach dir keine Sorgen! Ich passe auf, dass dir nie wieder jemand etwas Böses tun kann. So, und jetzt wollen wir lieber wieder an andere Dinge denken. Es war ganz richtig, dass du mir alles anvertraut hast, da kann ich jetzt mal gründlich darüber nachdenken, wie ich dir am besten helfen kann und was jetzt zu tun ist. Ich verspreche dir, dass ich dich niemals im Stich lassen werde. Sieh doch mal die Susi an, die guckt dich an, als wollte sie mit dir spielen. Ich glaube, dass sie schon in Aachen gemerkt hat, wie sehr du Tiere magst. Die spürt auch, dass du jede Menge Ahnung von Hunden hast. Die weicht dir ja nicht mehr von der Seite. Ich bin schon ganz neidisch."

„Darf ich sie mal bürsten?"

Mara streichelte das stumpfe Fell des Hundes, der daraufhin genüsslich die Augen schloss und mit dem Schwanz wedelte.

„Du darfst sie sogar baden!"

Einige Wochen später, als das öffentliche Interesse an Felicitas Winters Verschwinden schon deutlich nachgelassen hatte, beschloss Ellen, dass sie Mara langsam aber sicher an ihre künftige Aufgabe gewöhnen musste. Es wurde Zeit, dass sich ihre Mühe in klingender Münze bezahlt machte.

Zunächst klagte sie über die finanzielle Not, in die sie durch Mara geraten war. Ihre kleine Rente reiche einfach nicht aus, jammerte Ellen. Das Kind fühlte sich schuldig und wurde von Gewissensbissen gepeinigt, da die arme alte Frau nun für sie mit sorgen musste.

Ellen wurde zunehmend unfreundlicher und schimpfte immer öfter mit ihr, zum Beispiel, wenn sie ihre Sachen nicht ordentlich weggeräumt hatte.

Mara fiel bald die Decke auf den Kopf; sie konnte es in der Wohnung fast nicht aushalten, wäre da Susi nicht gewesen. Ellen rauchte in der Wohnung und verpestete die Luft. Überall standen leeren Bierdosen und überquellende Aschenbecher. Mara ekelte sich. Ellen bürdete Mara immer mehr Arbeit auf. Sie wollte ihr so früh wie möglich die Flausen aus dem Kopf treiben. „Das Leben ist kein Zuckerschlecken für die armen Leute", sagte sie bei jeder passenden Gelegenheit.

Als Mara sich wieder einmal beschwerte dass sie es in der Wohnung nicht mehr aushielt, beschloss Ellen, dass es an der Zeit sei, Mara auf ihre künftige Arbeit vorzubereiten.

„Wenn du raus willst, dann musst du dich äußerlich ganz verändern. Deine blonden Haare sind zu auffällig, deine Klamotten zu neu und du riechst auch nicht so, als ob du hier aus dem Viertel kämst. Guck doch mal auf den Spielplatz. Da siehst du doch, wie andere aussehen, die nicht einen Geldscheißer zum Vater haben. Vor allem musst du dein vornehmes Getue ablegen."

„Wie soll ich mich denn anders machen? Ich bin nun mal so, wie ich bin. Da kann ich nichts für", verteidigte Mara sich.

„Unsinn! Man ist so, wie man sein will! Und du willst etwas Besseres sein!", fauchte Ellen das Kind an.

„Das stimmt doch gar nicht! Ich will sein wie andere Kinder auch. Das habe ich immer schon gewollt. Aber meine Mutter wollte das nicht."

„Das kann ich mir gut vorstellen; die reichen Zicken brauchen ihre Kinder, um anderen zu zeigen, dass sie minderwertig sind. Es ist ja schon fast ein Wunder, dass dir deine Alten den Umgang mit den Superfrommen von dem Bauernhof nicht verboten haben", entgegnete Ellen boshaft. Für sie waren alle Christen scheinheiliges Pack, die anderen unter die Nase reiben wollten, dass sie bessere Menschen wären. Mara hatte es schon oft bereut, Ellen von Hoffmanns etwas erzählt zu haben. Sie hasste Ellens Gemeinheiten und Sticheleien gegen die einzigen Menschen, von denen sich Mara wirklich angenommen und gemocht fühlte, und sie wehrte sich dagegen, wenn Ellen ihr einreden wollte, dass Hoffmanns nur darauf gewartet hätten, sie einer Gehirnwäsche zu unterziehen.

„Ich hab mir etwas einfallen lassen, damit du raus kannst. Ich habe eine unauffällige Farbe gekauft, mit der wir deine Haare braun färben können. Auch Kleider habe ich dir besorgt. Sie sind extra ein bisschen schäbig und stammen aus der Kleiderkammer von der Diakonie, wo ich auch von der Tafel das vergammelte Gemüse holen muss, damit wir überhaupt überleben können. Und statt dem Shampoo für extra feines Haar und deiner Blümchenseife nimmst du jetzt gefälligst auch Kernseife, die ist billig und riecht nach armen Leuten. Dann fällst du nicht mehr so auf. Hier hast du ein paar Schuhe", sagte Ellen und warf ihr ein paar braune Halbschuhe vor die Füße, bei denen am rechten Fuß die Naht aufgeplatzt war.

Mara ekelte sich vor den gebrauchten Sachen. Sie waren nicht nur alt und schäbig, sie rochen auch nicht gut. Mara wusste, dass Ellen bewusst so schlechte Sachen ausgesucht hatte, auch wenn sie immer sagte, dass die Reichen dächten, deren Müll wäre noch allemal gut genug für die Unterschicht. Aber Mara fügte sich, sie wollte nur raus aus der Wohnung, dafür ließ sie sich die Haare färben und zog die vergammelten Sachen an. Da Ellen ihr verboten hatte, mit Leuten aus dem Viertel zu sprechen, blieb sie auch draußen immer für sich allein. Ellen hatte behauptet, dass jeder an ihrer Sprache hören könne, dass sie von Wiesbaden käme, und dann wäre es ein Leichtes, sie als die verschwundene Felicitas Winter zu identifizieren.

Wirklich schlimm war, dass Mara nicht mehr zur Schule gehen konnte. Ellen machte ihr klar, dass sie nur in eine Schule aufgenommen werden konnte, wenn bestimmte Formalitäten erfüllt waren. Dazu gehörten als Erstes die häuslichen Verhältnisse: Sie müssten Pässe vorlegen, die Adresse angeben, Zeugnisse von der bisherigen Schule abgeben und vieles mehr. Damit würde sofort alles auffliegen. Was das bedeutete, brauchte Ellen ihr nun wirklich nicht weiter zu erklären.

Mara hatte die Veränderung in Ellens Verhalten schon sehr früh bemerkt. Aber sie hatte nicht gewusst, wie sie sich hätte dagegen wehren sollen. Schnell und schmerzhaft war die Illusion zerfallen, in Ellen eine liebe und verständnisvolle Freundin gefunden zu haben. Ellen hatte ihre freundliche Maskerade schon nach der ersten Woche abgelegt. Und nachdem sie einen ganzen Monat lang daran gearbeitet hatte, Mara einzuschüchtern, war es an der Zeit dem Kind zu erklären, wie sie sich die Zukunft mit ihr vorstellte. Mara war entsetzt, als sie begriff, was Ellen von ihr verlangte, und sie sträubte sich gegen deren Pläne.

„Was glaubst du denn, du blöde Göre, wovon ich das alles hier bezahlen soll? Du bist ja mit einem goldenen Löffel im Mund groß geworden. Du kennst das normale Leben nicht. Susi und ich müssten verhungern, wenn wir uns nichts erbettelten", übertrieb Ellen schamlos.

„Und jetzt weiß ich nicht mehr, wie ich Brot und Wurst auf den Tisch bringen soll. Wegen dir konnte ich schließlich monatelang kein Geld auftreiben. Du musst verstehen, dass es so nicht weiter gehen kann. Wenn du hier wohnen bleiben willst, dann musst du auch dafür arbeiten."

Mara hatte keine andere Wahl als nachzugeben. Zu tief saß die Angst, wieder allein auf der Straße zu sein und draußen schlafen zu müssen. Auch der Gedanke an Susi hielt Mara bei Ellen. Wenn sie wegginge, wäre das Tier wieder allein bei Ellen. Mittlerweile war Susi aber nur noch an Maras Seite. Von Ellen ließ sie sich nicht einmal mehr berühren. Ellen war eiskalt, auch dem Hund gegenüber, und was sie ihr vorgemacht hatte, war nichts als Lüge gewesen.

Mara begriff, dass sie sich von nun an alles würde verdienen müssen und dass es keinerlei Luxus mehr für sie geben würde. Ellen würde sie vor die Türe setzen, wenn sie nicht genug einbrächte. Das hatte sie ihr unmissverständlich klar gemacht. „Umsonst ist nur der Tod!", gehörte zu Ellens Standardsätzen, wenn Mara wieder irgendetwas für sie erledigen sollte. Mara war entsetzt, als sie merkte, wie sehr sie sich von Ellen hatte täuschen lassen und wie skrupellos die Alte war.

Ellen erläuterte ihr den Plan bis ins Kleinste, und Mara hörte aufmerksam zu. Trotz allem war sie beeindruckt von der Professionalität, mit der die Alte an die Sache heranging. Es hörte sich so überzeugend an, dass Mara keinen Zweifel daran hatte, dass der verrückte Plan funktionieren könnte. Auch wenn ihr davor graute mit Ellen auf Betteltour zu gehen, fand sie es spannend in eine fremde Rolle zu schlüpfen. Das hatte sie schon einmal bei einer Schulaufführung gemacht, und da hatte sie die Aufmerksamkeit und den Applaus des Publikums sehr genossen. Die Rolle, die sie in Ellens Komödie spielen sollte, war eine große Herausforderung. Ellen brachte Mara bei, sich wie eine geistig Behinderte zu benehmen und übte mit ihr Mimik und Gestik solange ein, bis sie überzeugend genug fürs Geschäft war. Das Einüben der geistig Zurückgebliebenen machte Mara sogar Spaß, und sie brachte selbst Ideen ein. Mara war äußerst begabt und spielte ihre Rolle glänzend. Ellen war begeistert. Schon der erste öffentliche Auftritt auf einer kleinen Volkskirmes brachte so viel Geld ein, dass Ellen fast euphorisch wurde. Sie musste das Kind unbedingt bei Laune halten, damit es auch weiterhin Spaß an der Schauspielerei hatte. Aber Ellen lotete die Grenze aus und gab nicht mehr Zuckerbrot als unbedingt nötig. Allerdings musste sie zugeben, dass sie es sich leichter vorgestellt hatte, ein Kind nach ihren Vorstellungen zu manipulieren. Mara konnte ziemlich bockig werden und war alles andere als pflegeleicht. Wenn sie besonders unleidlich wurde, gab Ellen ihr von dem süßen Pflaumenlikör, den Mara so mochte und der ihre Laune sofort hob. Mara forderte den Likör auch, wenn sie gelegentlich von Angstattacken gequält wurde. Ellen hatte zwar keine Skrupel, dem Kind Alkohol zu geben. Aber sie wollte auch nicht, dass Mara allzu früh dem Alkohol verfiel. Dann wäre mit ihr kein Geld mehr zu verdienen.

Im Laufe der Zeit hatte Mara das düstere Weltbild von Ellen übernommen. Sie hatte ja am eigenen Leibe erlebt, wie die Welt war, dass es nichts Gutes gab, außer man zahlte dafür, und dass jeder sich selbst der Nächste war. Ihrem Vater und seinen Spießgesellen hatte sie ihr schlimmes Schicksal zu verdanken. Auch die Mutter war alles andere als schuldlos. In der Heranwachsenden wuchs der Hass auf diese Menschen. Sie machte Mara für all das Böse in ihrem Leben verantwortlich. Im Laufe der Zeit wurde der Gedanke, sich gnadenlos an den Männern zu rächen, der einzig vorherrschende in ihrem Kopf.

Ellens Ansichten über die Schönen und Reichen machte Mara sich ebenfalls zu eigen. Und sie wurde bitter, weil ihr nicht einmal mehr der Glaube blieb, Arme seien die besseren Menschen. Auch diesbezüglich hatte Ellen ihr jede Illusion geraubt. Die kindlichen Vorstellung von einem liebenden Gott zerplatzte wie eine Seifenblase. Selbst die kleinste Hoffnung, dass es einen gütigen Gott gäbe, kam ihr lächerlich vor. Mit dreizehn glaubte Mara an gar nichts mehr. Das Leben beruhte auf bloßem Zufall und der Fähigkeit passende Gelegenheiten zu erkennen und zu nutzen. Es war ein Kampf, den jeder für sich alleine kämpfte. Mara war zutiefst davon überzeugt, dass man für jede Freundlichkeit oder Hilfe früher oder später bezahlen musste. Sie hasste es von anderen abhängig zu sein. Dass sie irgendwann ganz frei und unabhängig sein wollte, war das einzige Ziel, das ihr geblieben war. Wünsche in Bezug auf Menschen hatte sie nicht. Während der Zeit mit Ellen wollte sie so viel Geld wie möglich beiseite schaffen, um spätestens an ihrem achtzehnten Geburtstag zu fliehen.

Mara konnte die harte Realität bei Ellen nicht gut ertragen. Sie flüchtete sich immer mehr in Tagträume und verdrängte ihren Alltag, so gut es ging. Ihr war klar, dass sie irgendwann einen Schulabschluss brauchen würde, damit sie eine solide Ausbildung machen könnte. Deshalb studierte sie sämtliche Schulbücher, die sie auf Flohmärkten fand, sehr genau. Außerdem machte es ihr Spaß, fremde Sprachen zu lernen und

Matheaufgaben zu lösen. Ellen musste ihr jede Menge Bücher besorgen, um sie einigermaßen bei Laune zu halten. Sie las aber auch gerne Abenteuergeschichten, alle möglichen Mädchenbücher und später Romane. Sie erzwang sich den Zugang zum Computer, eroberte sich das Netz und trat verschiedenen Chatrooms bei, in denen sie unter falschem Namen mit Gleichaltrigen Kontakte pflegte. Durch all das baute sie sich eine Traumwelt auf, in der sie Tochter von Eltern wie Hoffmanns war, stattete sich dazu mit all dem Luxus aus, den sie in ihrer Kindheit erlebt hatte, und wurde so zu einem Mädchen, dass im Chat beliebt war und bewundert wurde. Dabei lernte sie auch, was bei jungen Leuten ‚in' war, welche Musik man hörte und welche Filme man unbedingt gesehen haben musste. Wohl oder übel besorgte Ellen die Dinge, die Mara forderte. Ellen hatte sich an das Geld schon zu sehr gewöhnt, als dass sie riskieren wollte, die Heranwachsende zu verlieren. Lieber schluckte sie die ein oder andere Kröte. Mara war unglaublich begabt und spielte die zurückgebliebene Tochter mit großem Können und viel Phantasie.

Sie war intelligent, störrisch und konnte sehr aggressiv werden, und sie ließ sich nicht einfach gängeln, sondern stellte im Gegenzug selbst Forderungen. Je älter Mara wurde, umso größer wurden die Schwierigkeiten und die gegenseitige Abneigung. Mara wurde genauso rücksichtslos wie Ellen selbst. Doch Ellen war unersättlich und fürchtete den Augenblick, wenn der Geldfluss versiegen würde. Für Ellen war Geld das Einzige, was sie wollte und wofür es sich zu leben lohnte.

Was jedoch ihre Gefühle anging, war Mara aus einem anderen Holz geschnitzt. Sie sehnte sich nach Liebe und Wärme, auch wenn sie sich fest vorgenommen hatte, niemals mehr im Leben jemandem zu vertrauen. Die Realität war ein harter Lehrmeister, und Mara wusste, dass man nichts ohne Gegenleistung bekam. Aber sie lebte zunehmend in ihrer Phantasiewelt und beschwor dort ein Leben herauf, in dem alle ihre Sehnsüchte befriedigt wurden. Die kostbaren Stunden bei Hoffmanns waren zum Dreh- und Angelpunkt all ihrer Träumereien geworden. Dort war in Mara der Keim zum Guten gelegt worden, und sie hatte Träume, die nichts mit Geld zu tun hatten. Davon wusste Ellen nichts und hätte es auch nicht verstanden. Mara unterstütze ihre Fluchten in Parallelwelten zunehmend mit Alkohol und konnte schon bald nicht mehr ohne ihn leben. Das harte und gefühlskalte Dasein schlug sich auch in Maras Aussehen nieder. Viel zu früh verlor sie ihr kindliches Aussehen – Babyspeck hatte sie schon keinen mehr, als sie vor ihrem Vater und seinen Spießgesellen geflohen war. Ihren Augen sah man an, dass sie schon viel zu viel gesehen hatte, von dem was Kinderaugen besser niemals zu Gesicht bekamen. Ihr Blick wurde kalt und gleichgültig, das Gesicht grau und verhärmt. Mit zwölf Jahren sah sie aus wie eine mit allen Wassern gewaschene Fünfzehnjährige. Ihre Mimik drückte nichts als Abwehr aus. Niemand wäre auch nur auf die Idee gekommen, das junge Mädchen anzusprechen, so viel Wut und Hass lag in ihren harten Gesichtszügen.

Mara trieb sich auf den Straßen und in Kaufhäusern herum und gab jede Menge von dem Geld aus, dass sie mit Ellen zusammen verdiente. Sie hatte sich zehn Prozent des Gewinns gesichert und plante, künftig zwanzig Prozent der Einnahmen zu fordern. Susi nahm sie bei ihren Ausflügen immer mit. Doch es schnitt ihr ins Herz zu sehen, wie alt und gebrechlich das Tier geworden war. Wenn Susi müde wurde oder fror, nahm Mara sie auf den Arm und wärmte sie unter ihrer Jacke. Niemals ließ sie den Hund in Ellens Obhut. Das Tier suchte permanent ihre Nähe und ging Ellen aus dem Weg.

Mit dreizehn wehrte Mara sich gegen den verhassten Haarschnitt und die stumpfe Farbe, die Ellen ihr aus Geschäftsgründen verpasst hatte. Auf der Straße und in Zeitschriften hatte sie Frauen gesehen, mit denen sie sich äußerlich identifizieren konnte. Kurzentschlossen war sie daraufhin in einen trendigen Frisiersalon gegangen, in dem sie sich die Haare schwarz färben und raspelkurz schneiden ließ. Die kurzen Strähnen frisierte sie sich mit Gel stachelig nach oben. Zusammen mit der schwarzen Jeans, ihren Springerstiefeln und der verwaschenen Armeejacke fühlte sie sich erwachsen, punkig und aggressiv. Dieses Bild von sich gefiel ihr; es passte zu ihren Empfindungen und schützte sie vor dem Rest der Welt.

Als sie Ellen mit dem neuen Outfit konfrontierte, kam es zu einem heftigen Streit. Aber noch war Mara darauf angewiesen, bei ihr zu leben. Mit dreizehn war sie zu jung, um eine Flucht zu wagen. Die Behörden wären irgendwann auf sie aufmerksam geworden. Überall in den großen Städten liefen die Streetworker herum, die nach verwahrlosten Jugendlichen Ausschau hielten, um sich in deren Leben einzumischen. Daher ließ sich Mara nach einem lautstarken Wortwechsel auf einen Kompromiss ein. Ellen hatte ebenfalls ein Entgegenkommen signalisiert. Sie fürchtete, dass Mara sonst bei der erstbesten Gelegenheit weglaufen würde. Sie einigten sich darauf, dass Mara, wenn sie allein unterwegs war, sich so kleiden durfte, wie sie wollte. Bei der Arbeit musste sie allerdings die alten Sachen tragen und ihren neuen Haarschnitt mit einer Mütze verdecken. Arme Leute hatten kein Geld für modische Frisuren.

Ohne Zögern willigte Mara ein. Auch ihr lag schließlich daran, dass die Geschäfte gut liefen. Als Team arbeiteten sie hervorragend zusammen; ansonsten redeten sie kaum miteinander und gingen sich aus dem Weg. In ihrer reinen Zweckgemeinschaft hegte keine von beiden irgendwelche positiven Gefühle für die andere.

Gerade in der wichtigsten Zeit fürs Geschäft, als überall die Weihnachtsmärkte in vollem Gange waren, wurde Susi krank. Sie fieberte und konnte sich kaum noch auf den Beinen halten. Schließlich wurde Susi so hinfällig, dass Mara um ihr Leben bangte. Aber Ellen pochte unbarmherzig auf die Einhaltung ihrer neuen Regelung: Mara musste mit, und Susi konnte nicht tagelang allein zu Hause bleiben. Auf eigene Kosten ging Mara mit ihr zum Tierarzt. Der verordnete Antibiotika; Susi litt unter einer Lungenentzündung. Sie musste dringend im Warmen bleiben, damit sie sich erholen konnte, und auf keinen Fall sollte sie draußen herumlaufen, auch nicht, um ihr Geschäft zu verrichten.

Zwischen Ellen und Mara entbrannte deswegen ein heftiger Streit. Ellen war es vollkommen gleichgültig, ob der Hund starb oder nicht. Schlimmstenfalls würde man sich einen neuen anschaffen. Ellen glaubte allerdings nicht, dass ein Hund ihre Einnahmen auf Dauer verbesserte. Immerhin kostete ein Tier schließlich auch Geld. Das Futter fiel ja nicht vom Himmel. Mara drohte zum ersten Mal damit auszuziehen, wenn Ellen nicht alles daran setzen würde, um den Hund zu retten. Schließlich gab Ellen nach, und Mara blieb über eine Woche mit Susi zu Hause. Sie flößte ihr Wasser ein und versuchte dem Hund Leckerbissen zu geben. Als Mara eines Nachts erwachte, lag Susi tot neben ihr im Bett. Mara umarmte den schon steif gewordenen Körper und weinte, wie sie noch nie im Leben um jemanden geweint hatte. Mit Susi verlor sie das einzige Wesen, das sie bedingungslos geliebt hatte.

Mara war völlig verzweifelt und fühlte sich nun einsamer denn je. Tagelang weinte sie um Susi und verweigerte die Arbeit, bis Ellen beschloss, einen anderen Hund aus dem Tierheim zu holen, damit sie wenigstens die letzten zwei Wochen bis Weihnachten noch fürs Geschäft nutzen konnten. In der Woche ohne Mara waren ihr schon hunderte Euros durch die Lappen gegangen. Gegenüber einer alten Frau ohne zusätzlichen Mitleidsfaktor, waren die Leute bei weitem nicht so freigiebig.

Mara stimmte Ellens Vorschlag zu, auch wenn Susi nicht einfach durch einen anderen Hund zu ersetzen war. Im Tierheim warteten viele Hunde auf ein neues Zuhause. Aber Ellen und Mara konnten sich nicht einigen. Mara hatte sich in einen schwarzen Welpen verliebt, der wie ein einziges Wollknäuel aussah. Doch Ellen lehnte das Tier kategorisch ab; mit einem Welpen war kein Geld zu machen. Die Leute würden sie für unglaubwürdig halten, wenn sie sich leisten konnten, einen Welpen großzuziehen.

Im hinteren Bereich des Tierheims waren Hunde untergebracht, die schwer vermittelbar waren. Im letzten Käfig saß ein Tier, das schon seit zwei Jahren dort lebte. Es war unglaublich hässlich, eine Promenadenmischung, die aussah wie ein gedackelter Schäferhund, mit krummen, kurzen Beinen, einem ziemlich großen Kopf und spitzen Ohren, die wie kleine Tüten aussahen, dazu ein gedrungener Körper und ein langer, buschiger Ringelschwanz. Das größte Problem war aber nicht sein Aussehen. Der Hund war bissig! Äußerlich wäre er fürs Geschäft hervorragend geeignet. Aber er musste einen Maulkorb tragen, was ihn bösartig wirken ließ, und dies war wiederum schlecht fürs Geschäft. Während Ellen vor dem Zwinger stehen blieb und noch überlegte, war Mara zur Tierheimleitung gegangen, um sich nach dem Tier zu erkundigen. Der Hund hatte auf unerklärliche Weise ihr Herz berührt. Das verstärkte sich noch, als sie vom Schicksal des Tieres erfuhr: Der Hund hatte einem alten Mann gehört, der mittlerweile verstorben war. Da der Besitzer sehr zurückgezogen gelebt und mit dem Hund kaum das Haus verlassen hatte, war Tell – so hieß der Hund – kaum mit anderen Menschen in Kontakt gekommen. Dadurch war er so auf sein Herrchen fixiert gewesen, dass er sich nur schwer an jemand anderen gewöhnen konnte. Eigentlich sollte Tell eingeschläfert werden. Doch dann hatten die Angehörigen entschieden, ihn ins Tierheim zu bringen. Tell war höchstens sechs Jahre alt; von den festen Mitarbeitern des Tierheimes ließ er sich inzwischen sogar anfassen. Der Tierpfleger meinte, mit ein bisschen Mühe könne man durchaus noch das Vertrauen des Tieres gewinnen. Aber dafür hatte den wenigen Interessierten bisher die Geduld gefehlt. Maras Interesse war geweckt. Sie sah es als Herausforderung an, das Herz des krummbeinigen Hundes zu erobern. Weil sie Ellen versprach, sich ganz allein um Tell zu kümmern und ihn zu zähmen, durfte sie den kuriosen Mischling schließlich mitnehmen.
Für Mara begann damit ein neues Kapitel. Vom ersten Tag an musste der Hund mit auf die Weihnachtsmärkte, und zwar

ohne Maulkorb. Mara, die in ihrer Rolle als geistig Behinderte, meist in Decken gehüllt auf dem Boden kauerte, konnte so auf Tell beruhigend einreden. Dabei steckte sie ihm vorsichtig kleine Leckerbissen zu, und bald ließ Tell es zu, dass Mara die Decke mit ihm teilte. Schon nach wenigen Tagen hatte sie es geschafft; Tell wich nicht mehr von ihrer Seite. Ellen durfte sich dem Tier allerdings nicht nähern. Dann fing Tell sofort an zu knurren. Entgegen Ellens Erwartungen erhöhte der äußerlich wenig ansprechende Hund als Gefährte des „geistig behinderten" Mädchens die Einnahmen ganz erstaunlich. Mara sorgte dafür, dass der Hund spendierfreudige Passanten nicht anknurrte. Tell begriff schnell und kauerte sich dicht an sein neues Frauchen. Die Anschaffung hatte sich für alle drei gelohnt.

Im Laufe der Zeit hatte Mara akzeptiert, dass sie vorerst auf Ellen angewiesen war. Immerhin verfügte sie über Essen und Trinken und hatte ein Dach über dem Kopf. Aber auf Dauer konnte sie dieses Leben nicht aushalten. Ellen machte es nichts aus, dass die Atmosphäre in der Wohnung eisig war. Doch Mara erstickte an der tiefen gegenseitigen Abneigung. Sie verachtete Ellen; sie ekelte sich regelrecht vor ihr und dachte oft darüber nach, wie sie es schaffen könnte, auf eigenen Füßen zu stehen. Obwohl die Abhängigkeit auf beiden Seiten bestand, fühlte sich Mara unfrei und fremdbestimmt. Der Traum von der Hütte am See war zwar verblasst, aber immer noch lebendig. Mara sehnte sich nach einem gemütlichen Zuhause für sich allein, in dem sie friedlich und unabhängig leben konnte.

Sie hatte beim Betteln zwar kein schlechtes Gewissen, außer wenn sie wirklich Bedürftigen dadurch schadeten. Trotzdem war es ihr zuwider ständig etwas vorzuspielen, was sie nicht war. Sie hasste die Rolle der Schwachsinnigen immer mehr, da ihr dadurch überhaupt keine normalen Gespräche möglich waren. Selbst wenn sie allein unterwegs war, konnte sie nichts riskieren, da nach wie vor die Gefahr bestand, dass jemand hinter ihre wahre Identität kam. Hin und wieder redete sie ein paar belanglose Worte mit Gleichaltrigen. Aber bei der nächsten Begegnung zog Mara sich sicherheitshalber zurück. Seit langem hatte sie keine eigene Identität mehr, und auch in den Chatrooms der sozialen Netzwerke spielte sie nur eine Rolle. Dort trat sie als junges Mädchen auf, das Liebe und Freundschaft im Überfluss genoss und das erfolgreich an seiner Karriere als Springreiterin arbeitete. Mara spielte diese Rolle so perfekt, dass sie im Chat eine regelrechte Fangemeinde hatte. Viele wollten Tipps von ihr für ihr eigenes Leben, die Mara auch bereitwillig gab. Erstaunlicherweise verfügte sie über großes Einfühlungsvermögen, obwohl sie keine echten Kontakte zu Menschen hatte. Nur in ihrer Phantasie pflegte sie Beziehungen zu allen möglichen Personen. Unverzichtbar war der Traum von der liebevollen Mutter, die sie nie besessen hatte. Dieser fiktiven Frau vertraute sie gedanklich ihre innersten Sehnsüchte und Ängste an, und in ihrer Parallelwelt erfuhr sie Anteilnahme und Verständnis. Ohne den Trost dieser fiktiven Mutter wäre Mara womöglich wirklich wahnsinnig geworden. Ihre Träume waren die einzige Form von menschlicher Nähe, und sie träumte sie fast permanent.

So oft wie möglich ging Mara zum Rhein und schaute den Leuten beim Leben zu. Besonders gern beobachtete sie die Hundehalter, die ihre Tiere auf den großen Grünflächen miteinander toben ließen. Nur zu gern hätte sie dabei mitgemacht, doch weder mit Susi noch mit Tell wäre so etwas möglich gewesen. Mara stellte sich oft vor, dass sie einen jungen Hund hätte, den sie selbst großgezogen hätte und mit dem sie sich dazu gesellen könnte.

Wenn Mara bei Ellen zu viel Widerstand leistete, setzte Ellen sie unter Druck, indem sie Mara androhte, sie den Behörden zu melden. Solange sie minderjährig war, würde sie vom Jugendamt vermutlich in einem Heim untergebracht. Ellen hatte ihr eingebläut, dass man dann ihre wahre Identität aufdecken und sie so wieder in Kontakt mit ihren Erzeugern – anders nannte sie ihre Eltern nicht mehr – kommen würde.

Der Hass tobte nach wie vor in Mara, und sie verfolgte jeden Hinweis auf ihre Peiniger im Internet, die dank ihrer gesellschaftlichen Stellung immer mal wieder im Netz auftauchten. Alles, was sie fand, legte sie in den grünen Schnellhefter, in dem sie auch die Fahndungsfotos und Zeitungsberichte von ihrem Verschwinden aufbewahrte. Mara hatte sich Rache geschworen! Auf der grünen Mappe prangte in roten Lettern und in kindlicher Handschrift: „Tod den Kinderfickern". Daneben hatte sie vor Jahren eine Pistole gemalt, die auf vier Menschen gerichtet war.

Je nach psychischer Verfassung holte Mara die Mappe hervor, recherchierte Informationen und schmiedete Rachepläne. Das brauchte sie, um sich abzureagieren, wenn die Gefühle sie zu ersticken drohten. Es durfte nicht sein, dass der grauenhafte und folgenschwere Missbrauch ungesühnt blieb. Sie brauchte die Illusion einer gerechten Strafe, um die lähmenden Ohnmachtsgefühle irgendwie auszuhalten.

Das Herumreisen von Stadt zu Stadt war Mara verhasst. Nirgendwo fühlte sie sich zu Hause. Aber für eine Flucht war es noch zu früh; außerdem fühlte Mara sich mit zahlreichen ungelösten Fragen überfordert. Sie hatte keinen gültigen Pass, keinen offiziellen Wohnsitz und noch lange nicht genügend Geld. Damals, als sie geflohen war, hatte sie aufgehört zu existieren. Ellen hatte es tatsächlich geschafft, dass in all den Jahren keiner erfahren hatte, wer das Mädchen namens Mara wirklich war. In den seltenen Fällen, in denen sie krank gewesen war, hatte Ellen einen verkommenen, ehemaligen Arzt zur Hand, der auch Medikamente besorgen konnte. Der versoffene Mediziner nahm nur ein paar Euro für seine Dienste und hatte Mara schon vergessen, ehe sie seine verdreckte Wohnung verlassen hatte. Obwohl sie seit Jahren mit Ellen in dem Viertel wohnte, hatte sie nie jemanden näher kennengelernt. Ellen pflegte keine Kontakte mit der Nachbarschaft, die sich aus Ausländern und arbeitslosen Alkoholikern zusammensetzte. Ellen und sie fielen dort nicht auf, denn sie unterschieden sich weder im äußeren Erscheinungsbild noch in ihren Lebensgewohnheiten von den anderen Bewohnern.

Die Zeit verrann, ohne dass sich etwas Wesentliches veränderte. Nur dass Mara sich das Rauchen angewöhnt und den Alkoholkonsum immer mehr gesteigert hatte. Bereits ihr Erzeuger und Ellen hatten ihr Alkohol gegeben, um sie ruhigzustellen; jetzt setzte Mara den Alkohol ein, um sich zu trösten, um sich besser in Traumwelten versenken zu können oder um Ängste und Anspannungen zu bekämpfen. Sie bevorzugte Bier und Kräuterschnaps. Da Ellen ihr weder Tabak noch Alkohol kaufte, ging viel Geld fürs Rauchen und Trinken drauf. Oft verachtete sich Mara dafür, aber sie konnte nichts daran ändern. Sie brauchte den Alkohol genauso, wie sie ihre tägliche Packung Zigaretten brauchte. Wann immer sich die Gelegenheit bot, ließ sie Fläschchen oder Tabak im Supermarkt mitgehen. Doch es reichte nie, um ihre immer größer werdende Gier zu stillen.

Wenn sie auf Betteltour waren, hatte Mara kaum Gelegenheit zu trinken, und wenn Ellen sie dabei erwischte, gab es Ärger, manchmal sogar Prügel. Aber um das morgendliche Zittern in den Griff zu bekommen, musste sie wenigstens zwischendurch ein paar Fläschchen Kräuterschnaps trinken.

An einem Tag im November, als sie wieder einmal nach Aachen wollten, hatte Mara Mühe, den sonst so munteren Tell aus dem Bett zu locken. Seine Flanken zuckten, und Mara befürchtete, Tell bekäme ausgerechnet an diesem wichtigen Arbeitstag eine Durchfallerkrankung. Schließlich sprang er doch auf und hatte es tatsächlich eilig, auf das Rasenstück zu kommen. Ellen drängte zur Eile. In einer Dreiviertelstunde fuhr der Zug. Sie hasteten so schnell zum Bus, dass Mara Tell manchmal regelrecht hinter sich herziehen musste. Plötzlich ruckte es an der Leine, Tell konnte nicht mehr. Mara fuhr herum und sah, dass

Tell auf der Seite lag und krampfte. Er hatte das Maul weit aufgerissen und röchelte nach Luft. Die Zunge war zwischen den Zähnen eingeklemmt, die Augen angstvoll aufgerissen. Mit einem Schrei stürzte Mara sich neben ihn auf den Boden: „Oh Gott, Tell! Was ist bloß los? Kann mir denn keiner helfen?", schluchzte sie verzweifelt den vorbeieilenden Leuten hinterher. Ellen starrte sie wütend an: „Verdammt! So eine Scheiße! Der Köter hat einen Schlaganfall. Lass ihn liegen und komm! Wir verpassen sonst den Zug."
Mara beachtete Ellen nicht. Sie hielt den Hund umschlungen und schaute sich vergeblich nach Hilfe um. Mara streichelte Tell unentwegt und flüsterte ihm beruhigende Worte zu. Nach einer halben Stunde war er tot. Mara blieb nichts anderes übrig, als ihn ins Gebüsch zu legen, um ihn später abzuholen und zu begraben. Weinend rannte sie los, um mit der nächsten Bahn zu fahren. Ellen war bereits vorgefahren, um eine geeignete Stelle für ihre Inszenierung zu suchen.

Nach Tells Tod versank Mara in Depressionen. Ellen wollte von einem anderen Tier nichts wissen. Die Einsamkeit machte Maras Leben so unerträglich, dass sie nur noch von Ellen weg wollte. Unentwegt kreisten ihre Gedanken um Flucht. Aber die Angst, Ellen könne sie aus Rache den Behörden melden, war groß. Sie musste noch mehr als ein Jahr aushalten; dann erst würde sie achtzehn.
Im Frühsommer fanden kaum lohnende Events statt. Daher hielt sich Mara fast täglich am Flussufer auf und trank Bier. Erst spät abends torkelte sie zurück in die trostlose Wohnung. Sie fieberte dem Tag der Volljährigkeit entgegen, denn seit Tells Tod hasste sie Ellen fast mit der gleichen Intensität wie diejenigen, an denen sie Rache nehmen wollte.

An jenem Tag, der die Weichen für ihr weiteres Leben stellen sollte, saß sie wieder einmal mit einem Rucksack voller Bierflaschen am Ufer des Rheins. Lustlos verfolgte sie das Treiben in ihrer Umgebung: spielende Kinder, Hunde, die miteinander um die Wette rannten, und Familien mit Decken und Picknickkörben. Es war sehr warm, und Mara spürte schon am frühen Mittag die Wirkung des Alkohols. Ihre Blase drückte fast schmerzhaft, und so blieb ihr keine andere Wahl, als sich in das für diesen Zweck ständig missbrauchte Gebüsch zu verziehen.

Fluchend bewegte sich Mara durchs Geäst, darauf bedacht, in keine der vielen menschlichen Tretminen zu latschen. Sie wollte sich gerade hinhocken, als sie ein verdächtiges Geräusch hörte, ein Rascheln und Jammern, das unmöglich von einem Vogel stammen konnte. Abermals fluchend zerrte sie sich die Hose hoch und sah sich um. Nichts zu sehen; vielleicht war nur ein Hase daher gehuscht. Sie erleichterte sich und war gerade im Begriff zurückzugehen, als sie wieder das merkwürdige Geräusch vernahm; nun hörte es sich an wie ein schwaches Weinen. Mara horchte aufgeregt umher und dachte daran, das Weite zu suchen. Was sollte sie denn tun, wenn es ein ausgesetztes Baby oder ein verletztes Tier war?

Wieder hörte sie einen Ton, diesmal ein Fiepen. Nun war ihr klar, in welche Richtung sie gehen musste. Leise kroch sie zwischen den Ästen hindurch, ihr Herz klopfte schnell und ihr Puls raste. Am anderen Ende des Gebüschs, unter einer verrotteten Bank, lag ein brauner Seesack. Sie erschrak, als sie eine Bewegung darin bemerkte. Vorsichtig näherte sie sich dem Sack, der mit einem groben Seil zugebunden war. Bebend und mit ungeschickten Händen löste Mara den Knoten und schaute hinein.

Als sie das schwarze, wollige Etwas erblickte, schossen ihr Tränen in die Augen: Ein völlig verdreckter, zitternder und winselnder Welpe schaute ihr ins Gesicht! Ganz vorsichtig, als sei er aus kostbarem Porzellan, hob sie ihn aus seinem Gefängnis. Wie winzig er war! Sofort kuschelte er sich, leise winselnd, in Maras Arme und leckte ihre Hand, die streichelnd durch sein verfilztes Fell fuhr. Mara drückte ihr Gesicht ins warme Fell des Kleinen und murmelte tröstende Worte. Was musste man nur für ein Scheusal sein, wenn man so ein armes Tier einfach seinem Schicksal überließ! Der Welpe schien dem Tode näher als dem Leben, und Mara fürchtete, er werde noch in ihren Armen sterben. Trotzdem konnte er dort nicht lange gelegen haben. Bei der Hitze wäre er sicher schnell verdurstet. Aber dort, wo er herkam, hatte man ihn offensichtlich auch nicht gut versorgt. Das Fell war stumpf und verfilzt und voller Heu. Ob es noch mehr Welpen gab? Mara tröstete sich mit dem Gedanken, dass derjenige dann sicher den ganzen Wurf in den Seesack gesteckt hätte. Sie nahm den Hund auf den Arm und eilte mit ihm zum Fluss. Gierig trank der Welpe, bis sein kleiner Bauch zum Platzen voll war. Nun galt es, so schnell wie möglich Futter zu besorgen. Sie machte sich auf den Weg zum nächsten Discounter. Den Hund wieder im Beutel, schickte sie ein Stoßgebet zum Himmel, der Kleine möge bloß still sein. Auf keinen Fall wollte sie ihn jemand anderem in Obhut geben. Sie hatte Glück; er verhielt sich einigermaßen ruhig. Mara kaufte drei Dosen Welpenfutter und hoffte, dass der Kleine schon festes Futter nahm. An einem schattigen, menschenleeren Platz am Fluss hob sie das schwarz-weiße Fellbündel wieder aus dem Sack, füllte den kleinen Napf, den sie gekauft hatte, und stellte ihn vor das Tierchen. Tatsächlich fraß es gierig, danach fielen ihm vor Erschöpfung die Augen zu.

Endlich konnte Mara ihr lauwarmes Bier aus dem Rucksack hervorkramen. Sie leerte die Flasche mit wenigen Schlucken. Dann nahm sie den Welpen in die Arme und schaute ihn voller Liebe an. In diesem seligen Augenblick beschloss Mara, den Kleinen nie mehr wieder herzugeben.

Sie wusste, dass Ellen das Tier nicht ohne weiteres dulden würde. Im Notfall würde sie mit ihm fortgehen müssen, auch wenn sie noch keine achtzehn war. Schon jetzt war der Hund ihr wichtiger als alles andere.

Sie zählte das Geld in ihrem Brustbeutel, fünf Euro, mehr nicht. Wütend, weil sie ihr ganzes Geld für Alkohol verschwendet hatte, machte sie sich auf die Suche nach einem Tierarzt, der für die paar Euros den Welpen untersuchen und ihr dann sagen würde, was er zum Überleben am nötigsten brauche.

Bis abends hatte sie bei drei Praxen persönlich vorgesprochen, andere hatte sie angerufen. Doch sie musste jedes Mal unverrichteter Dinge wieder gehen, sie hatte ja nicht einmal genügend Geld für die notwendigen Impfungen. Es war bereits halb sieben, als sie einen Tierarzt fand, der sie in den Untersuchungsraum bat. Mit der Bezahlung würde man sich schon einig, meinte er. Der Mann war schon älter, er schaute Mara durch seine dicken Brillengläser aufmunternd an und bat:

„Zeigen Sie mir mal den kleinen Patienten! Was fehlt ihm denn und wie alt ist er?" Mara war verlegen und schämte sich wegen ihrer Schnapsfahne, daher kam ihr die Geschichte, wie sie den Hund gefunden hatte, nur stockend über die Lippen, und als sie sie den grauhaarigen Mann fragte, ob ihr kleiner Findling überhaupt eine Überlebenschance hatte, musste sie die Tränen zurückhalten.

„Zuerst müssen wir schauen, ob er krank ist und wie sein Allgemeinzustand ist. Er muss geimpft und ganz sicher auch entwurmt werden."

Wieder stammelte Mara, dass sie nur wenig Geld habe. Aber der Arzt beruhigte sie: „Jetzt ist erst mal der Hund wichtig. Über alles andere können wir später reden. Der Kleine ist sehr geschwächt. Ohne Behandlung kann er es kaum schaffen."

In Mara rumorte es. Was sollte sie machen, wenn die Rechnung am Ende wahnsinnig hoch sein würde? Was verlangte der Alte von ihr, wenn sie nicht bezahlen konnte? Er hatte ihr mit Sicherheit angesehen, aus welchen Verhältnissen sie kam. In diesem Moment wurde ihr nur allzu bewusst, dass sie wie eine Obdachlose aussah und auch roch; sie wäre am liebsten im Boden versunken, so sehr schämte sie sich. Noch nie war so klar gewesen, dass sie sich in nichts von den anderen im Viertel unterschied. Auch sie war eine Betrügerin, Diebin und Trinkerin geworden. Diese Selbsterkenntnis traf sie wie ein Boxhieb in den Magen. Mit welchem Recht hatte sie die anderen eigentlich verachtet? Der Arzt hatte sie trotz allem mit Respekt und Höflichkeit behandelt. Es schien ihm nichts auszumachen, woher sie kam und wie sie aussah. Unwillkürlich musste sie an Hoffmanns zurückdenken: Wie hätten sie gehandelt? Und was würden sie sagen, wenn sie wüssten, was aus ihr geworden war? Es wäre ihr unerträglich, wenn diese Leute sie so sehen würden.

Der Arzt riss sie aus ihren Gedanken:
„Oh, die kleine Hundedame ist ja von edler Abstammung, ein Australian Shepherd. Aus ihr wird mal eine richtige Schönheit, Sie werden staunen!"
Er untersuchte sie gründlich, horchte Herz und Lunge ab und schaute ihr ins Maul. Mara sah die winzigen Milchzähnchen und musste lächeln. Offensichtlich zufrieden mit ihr, meinte der alte Tierarzt:
„Sie scheint von robuster Natur zu sein, wenn man bedenkt, was sie durchgemacht hat. Mit guter Ernährung und ein paar Vitaminen wird sie schnell wieder fit. Sie ist ungefähr sieben Wochen alt und kann ohne Mutter überleben. So, wie sie aussieht, haben sich die Verbrecher, die das Tierchen ausgesetzt haben, garantiert nicht um Impfungen für das Kleine gekümmert. Das muss jetzt unbedingt nachgeholt werden. Dann gebe ich Ihnen auch noch eine Wurmkur mit."
Er stellte einen Impfpass aus und trug Termine für weitere Impfungen ein. Dann erklärte er Mara, wie die Wurmkur zu handhaben sei, und gab ihr ein paar nützliche Tipps für die ersten Wochen. Zuletzt schenkte er ihr noch ein Hundeshampoo, denn das Fell des Welpen war ganz verkrustet von dem Kot, den er aus Angst in seinem Gefängnis abgesetzt hatte.
Mara schaute auf ihre dreckigen Schuhspitzen, während sie sagte: „Heute kann ich Ihnen aber nur fünf Euro als Anzahlung geben. Aber ich verspreche Ihnen, dass ich so schnell wie möglich auch den Rest bezahle." „Schon gut, machen Sie sich darüber mal keine Sorgen! Ich bin schließlich kein armer Mann. Außerdem habe ich Tiermedizin studiert, weil ich Tiere

liebe, genauso wie Sie. Bitte kommen Sie aber nochmals in meine Praxis; das Tier braucht weitere Impfungen. Ich wünsche Ihnen viel Glück mit der Kleinen! Wie soll sie überhaupt heißen?"
„Hope!", kam es aus Mara geschossen. Darüber brauchte sie nicht nachzudenken.
„Ja, der Name passt zu ihr! Und dass es Hoffnung gibt, zeigt sich schon daran, dass es Leute wie Sie gibt, die sich ganz selbstverständlich um solche hilflosen Kreaturen kümmern, auch wenn ihnen selbst das Nötigste zum Leben fehlt."
Zum Abschied drückte er Mara beide Hände. Sie musste abermals den Blick senken. Vor Rührung waren ihr die Augen feucht geworden.

Als sie weg war, dachte der alte Tierarzt: Hope, der Name passt auch auf die Kleine, die ihn gefunden hat. Er ahnte, dass Mara genauso wenig Liebe in ihrem Leben erfahren hatte und dass sie ihrem Retter wohl noch nicht begegnet war.

Nachdem Mara mit Hope auf dem Arm die Praxis verlassen hatte, suchte sie sich einen Platz im nahegelegenen Park, an dem sie ungestört und vor allem unbeobachtet war. Müde sank sie auf die verdorrte Wiese, schlug die Hände vors Gesicht und ließ ihren Tränen freien Lauf. Es war, als flösse all die Härte, Bosheit und Kaltschnäuzigkeit, die sie sich in den Jahren mit Ellen antrainiert hatte, aus ihr heraus. Sie weinte so lange, bis sie sich schließlich genauso weich und verletzlich fühlte wie das kleine Wesen in ihrem Arm.

Dieser Tag war ein Wendepunkt in Maras Leben. Es war etwas in ihr zerbrochen, aber Neues begann zu wachsen. Bei dem Arzt war ihr erst richtig klar geworden, wie erbärmlich sie lebte: Sie war eine asoziale Trinkerin, die den Leuten mit einem verlogenen Schauspiel das Geld aus den Taschen zog, das die Obdachlosen dringend gebraucht hätten. Denn kaum einer von ihnen bekam nennenswerte Zahlungen vom Staat. Mara hatte sich darüber im eigenen Interesse genau informiert. Im Gegensatz zu ihr und Ellen vermochten diese Leute nichts, als bittend die Hand auszustrecken. Sie lebten wahrhaftig von der Hand in den Mund und waren auf die paar Münzen angewiesen, die man ihnen in den Teller warf.

Mara wurde es schwer ums Herz; es blieb ihr nichts anderes übrig, als noch für eine Weile so weiterzumachen wie bisher. Ohne Geld konnte sie sich kein anständiges Leben aufbauen, so sehr sie sich das auch wünschte. Aber sie wollte das so schnell wie möglich ändern. Sie nahm sich vor mit dem Trinken aufzuhören und ab sofort konkrete Pläne für die Flucht zu schmieden. Sie hatte überhaupt keine Zeit mehr zu verschenken. Von nun an wollte sie konsequent daran arbeiten, an ihrem achtzehnten Geburtstag endlich frei zu sein. Wenn sie doch wenigstens einen einzigen Menschen hätte, mit dem sie reden könnte, jemanden, der ihr Rat geben könnte und sie ernst nahm, jemand wie der Tierarzt zum Beispiel. Ellen würde ihr jedenfalls nicht helfen, da war sie sicher.

Ellen! Als Mara an die bevorstehende Auseinandersetzung mit dieser gefühllosen Frau dachte, drehte sich ihr fast der Magen um. Schon damals, als Susi gestorben war, war mit ihr über einen Welpen nicht zu reden gewesen. Was sollte sie bloß tun, wenn Ellen ihr drohte, sie hinauszuwerfen? Als Mara viel später in die Wohnung zurückkehrte, klopfte ihr das Herz laut und schnell. Wie würde Ellen reagieren?

Doch Ellen drehte sich nicht einmal nach ihr um, als sie ins Wohnzimmer trat. Sie war mit Reisevorbereitungen beschäftigt. „Mist!", dachte Mara, als sie die große Reisetasche auf dem Boden stehen sah. Wie konnte ich nur vergessen, dass wir übermorgen nach Münster fahren wollen!

Jedes Jahr fuhren sie dorthin, zur Sent, dem großen Jahrmarkt. Das große Spektakel war die wichtigste Einnahmequelle in dieser sonst eher ruhigen Jahreszeit. Auch sonst war Münster ein hervorragender Ort fürs Geschäft. Die Leute dort waren freigiebig. Die Stadt hatte einiges für ihre Obdachlosen getan, die dort sogar eine eigene Zeitung herausbrachten und sie für billiges Geld verkauften. Die Leute kauften das Blatt gern und halfen den Leuten auch sonst. In Münster waren die

Leute für Wohnsitzlose sensibilisiert. In der Altstadt befanden sich wichtige Kirchen, die von vielen Touristen besichtigt wurden. Da lohnte es sich in den Vorräumen zu sitzen und einen Mitleid erregenden Eindruck zu machen. Mara brauchte dabei nur debil zu gucken und hier und da ein paar unartikulierte Laute auszustoßen. Ellens ärmlicher Anblick belebte zusätzlich das Geschäft. Die Leute gingen ohne groß nachzudenken davon aus, dass Maras Behinderung mit Ellens Alter zu tun hatte, ein Erbschaden, der dem Kind jede Hoffnung auf ein normales Leben geraubt und die Mutter in Armut gestürzt hatte.
Ellen befand sich angesichts der Reise in froher Erwartung. Sie war leicht angetrunken und summte die Melodie eines albernen Schlagers mit, der gerade in Radio lief.

„He Mara! Wird auch langsam Zeit, dass du deinen Arsch hierher bewegst! Hast du vergessen, dass du packen musst? Nu beweg dich und leg los! Es gibt noch haufenweise zu tun. Was haste denn auf 'm Arm?"

Ellen hatte gar nicht richtig hingesehen, und Mara war erleichtert über deren unerwartet gute Laune. Sie zwang sich zu einem beiläufigen Ton:

„Das ist Hope! Hab ich gefunden. Die behalt ich jetzt!" Ellen fuhr herum. Schlagartig wechselte ihre Laune.

„Hast du 'ne Meise, oder was? Schaff das Vieh hier raus! Was soll ich mit dem Köter!?" – „Okay, aber dann geh' ich auch!" Trotz der Angst vor Ellens Antwort, gelang es Mara mit fester Stimme zu reden.

„Spinnst du? In Münster verdienen wir richtig Kohle, und jetzt machst du so 'ne Scheiße! Na, meinetwegen behalt den Köter! Aber von mir kriegste keinen Cent mehr deswegen. Und wehe, der kommt mir in die Quere, dann ist er schneller fort, wie du gucken kannst. Beim Einsatz ist das Vieh jedenfalls nicht dabei, klar?"

„Nun mach mal halblang! Der Hund stört nicht, dafür sorge ich schon, und kosten tut er dich auch nix. Ich kriege den Kleinen auch ohne dich groß!", konterte Mara.

Ellen lachte böse: „Wie bescheuert kann man eigentlich sein!? So 'ne Schnapsdrossel wie du kriegt doch nicht mal das Futtergeld gespart. Na, das Problem ist sowieso bald gelöst. So, wie der aussieht, macht der 's nicht mehr lang! So, nun sieh zu, dass du fertig wirst! Wir haben dieselbe Pension wie immer und bleiben zwei Wochen. Was du mit dem Köter in der Zeit machst, ist mir scheißegal!"

Mara atmete auf. Es war viel leichter gewesen, als gedacht. In Ellens Kopf klimperte der erhoffte Geldregen schon so laut, dass sie nicht weiter nachgedacht hatte. Vorerst war der Welpe für sie nicht mehr als ein zusätzliches Gepäckstück. Mara gelang es sogar, für Münster einen höheren Vorschuss als üblich zu erbitten, so dass sie genug Geld für Futter und anderes hatte. Von Tell und Susi im Keller lagerten noch brauchbare Utensilien im Keller. So leicht warf Ellen nichts fort. Für den nächsten Tag nahm Mara sich vor, ein ganz weiches Halsband zu kaufen, vielleicht aus rotem Samt.

Wie die anderen Hunde auch durfte Hope bei Mara im Bett schlafen. Der Welpe, für den sie sich erst wenige Stunden verantwortlich fühlte, füllte ihre Gedanken vollkommen aus, und die depressive Stimmung war wie fortgeflogen. Mara war voller Hoffnung und hochmotiviert, ihr Leben zu ändern. Sie fühlte sich reich beschenkt, denn das kleine Wesen in ihrem Arm gehörte nur ihr allein. Mara wollte nicht, dass Hope jemals Teil der widerlichen Komödie wurde, mit der sie vorläufig noch ihren Unterhalt bestreiten musste. Der Hund sollte einzig und allein auf der Welt sein, um von ihr geliebt zu werden. Für Hope wollte sie mit dem alten Leben brechen. Spätestens Ende nächsten Jahres würde sie mit Hope zusammen ein neues Leben anfangen. Nach Jahren tiefer Verzweiflung sah Mara nun Licht am Ende des Tunnels.

Ihre Sachen waren schnell zusammengepackt. Darin hatte sie Übung. Aber für Hopes Bedürfnisse schrieb sie eine lange Liste mit Sachen, an die sie denken musste. Sie überlegte, was sie mit Hope in Münster anfangen sollte. Der Welpe würde in der Pension bleiben müssen, und sie müsste sich zwischendurch um ihn kümmern und mit ihm Gassi gehen. Ihre Unterkunft lag nah beim See. Mara freute sich darauf, dort mit Hope spazieren zu gehen. Da Ellen mit ihrem Fuß immer mehr Probleme hatte und sie auch das andere Bein häufig hoch lagern musste, hatte sie vermutlich Zeit genug, um den Welpen auszuführen. Zum ersten Mal freute sich Mara auf einen Einsatz; das Wetter war herrlich, und Münster eine schöne Stadt.

Spät abends, nachdem Hope gefressen hatte, war Mara noch einmal mit ihr draußen gewesen, und nachts hatte sie sie ein weiteres Mal hinuntergetragen. Als sie sich dann wieder ins Bett legte, schmiegte Hope sich dicht an sie heran und schlief fast augenblicklich ein. Für Mara war das ein seliger Moment.

Am nächsten Morgen zwang Mara sich, trotz der morgendlichen Übelkeit ein Stück trockenes Brot zu essen und eine Tasse Tee zu trinken. Tapfer verzichtete sie auf die Flasche Bier, die sie sonst anstelle eines Frühstücks zu sich nahm.

Als sie mit Hope vor die Türe ging, war diese erstaunlich munter und unternehmungslustig. Sie flitzte hin und her und schnüffelte mal hier und mal dort. Auf Maras Rufen reagierte sie allerdings überhaupt nicht. Mara hob sie deshalb schnell wieder auf den Arm; sie hatte Angst, der Welpe könnte fortlaufen. In einem Drogeriemarkt, nicht weit von ihrem Wohnblock, kaufte Mara ein weiches Halsband aus blauem Samt, das eigentlich für Katzen gedacht war, und dazu eine kurze Leine. Voller Vorfreude leinte sie Hope an. Endlich konnte sie mit ihr spazieren gehen, ohne dass sie davonlaufen konnte. Doch Hope machte nicht mit. Sie zog in alle Richtungen und schnürte sich dabei die Luft ab. Mara blieb nichts anderes übrig, als sie wieder auf den Arm zu nehmen. Doch das gefiel der Kleinen genauso wenig. Sie zappelte und wollte wieder abgesetzt werden. Schließlich ging sie mit Hope auf einen umzäunten und verwahrlosten Spielplatz und setzte sie dort ins verdorrte Gras. Sofort lief Hope vergnügt herum und schnüffelte ausgiebig an dem rostigen Laternenmast, der für die Hunde im Viertel als

‚Schwarzes Brett' diente. Maras wiederholtes Rufen kümmerte den Welpen herzlich wenig. Doch von dem Fangen-Spiel war Hope begeistert. Jedes Mal, wenn Mara sie fast erwischt hatte, jagte sie davon. Mara hatte mit Welpen keine Erfahrung und wusste nicht, was sie tun sollte. Der Hund rannte weg, wenn sie ihn einfangen wollte, und reagierte nicht auf ihr Rufen. An der Leine konnte sie ihn schon gar nicht führen. Dann fiel ihr der Tierarzt ein. Der würde sicher Rat wissen! Aber konnte sie ihn noch einmal belästigen, und was würde die Auskunft kosten? Zögernd rief sie schließlich doch die Telefonnummer an, die auf einem Zettel im Impfbuch stand.

Mara war überrascht; der alte Mann schien sich aufrichtig zu freuen. Er machte es ihr sogar sehr leicht, ihr Anliegen vorzubringen, da er von sich aus wissen wollte, wie es Hope ging und wie sie sich entwickelt hatte. Nachdem Mara ihm alles berichtet und auch von ihren Problemen erzählt hatte, versicherte der Tierarzt ihr, dass der Welpe offensichtlich in bester Verfassung war. Er war überrascht zu hören, dass Hope so munter war und schon auf Entdeckungstour ging. Eigentlich hatte er erwartet, dass die Kleine sich erst einmal für ein paar Tage irgendwohin verkrochen hätte, teilte er Mara mit. Der Doktor gratulierte Mara für ihr Geschick im Umgang mit Hope. Sie spürte, wie ihr vor Verlegenheit die Hitze ins Gesicht schoss. Sie hatte ganz vergessen, wie es war, gelobt zu werden. Der Arzt gab ihr noch ein paar wichtige Erziehungstipps und wies sie darauf hin, dass man Welpen so früh noch nicht an die Leine gewöhnen sollte. Bevor er auflegte, wünschte er Mara noch alles Gute.

Mara bedankte sich bei ihm und bat verlegen darum, die Beratung mit auf die Rechnung zu setzen; sie wolle so schnell wie möglich bezahlen. Der Doktor wehrte lachend ab und meinte, die Beratung sei kostenlos, aber nur, wenn Mara ihn auf dem Laufenden halte, was ihren Schützling betraf. Noch einmal bedankte sich Mara bei ihm. Ihre Stimme zitterte dabei. Die

Freundlichkeit des alten Mannes hatte sie gerührt, aber auch verunsichert. Sie konnte sein Verhalten nicht so recht einordnen; vage Erinnerungen an Hoffmanns stiegen in ihr auf und machten ihr das Herz seltsam schwer.

Als sie bei dem Tierarzt in der Praxis gewesen war und auch während des Telefonats mit ihm hatte Mara nur gute Gefühle gehabt, obwohl sie sonst Ärzten gegenüber mehr als misstrauisch war; sie lehnte alle Weißkittel aus tiefster Seele ab. Doch dem alten Mann hatte sie glauben können, dass die Tiere ihm das Wichtigste waren. Er hielt sich nicht für etwas Besseres, weil er promoviert hatte. Mara konnte sich ihn auch auf keinen Fall auf dem luxuriösen Golfplatz vorstellen, auf dem ihr Vater und seine arroganten Freunde verkehrten.

Maras Weltbild, das von Missbrauchserfahrungen und Ellens Einfluss geprägt war, geriet nicht zum ersten Mal ins Wanken. Es gab auch gutbetuchte Menschen mit Charakter, und dass nicht alle ärmeren automatisch gut waren, wusste sie spätestens, seitdem sie Ellen kennengelernt hatte.

Aber vielleicht verlangte der Arzt am Ende etwas anderes als Geld? Für einen Augenblick war Mara froh, ihm eine falsche Adresse genannt zu haben. Doch dann schämte sie sich für ihre schlechten Gedanken; der Mann hatte warmherzig und ehrlich geklungen.

Hope zappelte auf ihrem Arm und knabberte an Maras Fingern, was tatsächlich ein bisschen weh tat, denn die winzigen Milchzähne waren scharf wie kleine Messer. Schließlich gab Mara sich einen Ruck und setzte den Welpen wieder auf die Wiese. Unruhig sah sie Hope zu, wie sie hin und her lief und die Umgebung erkundete, stellte jedoch erstaunt fest, dass Hope zwischendurch immer mal wieder zu ihr zurückkam. Und wie ihr der Tierarzt geraten hatte, gab Mara dem Welpen dann jedes Mal eine kleine Belohnung und sagte dabei:

„Braver Hund, fein gekommen!"

Einmal rief sie zur Probe: „Hope, komm!", und als Hope wieder nicht gehorchte, drehte Mara sich um und ging zügig in

Richtung Gehweg. Da schoss der Hund blitzschnell hinter ihr her. Mara blieb stehen, lobte Hope überschwänglich und gab ihr eine Extraportion Hundefutter, die sie gierig fraß.

Bereits mittags machte Mara die ungewohnte Abstinenz zu schaffen. Sie zitterte und schwitzte. Die Gier nach einem Schluck Bier wurde immer größer. Vergeblich versuchte sie sich abzulenken. Schließlich fuhr sie sich mit dem Ärmel übers Gesicht, wischte Tränen und Schweiß weg und eilte zum Kiosk an der Ecke. Mit drei Flaschen Bier ließ sich wieder ins Gras sinken. Die erste Flasche trank sie aus, ohne sie auch nur ein einziges Mal abzusetzen. Tränen liefen ihr dabei übers Gesicht. Die Aussicht, ohne Alkohol leben zu müssen, quälte sie genauso wie die Vorstellung, ihr Leben lang trinken zu müssen. Nachdem sie die Flaschen geleert hatte, nahm sie sich vor, am nächsten Tag standhaft zu bleiben, oder, wenn es gar nicht anders ging, nur so wenig wie möglich zu trinken, jeden Tag ein kleines bisschen weniger. Irgendwann würde sie so hoffentlich auch ohne Alkohol auskommen.

In der Wohnung lief Hope entweder hinter Mara her, oder sie legte sich so hin, dass sie ihr Frauchen wenigstens im Blick hatte. Manchmal kam sie sogar, wenn Mara sie rief. Dafür wurde sie dann jedes Mal mit einem Leckerli belohnt.

Am nächsten Morgen fuhr Mara mit Ellen nach Münster. Neben ihrem Rucksack schleppte Mara eine schwere Reisetasche mit, die außer Futter auch eine Decke für Hope enthielt. Ellens boshafte Bemerkungen wegen der zusätzlichen Umstände gingen ihr zum einen Ohr hinein und zum anderen wieder hinaus. Seit sie den Welpen hatte, berührten sie weder Ellens gehässige Worte noch die trostlose und kalte Atmosphäre der Wohnung. Mara war glücklich! Die Zeit, die sie noch mit Ellen verbringen musste, würde sie nutzen, um so viel Geld wie möglich zu sparen und konkrete Pläne für später zu machen. Bis in Detail sollte alles vorbereitet sein, wenn sie endlich abhauen konnte. Nichts sollte dem Zufall überlassen bleiben.

In Münster bezogen sie die übliche Absteige. Das enge Zimmer mit den zwei Bettcouchs hatte den Vorteil, dass es dicht am Zentrum lag. Dort konnte Mara den Welpen leicht zwischendurch versorgen und mit ihm hinausgehen. Hope würde sich daran gewöhnen, und sollte sie bellen, würden die Vermieter nicht gestört, da das Zimmer auf der anderen Seite im Kellergeschoss lag.

Wie üblich legte Ellen eine ausgedehnte Mittagspause ein, und auch vor dem Abendgeschäft musste sie für eine Weile die Beine hochlegen. In diesen Stunden tollte Mara mit Hope durch die Grünanlagen am Aasee. Mittlerweile hatte sie keine Angst mehr, sie könne weglaufen. Ohne Leine lief sie neben ihr her und entfernte sich nur dann für wenige Meter, wenn sie einen Artgenossen beschnuppern oder die neuesten Nachrichten von anderen Hunden an Büschen und Litfaßsäulen riechen wollte. Am dritten Tag gab es den entscheidenden Zwischenfall: Hope roch ausgiebig an einem Busch, und als Mara sie rief, lief sie ganz unbekümmert weiter zum nächsten Strauch. Verärgert versteckte sich Mara hinter einer Mauer und beobachtete Hope. Nach kurzer Zeit hob diese den Kopf, schaute sich um und lief ratlos hin und her, bis sie sich an der Stelle niedersetzte, wo sie Mara zuletzt gesehen hatte. Verzweifelt winselnd blieb sie dort sitzen und sah rührend verloren aus. Da stand Mara auf und rief:

„Hope, komm!"

Hopes Kopf schnellte hoch, und als sie Mara entdeckte, gab es kein Halten mehr: Sie rannte wie um ihr Leben, sprang bellend an ihrem Frauchen hoch und war vor Freude kaum zu bändigen. Seitdem ließ Hope Mara nie wieder für längere Zeit aus den Augen und lernte schnell zu kommen, wenn sie gerufen wurde. Auch stubenrein war sie überraschend schnell. Mara hatte ihre helle Freude an dem Tier.

Wenn Mara mit Hope loszog, kleidete sie sich modern und trug die schwarzgefärbten Haare stylisch nach oben gegelt. Da sie den Hund bei dem Schauspiel mit Ellen nicht dabei hatte, stellte niemand einen Zusammenhang zwischen dem jungen Mädchen mit dem Welpen und der farblosen, geistig behinderten Tochter der ältlichen Bettlerin her. So konnte Mara in ihrer freien Zeit ungezwungen mit Hope Ausflüge unternehmen. Schon am zweiten Tag hatte sie am Aasee eine Frau mittleren Alters mit einem drei Monate alten Labrador kennengelernt. Sie trafen sich täglich um die gleiche Zeit und ließen die Hunde miteinander spielen. Bald fieberte Mara diesen Treffen ungeduldig entgegen. Es war nicht nur die Freude am Spiel der beiden Hunde, sondern auch der regelmäßige Kontakt mit einer bald liebgewordenen Gefährtin. Zu Hause wäre so etwas nicht möglich gewesen; die Gefahr, dass jemand ihr Doppelleben entlarven könnte, war zu groß. Doch in Münster hielt sie sich nur kurz auf, so dass kaum eine Gefahr bestand. Einfach zwanglos mit jemandem plaudern zu können, war für Mara eine neue und beglückende Erfahrung. Umso bedrückter fühlte sie sich, wenn sie an die bevorstehende Rückkehr nach Köln dachte. Die Frau hieß Martina Mückler. Beide hatten sie sich auf Anhieb gemocht. Maras punkiges Aussehen störte sie nicht, Frau Mückler hatte eine Nichte, die sich ähnlich kleidete. Sie redeten über alle möglichen Themen, wobei Mara sorgfältig darauf achtete, nichts von ihrer realen Lebenssituation preiszugeben. Dennoch blieben die Gespräche mit der warmherzigen Frau nicht oberflächlich. Vielleicht hatte Martina Maras Einsamkeit gespürt, als diese ihr davon erzählte, wie sie Hope gefunden hatte und was der Hund für sie bedeutete. Jedenfalls fühlte Mara sich von ihr angenommen und verstanden. Gerne hätte sie sich Martina anvertraut, doch ihre Angst vor Ablehnung war zu groß.

Mara konnte sich nicht vorstellen, dass ihr jemand glaubte, wenn sie erklärte, warum sie mit Ellen diese miese Schmierenkomödie spielen musste. Sie konnte es ja nicht einmal vor sich selbst rechtfertigen. Da sie von sich eine sehr schlechte Meinung hatte, konnte sie sich auch nicht vorstellen, dass sie jemand mögen könnte, der sie wirklich kannte. Bei ihrem letzten gemeinsamen Spaziergang war Mara bedrückt und unglücklich; sie gab vor, eine Grippe sei in Anmarsch, als Martina Mückler sie voller Anteilnahme ansah. Dabei fühlte Mara sich wie eine Betrügerin. Gerne hätte sie die neu gewonnene Freundin zum Abschied umarmt. Aber sie konnte ihr nicht einmal Lebewohl sagen. Mit einem flüchtigen Winken drehte Mara sich um und ging zurück in die Pension, um zu packen.

Als sie mit prall gefülltem Geldbeutel wieder zurück nach Köln fuhren, kämpfte Mara gegen die Tränen, die immer wieder aufstiegen, wenn sie an Martina Mückler dachte. Vorher hätte sie sich nie eingestanden, dass sie jemanden brauchte. Aber die neue Erfahrung ließ sie erkennen, wie schön das Leben sein konnte, wenn man Menschen hatte, auf die man sich freuen konnte. Ohne Martina Mückler fühlte sie sich einsamer als je zuvor. In ihr war ein neues Gefühl erwacht, eine große Sehnsucht nach Nähe, und die machte es Mara unmöglich, weniger zu trinken. Um trotzdem Geld für die Flucht zu sparen, begann sie mehr Schnaps als Bier zu trinken. Die kleinen Fläschchen verhalfen ihr schnell zu dem ersehnten Rausch und waren darüber hinaus auch leicht zu stehlen. Mara wusste, dass es gefährlich war, zu viel Schnaps zu trinken. Aber sie hatte keine Wahl. Ohne Alkohol zitterte sie wie Espenlaub, und der Schweiß lief ihr in Strömen. Schneller als erwartet, reichte Bier nicht mehr aus. Anstatt vom Trinken loszukommen, war sie dem Teufelszeug hoffnungslos verfallen. Im Rausch vermisste sie die Nähe der anderen allerdings noch mehr. Eine große Traurigkeit ergriff und lähmte sie, und sie war nicht in der Lage konkrete Fluchtpläne auszuarbeiten. Halbherzig und ziellos schaute sie im Internet nach Wohnungen für Sozialhilfeempfänger in allen möglichen Städten, suchte nach Möglichkeiten an einen gültigen Pass zu kommen oder klickte Seiten mit Jobangeboten an. Irgendwann schaltete sie immer frustriert den Computer aus, ohne sich ihren Zielen auch nur ein Stück genähert zu haben. Alles blieb vage und unausgegoren; sie wusste nicht in welcher Gegend sie untertauchen sollte und erst recht nicht, wovon sie leben sollte.

Mara war es nicht gewöhnt, zielstrebig auf etwas hinzuarbeiten. Das war bisher auch nicht nötig gewesen; sie hatte sich nie über Unterkunft, Essen und Trinken Gedanken machen müssen. Ellen regelte, was zu regeln war, besorgte ihre Arbeitskleidung und organisierte die Einsätze. Mara brauchte sich um nichts zu kümmern, ein zwar trauriges, aber trotz allem auch bequemes Leben. Das war mit ein Grund für Maras Antriebslosigkeit, was ihre Fluchtpläne anging. Sie zog es vor mit Hope, die inzwischen zu einer wunderschönen jungen Hündin herangewachsen war, zum Fluss zu gehen, um für sie nach Spielkameraden zu suchen. Stundenlang konnte sie zusehen, wie Hope mit anderen Hunden um die Wette lief. Es war genauso, wie sie sich es früher gewünscht hatte. Damals hatte sie abseits gestanden, wenn sich die Hundehalter an ihrem Treffpunkt versammelten. Nun gehörte sie dazu, auch wenn sie den persönlichen Kontakt zu den anderen mied und etwas abseits stand. Aber die ersehnte Nähe erfuhr sie dort nicht. Es war viel zu riskant mit anderen frei und offen umzugehen, sich zu verabreden und mit ihrem wirklichen Namen angesprochen zu werden. Denn nach wie vor bestand die Gefahr, dass jemand sie als Betrügerin entlarvte oder, was viel schlimmer wäre, sie als die vor Jahren verschwundene Felicitas Winter erkannte.

Als Mara an ihrem siebzehnten Geburtstag wach wurde, geriet sie in Panik. Sie hatte sich zwar vorgenommen, im Sommer mit den Vorbereitungen für die Flucht zu beginnen. Doch nun, ein halbes Jahr später, musste sie feststellen, dass sie nichts, aber auch rein gar nichts von ihren Plänen umgesetzt hatte. Mit Entsetzen wurde ihr bewusst, wie viel Zeit vergangen war, die sie nicht genutzt hatte. Und sie hatte nicht mehr als siebzig Euro gespart.

Ihren Kinderpass hatte Ellen damals an sich genommen. Mara hatte keine Ahnung, wo sie das wichtige Dokument versteckt hatte. Sie benötigte ihn unbedingt, wenn sie später einen Personalausweis beantragen wollte. Suchen hatte vermutlich keinen Zweck, da Ellen ihre wichtigen Sachen stets sicher unter Verschluss hielt, und sie darum zu bitten, barg das Risiko, dass Ellen misstrauisch wurde und ihre Fluchtpläne durchkreuzte. Schließlich war Mara ihre Haupteinnahmequelle. Eine offene Konfrontation mit ihrer Ausbeuterin fürchtete Mara mehr als alles andere. Ellen war eine skrupellose und gefährliche Frau, die vor nichts zurückschreckte. Es wäre ein unverzeihlicher Fehler zu glauben, sie ließe sie einfach ziehen. Im Laufe der Jahre hatte Mara gelernt, Ellen niemals zu unterschätzen. Nach wie vor witterte Ellen, wo jemand angreifbar war, und wusste diese Schwachpunkte gnadenlos und konsequent zu nutzen. In dieser Hinsicht verfügte sie über eine geradezu perfide Intelligenz.

Nun war es Mara, die darauf drängte, mehr zu arbeiten. Sie hatte neue Ideen ausgearbeitet, um ihre Behindertennummer wirkungsvoller zu inszenieren, und einige andere Orte recherchiert, wo sie auch tätig werden konnten. Sie versuchte Ellen zu überreden mit ihrer neuen Masche den Leuten nicht nur auf größeren Events, sondern auch vor wichtigen Kirchen Geld aus der Tasche zu ziehen. Dort gab es immer Touristen, die bereit waren, ihnen etwas zuzustecken. Obwohl das Geldverdienen das einzige war, was Ellen normalerweise beschäftigte, zeigte sie sich an Maras Plänen seltsam desinteressiert. In früheren Zeiten hatte sie Mara immer vorgeworfen, zu wenig Engagement zu zeigen, doch jetzt reagierte sie sogar gereizt, wenn Mara Vorschläge machte, und hielt ihr vor, keine Ahnung vom Geschäft zu haben.

Mara ahnte nicht, dass Ellen ganz andere Pläne hegte. Stundenlang schloss sie sich in ihrem Zimmer ein, rechnete, telefonierte und brütete irgendwelche Dinge aus. Angesichts ihrer zunehmenden Probleme mit den Füßen konnte sie das Geschäft so nicht weiter betreiben. Sie musste sich umorientieren und Mara möglichst schnell loswerden. Die kam in ihren neuen Plänen nämlich nicht mehr vor. Auf Maras Volljährigkeit würde Ellen auf keinen Fall mehr warten; da wären die Ausgaben vermutlich höher als der Gewinn. Die Schwierigkeiten, die Mara als Minderjährige auf der Straße haben würde, interessierten Ellen herzlich wenig. Mara war in ihren Augen eine chronische Versagerin. Ihr fehlte jede Raffinesse, um sich allein durchzuschlagen. Bisher war Ellen immer davon ausgegangen, dass Mara spätestens am achtzehnten Geburtstag heimlich verschwinden würde. Nun sah es aber ganz und gar nicht danach aus. Offensichtlich hatte sie vor, ihr bequemes Leben mit kostenloser Unterkunft und Verpflegung bei ihr fortzusetzen. Aber das kam für Ellen nicht in Betracht; schließlich war sie keine Wohltäterin.

Finanziell war Ellen auf das Geschäft schon lange nicht mehr angewiesen. Ihr Vermögen war auf eine stattliche Summe angewachsen. Dazu kam noch die monatliche Stütze, so dass sie für die Wohnung so gut wie nichts bezahlen musste. Trotzdem sah sie nicht ein, einen nutzlosen Parasiten durchzufüttern. Sie freute sich darauf, Mara endlich los zu sein. Die ewigen Streitereien und die Anwesenheit einer anderen Person in ihrer Wohnung waren Ellen immer zuwider gewesen. Lange überlegte sie, wie sie ihre Spuren verwischen konnte, falls Mara ihr die Behörden auf den Hals hetzte. Schlimmstenfalls konnte man ihr immer noch ein Verfahren wegen Kindesentführung anhängen. Das Risiko, dass Mara sich auf diese Tour rächen könnte, war allerdings gering, da dann auch ihre eigene Identität aufflog.

Trotzdem hatte Ellen keine Lust, sich weiter mit Mara herumzuschlagen. Sobald sie sie vor die Tür gesetzt hätte, wollte sie untertauchen. Andernfalls würde Mara ständig um Hilfe betteln oder sogar Forderungen an sie stellen. Ein rascher, heimlicher Umzug würde alle Probleme lösen. Ellen plante genau wie damals in einer anderen Stadt etwas Neues anzufangen oder sich aufs wohlverdiente Altenteil zurückzuziehen. Wieder einmal zahlte sich aus, dass sie anonym geblieben war. Bis auf die Behörden wusste niemand ihren Nachnamen oder gar die Adresse.

Ellen plante, den Umzug während eines Einsatzes durchzuführen. Dafür würde sie mit Mara einen Streit vom Zaun brechen, um sie erst einmal loszuwerden. Wenn Mara später reumütig zurückkehrte, wäre sie bereits über alle Berge. Dass Mara sich neuerdings so fürs Geschäft ins Zeug legte und auch ihr aggressives Verhalten abgelegt hatte, störte Ellens Pläne. Sie ging davon aus, dass Mara sich bei ihr einschmeicheln wollte, um sich dauerhaft bei ihr einzunisten. Noch vor wenigen Tagen waren sie sich fast täglich an die Hälse gegangen. Da wäre es ein Leichtes gewesen. Aber nun würde sie erfinderisch sein müssen, wenn sie Mara in einen Streit verwickeln wollte.

Ellen beschloss, Mara das Leben so schwer wie möglich zu machen, um die Spannungen zwischen ihnen wieder aufflammen zu lassen. Sie überließ nie etwas dem Zufall und brauchte die völlige Kontrolle, auch über Mara. Daher wusste sie von Maras Flucht in die virtuelle Welt, in diverse Chatrooms, die für sie nahezu existenzielle Bedeutung hatten. Ellen war versiert genug, um Maras Internetnutzung genau nachzuvollziehen. Sie beschloss, ihr den Zugang sperren zu lassen, denn sie vermutete, dass sie Mara so enorm destabilisieren konnte. Wenn sie darüber hinaus noch ihren Anteil am Geschäft kürzte, verlor Mara garantiert den Boden unter den Füßen. Das wäre die ideale Voraussetzung, um einen rasch eskalierenden Streit herbeizuführen.

Als Mara ein paar Tage später den Computer hochfuhr und vergeblich versuchte ins Internet zu kommen, dachte sie zuerst an eine Panne. Doch als sie zwei Tage später bei Ellen das Thema anschnitt, erfuhr sie die böse Wahrheit. Ellen hatte das Netz aus Kostengründen abgemeldet und das, ohne sie überhaupt darüber zu informieren.

Nach langen Wochen kam es erstmals wieder zu einem heftigen Streit zwischen ihnen. Mara reagierte fast panisch, viel heftiger, als Ellen vermutet hatte. Die Sache mit dem Chat hätte sie noch verkraftet, aber nun kam Mara nicht mehr an die für sie so wichtigen Informationen, die sie für ihren Fluchtplan benötigte, heran. Sie flehte Ellen geradezu an, ihr den Zugang wieder einzurichten. Seit Jahren war sie nicht mehr so verzweifelt gewesen, dass sie sich die Blöße gab und vor Ellen in Tränen ausbrach. Doch alles Flehen, Drohen und Weinen nützte nichts. Ellen gab vor, Spielschulden zu haben, die erst beglichen werden müssten. Daraufhin war die Hölle los, vor allem, weil Ellen Mara auch noch den Geldhahn zudrehen wollte. Mara wusste zwar, dass Ellen gelegentlich zockte, doch als sie von den angeblich hohen Schulden erfuhr, fiel sie aus allen Wolken. Ellen behauptete, dass dies ein vorübergehender Zustand sei, den sie in ein oder zwei Jahren wieder im Griff hätte. Doch Mara war am Boden zerstört. So konnte sie niemals bis zum achtzehnten Geburtstag die Voraussetzungen für ihre Flucht schaffen. Der Gedanke, womöglich noch jahrelang an dieses Biest gefesselt zu sein, quälte sie so, dass sie im Laufe der Woche in schwere Depressionen fiel. Allein die Verantwortung für Hope hielt Mara davon ab, sich umzubringen. Ohne sie würde das Tier bestenfalls im Tierheim landen. Monatelang aß sie fast nichts, trank schon früh morgens Bier und rauchte fast ununterbrochen. Ihr war so übel, dass sie nach jedem Schluck würgen musste. Festes Essen konnte sie kaum noch bei sich behalten. Mara magerte ab, ihr Gesicht war aufgedunsen und bleich und unter den Augen lagen dunkle Schatten. Sie zog sich vollends zurück, ging nicht einmal mehr mit Hope zum Hundetreffpunkt. Sie war am Ende und hatte sich aufgegeben. In dieser hoffnungslosen Zeit wich ihr der Hund nicht von der Seite. Es war, als ahne er, dass seine Gefährtin nur seinetwegen am Leben blieb.

Wenige Wochen später, Ende Oktober, befahl Ellen Mara, ihre Sachen für einen mehrtägigen Aufenthalt in einem Provinznest am Rande Nordrhein-Westfalens zu packen. Dort feierte man die traditionelle Allerheiligenkirmes. Gleich hinter dem Festplatz, im Foyer des Kreiskrankenhauses, würde in der gleichen Zeit ein großer Wohltätigkeitsbasar stattfinden; die Einnahmen sollten für das Hungergebiet in der Sahelzone gespendet werden. Ellen hielt das für eine günstige Gelegenheit, um vor dem Adventsgeschäft ein paar Euros extra zu machen. Sie sagte, sie hätten früher manchmal in Siegen gearbeitet, und man müsse jetzt in den schweren Zeiten alles tun, um Schulden abzubauen. Mara konnte sich an diesen Ort kaum erinnern. Wenn überhaupt, dann waren sie um Allerheiligen herum eher nach Soest gefahren. Noch misstrauischer wurde Mara, als Ellen behauptete, sie wolle in Siegen ein paar Bekannte besuchen. Mara wusste, dass es niemanden gab, den Ellen so mochte, dass sie zu Besuch käme. Sie musste irgendeinen anderen Grund haben, wenn sie nach Siegen fuhr. Aber darüber mochte Mara sich nicht den Kopf zerbrechen.

Die wenigen Erinnerungen, die Mara an diese Gegend hatte, waren negativ. Denn in diesen frühen Jahren war sie einfach nur ein verzweifeltes Kind gewesen, das Ellen hilflos ausgeliefert war. Sie hatte blind gehorcht und sich ansonsten in Tagträume geflüchtet, ohne ihre Umgebung wirklich wahrzunehmen.

Wahllos warf sie ein paar Sachen, die Zahnbürste und ihre Aufzeichnungen, die sie zusammen mit allen möglichen Papieren in der grünen Sammelmappe abgelegt hatte, in den Rucksack. Dann legte sie sich wieder aufs Bett und starrte die Decke an. Ihr Kopf war schwer vom Alkohol, sie konnte kaum einen klaren Gedanken fassen. Nun, da das Wetter trübe war, verließ sie das Bett nur noch, um mit Hope Gassi zu gehen. Ihr graute vor dem Einsatz in der Provinz, und wenn sie die Kraft dazu gehabt hätte, hätte sie dagegen protestiert.

Am nächsten Morgen schlief Mara lange, duschte kurz und machte einen längeren Spaziergang mit Hope. Der Hund sollte sich noch einmal richtig austoben, damit er im Zug Ruhe hielt. Sie fuhren erst nachmittags los, da die Fahrt nach Siegen nicht viel mehr als eine Stunde dauerte. Das Wetter in diesem trostlosen Ort war noch unangenehmer als im Rheinland. Als sie ausstiegen, fröstelte Mara. Es war kalt und dunkel, und der fiese Nieselregen durchdrang ihre Kleider, die sich bald klamm anfühlten. Mara lief stumpfsinnig hinter Ellen her. Erst überquerten sie eine große Straße, dann bogen sie in eine kleine Seitengasse ein, folgten einem Fußpfad den Berg hinauf und stiegen zuletzt einige abgetretene Treppenstufen hoch, bis sie vor einem hässlichen, grauen Reihenhaus standen, das seit Jahren keinen Anstrich mehr gesehen hatte. Ellen drückte auf eine der drei Klingeln. An keiner befand sich ein leserliches Namensschild. Erst nach einigen Minuten kam eine fette Frau mit unnatürlich blondierten Haaren an die Tür. Der graue Scheitel war weit herausgewachsen. Die ganze Person wirkte unappetitlich und mürrisch.

„Hi, Ellen! Lang nicht gesehen. Schleppst du die immer noch mit dir herum?" Dabei wies sie mit Kinn in Maras Richtung. „Ist natürlich alles teurer geworden, das Zimmer auch. Weißt ja, die Preise für Wasser und so."

Sie nannte einen Preis, der absurd hoch war.

„Glaub ja nicht, dass ich damit was verdiene! Ist ein Freundschaftspreis für alte Kunden. Für die Töle musst du aber extra berappen. Der zerkratzt mir das ganze Parkett und macht viel Dreck, den ich wieder wegputzen muss. Was musst du dir auch immer so 'n Vieh halten? Hast Glück, dass ich so 'n weiches Herz hab. Die andern Kollegen nähmen keinen mit 'nem Köter auf! Kostet nur mehr. Na ja, Geld hast du ja genug, wie ich dich kenne!"

Ellen murmelte irgendetwas Unfreundliches, streckte die Hand aus und nahm den Schlüssel entgegen. Mara dachte voller Zorn, was an diesem verdreckten Linoleum wohl noch zu zerkratzen war, sagte aber nichts. Sie wusste, dass Ellen ihr den Mehrpreis abknöpfen würde. Müde warf sie sich auf das Bett in dem engen Raum, in dem sie beide schlafen mussten, legte die flauschige Decke, die sie für Hope mitgebracht hatte, auf den Boden neben sich und starrte an die Decke, während Ellen ihre Sachen in den kleinen Schrank räumte. Sie brauchte ziemlich lange, um ihre wenigen Utensilien einzuräumen, und Mara wunderte sich, dass sie zuletzt noch vergaß, die Schranktüre abzuschließen. Ihre fette Geldtasche lag für jedermann sichtbar im oberen Fach. Ellen hatte immer genug Bargeld bei sich. Außerhalb von Köln zahlte sie aus Sicherheitsgründen nie mit

Geldkarte. Mara hielt Ellens Sicherheitsvorkehrungen für albern. Sie konnte sich beim besten Willen nicht vorstellen, dass irgendjemand auf die Idee käme, Ellens Kontobewegungen nachzuvollziehen. Erst jetzt kam sie auf die Idee, ihre eigenen Finanzen zu überprüfen. Sie hatte in der Eile vergessen nachzuschauen, wie viel Geld noch in ihrem Brustbeutel steckte. Mit Schrecken stellte sie fest, dass sie ihr Portemonnaie zu Hause neben der Dusche vergessen hatte. „So eine Scheiße!", dachte sie. Nun war sie ganz auf Ellens Gnade und Barmherzigkeit angewiesen!

Am nächsten Morgen bat sie Ellen um den Vorschuss, den sie für gewöhnlich vor einem Einsatz bekam. Sie musste Hundefutter kaufen, brauchte dringend Tabak und auch Geld für zwei, drei Flaschen Bier. Doch Ellen verweigerte ihr den vereinbarten Vorschuss und drückte ihr fürs Erste nur zehn Euro in die Hand.

„Mehr kann ich dir im Voraus unmöglich geben! Müssen erst mal abwarten, ob mir nach Abzug aller Kosten überhaupt noch was bleibt. Frühstück kriegste hier und mittags kannst du dir ‚ne Wurst kaufen. Soviel hab ich grad noch!"

Ellen ignorierte Maras zornigen Protest und verschwand im Bad. Mara wurde panisch. Mit zehn Euro käme sie kaum einen Tag über die Runden. Womit sollte sie Futter kaufen? Ganz zu schweigen von Tabak und Bier. Ihr Blick fiel auf den geöffneten Schrank. Als sie die Geldtasche sah, tat sie etwas, was sie sonst nicht leicht riskiert hätte. Aber die Not war groß und die Gelegenheit einmalig günstig. Das Wasser im Bad lief noch, und so stand Mara blitzschnell auf, griff in den Beutel und nahm den erstbesten Schein heraus, den sie zu fassen bekam: fünfzig Euro! Als sie ihn in die Hosentasche stecken wollte, tauchte Ellen plötzlich wie aus dem Nichts vor ihr auf. Sie riss ihr das Geld aus der Hand, schlug ihr ins Gesicht und schrie wie von Sinnen:

„Du verfluchtes Aas! Du wagst es, mich zu beklauen? Und das, wo ich dir dein ganzes beschissenes Leben finanziere. Das wirst du mir büßen! Darauf kannst du dich verlassen!"

Ellen raste vor Wut, Mara schlug der blanke Hass entgegen. Ellen wirkte wie irrsinnig. Mara zitterte vor Angst und flehte um Vergebung. Sie brauchte unbedingt etwas Geld! Zusammengekauert und weinend versuchte sie, Ellen ihre Notlage zu erklären, und hoffte auf ein wenig Verständnis. Doch da war sie bei Ellen an der falschen Adresse. Ellen sprach kein einziges Wort mehr mit ihr. Mit ruckartigen Bewegungen machte sie sich für den Einsatz fertig und bedeutete Mara mit dem Kinn ihr zu folgen. Mara lief mit zitternden Beinen hinter Ellen her zum Bahnhof. Ihre kleinen Annäherungsversuche blieben alle ohne Erfolg. Sie stiegen in den Regionalzug ein und fuhren ein oder zwei Haltestellen weiter. Einige Minuten später standen sie an einem tristen Bahnsteig. Durch eine verdreckte Unterführung gelangten sie ins hässliche Bahnhofsgebäude. Aus einer geöffneten Kneipentür schlug ihnen schon morgens der Geruch nach kaltem Zigarettenrauch und abgestandenem Bier entgegen. Mara würgte es im Hals. Schweigend lief sie Ellen in kleinem Abstand hinterher. Nachdem sie eine Hauptstraße überquert hatten, führte der Weg an einem Brunnen vorbei, vor dem ein paar erbärmliche Kreaturen saßen, und bogen dann nach rechts ab. Auf einem Parkplatz blieb Ellen plötzlich stehen und knurrte Mara an:
„So, verzieh dich erst mal für ‚ne Weile! Ich kann dich nicht mehr sehen. Sei in drei Stunden wieder hier am Parkplatz! Dann nehmen wir uns das Mittagsgeschäft mit. Hab jetzt erst mal was Privates zu tun."
Das waren Ellens erste Worte nach dem Streit.
Verängstigt fragte Mara:
„Wo willst du denn hin? Was soll ich denn solange machen? Ich kenne mich doch hier gar nicht aus!"
Mit einem Mal klang sie so unsicher wie ein Kind. So hilflos hatte Mara sich schon seit Jahren nicht gefühlt. Fast ohne Geld, ohne Ortskenntnis und in Erwartung eines gemeinen Racheakts stand sie frierend auf dem riesigen, fast leeren Parkplatz. Mara hatte keine Ahnung, wie Ellens Rache aussehen würde.

Aber dass sie für ihren Fehler würde büßen müssen, daran bestand für Mara kein Zweifel.

„Geht dich nix an! Hab paar Bekannte hier, wo ich hin will. Geh doch mit deinem Köter spazieren! Kriegst doch die Zeit sonst auch ohne mich rum", bekam Mara zur Antwort auf ihre bange Frage. Ellen zeigte sich eiskalt und unnahbar. Normalerweise wäre Mara die freie Zeit mehr als willkommen gewesen. Aber diesmal machte die Situation ihr Angst. Ellen war so merkwürdig, und Mara stand unter erheblichem Druck; eine solch sprachlose Spannung hatte es noch nie gegeben, auch wenn Streit nichts Besonderes für sie war. Mara spürte, dass etwas Unheimliches im Gange war. Erst nach Minuten konnte sie sich dazu aufraffen, wieder zurück in Richtung Zentrum zu gehen. Ratlos lief sie durch die überdachte Einkaufspassage, fragte jemanden nach dem nächsten Supermarkt und kaufte dort Tabak, Hundefutter und zwei Flaschen Bier. In ihrer Innentasche befanden sich ein paar kleine Kräuterschnäpse, die sie heimlich eingesteckt hatte. Vor dem Laden stand ein Mann, der in ihren Augen total verkommen aussah, der sich zu Hope hinabbeugte. Er hatte etwas in der Hand, das er dem Hund geben wollte. Blind vor Wut schrie Mara dem verkrüppelten Kerl zu, er solle schleunigst verschwinden. Als er eilig davonhumpelte, nahm sie die Leine und kehrte ins Einkaufszentrum zurück.

Unterdessen saß Ellen hochzufrieden vor einem Glas Bier, rauchte genüsslich eine Zigarette und schob die Reste ihres üppigen Frühstücks zur Seite: Bauernfrühstück mit Bratkartoffeln, Rührei und Sülze. Sie konnte ihr Glück kaum fassen. Es war viel besser gelaufen, als sie es sich vorgestellt hatte. Ihre größte Sorge war gewesen, ob Mara genug Mumm haben würde, in die sorgfältig platzierte Geldtasche zu greifen. Dass sie es bereits am ersten Morgen getan hatte, erleichterte die Sache wesentlich. Wahrscheinlich konnte sie schon am Abend zurück nach Köln fahren.

Die Kölner Wohnung hatte sie schon vor längerem fristgerecht gekündigt, alle wichtigen Unterlagen und das beträchtliche Barvermögen lagerten in einem Schließfach am Bahnhof. In wenigen Stunden wäre die alte Wohnung von der Umzugsfirma komplett leergeräumt, alle Spuren beseitigt und die Möbel auf dem Weg zu ihrer neuen Bleibe, drei Bahnstunden von Köln weg. Das dafür investierte Geld war klug angelegt. Vorsichtshalber würde sie gleich in die schäbige Pension zurückfahren, um dort ihre Klamotten zu holen und sie am Bahnhof einzuschließen.

Sollte Mara wider Erwarten doch die Pension wiederfinden, könnte sie höchstens ihre wenigen Kleider einpacken, die dort am Boden herumlagen. Von Ellen würde sie keine Spur mehr finden. Zuversichtlich, dass auch der Rest ihres Planes aufging, streckte sie ihr Gesicht mit Wohlbehagen der Sonne entgegen, die sich unerwartet eingestellt hatte. Nachdem sie bezahlt hatte, setzte sie sich noch für ein paar Minuten neben die Männer am Brunnen, um mit ihnen zu plaudern und eine Zigarette zu rauchen. Einige von ihnen kannte sie von früher. Genau wie damals spürte sie die Verachtung, die ihr entgegenschlug, und genoss sie, genauso wie die Tatsache, dass sie niemanden von diesen Versagern je wiedersehen würde. Während sie durch harte Arbeit zu Wohlstand gekommen war, saßen die Typen noch immer am Brunnen. Und dort würden sie auch noch in zehn Jahren sitzen und sich betrinken. Flüchtige Ideen gingen ihr durch den Kopf. Was sie eventuell Neues anfangen könnte, falls ihr das ruhige Rentnerleben langweilig werden sollte. Als sie davonschlenderte, dachte sie, dass Mara vermutlich bald zusammen mit den Pennern am Brunnen sitzen würde.

„Das dumme Balg hat weder Stolz noch Durchhaltevermögen, sie ist so unselbstständig, dass sie ohne mich nichts auf die Reihe kriegt. Um die ist es nicht schade, wenn sie in der Gosse landet und sich totsäuft. Zu was anderem taugt sie ohnehin nicht!"

Ellen verspürte keinerlei Mitleid mit Mara. Sie hatte schließlich am eigenen Leib erlebt, was es hieß, von anderen fallengelassen zu werden. Aber sie hatte das Zeug dazu gehabt sich allein durchzuboxen. Alle anderen waren nutzlose Parasiten.

Mara setzte sich auf die Holzbank vor dem Spielplatz, nicht weit entfernt vom Brunnen, und trank einen Schnaps nach dem anderen. Sie wusste nicht, wie es weitergehen sollte, und war in Panik wegen Ellens Drohung. Sie ging davon aus, dass Ellen ihr in den nächsten Wochen keinen einzigen Euro mehr geben würde. Aber wie sollte sie dann für Hope sorgen? Und was würde aus ihr, wenn sie kein Geld für Tabak und Alkohol bekäme? Heute Abend musste sie mit Ellen reden. Sie würde ihr anbieten, in den nächsten Wochen ganz allein den Haushalt zu versorgen, wenn sie dafür etwas Geld bekam. So konnte sie vielleicht noch ein paar Euros für die Flucht sparen. Der Gedanke, über ihren achtzehnten Geburtstag hinaus von Ellen abhängig zu bleiben, war ihr unerträglich.

Derweil lag Hope zufrieden zu Maras Füßen und genoss die unerwarteten Sonnenstrahlen auf ihrem Fell. Trotz der trüben Gedanken durchflutete Mara eine große Zärtlichkeit, als sie ihren Hund ansah, der sich so sicher und wohl bei ihr fühlte. Dann und wann nahm sie Hopes Kopf in ihre Hände, küsste sie zärtlich auf die Stirn und vergrub ihr Gesicht im warmen Fell des Tieres. Die für die Jahreszeit ungewöhnlich warme Sonne ließ sie schon bald die Wirkung des Alkohols spüren. Sie wurde träge und drohte einzuschlafen. Irgendwann erhob sie sich, kaufte vom letzten Geld eine weitere Flasche Bier und ließ noch ein paar Fläschchen Kräuterschnaps mitgehen. Plötzlich fiel ihr siedend heiß ein, dass sie mittags mit Ellen verabredet war. Hektisch wühlte sie nach ihrem Prepaid-Handy und schaute auf die Uhr. In einer halben Stunde musste sie am Parkplatz sein. Wohin nur mit dem Hund? Sie durfte Hope nicht zu einem Einsatz mitnehmen. Selbst wenn sie die Pension wiederfände, würde die Zeit dafür nie und nimmer reichen! Mara machte sich heftige Vorwürfe, weil sie die Zeit so verplempert hatte. Stattdessen hätte sie sich Gedanken machen müssen, wo sie Hope unterbringen könnte oder ihr wenigstens eine Stunde Auslauf ermöglichen sollen, damit sie, für den Fall, dass sie sie doch mit zur Arbeit nehmen musste, wenigstens ruhig liegen blieb. Wenigstens hatte sie heute Morgen an ihre Decke gedacht. Hope wollte laufen, aber die Zeit wurde zu knapp. Mara konnte nur ein paar Schritte gehen, damit Hope sich erleichtern konnte. Mit ungutem Gefühl und leicht schwankend begab Mara sich zum Parkplatz. Es kam so, wie sie befürchtet hatte. Ellen, die immer noch wütend war, rastete regelrecht aus, als sie Mara mit dem Hund erblickte. Unbeherrscht brüllte sie los: „Wieso hast du den verdammten Köter dabei? Du weißt ganz genau, dass das Vieh mir das Geschäft verdirbt. Legst du 's drauf an oder was? Hat dir deine Aktion von heute Morgen noch nicht gereicht?"

Kleinlaut erwiderte Mara:
„Die Pension liegt doch viel zu weit weg, und ich hätte sie auch nicht wiedergefunden. Ich hatte doch gar keine Wahl! Bitte, Ellen, lass es uns doch versuchen! Hope wird bestimmt nicht stören. Ich verspreche es!"

„Du hast getrunken, du Sau! Was soll ich mit 'ner Betrunkenen anfangen, noch dazu mit dem feinen Hündchen? Ich warne dich, wenn du das Geschäft versaust, dann ... Los jetzt! Es wird Zeit zu arbeiten, und reiß dich zusammen!"

Auf dem Basar war noch nichts los. Ellen steuerte auf die Kirmes zu, die gerade begonnen hatte. Sie breitete ihr Lager neben dem Kinderkarussell aus. Die dort stehenden Erwachsenen hatten nichts anderes zu tun als ihrem Nachwuchs zuzusehen. Erfahrungsgemäß waren sie dort milde gestimmt und freigiebig. Aus den wummernden Boxen dröhnte laute Schlagermusik. Selbst für Mara war das eine Qual. Voll Sorge dachte sie an das empfindliche Gehör des Hundes. Kaum hatten sie mit ihrer Inszenierung begonnen, begann Hope zu winseln. Daher war Mara angespannt und unkonzentriert. Immer wieder schaute sie ängstlich zu Hope. Ellen brauchte gar nichts zu sagen, sie

wusste, dass sie unglaubwürdig spielte. Niemand würde ihr die Show wirklich abkaufen, die die Leute sonst gerne den Geldbeutel öffnen ließ. Nach einer Stunde hatten sie gerade mal fünf Euro verdient, da platzte Ellen der Kragen:
„Du verschwindest sofort mit dem Köter! Sieh zu, dass du ihn los wirst! Ich gebe dir bis heute Abend um sieben Uhr Zeit. Wenn der Hund dann nicht ein für alle Mal verschwunden ist, kannst du sehen, wo du bleibst! Mir reicht 's. Ich erwarte dich um sieben am Parkplatz – ohne Hund!"
„Wie soll ich denn so schnell eine Bleibe für Hope finden?" Mara schrie die Frage fast vor Verzweiflung. „Ich kann ohne den Hund nicht leben!"
„Das ist nicht mein Problem.", entgegnete Ellen kalt.

Für die nächsten zwei Stunden saß Mara fassungslos auf der Bank und versuchte nachzudenken. Hope abgeben? Nein! Niemals! Der Hund konnte nichts dafür. Sie dachte daran, als sie ihn so hilflos am Rhein in dem Gebüsch gefunden hatte und an ihren Schwur, das Tier niemals im Stich zu lassen. Hope war das einzige Wesen, das sie lieben konnte und von dem sie geliebt wurde. Eine Trennung würden sie beide nicht überstehen.
Aber wie sollte sie ohne Ellen zurechtkommen? Sie hatte kein Geld, keinen Pass, keine Bekannten, ja, sie existierte nicht einmal! Wie sollte sie auf der Straße überleben? Mit dem Hund könnte sie ja nicht einmal ins Obdachlosenheim. Außerdem war sie noch immer nicht volljährig; was, wenn die Behörden sie erwischten? Je länger sie darüber nachdachte, umso unwahrscheinlicher erschien ihr Ellens Ultimatum.
„Ohne mich verdient die alte Hexe keinen einzigen Pfennig!", dachte sie. Um wirklich bedürftig zu erscheinen, war Ellen noch nicht alt und klapprig genug. Nur mit ihr hatte sie eine echte Chance, ihre Schulden loszuwerden. Mara kam zu dem Schluss, dass Ellen ihre Drohung nicht wahrmachen würde. Mara glaubte, dass sie sich von ihrer Wut hatte hinreißen lassen und dass sie ihren Ausbruch bereits bereute. Sie

ging sogar davon aus, dass Ellen später heilfroh sein würde, dass Mara überhaupt zurückgekommen war. Dann könnte sie sicher noch einmal nach mehr Geld fragen. Ellen war vor lauter Erleichterung sicher milde gestimmt. Schließlich hatte auch sie jede Menge zu verlieren.

Ellen hatte Maras Überlegungen bereits im Voraus geahnt und war bestens darauf vorbereitet. Ihre Reaktion darauf hatte sie ebenfalls sorgfältig geplant. Mara durfte nicht zu früh Verdacht schöpfen. Sie musste auf jeden Fall verhindern, dass Mara mit ihr in den Zug nach Köln stieg. Sie würde einen weiteren Köder auslegen, der ihr den nötigen Vorsprung verschaffen würde.

Mara erschien pünktlich am Treffpunkt – natürlich mit Hope. Ellen hatte sich dort inzwischen ein paar Euro extra am Parkscheinautomat verdient. Es folgte der erwartete Streit. Ellen warf Mara Undankbarkeit und Egoismus vor, Mara konterte und hielt Ellen Geldgier und Hartherzigkeit vor. Es ging hin und her, bis Ellen schließlich ein zweites Ultimatum stellte:

„Okay, ich gebe dir noch 'ne zweite Chance! Wenn du innerhalb der nächsten zwei Tage den Hund irgendwo unterbringst, dann darfst du zu mir nach Köln zurückkommen. Ansonsten trennen sich hier unsere Wege."

Mara war verunsichert. Das konnte Ellen doch nicht wirklich wollen! „Ich hab doch keinen verdammten Pfennig in der Tasche! Wovon soll ich denn die Fahrkarte bezahlen? Selbst wenn ich jemanden finde, der für Hope sorgen kann, hab ich doch nicht mal das Fahrgeld!", schrie Mara ihr entgegen.

Mit einem gemeinen Grinsen reichte Ellen ihr fünfzig Euro: „Bis übermorgen!" Mara riss ihr den Schein aus den Händen und brüllte ihr ins Gesicht: „Du verfluchte Hexe! Für dich zählt nichts als Geld! Du bist die widerlichste Schlampe, die mir je begegnet ist. Ich hasse dich!" Da fuhr Ellen herum und schlug Mara so heftig ins Gesicht, dass sie taumelte. „Verfluchtes Aas!", waren ihre letzten Worte. Dann drehte sie sich um und ging. Mara fasste sich an die glühende Wange.

Ein Bus blinkte und fuhr auf die Fahrbahn. Am Fenster saß ein blasser Mann und beobachtete das Geschehen.

Mara hatte sich erst wenige Meter vom Parkscheinautomaten entfernt, als sie ein merkwürdiges Gefühl von Erleichterung verspürte. Eben noch hatte sie nicht gewusst, wie es weitergehen sollte. Doch mit einem Mal wusste sie alles, was sie zunächst wissen musste: Sie würde Hope niemals hergeben. Und sie würde niemals mehr zu Ellen zurückkehren. Als ihr das klar wurde, fühlte sie sich innerlich ganz ruhig. Verzweiflung und Angst fielen von ihr ab, und an deren Stelle traten tiefer Friede und ein absurdes Gefühl von Sicherheit. Mara wusste nicht, in welche Richtung sie gehen sollte. Aber dafür hatte sie die seltsame Gewissheit, dass sich zum Schluss alles zum Guten wenden würde. Es war, als habe Gott selbst sie berührt.

Der lang ersehnte Wendepunkt war eingetreten, ohne dass sie dafür etwas getan hatte. Dankbarkeit, vielleicht gegenüber Gott, erfüllte sie. Mara musste sich eingestehen, dass sie vermutlich auch mit achtzehn nicht bereit gewesen wäre, den Schritt in die Unabhängigkeit zu tun. Allein hätte sie nie die Energie aufgebracht, sich von Ellen zu trennen. „Egal, was auch passiert. Es gibt nichts, aus dem Gott nicht das Beste für uns machen kann." An diese Worte von Jürgen Hoffmann erinnerte sich Mara in diesem Moment und erfüllten sie mit Hoffnung. Aber hatte sie damals nicht genau das auch gedacht? Und war ihr nicht schnell klar geworden, wie naiv dieser Glaube doch gewesen war? Ein guter Gott hätte doch niemals zugelassen, dass ein unschuldiges Kind auf der Flucht in noch bösere Hände fiel und bei einer Frau wie Ellen landete. Oder doch?

In Maras Kopf wirbelten die Gedanken hin und her. War sie eben noch der Meinung, von Gott im Stich gelassen worden zu sein, dachte sie kurz darauf an die Geschichte vom verlorenen Schäfchen und dem guten Hirten, die sie vor vielen Jahren im Kindergottesdienst gehört hatte. „Vielleicht bin ich ja damit gemeint, und ich finde bald mein Zuhause", dachte sie in fast manischer Stimmung. Ihre Gefühle schwankten; sie reichten von tiefer Ausweglosigkeit bis zu regelrechter Euphorie. Die Grenzen zwischen Wirklichkeit und Traumwelt verwischten sich zunehmend.

Hope bellte und riss Mara aus ihren Träumereien. Der Hund war unruhig geworden, weil sie so lange regungslos auf einer Stelle gestanden hatte. Mara musste grinsen wegen ihrer naiven Gedanken von vorhin. Sie schüttelte den Kopf über ihre sentimentale Dummheit. In diesem Leben wurde einem nichts geschenkt, von niemandem! Alles hatte seinen Preis. Tatsache war, dass sie jetzt und hier, in einer für sie völlig fremden Stadt, ganz auf sich allein gestellt war – ohne Unterkunft, ohne Geld, ohne Ausweis und ohne Plan.

Es wurde immer dunkler und immer kälter. Sollte sie sich ein Hotelzimmer nehmen oder die Pension suchen, in der sie übernachtet hatten? Für ein Hotelzimmer brauchte sie einen Ausweis. Außerdem bliebe ihr dann kaum noch Geld übrig. Mara beschloss, nicht mehr zurück in die Pension zu gehen. Wahrscheinlich würde sie sie nicht einmal wiederfinden. Die Pension gehörte zu einem anderen Leben, und mit dem hatte sie abgeschlossen.

Es gab Frauenhäuser, Obdachlosenheime und die Bahnhofsmission. Aber wie sollte sie die finden? Selbst wenn, besaß sie keinen gültigen Pass und hatte außerdem Hope bei sich. Alle weiteren Überlegungen erübrigten sich, denn sie fand keine Telefonzelle, in der ein Telefonbuch lag. Auf dem Prepaid-Handy war ohnehin kaum noch Geld. Es blieb ihr vorerst ihr nichts anderes übrig, als in der inzwischen menschenleeren Einkaufspassage auf den neuen Tag zu warten. Immerhin war die Zone überdacht und somit wind- und regengeschützt. Es hatte wieder angefangen zu nieseln. In einem Sportgeschäft brannte noch Licht. Ein Mann räumte Kleider in Regale und hängte Sportanzüge auf Ständer.

Mara setzte sich auf eine Bank. Sie war todmüde und konnte kaum aufrecht sitzen bleiben. Hope lag auf seiner Decke, ihr zu Füßen, und schlief tief und fest. Fast beneidete sie die

Hündin. Im Gegensatz zu ihrem Bauch war Hopes Magen fast zum Platzen voll. Mara hatte ihr die ganze Dose verfüttert, weil sie nicht wusste, wohin mit dem Rest. Ihr selbst knurrte der Magen. Schließlich legte Mara sich auf die Bank, wobei sie darauf achtete, dass ihre Stiefel die Sitzfläche nicht berührten, und versuchte einzuschlafen. Sie hatte sich die Kapuze ihres Parkas übergezogen. Doch sobald sie sich bewegte, rutschte sie ihr wieder vom Kopf. Ihre Füße waren fast gefühllos vor Kälte. Immer wieder musste Mara aufstehen und auf der Stelle treten, damit das unangenehme Kribbeln aufhörte. Sie fror erbärmlich.

Nach einer Weile hörte sie lautes Scheppern. Eine Tür war ins Schloss gefallen. Mara rührte sich nicht. Der Mann aus dem Sportgeschäft schien seine Arbeit erledigt zu haben. Bald darauf hörte sie Schritte ganz in der Nähe. Ihr Herz klopfte schneller, und sie bekam es mit der Angst zu tun. Was sollte sie tun, wenn der Mann zudringlich wurde?

Als er sich ihr näherte, geriet sie in Panik. Regungslos, mit angespannten Muskeln und zusammengepressten Augen, blieb Mara liegen und betete, Hope möge sich ruhig verhalten. Sie wollte die Aufmerksamkeit des Mannes nicht unnötig auf sich ziehen.

Doch der Hund fing an zu winseln. Die Schritte kamen immer näher. Dann hörte Mara nichts mehr, außer dem Winseln des Hundes und dem freudigen Schlagen seines Schwanzes aufs kalte Pflaster. Der Mann stand unmittelbar vor ihr. Als er sich räusperte, dreht sich fast ihr Magen um vor Angst. Was wollte der Kerl von ihr?

„Entschuldigen Sie, bitte"!

Die Stimme klang freundlich und ruhig. Mara riss die Augen auf und sah ihn misstrauisch an. Sie rechnete mit dem Schlimmsten. Aber der Mann bückte sich und hob einen Stapel Wolldecken vom Boden, den er ihr wortlos reichte. Ungläubig blickte sie dem älteren Mann ins Gesicht; er wollte nichts Böses, er wollte helfen. Mara fehlten die Worte. Als sie die Decken entgegennahm, kam nur ein Krächzen aus ihrem Mund. Die Aufregung hatte ihr die Stimme verschlagen, sie konnte nicht einmal danke sagen.

„Falls Sie morgen weggehen, bevor ich den Laden öffne", er zeigte mit dem Kinn auf das Sportgeschäft, „legen Sie die Decken einfach vor die Tür. Es sind ganz einfache Decken. Damit schütze ich die teuren Sportgeräte vor Kratzern, wenn ich sie transportieren muss."

Der Mann sprach so gelassen mit ihr, als ob das Hergeben seiner Decken das Normalste von der Welt sei. Ohne weiteres Wort ging er davon. Bevor er um die Ecke bog, sah Mara noch, wie er ihr freundlich zuwinkte. Lahm hob sie ebenfalls den Arm. Dann deckte sie sich zu. Sie brauchte lange bis zum Einschlafen. Die Begegnung mit dem sonderbaren Mann hatte sie aufgewühlt und verwirrt. Trotzdem war sie sehr froh über die Decken, denn sie boten guten Schutz gegen die Kälte. Wer weiß, ob sie die Nacht sonst überlebt hätte?

Als die ersten Lieferanten vor den Geschäften rumorten, erwachte Mara. Sie fühlte sich erstaunlich ausgeschlafen. Sie setzte sich auf und streckte ihre steifen Glieder. Auch Hope stand auf und schüttelte sich. Die Decke, mit der Mara sie zugedeckt hatte, fiel auf den Boden. Hastig raffte Mara ihre Sachen zusammen und kramte im Rucksack nach einem Notizbuch. Dann faltete sie die Decken ordentlich zusammen und brachte den Stapel zurück zum Sportgeschäft. Einen Zettel, auf den sie in Großbuchstaben „Danke" geschrieben hatte, legte sie obenauf. Versonnen strich sie über den rauen Stoff. Dann erst wandte sie sich ab. Gott sei Dank war das Geschäft noch nicht geöffnet.

Eilig verließ sie die Passage und ging Richtung Brunnen. Dann bog sie nach rechts ab und ließ Hope von der Leine. Sofort rannte der Hund zu der kleinen Grünfläche und verrichtete sein Geschäft. Dann trank er Wasser aus einer Pfütze und kehrte zu Mara zurück. Erwartungsvoll schaute Hope sie an. Doch als Mara ihr den Kopf tätschelte und sie wieder anleinte, ließ sie die aufgerichteten Ohren enttäuscht sinken. Es gab kein ausgelassenes Toben und auch keinen Spaziergang.

Mara klopfte ihre Jackentaschen nach Schnapsfläschchen ab. Sie zitterte und brauchte dringend einen Schluck. Doch das einzige Fläschchen, das sie fand, war leer. Wider besseres Wissen durchsuchte sie ihren Rucksack. Ihr war übel, und das Zittern nahm angesichts der leeren Taschen noch zu. Ihr Kopf war seltsam leer, und ihr war schwindelig. Schon auf dem Weg zum nächsten Kiosk wurde Mara klar, dass es so nicht weitergehen konnte. Sie wusste, dass der Suchtdruck nicht aufhören würde, auch wenn sie die ersten gierigen Schlucke getrunken hätte. Das Zittern ließe dann zwar nach, aber die Gier nach Alkohol würde bleiben, so lange bis der übliche Pegel erreicht war. Nur dass sie ständig mehr brauchte. Gestern hatte sie für Tabak und Alkohol fast zwanzig Euro ausgegeben. So wäre sie schnell pleite.

Es wurde Zeit, mit dem Trinken aufzuhören. Sie würde jeden Cent brauchen. Der Entschluss, endlich trocken zu werden, erleichterte Mara, auch wenn sie mit Schrecken an den vor ihr liegenden Tag dachte. Sie wusste nicht, wie sie ohne Alkohol die Zeit totschlagen sollte. Vergeblich versuchte sie sich damit zu trösten, dass der richtige Augenblick fürs Aufhören von selbst wohl nie gekommen wäre. Aber was sollte schon passieren? Irgendwann würde der Suchtdruck sicher von selbst aufhören, und dann würde sie endlich frei sein von dem Teufelszeug.

Mittlerweile hatten die Geschäfte geöffnet. Bei einem SB-Back kaufte Mara sich ein Brötchen, das sie trocken hinunterwürgte. Mara fror, doch sie war froh, dass es wenigstens nicht regnete. So langsam ließ sich sogar ein Stück blauer Himmel sehen. Rechts am Brunnen saßen schon wieder die Penner und tranken Bier. Einer hatte einen Hund dabei. Instinktiv hatte Mara solche Leute immer abgelehnt. Doch heute Morgen beneidete sie die Männer. Wenigstens waren sie nicht allein. Sie wusste, dass sich ihre Abscheu auf keinerlei eigene Erfahrungen stützte. Vielleicht hatte sie auch nur Ellens Verachtung übernommen. Ihr selbst bliebe vermutlich auch nichts anderes übrig, als auf der Straße zu leben. Eine Alternative dazu fiel ihr jedenfalls nicht ein. Immer wieder zwang Mara sich zum Nachdenken. Sie brauchte unbedingt einen Plan. Aber der Alkoholentzug machte ihr so zu schaffen, dass sie kaum einen klaren Gedanken fassen konnte.

Die Vorstellung, die kommende Nacht wieder frierend auf der Bank zu verbringen, ließ sie fast verzweifeln. Sie musste eine Lösung finden! Wenn sie sich doch nur nicht so elend fühlen würde! Ihr war schwindelig, und sie hatte Kopfschmerzen. Mara betete zu einem Gott, an den sie nicht glaubte. Immer wieder kreisten dieselben Gedanken in ihrem Kopf herum, ohne dass sie zu irgendeinem Entschluss kam:

„Lieber Gott hilf mir! Sag mir, wie es weitergehen soll! Bitte, gib mir ein Bett für die kommende Nacht ..." Das Gefühl von Freiheit, das sie gestern noch verspürt hatte, war längst in Verzweiflung umgeschlagen. Sollte sie wirklich zu Ellen zurückkehren? Sollte sie sich von Hope trennen? Nein, niemals! Lieber wollte sie sterben.

Mara wurde von lautem Bellen abgelenkt. Der Terrier am Brunnen gebärdete sich wie wahnsinnig. Er kläffte und zerrte an der Leine. Der kurze Stummelschwanz schlug heftig gegen den Abfalleimer. Der Penner fluchte und riss den Hund brutal zurück. Jeden Moment würde der fiese Kerl auf den Hund einschlagen, dachte Mara. Sie schaute sich um und sah den Krüppel vom vergangenen Tag die Passage entlangkommen. Er steuerte direkt auf den Hund zu. Verblüfft beobachtete Mara, wie der Mann in seine Tasche griff und eine kleine Dose daraus hervorzog. Der Terrier drehte fast durch vor Freude, als der Mann sich mühsam vor ihm auf den Boden sinken ließ. Dann zog er den Deckel ab und leerte den Inhalt auf den Boden. Der Hund fiel gierig darüber her und fraß blitzschnell alles auf. Dann stellte er sich direkt vor den Mann und ließ sich von ihm ausgiebig streicheln. Ohne mit dem Besitzer des Hundes auch nur ein Wort zu wechseln, ließ sich der Mann mit den Krücken einige Plätze weiter nieder. Auch er zitterte. Sogar aus der Entfernung konnte Mara das erkennen. Allerdings eher von der körperlichen Anstrengung. Offensichtlich hatte er Schmerzen in den Beinen. Umso seltsamer, dass er sich die Mühe machte, den Hund zu füttern, der ihm nicht einmal gehörte.

Mara sah die Begegnung mit dem Mann vor dem Supermarkt nun mit anderen Augen. Vielleicht wollte der Mann Hope wirklich nur streicheln. Er hatte sicher nichts Böses im Sinn gehabt. Mara schämte sich. Sie hatte dem Mann überhaupt keine Chance gegeben, sich zu verteidigen. Doch schon bald kehrten ihre Gedanken wieder zum eigenen Elend zurück. Mechanisch strich sie über Hopes Fell und starrte vor sich hin. Hin und wieder drehte sie sich aus dem fast leeren Tabaksbeutel eine Zigarette und sog den Rauch tief ein. Viel Tabak hatte sie nicht mehr. Ihr graute vor dem Gedanken, sich auch noch das Rauchen abgewöhnen zu müssen. Auf beides konnte sie unmöglich verzichten. Dann würde sie wirklich durchdrehen.

Ihre Blase drückte, sie musste dringend aufs Klo. Irgendwo im Einkaufzentrum musste eine öffentliche Toilette sein. Das hatte die Frau im Backshop jedenfalls gesagt. Nur wo? Mara fluchte vor sich hin, denn in dem Gebäudekomplex waren Hunde verboten. Was sollte sie mit Hope machen? Mara hatte Angst, dass jemand den Hund stehlen könnte. Manch einer hatte schon gefragt, ob die schöne Hündin zu verkaufen sei. Sie würde arglos mit jedem mitgehen, der ein wenig freundlich zu ihr war.

Unsicher blickte Mara zu dem Mann mit den Krücken. Ob er wohl ...? Er war jünger, als sie gedacht hatte. Er hatte zwar eine ungesunde Gesichtsfarbe, doch seine Haut war glatt und faltenlos. Er wirkte auch nicht verschlagen wie die anderen beiden Typen. Mara hatte kaum eine andere Wahl. Schweren Herzens beschloss sie, ihn um Hilfe zu bitten. Sie schulterte den Rucksack und ging langsam in Richtung Brunnen. Dabei schaute sie kurz zu dem Mann hinüber, ging aber dann doch wieder zurück, immer noch unsicher, wie sie ihn ansprechen sollte.

Jakob beobachtete das Mädchen unauffällig. Irgendetwas stimmte mit ihr nicht, sie wirkte unruhig und nervös, aber nicht aggressiv wie gestern. Als sie näher kam, konnte er deutlich sehen, wie sie zitterte, und er bemerkte auch ihren unsicheren Gang. Bisher hatte sie noch nichts getrunken, jedenfalls hatte Jakob nichts dergleichen gesehen. Obwohl sie noch so erschreckend jung aussah, schien sie auf Entzug zu sein. Wie oft hatte er das selbst schon am eigenen Leibe erfahren! Und das Alter spielte nicht unbedingt eine Rolle. Er selbst hatte auch schon mit fünfzehn an der Flasche gehangen. Wo mochte Ellen sein? Die hatte er heute Morgen noch nirgends entdeckt. Hatte das Mädchen kein Geld für Stoff, oder wollte sie mit dem Trinken aufhören? Nach unzähligen Versuchen hatte Jakob das längst aufgegeben. Wozu sollte er es überhaupt lassen? Aber das Mädchen? Es war doch noch so jung! „Ihr steht doch das ganze Leben noch offen", dachte Jakob und schüttelte den Kopf.

Als sie plötzlich vor ihm stand, zuckte er zusammen. Er war so tief in Gedanken versunken gewesen, dass er nichts mitbekommen hatte. Ausgerechnet ihn sprach sie an. Kaum merklich duckte Jakob sich. Er hatte Angst vor ihr. Gestern war sie so aggressiv ihm gegenüber gewesen. Damit konnte er überhaupt nicht umgehen. Aber ihre Stimme klang leise und eher vorsichtig, als sie ihn ansprach:

„Muss mal aufs Klo. Kann sie kurz bei dir bleiben?" Das Mädchen deutete auf den Hund und lächelte unsicher.

„Klar, kein Problem!"

Jakob stotterte vor Aufregung. Er hasste sich dafür, er war den Umgang mit Fremden nicht gewöhnt. Normalerweise sprach ihn niemand an. Aber er freute sich, dass sie gerade ihn gefragt hatte und nicht einen von den anderen. Erleichtert, weil er auch bei ihr eine gewisse Unsicherheit spürte, traute er sich noch anzufügen: „Brauchst fünfzig Cent für die Öffentliche im Zentrum. Nicht mal pinkeln kann man umsonst!" Das Mädchen durchwühlte ihre Taschen nach einer Münze.

„Hier! Ich hab' noch ein 50-Cent-Stück!", bot er ihr an. Mit zittrigen Fingern nahm sie das Geld:
„Danke, kriegst du gleich zurück. Muss nur kurz wechseln gehen." „Ist schon okay!"
„Nix ist okay! Ich hab' gesagt, du kriegst das gleich wieder. Ich lass mir nix von Fremden schenken!" Jetzt war ihr Ton fast wieder so böse wie gestern.
„Ist ja gut!", murmelte Jakob verunsichert und nahm ihr die Leine aus der Hand. Zärtlich streichelte er das seidige Fell des Hundes. Der blickte Jakob zutraulich an und wedelte mit dem Schwanz.
„Darf ich?", er zeigte Mara ein Stück Hundefutter, das er aus der Tasche gezogen hatte.
Das Mädchen nickte und wandte sich Richtung Zentrum.
„Wie heißt sie denn?", rief Jakob ihr hinterher.
„Hope"
„Und du?"
„Mara! Bis gleich!"
Jakob kraulte Hope hinter den Ohren. Die Hündin sah Mara beunruhigt hinterher. Jakob beugte sich zu ihr hinunter und flüsterte ihr zärtlich zu:
„Bist ein schönes Mädchen, ein ganz feiner Hund. Frauchen kommt gleich wieder." Dann steckte er ihr noch ein Leckerli zu. Hope schaute ihn an, und Jakob hatte das Gefühl, dass sie ihn genau verstanden hatte, denn sie legte beruhigt ihren Kopf auf seinen Schoß.
Auf einmal hörte Jakob ein dumpfes Geräusch und gleich darauf aufgeregte Stimmen. Unwillkürlich schaute er hin. Auf dem harten Steinboden lag das junge Mädchen. Ihr Körper zuckte in Krämpfen. So schnell er konnte, eilte Jakob hin zu ihr, herrschte aber zuvor seinen Kumpanen an, der mit offenem Mund die Szene beobachtete:
„Verdammt, ein Krampfanfall. Glotz nicht so blöd, Herbert! Los, geh in den Backshop und ruf den Notarzt! Mensch, beeil dich!"

Um die bewusstlose Mara hatte sich bereits eine Menschenmenge untätiger Gaffer versammelt. Alle starrten sie an, keiner tat etwas.

„Ihr Idioten, haltet ihre Beine fest und die Arme. Die kann sich dabei die Knochen brechen!" Jakob selbst ließ sich auf den Boden fallen und versuchte Maras Kopf festzuhalten. Es schien eine Ewigkeit zu vergehen, bis endlich der Notarztwagen in die Passage einfuhr. Mara stand der Schaum vorm Mund.

„Gott sei Dank! Ihr seid endlich da. Mensch, Klaus, die hat 'nen Krampfanfall!" Jakob war heilfroh, dass sich gerade dieser Sanitäter um Mara kümmerte. Er kannte ihn recht gut und wusste, dass der Mann mit solchen Enzugssymptomen Erfahrung hatte. Blitzschnell war Mara im Wagen. Jakob rief Klaus hinterher:

„Sag ihr, dass ich den Hund habe. Sonst wird sie verrückt vor Angst!" Der Sanitäter hob den Arm, und schon bahnte sich der Rettungswagen mit Blaulicht und Sirene einen Weg aus der Fußgängerzone.

Maras Rucksack lag noch auf dem Boden. Zitternd vor Anstrengung griff Jakob nach seinen Krücken und hielt die völlig außer sich geratene Hündin fest, die wie wahnsinnig bellte.

„Mensch, hilf mir doch mal, du Idiot!", herrschte er den untätig glotzenden Peter an. „Nimm doch wenigstens ihren Rucksack!"

Mit letzter Kraft schleppte er sich zu seinem Platz am Brunnen. Er war fix und fertig. Wie schlimm mochte der Krampfanfall sein? Jakob wusste, dass so etwas sogar tödlich enden konnte. Warum hatte er nicht besser aufgepasst!? Sie war auf Entzug, das hatte er doch gesehen! Er selbst hatte schon mehrere solcher Anfälle gehabt. Jakob machte sich große Vorwürfe. Er machte sich Sorgen um das junge Mädchen. „Lieber Gott, steh ihr bei! Mach sie wieder gesund, bitte! Sie ist doch noch so furchtbar jung", betete er stumm.

Hope war fast nicht zu beruhigen, sie bellte und riss an der

Leine, so als wolle sie dem Rettungswagen hinterherlaufen. Jakob streichelte sie und redete beruhigend auf sie ein: „Keine Angst, du braves Mädchen! Mara kommt bald wieder zurück. Dann wird alles gut." Er küsste Hope auf den Kopf und vergrub sein Gesicht im warmen Fell des Tieres. Doch Hope blieb verstört und ängstlich. Da kam Jakob eine Idee. Er öffnete Maras Rucksack und zog daraus ein schwarzes Sweatshirt mit einem abscheulichen Emblem hervor. Als Hope Maras Geruch wahrnahm, wurde sie ruhiger. Jakob legte seine eigene Jacke ab und verstaute sie in Maras Rucksack. Dann zog er sich widerstrebend das hässliche Shirt über den Kopf. Wohl zum ersten Mal im Leben war er froh über seinen schmalen, klapperdürren Körper, denn auch das Mädchen war zart gebaut.

So bekleidet fühlte Jakob sich zwar ziemlich blöd, aber der Hund beruhigte sich tatsächlich. Seine Kumpanen lachten albern und machten sich über Jakob lustig, der bald darauf die Nase voll hatte und wütend zur Bushaltestelle stapfte. Der Hund war ans Busfahren gewöhnt. Jakob hatte sich ganz umsonst Sorgen gemacht. Hope stieg anstandslos mit ein und setzte sich brav neben Jakobs Sitz. Sie fuhren zum Krankenhaus. Dort wartete Jakob etwa eine Stunde, bis er sich anschickte, auf der Station nach Mara zu fragen. „Vielleicht kann ich sogar schon mit ihr sprechen und sie wegen Hope beruhigen", dachte er. Vor der Klinik entdeckte er Britta, eine Bekannte, die sich dort ihre tägliche Dosis Methadon holte. Die beiden kannten sich schon lange.

„He, Jakob! Wie siehst du denn aus, und woher kommt der Hund? Ist der dir? Echt süß ist der!"

„Nee, leider nicht. Der Hund gehört einer Bekannten. Die ist eben mit 'nem Krampfanfall hierher gebracht worden, und ich wollt mal nach ihr sehen. Der Pulli ist von ihr. Den hab ich an, weil Hope das beruhigt, wenn er ihren Geruch in der Nase hat. Könntest du sie mal für 'ne halbe Stunde nehmen, oder bist du in Eile?"

„Klar, mach ich! Mit dem Metha, das dauert noch. Da sitzen zig Leute noch vor mir. Den Pulli kann ich ja neben mich tun. Is ja Scheiße, das mit deiner Bekannten! Tut mir echt leid. Hoffentlich ist sie wieder okay!"

„Danke Britta, bis gleich!"

Jakob nahm den Aufzug und fuhr direkt hoch zur Suchtstation. Er hoffte, dass Mara schon von der Intensivstation war. Das Personal oben kannte er gut, weil er dort schon häufig zur Entgiftung gewesen war. Im Stationszimmer fragte er:

„Ist meine Bekannte heute zu euch hoch gekommen? Die hatte heute morgen einen Krampfanfall. Mara heißt sie."

„Hier ist heute kein Neuzugang gekommen.", antwortete der fette Pfleger unfreundlich.

„Könnten Sie vielleicht mal auf der Intensiv nachfragen? Ich mach' mir Sorgen und hab' auch Sachen von ihr.", fragte Jakob schüchtern.

„Nee, kann ich nicht!"

Der Dicke drückte die Tür zu und ließ Jakob einfach vor der Tür stehen. „Arschloch!", murmelte Jakob wütend.

Zur Intensivstation brauchte er erst gar nicht zu gehen. Dort bekamen nur Verwandte Auskunft, und er wusste nicht einmal ihren Nachnamen. Fast krank vor Sorge humpelte er zurück.

„Und? Wie geht es ihr?", fragte Britta, als sie Jakob die Leine reichte.

„Keine Ahnung! Oben ist sie noch nicht. Der Fette hat heute Dienst. Aus dem kriegt man nix raus. Hat mir einfach die Tür vor der Nase zugemacht und mich wie ein Stück Dreck behandelt. Dabei hab' ich nur gefragt, ob er mal auf der Intensiv nachfragen könnte."

Jakob schlug frustriert mit der Hand gegen die Wand, so fest, dass es weh tat.

„Das ist echt ein Blödmann! Mal sehen, wer heute das Metha raus gibt. Wenn der Stratmann Dienst hat, frag ich den mal. Der könnte das wissen. Wenn ich was höre, sag ich dir Bescheid."

„Danke, Britta! Mach's gut. Kommst du morgen zum Brunnen?" – „Vielleicht, mal sehen. Tschüss, und viel Glück für deine Bekannte! Ich muss jetzt rein, meine Spritze abholen." Jakob schaute dem abgemagerten Mädchen traurig hinterher. Dann nahm er Hopes Kopf zwischen seine Hände und flüsterte ihr zärtlich zu: „Mach dir keine Sorgen, mein Mädchen! Mara geht es gut. Bald kommt sie wieder zurück. Solange nehme ich dich mit zu mir. Brauchst nicht alleine sein, und warm hab ich es auch. Nur an der Leine ziehen, das darfst du nicht, okay?" Die Hündin sah ihn an. Nachdem sie eben bei Britta hatte bleiben müssen, hatte sie ihn bei seiner Rückkehr schon wie einen Freund begrüßt. Jakob steckte ihr noch ein paar Stückchen Hundefutter zu, bevor er sich wieder das Sweatshirt anzog und langsam mit ihr zur Bushaltestelle hinkte. Hope hielt Schritt, so als spürte sie, dass Jakob Schmerzen hatte. Noch immer hatte er Maras Rucksack. Im Krankenhaus hatte sich niemand dafür zuständig gefühlt. Das wollte Jakob gleich am nächsten Morgen erledigen. Er nahm sich auch vor nach Ellen zu suchen, auch wenn er keine hohe Meinung von ihr hatte. Doch die beiden gehörten zusammen; sicher waren sie miteinander verwandt. Für Jakob bedeutete dies automatisch, auch emotional miteinander verbunden zu sein, auch wenn er sich kaum vorstellen konnte, dass Ellen zu warmherzigen Gefühlen fähig war. Heute hatte er sie allerdings noch nicht zu Gesicht bekommen. Aber er war zu müde, um noch am gleichen Tag nach ihr zu suchen.

Mit dem nächsten Bus fuhr Jakob zurück in sein Dorf. Als er dort ankam, war er vollkommen erschöpft. Erleichtert stellte er fest, dass die Briketts im Ofen noch glimmten und er nur ein wenig Holz nachlegen musste, um die Wärme im Raum zu halten. Endlich hatte er Zeit für die lang ersehnte Flasche Bier. Er leerte sie in einem Zug. Dann ließ er sich erschöpft aufs Sofa fallen und zündete sich eine Zigarette an. Was für ein Tag! Seit Jahren hatte es kaum eine Unterbrechung in seinem täglichen Einerlei gegeben. Und heute kam es Schlag auf Schlag.

Während er nachdachte, erkundete Hope jeden Winkel der Wohnung. Sie schnupperte überall ausgiebig, bis sie auf Tiger stieß. Wütend fauchte der Kater sie an, Hope flüchtete sich panisch aufs Sofa und suchte Schutz bei dem verdatterten Jakob. Er wollte sie schon von seinem Bett jagen, doch Hope blickte ihn so unschuldig an, dass Jakob nicht widerstehen konnte und sie in den Arm nahm. Irgendwie machte es ihn stolz, dass Hope bei ihm Schutz gesucht hatte. Die Hündin schmiegte sich vertrauensvoll an ihn. Da ließ Jakob sich zurücksinken und lächelte glücklich.

„Nur ganz kurz! Gleich muss ich noch den Hund füttern und später mit ihm raus, sonst muss er nachts, ermahnte sich Jakob.

„Und morgen, ja morgen hab' ich auch jede Menge zu erledigen!", dachte er aufgekratzt und streckte sich. Das ungewöhnliche, aber auch schöne Gefühl, etwas Dringendes für jemand anderen erledigen zu müssen, erwärmte ihn, ein Gefühl, das er seit dem Tod seiner Mutter nicht mehr empfunden hatte: Er wurde gebraucht, und er trug Verantwortung für jemanden. Als ihm das bewusst wurde, lächelte er breit und küsste den Hund auf den Kopf. Es sah ihn ja niemand. Diese ein oder zwei Tage, die ihm mit dem Tier noch blieben, wollte er voll auskosten. Sie waren wertvoller für ihn als all die sinnlosen vergangenen Jahre zusammen.

Als erstes würde er morgen die Einzugsermächtigungen für Gas und Strom abschicken. Damit wäre das leidige Thema endlich vom Tisch. Damit dies nicht wieder nur ein leerer Vorsatz blieb, stand Jakob trotz seiner Mattheit auf und wühlte so lange in allen Schubladen herum, bis er die Formulare fand, die den Mahnungen beigefügt waren. Sofort füllte er die Zettel aus und steckte sie in Umschläge, die er gleich beschriftete und frankierte. Als das erledigt war, wusste er überhaupt nicht mehr, warum er das so lange aufgeschoben hatte.

Auf dem Sofa, den dösenden Hund im Arm, fielen Jakob noch etliche Dinge ein, die er eigentlich schon längst gemacht haben sollte. Er nahm einen Zettel und notierte sich, was er alles in Angriff nehmen wollte, entschlossen, alles schnellstens zu erledigen. Das ständige Aufschieben hatte Jakob schon immer belastet. Doch nun hatte er so viel Schwung wie seit Jahren nicht mehr. Es wurde Zeit, dass ein anderer Wind wehte. Entschlossen stand Jakob auf: Nun war Hope an der Reihe. Sie musste ihr Futter bekommen. Jakob hoffte, in Maras Rucksack noch eine Dose zu finden. Ansonsten musst er der Hündin ein belegtes Brot machen. Aber das war eigentlich kein geeignetes Futter. Als er anfing in Maras Sachen herumzuwühlen, tänzelte Hope fröhlich bellend um ihn herum. Jakob verlor den Halt und plumpste auf den Boden. Alle möglichen Dinge fielen aus dem Rucksack. Jakob griff nach einer Dose, die über den Boden kullerte, für Hope ein lustiges Spiel. Sie stürzte sich auf den hilflosen Jochen, zerrte an seinem Pullover, sprang gnadenlos auf ihm herum, und leckte sein Gesicht, wann immer sie es traf. Kichernd versuchte Jakob sich vor der nassen Zunge zu schützen, indem er die Hände vors Gesicht schlug und sich hin und her wälzte. Das stachelte Hopes Begeisterung nur noch mehr an. Jakob fehlte die Kraft, dem Spiel ein Ende zu bereiten und schimpfen wollte er Hope schon gar nicht. Es machte ihm schließlich genauso viel Spaß. Aber ihm ging langsam die Puste aus. Geistesgegenwärtig griff er nach der Dose mit Hundefutter und hielt sie Hope vors Gesicht. Abrupt endete das Spiel, wie auf Kommando setzte Hope sich kerzengerade auf und bellte vor Anspannung. Kurz darauf leerte sie den übervollen Teller, den Jakob vor sie hingestellt hatte, in unfassbarer Geschwindigkeit. Anschließend schlabberte sie das bereitgestellte Wasser aus der Plastikschüssel. Der Boden drum herum bekam reichlich davon ab.

Jakob verkniff sich den Schmerz, als er zur Hintertür wankte. Er nahm die Leine und wollte Hope ausführen. Sicher musste der Hund dringend hinaus. Doch ehe Jakob Hope anleinen konnte, war sie schon aus der Tür gestürmt und rannte auf die große Wiese hinter dem Haus. Tatsächlich setzte sie sich sofort hin und erledigte ihr Geschäft. Als Jakob rief, hob sie kurz den Kopf, dachte aber nicht daran zu kommen. Da tauchte Zilla, Gertis Hund, am Wiesenrand auf, und Jakob bekam es mit der Angst zu tun. Die große Hündin konnte gefährlich werden. Die gutmütige Hope lief schwanzwedelnd auf Zilla zu. Jakob sah, wie Gerti Zilla atemlos hinterherlief und aufgeregt nach ihr rief. Zilla gehorchte im Zweifelsfall allerdings nie. Schon öfter war es deshalb zu Beißereien mit anderen Hunden gekommen. Als die beiden Hunde aufeinandertrafen, blieben sie zunächst stocksteif voreinander stehen. Dann umkreisten sie sich knurrend und mit gesträubtem Fell. Jakob hielt die Luft an, auch Gerti stand atemlos da, zu weit entfernt um ihren Hund am Halsband zurückzuhalten. Doch dann löste sich plötzlich die Spannung der Tiere in einem wilden Wettlauf über die Wiesen. Die zwei mochten sich und rannten nun in großen Runden hintereinander her. Jakob atmete auf, und auch Gerti war heilfroh, dass alles das gut gegangen war.

„Was ist das denn für ein Hund?", fragte Gerti ganz erstaunt.

„Das ist Hope, der Hund einer Freundin, die plötzlich ins Krankenhaus musste. Ich passe solange auf sie auf. Sie ist mir entwischt; hoffentlich kommt sie zurück! Ich kenne sie doch kaum und weiß nicht, ob sie mir gehorcht."

„Lass sie sich erst mal müde laufen. Dann kriegen wir sie bestimmt. Wenn sie dir nicht gehorcht, dann folgt sie aber meiner Zilla bestimmt hierher. Wenn das klappt, können die beiden ja öfter miteinander spielen."

Gerti blieb, wie immer in solchen Fällen, ganz gelassen. Auch wenn Jakob besorgt war, ob Hope ihm gehorchen würde, so war es für ihn doch eine große Freude, den Hunden beim Spielen zuzusehen. Nach einer Weile wurden die beiden ruhiger.

„Hope, komm!", rief Jakob aufgeregt und tatsächlich reagierte der Hund prompt und rannte zu ihm zurück.

Schnell drückte Gerti Jochen ein Stück Hundekuchen in die Hand, damit er Hope sofort belohnen konnte. Die Hündin nahm das Bröckchen dankbar und ließ sich ohne Mühe anleinen. Nach ein paar Minuten Plauderei mit Gerti ging Jakob mit Hope wieder ins Haus. Sie trank noch ein paar Schlukke, dann sprang sie wieder auf die Schlafcouch und machte es sich bequem. Nach einer kurzen Katzenwäsche ließ Jakob sich ebenfalls dort nieder. Es war zwar etwas eng, dafür aber behaglich und warm. Einen Arm um den Hund gelegt, schlief Jakob durch bis zum frühen Morgen.

Als der Handwerker klingelte, um die Gasheizung wieder in Betrieb zu nehmen, war Jakob schon mehr als eine Stunde wach. Vor sechs Uhr hatte Hope ihn schon durch ihre ständige Unruhe aufgeweckt. Sie war zur Hintertür gelaufen und hatte mit einem knappen Bellen signalisiert, dass sie hinaus musste. „Kluges Tier! Sie hat sich schon gemerkt, wo es hinausgeht", hatte Jakob überrascht gedacht und sie an die Leine genommen. Draußen hatte sie sich gleich hingehockt, war aber dann schnell zurück aufs warme Sofageeilt. Zufrieden hatte sie sich zusammengerollt und bald wieder vor sich hin gedöst.

Während der Handwerker sich an der Gastherme zu schaffen machte, begann Jakob sein mühsames Morgenritual der Körperpflege. Er war froh, dass er gestern die Haare gewaschen hatte und an diesem Morgen nur mit dem Waschlappen unter den Achseln herzufahren brauchte. Beherzt klatschte er sich eiskaltes Wasser ins Gesicht und fasste sein dünnes Haar mit einem einfachen Gummiring zu einem Pferdeschwanz zusammen. Dann humpelte er zur Kommode und nahm sich die neue Jeans heraus, die er schon vor Wochen gekauft hatte. Es bereitete ihm zwar einige Mühe die Hosenbeine auf die richtige Länge umzukrempeln, aber schließlich wollte er ins Krankenhaus fahren und Mara besuchen, die sicher schon ganz unruhig wegen Hope war. „Hoffentlich haben die ihr gesagt, dass ich mich um Hope kümmere und dass ich auch den Rucksack mitgenommen habe! Sonst dreht das Mädchen durch vor Angst", dachte Jakob besorgt.

Manfred, der Mann von der Heizungsfirma, unterbrach Jakob bei seinen Vorbereitungen.

„He, Jakob, komm mal her und unterschreib mir meinen Stundenzettel!" Er hielt ihm den Kugelschreiber hin. Im gleichen Moment wurde Hope unruhig und raste zur Hintertür. „Kann es sein, dass der mal raus muss? Los, mach! Ich muss weg!" Jakob blieb nichts anderes übrig, als dem Hund die Tür zu öffnen und ein Stoßgebet zum Himmel zu schicken. Er wollte den eiligen Handwerker nicht verärgern, denn der war seinetwegen schon vor seiner offiziellen Arbeitszeit gekommen. Der Firmeninhaber war mit Roland befreundet.

„Schickst du 'ne Rechnung, oder wie?" fragte Jakob unsicher.

„Gib mir fünf Euro und gut. Aber schönen Gruß vom Meister, du sollst endlich mal einen Dauerauftrag machen. Sonst muss er demnächst 'ne Rechnung schreiben. Das wird dann teuer."

Jakob kramte aus seinem Geldbeutel einen zerknitterten Zehner heraus und gab ihn Manfred.

„Hier! Der Rest ist für dich. Sag deinem Chef, er wäre ein prima Kerl. Und danke!" Der Handwerker zierte sich, Jakob musste ihm das Geld regelrecht aufdrängen. Endlich war er weg.

Jakob eilte zur Hintertür. Er sah, wie Hope einige Runden auf dem Grundstück drehte. Als sie anfing nach Mäusen zu buddeln, rief er sie. Sofort hob Hope den Kopf.

„Hope, komm, komm her!", rief er ein zweites Mal. „Ich hab ein Leckerchen!" Und tatsächlich kam sie zu ihm gerannt. Jakob war so überrascht, dass er dem Hund ohne nachzudenken sämtliche Wurstscheiben verfütterte, die er eigentlich selbst zum Frühstück essen wollte. Hope sprang vor Begeisterung an ihm hoch, und Jakob sah belustigt auf seine leere Wurstpackung. Was für ein herrlicher Tag! Die Heizung lief wieder, Katze und Vogel waren gut versorgt, er trug zum ersten Mal seine neue Jeans, Hope war schon draußen gewesen und hatte sich ausgetobt. Und: Sie hatte ihm gehorcht! Gleich würde er zur Bank fahren und sich bei Roland bedanken. Roland hatte ihm schon oft aus der Patsche geholfen. Daran musste er immer denken, wenn ihn die Wut auf den Kerl, der ihn zum Krüppel gemacht hatte, wieder einmal zu übermannen drohte. Stellvertretend für seinen Vater machte Roland vieles gut, ohne überhaupt etwas davon zu wissen. Einfach so, weil er ein feiner Kerl war.

Jakob suchte die Sachen zusammen, die er in die Stadt mitnehmen wollte. Er steckte Tabak, Taschentücher und etwas Geld in die Jackentasche. Dort verstaute er auch drei Dosen Bier und etwas Trockenfutter für die Hunde. In seine Umhängetasche stopfte er eine große Dose Hundefutter, Maras Sweatshirt und eine leere Schüssel für Wasser. Aber Maras Rucksack war das Wichtigste, woran er zu denken hatte.

Auf jeden Fall wollte er ihr etwas Schönes mitbringen. Schließlich war sie im Krankenhaus. Außerdem brauchte sie bestimmt Tabak und löslichen Kaffee. Er kannte sich aus und wusste, dass diese beiden Dinge unverzichtbar waren. Aber er suchte noch nach einer Kleinigkeit, etwas, das ihr eine besondere Freude machen sollte. Nur was? Ihm fehlte die Erfahrung; er hatte noch nie einen richtigen Krankenbesuch gemacht.

Blumen? Nein! Das sah nach Annäherungsversuch aus. Außerdem hatte er keine Ahnung, ob sie Blumen mochte. Etwas Nützliches? Dazu hätte er wissen müssen, was sie brauchen konnte. Aber er wollte nicht in ihrem Rucksack herumwühlen und nachsehen, was ihr fehlen könnte. Er selbst wollte schließlich auch nicht, dass jemand in seinen Sachen schnüffelte. Und Mädchensachen könnten peinliche Dinge wie Tampons oder so enthalten. Der Rucksack war also tabu. Jakob war es schon unangenehm gewesen, dass er nach Dosenfutter hatte suchen müssen.

Ein Buch! Das wäre etwas Feines gegen Langeweile. Jakob freute sich über seine Idee. Damit hatte er auch einen Grund in einen Bücherladen zu gehen und nachzuschauen, was er seinem Dompfaff als Leckerbissen anbieten könnte.

„Was lesen Mädchen in ihrem Alter wohl?", fragte sich Jakob. Er würde die Verkäuferin fragen müssen. Wenn Mara sonst noch etwas brauchte, sollte sie ihm das sagen. Jakob hatte nicht darauf geachtet, was in ihrer Tasche war. Nur an eine Bürste und ein paar Kleider konnte er sich erinnern. Sein Blick fiel in die Ecke. Einige Sachen waren aus Maras Rucksack herausgefallen, als er nach Dosenfutter gesucht hatte. „So ein Mist!", ärgerte sich Jakob. „Jetzt muss ich mich auch noch bücken!" Sein Blick fiel auf eine grüne Sammelmappe, die sich geöffnet hatte. Einige lose Blätter lagen verstreut daneben. Mit einem Seufzen ließ er sich auf die Knie sinken und sammelte die Papiere ein. Es handelte sich um Zeitungsausschnitte, Computerausdrucke und Notizen, manche davon in Kinderschrift.

Jakob fiel ein vergilbtes Zeitungsfoto in die Augen.

„Wo ist Felicitas Winter?", stand in fetten Lettern über dem Bild eines kleinen Mädchens.

Darunter die Nummer einer Polizeidienststelle. Der Artikel war fast zehn Jahre alt. Wieso hatte Mara den aufgehoben?

Er las die wenigen Zeilen, aus denen hervorging, dass das Kind aus Wiesbaden stammte und unter mysteriösen Umständen während eines Kurzurlaubs in Zeebrügge an der belgischen Küste verschwunden war. Jakob sah sich das Foto genauer an. Die Kleine war niedlich: blonde, lange Haare und blaue Augen, die ernst in die Kamera blickten. Jakob entnahm dem Bericht, dass das Mädchen entführt worden sein könnte. Die Eltern mussten demnach wohlhabend sein. Jakob griff nach der grünen Mappe, um den Artikel wieder hineinzulegen. Er hatte ein ungutes Gefühl im Bauch. Als er die Mappe schließen wollte, erstarrte er. Mit Entsetzen las er die Aufschrift: Tod den Kinderfickern!

Die ungelenken Buchstaben ließen auf ein Kind schließen.

Jakob drehte sich fast der Magen um. Sein Herz raste, er begann zu schwitzen. Mit zitternden Fingern blätterte er den Ordner durch. Er wusste, dass er das besser nicht tun sollte, konnte aber nicht anders. Zuoberst lag ein Blatt mit vier Namen, daneben jeweils einige Notizen. Jakob merkte, dass die Bemerkungen nachträglich hinzugefügt worden waren. Die Handschrift veränderte sich nach und nach, wurde erwachsener. Aber die vier Namen waren, genau wie das Deckblatt, in Kinderschrift. Hinter jeder Notiz war ein Datumsvermerk. Schnell durchschaute Jakob, dass hier alle möglichen Informationen über die vier Männer gesammelt worden waren: Umzüge, Beförderungen und anderes. Rot markiert war der Tod einer der Männer. Jakob war viel zu aufgeregt, um die Einzelheiten zu erfassen.

An erster Stelle stand: Matthias Winter! Der Vater des Mädchens. Dieser Name war dick unterstrichen. Aufgeregt wühlte Jakob noch einmal das Zeitungsfoto hervor und sah es sich genauer an. Seine Finger zitterten dabei so sehr, dass er das Blatt neben sich auf dem Boden legen musste, um etwas zu erkennen.

„Mein Gott! Das Kind hat Ähnlichkeit mit Mara. Der Blick ist fast derselbe. Nein! Das darf nicht wahr sein!!"

Jakob wehrte sich innerlich mit aller Macht gegen die furchtbaren Bilder, die vor seinem geistigen Auge erstanden. Doch das gesuchte Kind hieß Felicitas Winter, nicht Mara! Hatte sie ihm einen falschen Namen genannt? Wenn ja, warum? Wie hing das alles zusammen? Was machte Mara in dieser Gegend? Und wie kam Ellen ins Spiel? Ellen stammte ganz bestimmt nicht aus Wiesbaden. Wie im Fieber überflog Jakob die kindlichen Zeilen. Ihm wurde eiskalt.

Die Übelkeit überfiel ihn so plötzlich, dass er es nicht zum Bad schaffte. Er konnte sich gerade noch zur Seite drehen, bevor er sich erbrach. Dann ließ er sich auf die Seite fallen und weinte bitterlich. Der eine einzige Satz schoss ihm immer wieder durch den Kopf: „Ich muss sie alle töten! Und dann nenne ich mich wieder Felicitas. Dann bin ich wirklich glücklich."

Jakob brauchte lange, bis er sich so weit erholt hatte, dass er aufstehen konnte. Er wusch sich das Gesicht und zerrte eine Flasche Schnaps aus dem Kühlschrank. Dann ließ er sich aufs

Sofa fallen und setzte die Flasche an. Gierig schüttete er das scharfe Zeug in sich hinein. Erst nach mehreren Versuchen schaffte er es, sich eine Zigarette zu drehen. Er rauchte sie hastig und griff gleich wieder zum Tabak.

Jakob fühlte sich elend. So ohnmächtig vor Wut und Hilflosigkeit hatte er sich noch nicht einmal gefühlt, als seine Mutter ihm erklärt hatte, dass sie sterben musste, oder als man ihm gesagt hatte, dass er für immer ein Krüppel bleiben würde.

Er dachte an sein eigenes zerrüttetes Leben. Aber das hier war schlimmer als alles, was er je erlebt hatte: Der eigene Vater hatte dieses Kind zugrunde gerichtet, missbraucht und geschändet. Er und seine widerwärtigen Kumpane hatten die Seele eines Kindes zerstört. Jakobs Schicksal hatte ein Fremder zu verantworten. Er war nur körperlich zum Krüppel gemacht worden, aber seine Seele war wenigstens nicht missbraucht worden war. Wenn er an seine Eltern zurückdachte, wurde ihm noch heute warm ums Herz. Er hatte im Elternhaus erfahren dürfen, was es heißt, geliebt zu werden.

Aber Mara! Wer hatte sie geliebt? Wo war ihre Mutter, als man sie missbrauchte? Warum hatte sie ihr Kind nicht beschützt? Und Ellen? Hatte diese böse Frau überhaupt Gefühle?

Jakob schwor sich, er würde all das herausfinden, koste es, was es wolle! Mit einmal verstand Jakob, warum Mara trank und so aggressiv war. Er würde alles, was in seiner Macht stand, tun, um dieses Mädchen zu retten.

Seine Mutter hatte einmal zu ihm gesagt, dass nichts auf der Welt ohne Gottes Willen geschehe. War Gott blind und taub? War er ein Schwächling oder gar ein Sadist? Warum hatte er das zugelassen? Jakob wagte nicht, den Gedanken zu Ende zu denken. Die Worte der Eltern über Gottesfurcht waren tief in ihm verwurzelt, auch wenn er sich nie selbst gefragt hatte, ob er ein Christ war. Über Religion hatte er sich bisher nicht den Kopf zerbrochen. Aber wenn es stimmte, dass es keine Zufälle gab, dann war er Mara nicht ohne Grund begegnet. Obwohl er das junge Mädchen kaum kannte, fühlte er sich verantwortlich.

Für sie wollte er kämpfen; für sie wollte er stark sein; diesmal würde er sich nicht hängen lassen wie damals beim Tod der Mutter. Wenn Mara seine Hilfe annahm, würde er alles für sie tun, damit das furchtbare Unrecht an ihr gesühnt würde.

Hope bellte und riss Jakob aus seinen Gedanken.

„Hast ja recht. Wir müssen los. Frauchen braucht ihre Sachen." Jakob nahm den Kopf des Hundes zwischen seine mageren Hände und küsste ihn auf die Stirn. Hope leckte ihm dankbar den Hals. „Es ist schön, geliebt zu werden, selbst wenn es nur von einem Hund ist", dachte Jakob.

„Ich wünschte, du gehörtest mir, du Schöne! Aber Mara braucht dich mehr, und ich kann mit meinen Beinen sowieso nicht ..."

Jakob redete, und Hope hörte ihm zu – scheinbar völlig konzentriert.

Schon jetzt durfte Jakob gar nicht daran denken, das Tier wieder abgeben zu müssen. Aber er hatte kein Recht auf den Hund; er musste sich gegen die Wärme des Hundes abschirmen, sonst würde die Trennung später unerträglich.

„Scheißleben!"

Jakob schlug mit der flachen Hand auf den Tisch. Hope zuckte zusammen.

„Muss mir nochmal die Zähne putzen", murmelte er vor sich hin und schnäuzte sich die Nase.

Ohne recht zu wissen warum, notierte er sich die Namen aus Maras Kladde in sein Notizbuch und steckte es in die Innentasche seiner Jacke. Dann machte er sich zum Gehen bereit.

An der frischen Luft verflog die düstere Stimmung etwas, und Jakob fühlte sich erneut energiegeladen und voller Tatendrang. „So fühlt sich bestimmt ein großer Bruder, wenn seine kleine Schwester Hilfe braucht", dachte Jakob. Der Gedanke gefiel ihm, und ohne Mara überhaupt kennengelernt zu haben, stieg ein zärtliches Gefühl für sie in ihm auf.

Doch je näher er dem Krankenhaus kam, umso unsicherer wurde er. Was sollte er sagen? Er konnte sich nicht gut ausdrücken, und wenn er aufgeregt war, stotterte er manchmal. Ihm wurde bewusst, wie erbärmlich er aussah, versoffen und schmuddelig wie ein Penner. Daran änderte auch die neue Jeans nichts. Was würde Mara nur von ihm denken? Auch wenn er ein Dach über dem Kopf hatte, sah er nicht besser aus als die, die draußen schliefen. Auch sonst unterschied er sich nicht von ihnen. Er trank genauso viel und bekam sein Leben auch nicht auf die Reihe. Alle paar Wochen trudelte er auf der Suchtstation ein, weil sein Körper den Alkohol nicht mehr vertrug. Dort entgiftete er, nur um da weiterzumachen, wo er aufgehört hatte.

„Scheißleben!", zischte er wieder vor sich hin.

Im Ort regelte er die Sache mit der Einzugsermächtigung und erledigte die Einkäufe, bevor er zur Klinik weiterfuhr.

Der Zeitpunkt war perfekt; es war gerade Methadonausgabe. Deshalb saßen einige Bekannte dort, die auf ihre Spritze warteten. Auch Mike, ein Bekannter von Jakob, saß mit seinem Hund dort und rauchte eine Zigarette. Etliche waren noch vor ihm dran. Mike versprach, auf Hope aufzupassen, während die beiden Hunde sich ausgiebig beschnüffelten. Von den Fenstern der Suchstation aus konnte man die Wartenden sehen.

Jakob war mit einem Mal unsicher, wie er Mara begegnen sollte. Zittrig drückte er den Knopf und fuhr mit dem Aufzug in den zweiten Stock. Heute war die Station wieder einmal abgeschlossen, und er musste klingeln. Der unfreundliche Pfleger von gestern hatte wieder Dienst, und Jakob ballte die Faust in der Tasche. Ein kurzes „Und?" ließ ihn gleich wieder ins Stottern geraten.

„Ist Mara, ähm, meine Bekannte hier oben?"

Die hochgezogene Augenbraue des Pflegers ließ Jakob erneut ansetzen.

„Meine Bekannte hatte gestern doch den Krampfanfall. Ich war deswegen schon mal da und wollte hören, ob die jetzt bei euch ist."

„Wenn Sie Frau Mückler meinen, die liegt auf der 84, rechts das Einzelzimmer. „Danke." Jakob musste sich fast an dem dicken Pfleger vorbeiquetschen. Wie er den Kerl hasste! Dieses Ekel genoss es, die Leute zu schikanieren, davon war Jakob überzeugt. Die meisten anderen vom Personal waren in Ordnung, aber der ...

Mara lag in dem winzigen Einzelzimmer und starrte die Decke an. Noch immer konnte sie nicht recht begreifen, was eigentlich geschehen war. Sie hatte nicht einmal einen Hauch von Erinnerung an das, was gestern passiert war. Sie wusste nur noch, dass sie vor dem Spielplatz gesessen und nötig aufs Klo gemusst hatte. Als sie abends auf der Intensivstation wach geworden war, hatte sie es mit der Angst zu tun bekommen. Es tat ihr überall weh, ihre Sachen waren weg und – Hope.

Ein mürrischer Pfleger hatte ihre Infusion überprüft, sie auf die Bettpfanne gesetzt und irgendetwas Unverständliches gemurmelt. Dann war ein Arzt gekommen, der sie untersuchen wollte. Man musste ihr etwas zur Beruhigung gegeben haben, denn sie hatte sich gefühlt wie damals nach dem roten Zeug, das sie mittwochs immer hatte schlucken müssen. Der Arzt war freundlich gewesen. Sie war außer sich vor Angst wegen Hope. Das hatte sie ihm als Erstes gesagt. Der Arzt hatte sie beruhigt. Der Hund sei bei einem Bekannten, er sei ein Freund des Sanitäters, der ihr Erste Hilfe geleistet habe. Dieser Mann habe den Hund und ihre Sachen mitgenommen. Er wisse den Namen nicht, nur dass er gehbehindert sei. Mara erinnerte sich dunkel an einen Mann mit Krücken.

Ernst, aber in ruhigem Ton hatte der Arzt ihr erklärt, was vorgefallen war. Er wollte genau wissen, wie viel sie trank, und wann sie vor dem Anfall das Letzte getrunken hatte. Maras Aussagen waren eher vage, sie schämte sich und spielte ihren Alkoholkonsum herunter. Was sollte der schon mit dem Unfall zu tun gehabt haben?

„Das können Sie ihrer Großmutter erzählen", hatte der Arzt fast aggressiv geantwortet und dann erklärt, dass sie einen

Krampfanfall gehabt hatte, der vom Alkoholentzug herrührte. Mara war das furchtbar peinlich und sie gab zu, dass sie hin und wieder einen über den Durst trank.

„Ich bin aber nicht abhängig davon. Wenn es schädlich ist, dann lass ich es eben." – „Das sagen alle", hatte der Arzt gemeint. Wem sie eigentlich etwas vormachen wolle? Er hatte nur mit den Schultern gezuckt, so als ob es ihm ihre Antwort gleichgültig sei. Mara hatte nicht verstanden, was der Alkohol mit dem epileptischen Anfall zu tun haben sollte. Doch sie hatte sich gescheut nachzufragen. Sie hatte sich nur weit weg gewünscht, weg aus der Klinik und weg aus der furchtbar demütigenden Situation. Als sie gefragt hatte, wann sie denn wieder gehen könne, hatte der Arzt gesagt, man müsse abwarten. Zunächst komme sie zur Beobachtung ein paar Tage auf die Suchtstation. Bei dem Wort „Suchtstation" war Mara zusammengezuckt. „Mein Gott! Kann man tiefer sinken?", hatte sie entsetzt gedacht.

Nun lag sie in diesem winzigen Zimmer auf dieser furchtbaren Station und starrte verzweifelt die Zimmerdecke an. Die Worte des Arztes hämmerten wieder und wieder in ihrem Kopf: Zehn Tage Entgiftung auf der Suchtstation, erst dann sei sie körperlich frei vom Alkohol. Danach müsse über eine Weiterbehandlung nachgedacht werden.

Wörtlich hatte er gesagt: „ ...dann ist zu überlegen, wie Sie ihre psychische Abhängigkeit in den Griff bekommen könnten." Es gebe da verschiedene Möglichkeiten.

Mara dachte gar nicht daran, länger als nötig im Krankenhaus zu bleiben. Alkohol würde sie nach diesem Drama ganz sicher keinen mehr trinken. Die Entgiftung musste sie auf jeden Fall durchziehen, wenigstens so lange wie die Gefahr eines erneuten Krampfanfalls bestand und sie noch auf Tabletten angewiesen war. Mara hatte Angst; der Arzt hatte berichtet, dass sie am Vortag auf der Intensivstation noch einen weiteren Anfall gehabt habe und dass die Gefahr noch nicht vorüber sei. Sie wusste nicht, was noch alles auf sie zukommen könnte und war außerdem fast verrückt vor Sorge wegen Hope. Was, wenn der Kerl den Hund geklaut hatte? Und ihren Rucksack! Alles, was sie noch hatte, war in dem Rucksack! Mara wälzte sich im Bett hin und her und grübelte. Sollte sie Ellen anrufen? Würde sie ihr helfen? Aber im Moment hatte sie keine Gelegenheit zu telefonieren; sie glaubte auch nicht wirklich, dass Ellen ihr aus der Patsche helfen würde. Wie gleichgültig sie ihr gegenüber war, hatte sie ihr ja deutlich gezeigt, als sie ihr die fünfzig Euro in die Hand gedrückt hatte und einfach weggefahren war. „Wo ist das Geld eigentlich?", fragte sie sich. In ihrer Hosentasche steckten nur ein paar Münzen. Hatte sie es in den Rucksack gesteckt? Mara konnte sich nicht erinnern.

Und gleich sollte sie mit dem widerlichen Pfleger zur Anmeldung gehen. „Was soll ich da bloß sagen? Ob die einen Pass sehen wollen? Was soll ich sagen, wenn sie nach der Krankenkasse fragen?" Mara hatte tausend Ängste. Sie hatte einen falschen Namen angegeben, Mückler, und wusste nicht, welche Adresse sie nennen sollte. Die allergrößte Panik hatte sie bei dem Gedanken an die Krankenhausrechnung. Die Anmeldung würde sicher dahinter kommen, dass sie nicht versichert war, dann müsste sie selbst für die immensen Kosten aufkommen. Nur wie sollte sie dies je bezahlen können? Mara dachte an Flucht. Aber wie? Die Tür war abgeschlossen. Und was, wenn sie wieder einen Anfall bekäme? Der Arzt hatte gemeint, dass man dabei sogar sterben könnte. Mara begann vor Verzweiflung zu weinen. Seit damals auf der Bank in Aachen hatte sie sich nicht mehr so furchtbar einsam und hilflos gefühlt.

Wie sollte es nur weitergehen?

Als es an der Tür klopfte, wischte sie den Rotz an den dreckigen Pullover, den sie jetzt schon seit drei Tagen trug, und wartete stumm. Nochmals ein zaghaftes Klopfen. Dann hörte sie ein leises „Mara? Bist du da drin?"

„Ja!"

Die Tür ging auf, Mara schluchzte wieder leise vor sich

hin, diesmal vor Erleichterung; diesem Mann hatte sie Hope anvertraut.

Jakob stand hilflos da und schaute verlegen unter sich. Er merkte selbst, wie blöd es sich anhörte, als er sagte: „Nicht weinen! Es wird alles wieder gut." Mara riss sich zusammen.

„Wo ist mein Hund?", war das Erste, was sie herausbrachte.

„Guck mal aus dem Fenster! Da kannst du sie sehen. Hab sie unten bei 'nem Kumpel gelassen, der solange auf sie aufpasst."

Blitzschnell setzte Mara sich auf. Doch dann wurde ihr schwarz vor Augen und sie sank zurück ins Kissen, um sich gleich danach langsam aufzurichten. Und da sah sie Hope. Sie beobachtete von oben, wie ihr Hund mit einem kleineren zu spielen versuchte. Es klappte nicht so richtig, da beide angeleint waren. Aber sie war da, in Sicherheit.

„Gott sei Dank. Es geht ihr gut!"

„Klar, warum nicht? Hab doch gesagt, ich kümmere mich um sie." – „Ja, ich erinnere mich", log Mara und schaute zur Seite.

„Ich heiße Jakob. Kannst dich wahrscheinlich nicht dran erinnern. Das ist so bei 'nem Anfall. Da ist alles weg, was kurz davor war. Hier, deine Sachen!"

Ungeschickt versuchte er ihr den Rucksack zu reichen. Er hatte Mühe mit dem Gepäck und seinen Krücken zurechtzukommen. Er lächelte gequält und ließ sich auf dem Stuhl neben ihrem Bett nieder. Im Augenblick fiel ihr nicht einmal der Name ihres Besuchers ein. Vergeblich versuchte sie sich zu erinnern, was man ihr gesagt hatte. Wie peinlich das doch alles war! Beim besten Willen konnte sie sich nicht erinnern, woher sie ihn kannte. Trotzdem war ihr sein Gesicht seltsam vertraut.

Trotz des Kaugummis stank er nach Alkohol. Mara ekelte sich vor dem Geruch, fürchtete aber genauso zu riechen wie die armselige Kreatur, die vor ihr saß. Sie wusste nicht, wann sie sich das letzte Mal die Zähne geputzt hatte. Vermutlich sah sie furchtbar ungepflegt aus. Nicht einmal eine Bürste hatte sie gehabt. Und ihre Kleider waren völlig verschmutzt. Jakob schien das alles nicht wahrzunehmen. Er kramte in einer seiner großen Jackentaschen herum und zog eine zerknitterte Plastiktüte hervor. „Hab dir was mitgebracht. Gegen die Langeweile und so." Mara spürte seine Unsicherheit. Er hatte noch weniger Selbstbewusstsein als sie. Sie versuchte ein Lächeln, als sie die Tüte stumm entgegennahm, und wusste überhaupt nicht, wie sie reagieren sollte. Unter Jakobs unsicherem Blick öffnete sie die Tüte und legte die Sachen auf ihr Nachtschränkchen: Tabak und Blättchen, ein großes Glas Fertigkaffee und ein in Geschenkpapier verpacktes Päckchen. Vorsichtig entfernte Mara das Papier und starrte auf das Taschenbuch, das er ihr mitgebracht hatte. Es war ganz neu! Sie schüttelte fassungslos den Kopf. „Ist es nicht gut?", fragte Jakob verlegen.

„Die Verkäuferin hatte gemeint, dass ..."

„Doch, es ist klasse!" Mara wischte die Tränen weg, die ihr in den Augen brannten. Sie schämte sich vor Jakob zu weinen, aber das hier war zu viel für sie.

Dass dieser fremde Mann an sie gedacht hatte! Nur für sie war er in ein Geschäft gegangen war, um ihr etwas zu kaufen, und er hatte geahnt, wie dringend sie rauchen musste und wie sehr sie sich nach einem Kaffee gesehnt hatte. Mara war überwältigt, wieder liefen Tränen über ihre Wangen.

„Geht es dir nicht gut? Soll ich lieber gehen?" Jakob hatte Angst, etwas falsch gemacht zu haben.

„Nein! Bitte bleib!" Maras Stimme klang fast panisch.

Der Gedanke, Jakob könnte gehen, machte ihr dermaßen Angst, dass ihre Stimme zu kippen drohte. Jakob ahnte nicht im Entferntesten, dass er in diesem Moment der einzige Halt für das Mädchen war.

„Wollen wir eine rauchen? Wir könnten auch einen Kaffee dazu trinken, wenn du willst. Hab ich dir mitgebracht."

„Danke. Das ist sehr nett von dir. Aber ich kann dir das Geld dafür erst später geben." – „He, das ist ein Geschenk!

Okay? Oder nimmst du nix von Leuten wie mir?" Jakob war gekränkt. Er hatte es doch nur gut gemeint. Und sie wollte ihm das zurückzahlen.

„Doch, natürlich! Entschuldige! Aber ich habe lange nichts mehr geschenkt bekommen." Wieder stiegen ihr Tränen in die Augen. Jakob lenkte sofort ab. Jetzt verstand er.

„Komm, ich zeig dir, wo alles ist. Ich kenne mich hier aus!" Erleichtert stand Mara auf und schlüpfte in die dreckigen Stiefel, die unordentlich vor dem Bett lagen.

„Hier gibt es einen Boiler. Tassen und Milch haben die auch. Hast du argen Muskelkater?" Jakob hatte bemerkt, dass sie das Gesicht beim Aufstehen verzogen hatte. „Muskelkater?", fragte sie verblüfft.

„Ja, in den Armen und Beinen! Vom Krampfen kommt das. Kann übel sein, geht aber bald weg."

Stimmt! Jetzt, wo er es sagte, merkte sie tatsächlich, dass ihre Muskeln schmerzten. Sie schämte sich. Vorsichtig fragte sie:

„Hattest du das auch schon mal?"
„Ja! War schon oft hier deswegen."
„Und du trinkst trotzdem weiter?"

Unbeabsichtigt klang Maras Stimme fast vorwurfsvoll. Aber sie konnte sich beim besten Willen nicht vorstellen, dass man nach so einem drastischen Vorfall jemals wieder eine Flasche anfassen konnte.

„Ich, ähm ...also ..." Jakob wusste nicht, was er sagen sollte.

Er roch selbst seinen fauligen Schnapsatem und wäre am liebsten im Erdboden versunken.

„Entschuldige, geht mich nichts an. Tut mir leid." Die Frage war ihr einfach herausgerutscht. Sie ärgerte sich über sich selbst. Vorsichtig, um nur nichts Falsches zu sagen, fragte sie zerknirscht: „Wollen wir jetzt eine rauchen? Ich brauche dringend eine Zigarette. Ich bin heilfroh, dass du mir Tabak gebracht hast!" Sie lächelte Jakob schüchtern an, aufrichtig dankbar, dass er da war. Sie fühlte sich jetzt nicht mehr so ganz alleine.

„Klar. Komm!"
Jakob war erleichtert, dass sie keine Antwort auf ihre Frage erwartete. Er schämte sich vor Mara. Nicht nur seine Alkoholfahne widerte ihn an. Er fühlte sich klein und erbärmlich. Dabei hatte er sich noch vor ein paar Stunden fast wie ein Held gefühlt, der ein einsames Mädchen vor der üblen Welt retten muss.
„Was ist los? Willst du doch nicht?", fragte Mara, weil Jakob immer noch nicht aufgestanden war.
„Doch, doch. War nur in Gedanken."
Er stand mühsam auf. Die Krücke fiel krachend zu Boden. Eilig hob Mara sie auf. Jakobs Wangen brannten vor Scham, als er sie aus ihren Händen entgegennahm. Gemeinsam gingen sie über den Flur. Mit dem Kinn zeigte Jakob auf eine offene Tür: „Da ist die Küche. Im Schrank sind Tassen, und da ist auch der Boiler! Ich geh schon mal in den Raucherraum nebenan."
Der verkommene Raum war total verqualmt. Die ehemals weiß gestrichenen Wände waren völlig vergilbt, in der Mitte befand sich ein großer Sandaschenbecher, und die Möblierung bestand aus braunen Kunstlederstühlen, die mit Brandlöchern übersät waren. Jakob wusste, dass man sich hier nicht wohl fühlen sollte. Nikotin war ein Suchtmittel, und die Raumgestaltung gehörte zum Konzept der Station. Man sollte sich nicht wohlfühlen, wenn man einer Sucht nachgab. Um einer Suchtkopplung entgegenzuwirken, waren Getränke im Raucherraum verboten. Man wollte einer Suchtkopplung keinen Vorschub leisten. Die Kontrolle war allerdings eher nachlässig, man brauchte die Tasse nur hinter der Gardine zu verstecken. Kaffee und Zigaretten fanden so eben doch zusammen.
„Na, auch mal wieder hier?"
Horst gehörte wie Jakob zu den Drehtürpatienten, die immer wieder hier landeten.
„Nur zu Besuch", antwortete Jakob. Er hatte überhaupt keine Lust mit dem Typ zu reden.
„Schade!"

„Finde ich eher nicht!" Erleichtert stellte Jakob fest, dass Horst aufstand, um zur Gruppentherapie zu gehen. Auch die anderen standen nach und nach auf und verließen den Raum. Bevor die Tür hinter dem letzten Patienten zufiel, zwängte sich Mara mit zwei Tassen hindurch. Fast wäre sie gestolpert. An den Füßen trug sie die offenen Stiefel. Es war unerträglich stickig und warm im Raum. Wie auf allen psychiatrischen Stationen ließen sich auch hier die Fenster nicht öffnen. Es stank, und man konnte vor Qualm kaum atmen.

„Wie geht es Hope? Sie fehlt mir so. Kommst du mit ihr zurecht?", fragte Mara besorgt.

„Oh, Hope ist einfach wundervoll!"
Jakob erzählte begeistert, was er mit dem Hund erlebt hatte. Dabei fiel alle Schüchternheit von ihm ab. Lebhaft berichtete er ihr von dem Herumtollen mit Zilla, dem Sofa, auf dem Hope und er gemeinsam schliefen, und wie er mit ihr auf dem Boden gerangelt hatte. Seine Augen leuchteten dabei, und er lachte mehrmals bei seinen Ausführungen. Dass Mara während seiner langen Rede kein einziges Wort gesagt hatte, war ihm nicht aufgefallen. In ihr breitete sich die Eifersucht wie ein Gift aus.

„Ist ja schön, dass es ihr ohne mich so gut geht!" Jakob bemerkte den gekränkten Ton und schämte sich. Er hatte übertrieben und auch Einiges hinzugedichtet. Hope war Maras Ein und Alles, aber das hatte er im Eifer des Gefechts völlig verdrängt. Erst jetzt wurde ihm klar, wie seine Erzählung auf sie gewirkt haben musste. „Nun ja, ganz so leicht war es nun auch wieder nicht. Als du hingefallen bist, hat sie gebellt wie verrückt und war wie von Sinnen. Man konnte sie kaum halten. Erst wollte sie nicht mit mir gehen, aber dann hab ich ...," er zögerte kurz, ..."Also, um sie zu beruhigen, hab ich dein Sweatshirt angezogen. Hab sogar darin geschlafen. Hope hat immer daran geschnüffelt, und wenn ich deinen Namen gesagt hab, dann hat sie die Ohren gespitzt und mich angesehen, als könne sie jedes Wort verstehen. Ich glaub, die ist unheimlich schlau."

„Was, du hast mein Sweatshirt angezogen?"

Mara prustete bei der Vorstellung laut los. Jakob musste komisch darin ausgesehen haben, schließlich war es eindeutig ein Kleidungsstück für weibliche Teenager und ganz bestimmt nicht für Männer in Jakobs Alter. Das Lachen befreite sie. Außerdem freute sie sich, dass ihr Hund nicht einfach willenlos mit ihm mitgegangen war. Eine solche Treulosigkeit hätte sie nicht so leicht verkraftet. Hope war zwar sehr zutraulich, doch sie gehörte zu ihr.

Sie redeten noch eine Weile über Hunde. Mara erzählte Jakob, wie sie Hope gefunden hatte und erwähnte ein paar Erlebnisse mit Susi und Tell. Jakob hörte interessiert zu und erzählte seinerseits von seinen Schützlingen am Brunnen. In der lockeren Atmosphäre verging die Zeit wie im Flug. Mara stellte fest, dass sie Jakob mochte, und entschuldigte sich dafür, dass sie ihn so böse angefahren hatte, als er Hope neulich beim Laden hatte streicheln wollen. Auch Jakob fühlte sich so wohl wie schon lange nicht mehr. Er konnte sich kaum erinnern, wann er sich das letzte Mal so angeregt unterhalten hatte.

Die Tür flog auf. Der fette Pfleger grinste Jakob schleimig an.

„Ach, Herr Weitzel, gut, dass Sie noch da sind! Könnten Sie vielleicht mit Frau Mückler zur Anmeldung gehen? Wir haben einen dringenden Notfall. Das wäre nett. Sie kennen sich hier doch aus."

„Klar, mach ich!"

„Das ist sehr freundlich von Ihnen!"

Entgeistert sahen beide dem Pfleger nach, als er die Türe wieder schloss. „Arschloch!" – „Arschloch!"

Gleichzeitig hatten sie ausgesprochen, was jeder von ihnen dachte. Sie sahen sich an und grinsten. In diesem Punkt waren sie sich einig, und beiden war klar, dass sie auf der anderen Seite der Gesellschaft standen. In einer anderen Situation hätte der Mann weder für Mara noch für Jakob ein freundliches Wort gehabt. Für ihn gehörten beide zum Abschaum.

„Keine Sorge! Nicht alle sind so wie der frustrierte Fettsack.

Die meisten sind ganz okay hier. Am besten, du ignorierst ihn einfach", riet Jakob ihr.

„Ja, die anderen sind eigentlich ganz nett. Ich hatte noch nicht viel mit ihnen zu tun. Aber dieser blöde Kerl ist einfach zum Kotzen."

„Wieso hat der eben Frau Mückler zu dir gesagt? Du heißt doch Winter mit Nachnamen, oder?" fragte Jakob arglos, nachdem er sich den Mund am heißen Kaffee verbrüht hatte.

Er erhielt keine Antwort. Mit Entsetzen sah er, dass Mara ihn blass vor Wut anstarrte.

„Du verfluchter Schnüffler! Woher..?"

Da war sie wieder, die unglaubliche Aggression, die ihn schon einmal so schockiert hatte. Zur Verteidigung versuchte er ihr das Missgeschick mit der Mappe zu erklären. Mara glaubte ihm kein Wort.

„Hast du dir wenigstens alles ganz genau angesehen?", höhnte sie hasserfüllt.

„Nein!"

Verzweifelt wehrte Jakob ab, aber unter ihrem harten Blick stieß er schließlich trotzig hervor:

„Doch! Ich hab alles gesehen."

„Du Dreckskerl! Warum bist du hier? Willst du mich erpressen oder was? Willst du Geld? Ich hab keins! Oder willst du Sex, du Miststück?"

Maras Stimme klang hart und kalt.

„Erpressen? Spinnst du?"

Jakob war fassungslos. Er griff zu seinen Krücken, wollte weg.

„Bleib!", befahl Mara, und er ließ sich auf den Stuhl zurückfallen und starrte unter sich.

„Also, das mit der Mappe. Das ist nicht echt. Ich meine, es ist anders als du denkst. Ehrlich!" Mara merkte selbst, wie unglaubwürdig ihre Erklärung war. Sie wusste nicht ein noch aus, überlegte fieberhaft, was in dem verflixten Heft alles gestanden hatte. An Jakobs Reaktion hatte sie eindeutig gesehen, dass er wirklich nichts Böses im Sinn gehabt hatte. Sie spürte, dass er die Wahrheit gesagt hatte, und wollte ihn beschwichtigen. Jakob war kurz davor zu verschwinden. Was würde dann aus ihr? Und was aus Hope? Im Moment war sie abhängig von ihm und hatte Angst, dass sie ihn jetzt so verletzt hatte, dass er mit ihr nichts mehr zu tun haben wollte.

Jakob schwieg und schaute immer noch auf den Boden.

„Nun sag doch was!" Verzweifelt forderte Mara ihn auf zu reden.

„Was soll ich sagen? Du hast doch alles gesagt, was es dazu zu sagen gibt. Was willst du von mir hören? Dass ich auch so ein Dreckschwein bin wie die, die dir das angetan haben?!"

Nun sah Jakob ihr ins Gesicht, und sie fühlte, dass sie eindeutig zu weit gegangen war. Sie hatte ihn tief verletzt und gedemütigt. Mara überkam ein seltsames Gefühl bei seinem Anblick: eine Mischung aus Reue, Mitleid, Aggression und Angst.

„Er sieht aus wie ein verletzter Hund", dachte Mara. Wenn er jetzt ging, war sie verloren.

„Komm, lass uns noch eine rauchen!", sagte sie, um einen freundlichen Ton bemüht. Das Wort „Entschuldigung" brachte sie nicht über die Lippen. Schweigend drehten sich beide eine Zigarette.

„War echt toll, dass du an Tabak gedacht hast. Ich hätte beinahe den Verstand verloren vor Schmacht", wiederholte Mara ihren Dank von vorhin.

„Schon gut!" Jakob blieb einsilbig.

Er wollte so schnell wie möglich weg. Gerade ihm unterstellte Mara, dass er als Gegenleistung Sex haben wollte. Bitter dachte er, dass er selbst dazu nicht im Stande war. Die Unterstellung an sich hatte ihn schon entsetzt. Aber auch das Wort Sex löste in ihm entsetzliche Gefühle aus. Der Unfall hatte ihn nicht nur in seiner Beweglichkeit zum Krüppel gemacht.

„Ich geh gleich!", murmelte er tonlos. „Soll ich Ellen suchen, damit sie sich um dich kümmert?"

„Ellen?", wiederholte Mara ungläubig. Hass flackerte in ihr auf.

„Dieses verdammte Biest! Mit der hab ich nichts mehr zu tun! Woher kennst du das Luder?"
„Die kennt doch jeder! War früher immer mal hier. Dann vor ein paar Jahren mit dir, als du noch klein warst, ein- oder zwei Mal, dann lange nicht. Ich dachte, ihr gehört zusammen." Jakob konnte sich keinen Reim darauf machen, wie Mara und Ellen zueinander standen.
„Seid Ihr denn nicht miteinander verwandt? Hab euch doch neulich Abend noch zusammen gesehen. Ihr hattet Streit."
„Nein, wir sind nicht verwandt. Ich habe nichts mehr mit ihr zu tun. War rein geschäftlich. Außerdem ist sie wieder weg."
„Und deine Sachen? Wo sind die?"
„Komm ich im Moment nicht dran!", antwortete Mara einsilbig.
„Und nun?", fragte Jakob.
„Keine Ahnung! Ich muss schnellstens hier raus!" Ihre Angst war deutlich zu hören.
„Jetzt? Du kannst jetzt nicht weg! Oder willst du noch einen Krampfanfall riskieren? Dabei kannst du hops gehen!", warnte Jakob erregt.
Mara zuckte mit den Achseln. Eine Weile herrschte bedrücktes Schweigen zwischen ihnen. Jakob dachte, dass er niemals einen einsameren Menschen als dieses junge Mädchen gesehen hatte. Sie wirkte wie eine Gestrandete, und wenigstens im Moment kam sie ihm vor wie ein Kind, die Schultern so schmal, der Körper viel zu dünn und blass, zutiefst hilfebedürftig. Alle Aggressivität war von ihr abgefallen.
„Wollen wir los, wenn du fertig geraucht hast?" Jakob war der kleine Auftrag ganz recht. Er wusste nicht mehr, was er reden sollte. Mara ging es ebenso. Sie hatte zwar jede Menge Fragen, wusste aber nicht, ob sie Jakob vertrauen konnte. Sie hatte den Eindruck, dass Jakob ein harmloser Mensch war. Aber das hatte sie bei Ellen anfangs auch gedacht.
Bisher hatte sie Ellens Devise „Trau keinem, selbst dein eigener Arsch bescheißt dich!" einfach übernommen. Aber

sie verfügte kaum über eigene Erfahrungen mit Menschen, und nicht alle führten Böses im Schilde. Da war die nette Frau Mückler aus Münster und auch der hilfsbereite Tierarzt, dem sie nicht einfach schlechte Absichten unterstellen konnte. Seitdem hatte sie sich gefragt, ob es vielleicht doch Menschen gab, die etwas für andere taten, ohne irgendwann eine Gegenleistung dafür zu verlangen. Hoffmanns waren damals jedenfalls ganz bestimmt nicht freundlich zu ihr gewesen, weil sie sich davon etwas versprochen hatten. Und der Mann vom Sportgeschäft, der ihr eine Decke gebracht hatte? Er hatte ihr helfen wollen, weil sie in Not gewesen war. Aber warum sollten Menschen sich um andere Gedanken machen, wenn sie davon keinen Nutzen hatten? Bei ihren Eltern und deren Freunden hatte Mara jedenfalls nie altruistische Züge bemerkt. Aber das hieß noch lange nicht, dass es so etwas nicht gab. Herr Hoffmann hatte mal zu ihr gesagt, dass die Liebe zum Nächsten das Einzige war, was zählte. Bei jedem Handeln sollte man sich danach fragen. Aber er war Christ gewesen. Gab es auch andere, die halfen, ohne etwas dafür zu fordern?

Und welchen Grund hatte Jakob, sie zu besuchen und sich um Hope zu kümmern? Solange sie das nicht wusste, musste sie sehr vorsichtig sein.

„Wieso hast du dich mit Nachnamen Mückler genannt, wo du doch Winter heißt?", fragte Jakob.

Mara wollte schon wieder aus der Haut fahren, besann sich aber im letzten Moment. „Das ist eine lange Geschichte. Der Name ist mir spontan eingefallen. Ich habe mal eine nette Frau mit diesem Nachnamen kennengelernt. Das Problem ist nämlich, dass ich im Moment auf der Straße lebe und weder Adresse noch Krankenkasse habe. Ich wusste nicht, was ich tun sollte. Ich weiß jetzt echt nicht, was ich in der Anmeldung sagen soll. Ich weiß auch gar nicht, wie ich das alles bezahlen soll. Am besten ist, wenn ich gleich abhaue."

„Spinnst du? Das kann lebensgefährlich sein! Und was soll dann aus Hope werden?"

Jakob wusste, dass die Zukunft des Hundes Mara nicht gleichgültig war. Ratlos zuckte sie mit den Schultern.
„Mach erst mal den Entzug. In zehn Tagen bist du damit fertig. Dann kannst du weitersehen. Ich kenne auch andere, die auf lau hier waren. Bis denen auffällt, dass du falsche Angaben gemacht hast, bist du längst über alle Berge. Wegen der Kasse sagst du, dein Kärtchen läge noch zu Hause. Das würdest du nachreichen.", schlug Jakob vor.
Er nannte ihr eine Siegener Adresse, die sie unten angeben sollte.
„Und mach dich volljährig, klar? Als Kasse gibst du die AOK Siegen an. Da ist fast jeder drin."
Mara schrumpfte vor Scham in sich zusammen. Vor Jakob wäre sie gern wenigstens volljährig gewesen. Er war mindestens schon dreißig, wahrscheinlich sogar älter. Sie wiederholte die Adresse und Krankenkasse. Aber dann schoss es aus ihr heraus:
„Verdammt, ich will doch kein unehrliches Leben führen! Ich will doch meinen Neuanfang nicht mit einer Lüge beginnen!"
Wieder schossen Mara die Tränen in die Augen. Jakob versuchte sie zu trösten: „Okay, das verstehe ich. Aber im Moment hast du einfach keine andere Wahl. Wenn du denen die Wahrheit sagst, dann holen die sofort die Polizei. Dann hast du eine Anzeige am Hals, und das Jugendamt mischt sich ein. Komm, wir machen das jetzt so, wie ich es dir gesagt habe. Später kannst du das alles irgendwie in Ordnung bringen. Wir finden bestimmt eine Lösung, wenn du wieder draußen bist."
„Wenn du meinst."
„Komm, lass uns gehen. Du kriegst das schon hin!", machte Jakob ihr Mut.
Im Moment fühlte er sich richtig gut, unbeschreiblich erfahren und erwachsen, genauso, wie er es sich zu Hause noch vorgestellt hatte: ein großer Bruder, der seiner kleinen Schwester hilft, in der Welt klarzukommen. Fast gleichzeitig standen sie auf und gingen zur Stationstür.

Mara erschrak, weil dort abgeschlossen war. Jakobs Bemerkung, sie bräuchte sich keine Sorgen zu machen, das käme manchmal vor, wenn harte Junkies dort seien und deren Besucher gefilzt werden müssten, beruhigte sie keineswegs. Sie fühlte sich eingesperrt.

„Nach spätestens fünf Tagen darfst du raus, dann hast du Ausgang. Nachmittags komme ich dann mit Hope hierher. Wenn du willst, kannst du dann mit ihr spazieren gehen. In ein paar Minuten bist du schon im Wald. Dann vergeht die Zeit wie im Flug. Oder wir gehen zusammen in die Stadt. Das ist auch nicht weit."

Jakob wusste, wie Mara sich fühlte, er kannte das schließlich aus eigener Erfahrung. Er sah ihr an, dass es ihm gelungen war, ihr Mut zu machen. Maras kleines Lächeln machte ihn stolz und glücklich. Er hatte ihr ein wenig Hoffnung und Freude geben können, und er fühlte, dass er für sie von Bedeutung war. Es war das schöne und lange vermisste Gefühl, von jemandem gebraucht zu werden.

„Und wenn du entlassen wirst, kannst du hier in Siegen kostenlos eine ambulante Therapie machen", schlug Jakob vor.

„Brauche ich nicht. Das habe ich dann allein im Griff. Ich bin doch nicht blöd und rühre freiwillig noch mal einen Tropfen Alkohol an. Außerdem glaube ich nicht, dass ich hier in diesem Provinznest alt werde."

Vor allem der letzte Satz versetzte Jakob einen schmerzhaften Stich. Der Gedanke, Mara könne einfach weggehen, war unerträglich für ihn. Das war ihm bisher nämlich überhaupt nicht in den Sinn gekommen.

„Und wo willst du dann hin?", fragte er erschrocken.

„Keine Ahnung!"

„Außerdem ist es schwerer, als du denkst, vom Stoff loszukommen. Spätestens wenn man die Klinik hinter sich hat, kriegt man wieder die Gier, und ruck zuck hängt man wieder an der Flasche. Das kannst mir glauben. Ich habe Erfahrung."

Mara zuckte nur die Schultern. Sie verkniff sich jeden

Kommentar und dachte sich ihren Teil. Auch wenn Jakob ihr im Moment eine große Hilfe war, hielt sie ihn für einen typischen Verlierer und traute ihm nicht viel zu.

Eine Schwester schloss ihnen die Stationstür auf, und sie gingen schweigend zur Anmeldung.

„Soll ich mit rein? Ist vielleicht ganz gut, weil … Die Leute kennen mich." „Klar, komm mit!", antwortete Mara erleichtert.

Die Frau im Büro schien erfreut, Jakob zu sehen. Sie kannten sich flüchtig und hatten hin und wieder miteinander geredet. Die Frau war eine Cousine von Gerti und stammte aus Jakobs Dorf. Während sie sich mit Jakob unterhielt, erledigte sie beiläufig den Papierkram. Sie gab Maras Angaben bedenkenlos in den Computer ein und fragte kein einziges Mal nach. Mara fiel ein Stein vom Herzen, dass diese für sie so belastende Angelegenheit so einfach zu bewältigen gewesen war. Beim Hinausgehen rief ihnen die Angestellte noch nach:

„Und grüßen Sie Gerti ganz herzlich von mir. Sobald ich Zeit habe, besuche ich sie mal wieder."

Erleichtert ließen sich Jakob und Mara in die Stühle im Foyer sinken.

„Das war ja viel leichter, als ich dachte. Was für ein Glück, dass du dabei warst! Bist du sicher, dass sie nicht die Kasse anruft?"

„Nein, das macht die nicht. Sieh mal, jetzt ist schon jemand anderes drin! Die hat dich schon vergessen, reine Routine. Da passiert in der nächsten Zeit garantiert nichts."

Mara hatte ein schlechtes Gewissen. Der Betrug machte ihr schwer zu schaffen. Sie nahm sich fest vor, die Krankenhausrechnung später irgendwie zu bezahlen, und das sagte sie Jakob auch.

„Denk da im Moment nicht drüber nach! Du hast jetzt erst mal andere Sorgen. Um das Finanzielle kannst du dich später kümmern. Jetzt bringe ich dich noch schnell rauf. Dann muss ich los, auch wegen dem Hund!"

„Sehe ich dich noch mal in den nächsten Tagen oder so?",

Maras Herz klopfte schneller. Ihr war bange vorm Alleinsein auf der schrecklichen Station.

„Klar! Ich komme jeden Tag mal vorbei. Hab doch Zeit und fahre sowieso immer zum Brunnen. Wenn du was brauchst, sag mir Bescheid. Ich bringe es dir dann." Jakob schrieb ihr seine Telefonnummer auf einen Zettel und reichte ihn ihr.

„Hast du ein Handy? Dann rufe ich dich an und sage, wann ich komme."

„Ja, aber auf der Karte ist so gut wie nichts mehr drauf."

„Wenn du willst, geh ich sie für dich aufladen", bot Jakob an. Mara zuckte mit den Schultern und rutschte auf dem Stuhl herum. Sie brauchte gar nichts zu sagen, Jakob hatte schon begriffen.

„Bist im Moment nicht flüssig, oder?"

„Stimmt! Muss erst mal Geld besorgen", murmelte Mara verlegen.

„Komm, ich strecke es vor, kein Problem."

„Ich hab echt im Moment kein Geld. Wie soll ich dir das zurückzahlen? Du hast so schon Kosten genug gehabt. Sobald ich raus bin, suche ich mir einen Job und zahle alles zurück, auch die Krankenhausrechnung. Aber mit der Telefonkarte, das wäre schon toll."

Für Jakob hörte sich das gut an. Mara würde also doch bleiben. Er druckste herum. Eigentlich war jetzt genau die Gelegenheit, Mara anzubieten, was ihm schon seit gestern durch den Kopf ging. Aber er hatte Angst wieder falsch verstanden zu werden und konnte auch nicht begründen, warum er ihr überhaupt den Vorschlag machen wollte. Schließlich überwand er sich und begann seine umständliche Rede mit einem mehrmaligen Räuspern. Erst nach ein paar eher unzusammenhängenden Äußerungen gelang es ihm, Maras Situation mit einem Satz zusammenzufassen, ohne dabei auf ihre Vergangenheit einzugehen:

„Mit anderen Worten, du bist ein minderjähriges Mädchen und lebst unter falschem Namen auf der Straße. Du hast kein

Geld. Mit Hope kannst du auch nicht ins Obdachlosenheim oder ins Frauenhaus. Ich weiß nicht, ob dir klar ist, wie gefährlich es für eine Frau ist, auf der Straße zu leben. Gut möglich, dass die Kerle nicht die Finger von dir lassen können. Für viele Männer sind obdachlose Frauen Freiwild, an denen sie sich vergehen können, ohne mit einer Anzeige rechnen zu müssen."

„Ich kann sehr gut auf mich alleine aufpassen!", brauste Mara wieder auf.

Jakob hob beschwichtigend die Hände.

„Hör mir doch erst mal zu, was ich dir für ein Angebot machen will! Ich habe gestern gründlich nachgedacht und möchte dir einen Vorschlag machen, von dem wir beide etwas hätten. Jetzt denk bloß nicht gleich an Sex!", sagte Jakob, bevor Mara auch nur den Mund aufmachen konnte.

„Als erwachsener Mann stehe ich auf erwachsene Frauen, nicht auf halbe Kinder, okay?" Mara lief rot an und schaute ihn verständnislos an. Sie hatte keinen blassen Schimmer davon, was er von ihr wollte. Aber dass er sie nicht als Erwachsene ansah, ärgerte sie. Sie wusste, dass sie ihn sehr gekränkt haben musste.

„Tut mir echt Leid, was ich da eben gesagt habe. Es ist mir einfach so herausgerutscht. Ich kenne dich überhaupt nicht. Aber ich habe schlechte Erfahrungen mit Männern gemacht. Man kann jedem nur vor den Kopf sehen. Woher soll ich wissen, was du denkst?"

„Stimmt auch wieder! Aber entweder du vertraust mir, oder du lässt es eben bleiben. Außerdem ..."

Er deutete auf die Krücken und gab ihr damit zu verstehen, dass er ihr im Zweifelsfall körperlich unterlegen war. Beschämt überging Mara diese Geste.

„Okay! Dann sag, was du vorschlagen willst. Ich kann es mir dann ja durch den Kopf gehen lassen."

„Also, ich wohne nicht weit von hier in einem eigenen kleinen Haus, meinem Elternhaus.", begann Jakob stockend.

„Nur ich allein, sonst keiner. Es ist zwar nicht gerade das

Allerfeinste, weil ich nicht saubermachen kann. Auch drumherum sieht es nicht gerade ordentlich aus. Aber mit ein bisschen Mühe kann man die ganze obere Etage wieder bewohnbar machen. Da könntest du mit Hope eine Weile bleiben. Dafür kannst du mir helfen, das Haus und das Grundstück wieder auf Vordermann zu bringen. Aber bitte erzähle niemandem davon, dass ich ein Haus habe!", bat er sie.

„Ich kenne ja sowieso niemanden! Aber warum bietest du mir das überhaupt an? Du kennst mich doch gar nicht!"

Mara war misstrauisch geworden und stellte genau die Frage, vor der Jakob sich gefürchtet hatte. Fieberhaft überlegte er an einer plausiblen Begründung. Er konnte ihr doch unmöglich sagen, dass er sich für sie verantwortlich fühlte. Das würde sie ihm nie glauben. Vielleicht wäre sie sogar gekränkt, weil er ihr nicht zutraute, allein zurechtzukommen. Ihm fiel Gerti ein, die so viel für ihn tat, aber nichts nehmen wollte. Erst gestern hatte sie angeboten, ihm den Garten zu machen. Das Unkraut wucherte überall.

„Dass ich behindert bin, siehst du ja. Und Geld habe ich auch nicht viel. Ich kann es mir nicht leisten, jemanden für die viele Arbeit zu bezahlen. Überall herrscht Chaos, und ich kann so gut wie nichts machen. Im Garten ist so viel Unkraut. Man sieht kaum noch die Blumen und Büsche, die meine Mutter damals gepflanzt hat. Das Haus kann ich auch nicht sauber halten. Ganz selten schaffe ich es zu putzen. Schon das Spülen fällt mir schwer. Weil ich schlecht die Treppe gehen kann, wohne ich unten in einem einzigen Raum. Die ganze obere Etage ist frei. Da wärst du ganz ungestört", meinte Jakob ein wenig atemlos.

Als er Maras skeptischen Blick sah, wusste er das er jetzt den Joker ziehen musste, um sie zu überreden.

„Hinter dem Haus ist eine große Wiese und ein Bach. Dann kommt gleich der Wald. Hope fühlt sich da jetzt auch schon wohl. Es ist nur nicht so gepflegt wie früher. Damals war das alles mal ganz wunderschön, und ich wünschte, dass es wieder so würde wie damals. Wenn du mir dabei helfen könntest, wäre ich wirklich glücklich. Ich hänge sehr daran. Ist zwar alt, aber bezahlt", versuchte er zu scherzen.

Jakob wollte auf keinen Fall, dass Mara spürte, wie sehr er sich nach Gesellschaft und Leben im Haus sehnte. Seitdem Hope bei ihm war, hatte er Angst davor, wenn es bald wieder so dröhnend still sein würde. Er kannte Mara zwar nicht, aber er fühlte sich ihr nahe, weil sie so jung war und Hilfe brauchte. Und er, Jakob, konnte sie ihr geben. Das war für ihn ein ganz neues Gefühl. Dieses Bewusstsein erst hatte es ihm ermöglicht, dass er sich ihr annähern konnte.

Jakob überlegte, ob er für Mara als Frau Gefühle entwickeln konnte. Doch alles, was er sah, war ein verletzliches Kind, das viel zu jung war, um allein zurechtzukommen. Mara ließ sich die Erleichterung nicht anmerken, aber ihr Herz machte doch ein paar Freudensprünge. Das Angebot hörte sich verlockend an, besonders wenn sie an die furchtbare Nacht im Freien dachte. Sie gab sich Mühe, nicht allzu interessiert zu klingen. „Ich denk drüber nach. Vielleicht bin ich interessiert."

Jakob war ein wenig enttäuscht; er hatte mehr erwartet. Trotzdem gab er sich vorerst damit zufrieden und brachte sie auf die Station zurück. Auf dem Flur verabschiedete er sich:

„Wahrscheinlich komme ich morgen kurz vorbei. Tschüss, bis dann."

„Tschüss!"

Jakob war schon im Gehen begriffen, als es leise an sein Ohr drang: „ ...Und danke, Jakob, für alles."

Ihm wurde warm ums Herz, und er musste schlucken. Vielleicht gelang es ihm, Maras harte Schale zu durchbrechen. Vielleicht lernte sie, ihm zu vertrauen. Und dann würde er in seinem Leben finden, wonach er sich so sehnte, und sein Leben würde dadurch endlich seinen tieferen Sinn, seine Berechtigung finden.

Jakob ging zum Ausgang. Als Hope ihn erblickte, bellte sie vor Freude und sprang an ihn hoch. Er drückte den warmen Kopf des Tieres an sich, blickte hoch und sah Maras Gesicht hinter dem Vorhang verschwinden. Die Hand, die er zum Gruß gehoben hatte, sah sie schon nicht mehr. Da wünschte sich Jakob fast, Hope hätte auf sein Erscheinen nicht mit so viel Begeisterung reagiert. Er ahnte, was in Mara in diesem Moment vorgegangen war. Sobald sie Ausgang hatte, wollte er ihr täglich den Hund bringen, damit sie dann möglichst viel Zeit mit ihm allein verbringen konnte. Denn ohne Hope gab es auch für Mara keine Hoffnung.

Während Jakob zum Brunnen fuhr, überprüfte Mara den Inhalt ihres Rucksacks und überlegte, wie sie an dringend benötigte Sachen wie Schlafanzug, Shampoo und anderes kommen sollte. Alles, was sie sonst noch hatte, war in der Pension geblieben, von der sie nicht einmal wusste, wo sie lag. Sie ekelte sich vor sich selbst und sehnte sich nach einer Dusche und sauberen Sachen. Wie sie es bis morgen aushalten sollte, war ihr schleierhaft. Vermutlich blieb ihr nicht anderes übrig, als Jakobs Angebot anzunehmen und sich alles Notwendige von ihm besorgen zu lassen. Wenigstens war eine Bürste da, so dass sie sich endlich die Haare kämmen konnte. Da Jakob ihr Sweatshirt hatte, musste sie weiter ihr dreckiges und zerknittertes T-Shirt anbehalten, das sie seit vorgestern trug. Ihr fehlten sämtliche Toilettensachen und vieles mehr. Wenn Jakob alles neu kaufen musste, stünde sie noch tiefer in seiner Schuld. Bei diesem Gedanken fühlte sie sich schlecht, denn mit jedem Cent, den er für sie ausgab, vergrößerte sich ihre Abhängigkeit von ihm, und damit schwand die Hoffnung auf ein freies und selbstbestimmtes Leben immer mehr. Den Gedanken an Flucht hatte sie bereits begraben, denn auch dafür fehlte ihr das Geld. Die fünfzig Euro, die ihr Ellen für die Rückfahrkarte gegeben hatte, hatte sie völlig vergessen. Der Schein lag tief verborgen im winzigen Seitenfach ihres Rucksacks.

Eine Weile grübelte sie noch vor sich hin, dann griff sie nervös zu dem Buch, das Jakob ihr mitgebracht hatte. Dabei musste sie grinsen. Die Verkäuferin hatte Jakob wirklich gut beraten. Sie hatte ihm genau das Richtige empfohlen. Nach ein paar Seiten legte sie das Buch jedoch zur Seite. Sie war zu unruhig zum Lesen. Ein Glück, dass Jakob ihr Tabak und Kaffee mitgebracht hatte. Er kannte sich offensichtlich aus und wusste, was man brauchte. Sie ging ins Raucherzimmer und hoffte, der Tag wäre schon zu Ende. Dabei war es noch nicht einmal Mittag.

Mara war erleichtert, dass in dem stickigen Raum nur zwei Leute saßen, der eine davon war offensichtlich im Drogenentzug und bemerkte sie nicht. Der andere gehörte zum Pflegepersonal, er trug Dienstkleidung und war sehr jung. Er gefiel Mara, und sie musterte ihn unauffällig von der Seite. Er hatte asiatische Züge, seine Haut war etwas dunkler und seine Augen mandelförmig.

Anscheinend hatte er gemerkt, dass sie ihn ansah, denn er sprach sie an: „Ich bin Krankenpflegeschüler Markus. Und Sie sind Frau Mückler?" „Hm, ja"

Der Name war ihr so fremd, dass sie erst nicht begriffen hatte, dass er sie gemeint hatte. Außerdem fühlte sie sich von ihm ertappt, weil sie ihn beobachtet hatte. „Nennen Sie mich bitte Mara. Bin eher noch zu jung, um ... also bei Frau Mückler komme ich mir irgendwie blöd vor ..."

Sie ärgerte sich, dass sie nicht in der Lage war, einen vernünftigen Satz herauszubringen. Die ungewohnte Situation hatte sie so verunsichert, dass sie ihre übliche Abwehrhaltung Fremden gegenüber vergessen hatte. Der junge Mann schien nichts von ihrer Unsicherheit zu ahnen oder überspielte dies geschickt.

„Okay, Mara! Und wie geht es Ihnen? Haben Sie sich schon ein klein wenig eingelebt?" Er hielt ihr seine Zigarettenpackung hin und sie griff danach, ebenfalls ohne nachzudenken. Zu allem Überfluss gelang es ihr nicht aus der vollen Packung eine Zigarette herauszunehmen. Markus half ihr, indem er geschickt eine hervorschnippte und ihr reichte. Mara spürte, dass sie rot wurde. Mit Mühe brachte sie ein leises „Danke!" hervor.

„Ich bin für acht Wochen hier auf der Station. Es ist die letzte Station vor meiner Prüfung. Ganz schön hart, was man hier zu sehen kriegt."

Verlegen hielt er inne, dann murmelte er verunsichert: „Ach, Entschuldigung. Wie blöd von mir! Ich habe nicht nachgedacht, dass du, ähm ... Sie sind ja auch Patientin. Ach, verflixt bin ich blöd!" Mara grinste, erleichtert, dass es ihm genauso ging wie ihr. Nun waren sie gewissermaßen quitt, und sie schlug einen lockeren Ton an.

„Macht nix! Wieso ist es hier besonders hart? Ich bin zum ersten Mal hier und weiß nicht, was auf mich zukommt. Wird das schlimm für mich?"

Sie fürchtete sich vor dem, was möglicherweise auf sie zukommen würde, und war gleichzeitig erleichtert, dass sie jemanden zum Reden hatte.

„Nein, so war das nicht gemeint. Sie brauchen sich wirklich keine Sorgen zu machen. In den zehn Tagen passiert nicht viel. Nur morgens eine Runde Sport und nachmittags Gruppentherapie. Und gegen den Entzug gibt es ja heute gute Medikamente. Sie werden vermutlich gar nichts davon merken, außer vielleicht etwas Schwitzen oder Zittern. Aber das legt sich schnell. Und ab dem fünften Tag bekommen Sie sicher Ausgang", beruhigte er sie.

Mara bohrte nach: „Und warum meinen Sie dann, es wäre ganz schön hart?" Markus war verlegen.

„Eigentlich dürfte ich nicht mit Ihnen darüber reden. Aber mir setzt das ziemlich zu, was ich hier zu sehen kriege. Ich finde es so tragisch zu sehen, wie es vielen Patienten hier geht. Ein großer Teil von ihnen kommt schon seit Jahren alle paar Wochen zur Entgiftung. Nicht wenige haben sogar eine Langzeittherapie hinter sich und schaffen es trotzdem nicht, die Hände vom Alkohol zu lassen. Das ist so traurig und so entmutigend. Fast immer liegt es an dem Umfeld oder, besser gesagt, am mangelnden Umfeld. Ach, was rede ich denn da? All das dürfte ich Ihnen gar nicht sagen. Ich weiß nicht, was in mich gefahren ist. Entschuldigen Sie bitte."

„Ist doch in Ordnung! Wenn es Ihnen so an die Nieren geht, ist es besser zu reden. Ich kann aber nicht verstehen, dass man nach so einem Vorfall wie bei mir jemals wieder zur Flasche greifen kann."
In Maras Ton lag etwas Flehentliches, als sie das sagte. Schließlich hatte der Arzt zu ihr gesagt, auch sie sei Alkoholikerin und zwar für immer. Nur, was er damit gemeint hatte, wusste sie nicht. Außerdem sträubte sich alles in ihr, diese Diagnose für sich anzunehmen. Markus sah sie ernst an.
„Wenn Sie sich einen Gefallen tun wollen, dann nehmen Sie jedes Hilfsangebot an, das sie kriegen können. Sie sind jung und trinken vermutlich noch nicht so lange. Je länger Sie in diesem Teufelskreis stecken, umso schwieriger wird es herauszukommen. Für viele Suchtkranke dreht sich das ganze Leben nur um den Stoff. Da ist kein Platz für etwas anderes wie Hobbys, Beziehungen oder Arbeit. Es ist entwürdigend und furchtbar für den Betroffenen. Sie sind jung und hübsch. Noch liegt alles vor Ihnen. Tun Sie alles, um rechtzeitig die Kurve zu kriegen. Es wäre furchtbar schade um Sie."
Markus leidenschaftliche Worte berührten Mara, und die Bemerkung, sie sei schön, ließ sie erröten. So etwas hatte noch nie jemand zu ihr gesagt. Und sie selbst hielt sich für alles andere als schön. Ganz besonders in ihrer jetzigen Lage. Sie war ungepflegt und roch nach Unsauberkeit. Mara schämte sich vor Markus und strich sich verlegen die Haare aus dem Gesicht. Außerdem war sie verwirrt, denn bisher hatte sie sich nie für einen Jungen interessiert; sie hatte ja noch nicht einmal Kontakt zu Jungen im passenden Alter gehabt. Natürlich hatte sie in diversen Zeitschriften und Büchern von romantischen Beziehungen gelesen. Aber für sich selbst hatte sie das eher ins Reich der Märchen verbannt. Sie wollte mit Männern eigentlich nichts zu tun haben. Zu tief saß ihr Misstrauen nach den Erfahrungen aus der Kindheit. Außerdem hatte Ellen sie negativ beeinflusst, weil sie alle Männer als „geile Böcke" bezeichnet hatte, mit denen es sich nicht zu reden lohnte.

Und nun bemerkte Mara die wohligen Gefühle, von denen sie gelesen hatte, bei sich selbst. Ärgerlich schob sie die törichten Gedanken beiseite. Ein normaler junger Mann wie Markus würde sich ohnehin nicht mit jemandem wie ihr abgeben, und außerdem wollte sie ja frei und unabhängig sein.

„Kann ich irgendetwas für Sie tun, bevor ich wieder an die Arbeit gehe?", riss Markus sie aus ihren Gedanken.

Mara ergriff die Gelegenheit beim Schopf, ihre peinliche Lage bei Markus anzusprechen: „Es ist mir sehr unangenehm darüber zu reden. Aber vielleicht können Sie mir helfen. Ich bin ja gestern Hals über Kopf ins Krankenhaus gekommen und hatte keine Gelegenheit etwas einzupacken, zum Duschen oder so. Kleider habe ich auch keine dabei. Ich fühle mich furchtbar schmutzig." Sie schämte sich und wagte nicht, ihn anzusehen. Stattdessen fixierte sie den Sandaschenbecher. Doch für ihn schien das ein ganz normales Ansinnen zu sein, denn er erwiderte: „Das ist wirklich kein Problem. Darauf sind wir eingestellt. So etwas kommt öfter vor. Wir haben hier ein Badezimmer. Da sind alle notwendigen Toilettenartikel, die man so braucht. Außerdem haben wir für diese Fälle eine Kleiderkammer. Zwar kann ich nicht mit Markenklamotten dienen, aber fürs Erste reicht es bestimmt. Handtücher, Waschlappen und Badetücher sind auch im Bad. Die können Sie benutzen. Werfen Sie sie anschließend in den dort stehenden Behälter. Wenn Sie wollen, sagen sie mir Bescheid, dann schließe ich auf. Wollen sie mal einen Blick in die Kleiderkammer werfen und sehen, ob da etwas Passendes dabei ist?" Mit einem Blick auf ihre Stiefel fügte er hinzu: „Schuhe und so haben wir auch. Vielleicht passt ja etwas davon. Die Stiefel sind in den heißen Räumen hier sicher nicht so angenehm." – „Das ist allerdings wahr. Es ist hier furchtbar stickig und heiß. Ich wäre heilfroh, wenn ich Schlappen oder so etwas fände." Mara ging hinter ihm her und dachte, wie nett und gutaussehend Markus doch war. Wie alt mochte er sein? Aber sie mochte diesen Gedanken keinen Raum geben. Sie wusste doch, dass sie sich sonst noch einsamer fühlen würde. Genau so war es ihr mit der netten Frau in Münster gegangen. Damals war sie in ein tiefes Loch gestürzt.

Markus öffnete die Kleiderkammer und zeigte ihr die Sachen. Er forderte sie auf, sich in aller Ruhe umzusehen. Dann ging er ins Dienstzimmer, und Mara spürte, dass sie das enttäuschte. Sie durchforstete die Regale nach Brauchbarem und fand schon bald einige Sachen, die sie sich gerne ausleihen wollte, wie die Slips, die ihr zu passen schienen. Sie wählte noch zwei Oberteile, Socken und eine Jogginghose. Die Kleider waren zwar zu groß, doch Mara trug die Pullis ohnehin gerne weit. Sie mochte es nicht, wenn sich ihre Brüste unter den Oberteilen abzeichneten. Die anderen Mädchen in ihrem Alter bevorzugten enge Kleider. Aber Mara wollte um keinen Preis das Interesse der Männer an ihrem Körper wecken. Als sie bei Ellen wohnte, war auch bei ihr kurz der Wunsch nach modisch enger Kleidung aufgeflackert. Ellen hatte sie zurechtgewiesen und gemeint, mit engen Klamotten könne man nur auf dem Strich arbeiten, für etwas anderes tauge solche Kleidung nichts.

„Du weißt doch ganz genau, wie die alten Säcke auf kleine Mädchen stehen, bei denen sich was abzeichnet", hatte Ellen gesagt.

Da war bei Mara die Lust auf modische Kleidung verflogen. Leider hatte Mara keinen Schlafanzug gefunden. Sie musste sich daher wohl oder übel mit einem altmodischen Nachthemd mit Blümchenmuster begnügen, wenn sie nicht in ihren Sachen schlafen wolle. Ein Glück, dass sie ein Einzelzimmer hatte!

„Klasse Teil! Steht Ihnen bestimmt super!"

Mara fuhr erschrocken herum. Sie hatte nicht mitbekommen, dass Markus ins Zimmer gekommen war.

„Scheiße! Hast du mich erschreckt!", fuhr sie ihn wütend an. Erst dann wurde ihr bewusst, dass Markus ein Pfleger war, und erschrak über sich selbst.

„Entschuldigen Sie, bitte! Ich war dermaßen in Gedanken, dass ..." Sie wusste nicht, wie sie den Satz zu Ende bringen sollte.

„Schon gut, mein Fehler! Ich hätte anklopfen müssen. Und? Haben Sie außerdem noch etwas gefunden?" Er deutete auf das Nachthemd und grinste schief.

„Ja, danke. Ich hab ein paar Sachen gefunden, T-Shirts und so."

„Auch Schuhe oder Schlappen?"

„Ach, daran hab ich nicht gedacht."

Schon wieder fühlte Mara, wie sie errötete.

„Und? Welche Größe haben die Dame?" Markus verbeugte sich vor ihr wie ein Schuhverkäufer im Laden.

„Achtunddreißig", antwortete Mara verblüfft, ließ sich aber gerne auf das Spiel ein. „Sehr wohl, die Dame. Wenn ich Ihnen hier etwas zeigen dürfte?"

Markus gelang es spielend die Mauer wieder einzureißen, die durch Maras aggressive Reaktion entstanden war. Lächelnd ließ sie sich von Markus die vorhandenen „Modelle" zeigen und entschied sich schließlich für ein Paar weiße Turnschuhe, die ihr einigermaßen passten. Markus schien es nicht besonders eilig zu haben, und so nutzte Mara die Gelegenheit, um ihn nach Jakob zu fragen.

„Kennen Sie den Mann, der mich besucht hat? Jakob? Wissen Sie, wie er so ist?" Markus kannte ihn tatsächlich, wollte aber nichts über ihn sagen, da er selbst hier des Öfteren Patient war. Erst als Mara ihm ängstlich erklärte, dass Jakob im Moment ihren Hund in Obhut hatte, gab er ihr einige Informationen zur Beruhigung.

„Gut kenne ich ihn nicht. Ich bin ja nur Schüler hier. Aber man bekommt so einiges mit. Einmal hab ich mich mit ihm ein wenig unterhalten. Er kommt manchmal her, um irgendwelche Kumpels zu besuchen oder schaut beim Pflegepersonal herein. Mir scheint er etwas einsam zu sein, sonst käme er wohl nicht gerade hierher zu Besuch. Aber so, wie ich ihn einschätze, brauchst du dir um deinen Hund keine Sorgen zu machen."

Mara freute sich, dass Markus sie unbeabsichtigt geduzt hatte. Er war nur wenige Jahre älter als sie selbst.

„Er liebt Tiere über alles. Hat wohl selbst einen Kater und irgendeinen zahmen Vogel. Davon spricht er manchmal. Auf mich macht er einen ehrlichen Eindruck. Mehr kann ich nicht sagen." Er lächelte ihr aufmunternd zu.
„Danke, jetzt bin ich ein bisschen beruhigt."
„Der Hund ist Ihnen sehr wichtig, oder?"
„Ja!"
Mehr brachte Mara nicht heraus. Ihre Augen füllten sich mit Tränen. Markus überging die Situation elegant, indem er fragte:
„Und nun ein schönes Bad und rein in die neuen Sachen?"
Mara atmete erleichtert auf und folgte ihm über den Flur. Nachdem er die Badezimmertür aufgeschlossen hatte, bat er: „Sagen Sie bitte Bescheid, wenn Sie fertig sind. Ich schließe dann wieder ab." Auf Maras fragenden Blick hin, baumelte er mit dem Schlüsselbund vor ihrem Gesicht und grinste: „Vorschrift!" Alles ein bisschen merkwürdig hier, dachte Mara. Was sollte im Bad schon geschehen, dass es nötig war, abzuschließen. Sie ließ Wasser in die Wanne laufen, tat reichlich Schaumbad hinzu und stieg hinein. Eine Weile blieb sie liegen und dachte, dass Markus recht hatte. Auf der Station war Elend, wohin man auch sah. Manche Patienten schienen dem Tod näher als dem Leben, und andere wollten lieber tot als lebendig sein, so kam es ihr wenigstens vor. Sie wollte leben, unbedingt und frei. Noch nie hatte sie soviel Leid auf einmal gesehen. Oder hatte sie es draußen nur nicht wahrgenommen? Sie war schon an vielen Plätzen wie dem Brunnen vorbeigekommen. Aber nie hatte sie einen Gedanken an die Leute verschwendet, die dort saßen und tranken. Eine Verbindung zu sich selbst hatte sie schon gar nicht gesehen. Erst durch das Gespräch mit Markus war ihr klar geworden, dass sie auf dem gleichen Weg wie diese Leute war, lediglich in größerer Entfernung zum endgültigen Absturz. Es wurde Zeit einen anderen Weg einzuschlagen. Dann dachte sie an Jakob. Er hatte bereits aufgegeben. Aber auch er war noch jung und auch für ihn musste ein Ausstieg

möglich sein. Es gab viele Behinderte, denen es noch schlechter ging. Aber sie kämpften, und manche schafften es sogar an den Paralympics teilzunehmen mit Ergebnissen, die kaum ein Gesunder erreichen würde. Es gab keinen Grund wegen einer Gehbehinderung einfach aufzugeben. Jakob hatte ein Haus, etwas Geld, und ganz bestimmt gab es Verwandte und Bekannte in seinem Leben. Für ihn lohnte es sich nun wahrhaftig mit dem Trinken aufzuhören, sonst würde er am Ende alles verlieren. Sie hatte nur Hope. Doch für Mara reichte das aus, um zu kämpfen. Wenn sie auf Jakobs Angebot eingehen sollte, wollte sie mit ihm darüber reden. Es gab keinen Grund für ihn, sich so hängenzulassen.

Nach einem ausgiebigen Bad und in frische Wäsche gehüllt, fühlte sie sich wie neugeboren. Sie sagte Markus Bescheid. Dann legte sie sich angenehm entspannt aufs Bett und begann in dem Buch zu lesen, das Jakob ihr mitgebracht hatte.

An diesem Tag gingen die anderen Jakob ziemlich auf die Nerven. Das Leben auf der Straße war öde und langweilig, und so war der Vorfall von gestern für alle eine willkommene Abwechslung gewesen. Als Jakob mit Hope zum Brunnen kam, prasselten die Fragen und blöden Bemerkungen nur so auf ihn ein. Auch mit Anzüglichkeiten wurde nicht gespart. Selbst die, die gestern gar nicht dabei gewesen waren, gaben ihren Senf dazu. Selbstverständlich wussten auch sie genau Bescheid. Endlich passierte mal etwas anderes als die üblichen Pöbeleien oder vereinzelten Schlägereien zwischen Russen und Türken, die auch mit Interesse verfolgt wurden. Alles war besser als nichts. Doch Jakob nervten die albernen Fragen, und er beschloss, schon mittags nach Hause zu fahren, um in Ruhe nachdenken zu können. Er stand auf und blaffte die anderen an: „Haltet endlich die Klappe und kümmert euch um eure eigenen Angelegenheiten! Ich hab mit dem Mädchen nichts zu tun und weiß nichts über sie! Der Hund bleibt so lange bei mir, bis das Mädchen wieder rauskommt. Und das war's. Wenn ihr unbedingt mehr wissen wollt, dann fragt sie doch selbst! Ihr wisst ja, wo ihr sie finden könnt." Verblüfft glotzten die Männer ihn wegen seiner langen Rede an.

„Wo willst du denn hin?", fragte Eddie, als Jakob aufstand und die Leine in die Hand nahm.

„Hab noch was zu erledigen", antwortete Jakob knapp.

„Etwa beim Arbeitsamt?", grinste Eddie blöd.

Hope sprang Jakob an, erfreut wegen der Aussicht auf einen Spaziergang.

„Aus, verflixt noch mal!", herrschte Jakob sie an.

Hope klemmte den Schwanz ein, und Jakob musste an sich halten, um sie nicht begütigend zu tätscheln. Sie musste lernen so zu gehen, dass er mit ihr und den Krücken zurechtkam. Unterwegs kaufte er sich noch ein paar Dosen Bier, dann nahm er den nächsten Bus nach Hause.

Es war schon lange her, dass er so früh und noch dazu fast nüchtern nach Hause kam. Doch es fühlte sich gut an. Jakob setzte sich auf die alte Holzbank hinterm Haus und ließ Hope auf dem Grundstück laufen. Sie fühlte sich dort sichtlich wohl und buddelte nach Mäusen. Jakob notierte alles, was er noch anschaffen musste und was zu tun war, um die Räume oben für Mara bewohnbar zu machen. Am besten fragte er Hans dabei um Rat. Der hatte bei ihm schon etliche Reparaturen durchgeführt. Jakob beschloss, dass er für Mara etwas von dem Geld von oben nehmen konnte. Damit hätte er einen Teil des verfluchten Blutgeldes in eine gute Tat investiert. Für sich selbst mochte er nichts davon ausgeben. Er fühlte sich dann jedes Mal beschmutzt.

Jakob hatte seit Jahren kein Fernsehen geschaut. Doch nun dachte er daran, den alten Fernseher reparieren zu lassen oder vielleicht sogar einen neuen zu kaufen. Dann könnten Mara und er abends zusammen einen Film ansehen. Jakob versuchte sich gegen die Vorstellung von einem gemütlichen Heim mit Mara und dem Hund zu wehren. Zu groß war die Gefahr, dass er sie nie wieder gehen lassen wollte. Lieber konzentrierte er sich auf die vor ihm liegenden Aufgaben. So schnell wie möglich wollte er mit Gerti reden. Von Bettzeug, Gardinen und solchen Sachen hatte sie bestimmt Ahnung. Außerdem wollte er sie bitten, vorher oben sauber zu machen, sonst nahm Mara gleich Reißaus. Vielleicht freute sich Gerti sogar, wenn er ihr erzählte, dass sie bald eine neue Nachbarin bekäme.

Er dachte, wie schön es wäre, wenn Gerti Mara in ihr großes Herz schlösse. Sie war ein mütterlicher Typ, und Jakob glaubte, dass es für Mara bestimmt gut wäre, wenn sie Vertrauen zu einer warmherzigen Frau fassen könnte. Es gab sicher Vieles, was ein junges Mädchen eher mit einer Frau besprechen konnte. Außerdem hoffte er, dass Gerti Mara etwas von der Nestwärme geben konnte, von der sie ganz bestimmt zu wenig bekommen hatte.

Jakob war so in seine Gedanken vertieft, dass er hochschreckte, als Hope ihn mit seiner kalten Nase an die Hand stupste.

„Was ist? Hast du Hunger?"

Hope wedelte aufgeregt mit dem Schwanz. Offensichtlich hatte sie die Frage genau verstanden.

„Tut mir Leid, meine Süße. Ich hab gar nicht auf die Uhr geschaut. Ist ja auch langsam zu kalt hier draußen. Komm! Wir gehen ins Haus."

Heute kam ihm die Wohnung unerträglich schmutzig und unordentlich vor, richtig ekelhaft. Er ließ Wasser in den Boiler laufen und sammelte das dreckige Geschirr ein, das in der ganzen Wohnung verstreut herum lag. Dabei hörte er Popmusik aus dem Radio. Er überlegte, ob er seinen Alkoholkonsum einschränken sollte. Es war gar nicht schlecht einigermaßen nüchtern zu sein. „Wenn Mara einzieht, muss ich ohnehin alle Flaschen aus der Wohnung schaffen, sonst hat sie keine Chance vom Alkohol loszukommen", dachte er. Für sich selbst musste er draußen eine Flasche Schnaps verstecken. Sonst käme er morgens nicht zurecht. Später konnte er genauso gut am Brunnen etwas trinken. Pfeifend machte er sich an den Abwasch. Und Morgen würde er aufräumen, nahm er sich vor. Er schaffte es nur mit Mühe, fertig zu spülen. Dann wurde ihm schwindelig und übel, und er konnte das Geschirr nicht mehr wegräumen. Schon am frühen Abend taumelte er erschöpft aufs Sofa und schlief ein.

Mara war unruhig. Das Buch war zwar schön, aber ihr graute vor dem langen Abend. Sie beschloss, sich die Lektüre für später aufzuheben. Ob man sich in der Klinik irgendwo Bücher leihen konnte? Morgen wollte sie Markus danach fragen.

Sie dachte an ihr Gespräch im Raucherzimmer. Er hatte sie gefragt, ob sie schon wisse, was sie beruflich machen wolle. Darauf hatte sie ihm keine Antwort gegeben. Sie fürchtete sich davor, dass er dann auch nach ihrem Schulabschluss fragen könnte. Es gab einige Berufe, die ihr gefielen. Am liebsten hätte sie mit Kindern zu tun, als Kinderkrankenschwester oder Kindergärtnerin beispielsweise. Mara hatte immer gerne kleinen Kindern beim Spielen zugeschaut. Nach einer sehr bitteren Erfahrung hatte sie aber nie wieder gewagt, sich Kindern zu nähern. Damals war ein kleines Mädchen von einer Schaukel gefallen, und sie war spontan herbeigeeilt, um es aufzuheben. Kurz darauf war die Mutter gekommen und hatte sie angeschrien, sie solle ihre schmutzigen Hände von dem Kind nehmen und verschwinden. Sie sei asozial und hätte eine widerliche Bierfahne. Von da an hatte Mara einen großen Bogen um Spielplätze gemacht.

Aber für eine Ausbildung brauchte sie einen Schulabschluss. Bis vor zwei Jahren hatte sie noch immer fleißig in den Schulbüchern gearbeitet, die Ellen ihr besorgt hatte. Das Lernen war ihr leicht gefallen und hatte ihr geholfen, die Jahre bei Ellen auszuhalten. Aber je mehr sie trank, umso weniger Interesse hatte sie an den Büchern gehabt. Mara wusste nicht, ob ihre Kenntnisse für einen Hauptschulabschluss ausreichten; sie wusste ja nicht einmal, wie sie so etwas überhaupt in die Wege leiten sollte. Solange sie noch minderjährig war und keinen Pass hatte, wagte sie nicht an offizieller Stelle nachzufragen. Mara wünschte sich, sie könnte mit jemandem über diese Fragen reden. Jakob traute sie nicht viel zu. Sie glaubte nicht, dass es Sinn hätte mit ihm über diese Angelegenheiten zu sprechen.

Nervös wühlte sie in ihrer Tasche nach Tabak und ging ins Raucherzimmer. Wie so oft war die Luft dort zum Schneiden dick, und es roch nach Unsauberkeit, die von manchen Patienten ausging. Schweigend setzte sie sich in die Ecke und beobachtete die anderen unauffällig. Obwohl fast alle Stühle besetzt waren, war es in dem Raum erdrückend still. Jeder schien seinen eigenen, trübsinnigen Gedanken nachzuhängen. Die meisten Patienten waren Männer im mittleren Alter, viele heruntergekommen und verwahrlost. Ein fast unerträglich trostloser Ort.

Bisher hatte sie erst zwei Frauen bemerkt. Eine von beiden hatte Mara bisher nur beim Frühstück gesehen, sie war sicher nicht viel älter als sie selbst. Die andere saß ihr schräg gegenüber und rauchte in hastigen Zügen. Die Frau sah so elend und krank aus, dass man ihr Alter unmöglich schätzen konnte. Sie war abgemagert bis auf die Knochen, und ihre schwarz umrandeten Augen wirkten riesig in dem grauen Gesicht. Die lila gefärbten, ungepflegten Haare hingen ihr in die Augen. Ihre Hände zitterten stark, so als fröre sie trotz der Hitze. Aus den wenigen Worten, die geredet wurden, entnahm Mara, dass die Frau heroinabhängig war. In ihrem Zustand war sie kaum ansprechbar, so dass Mara es gar nicht erst versuchte. Eigentlich war sie daran gewöhnt für sich zu sein. Doch seit sie in dieser fremden Stadt auf sich allein gestellt war, fühlte sie sich entsetzlich einsam und hätte gern jemanden zum Reden gehabt.

Ohne Ellen fühlte sie sich verloren und unsicher, und dafür hasste sie sich. Auch wenn sie die grausame Frau verabscheut hatte – sie hatte ihr Sicherheit gegeben, den Tagesablauf bestimmt und für Essen gesorgt. Damit war eine gewisse Struktur in ihrem Leben vorhanden gewesen, die ihr nun fehlte. Es schien ihr schon eine Ewigkeit her zu sein, dass sie sich nichts sehnlicher gewünscht hatte, als von der Alten wegzukommen. In ihrer Phantasie hatte sie sich dabei frei und unbeschwert gefühlt. Doch nun, zwei Tage später, erkannte Mara ihren Irrtum. Das Gegenteil war der Fall. Sie hatte Angst und wusste nicht, was sie tun sollte. So verlassen hatte sie sich schon lange nicht mehr gefühlt. Sonst hatte sie sich wenigstens mit ihrer Liebe zu Hope trösten können. Nun hatte sie gar nichts, woran sie sich klammern konnte. Mara fühlte sich wie im freien Fall. Sie rauchte, starrte aus dem Fenster und wartete darauf, dass irgendetwas geschah. Mittlerweile hatte es angefangen zu regnen, und durch die grauen Wolken wirkte das Raucherzimmer noch trostloser.

Ein südländisch aussehender Mann hatte sie freundlich nach ihrem Namen gefragt, aber sie hatte ihn kalt abgewiesen. Nun ärgerte sie sich wegen der vertanen Chance. Er hätte ihr helfen können, sich hier ein wenig besser zu fühlen. Der Mann hatte nur nett sein wollen, nichts weiter. Doch Mara hatte ihn böse abblitzen lassen, vielleicht weil er Ausländer war, vielleicht weil er ein Mann im Alter ihres Vaters war, sie wusste es nicht. Aber sie nahm sich vor, an ihren Vorurteilen zu arbeiten. Auf Dauer würde sie psychisch schwer krank werden, wenn sie nicht lernte, auf Menschen zuzugehen oder wenigstens nicht jeden Kontakt gleich im Keim zu ersticken. Außerdem konnte sie ohne fremde Hilfe auch keines ihrer Ziele verwirklichen. Im luftleeren Raum konnte niemand überleben, selbst wenn man engeren Beziehungen aus dem Weg gehen wollte. Mara wünschte, sie wäre in der Lage einen normalen Umgang mit anderen zu haben. Dazu bedurfte es allerdings der Übung, und daran fehlte es ihr ganz erheblich. „Hier ist eigentlich der ideale Ort, um gefahrlos auf Menschen zuzugehen", überlegte sie. Eine Schwester kam in den Raum und gab ihr eine der müde machenden Pillen. Bald setzte die Wirkung ein, und sie wurde ruhig. Auch das Zittern legte sich. Mit der vagen Hoffnung, Jakob würde sich vielleicht noch einmal melden, legte sie sich früh ins Bett. Irgendwann schlief sie unglücklich ein.

Kaum war sie am nächsten Morgen wach, überfiel sie wieder Unruhe. Der ganze Tag lag noch vor ihr, und sie hatte schon jetzt das Gefühl, es nicht mehr auszuhalten. Nachmittags sollte sie an einer Gruppentherapie teilnehmen. Einerseits war sie froh, dass überhaupt irgendetwas auf dem Programm stand, andererseits fürchtete sie sich auch vor dem Termin. Sie hatte Angst davor, in der Gruppe etwas sagen zu müssen. Immerhin hatte sie es geschafft, Mehmet, den Türken, der sie gestern angesprochen hatte, zu fragen, was in der Stunde gemacht wurde. Aber er hatte nur gemeint, es sei langweilig, und man werde nach verschiedenen Sachen gefragt. Wozu das gut sein sollte, wusste er nicht. Mehmet mochte die Therapie nicht, und den anderen schien es ähnlich zu gehen. Allerdings machten die meisten Patienten auf Mara den Eindruck, als ob sie auch auf Anderes keine Lust hätten. Es schien, dass sie nur darauf warteten, dass die Zeit bis zur Entlassung möglichst schnell verging.

Neben der Tür saß das junge Mädchen, das Mara schon beim Frühstück aufgefallen war. Es hieß Nadja und machte einen munteren Eindruck. In der trostlosen Umgebung wirkte ihre positive Ausstrahlung umso stärker. Sie redete ein paar Worte mit Mehmet und versuchte die zitternde Frau in der Ecke ein wenig aufzumuntern. Ihre Stimme klang warm dabei, und Mara verspürte ein seltsames Ziehen im Bauch. Sie dachte, dass die heroinsüchtige Frau davon nichts mitbekam. Doch dann bemerkte Mara, dass sich das bleiche Gesicht der Schwerkranken für einen winzigen Augenblick erhellte. „Die junge Frau symbolisiert für alle hier ein Stückchen Hoffnung", dachte Mara. Aber sie läge wohl kaum auf der Suchtstation, wenn sie nicht auch von irgendetwas abhängig wäre. Mara fühlte sich zu ihr hingezogen, wagte aber nicht das Wort an sie zu richten und wich ihrem Blick aus. Sie wünschte, dass Jakob bald wieder zu Besuch käme. Obwohl sie ihn kaum kannte, war er zum einzigen Bezugspunkt in ihrem Leben geworden, und Mara ahnte, dass alles Weitere mit ihm in irgendeinem Zusammenhang stehen würde. Ihr wurde angst und bange, als sie begriff, dass sie unablässig darauf wartete, dass er anrief oder sie besuchte, und das nicht nur wegen Hope. Unbeabsichtigt war sie wieder von

jemandem abhängig geworden. Der Gedanke auf Jakobs Hilfe angewiesen zu sein erfüllte sie mit Schrecken. Andererseits hatte ihr seine Fürsorge und Anteilnahme gut getan. Selbst als Kind hatte sie so etwas nicht erfahren. Ihre Eltern hatten sich keine großen Gedanken über ihr Wohlergehen gemacht. Ihrer Mutter war das Aussehen wichtig gewesen. „Aber wie es all die Jahre in mir drinnen ausgesehen hat, war der doch ganz egal", dachte Mara bitter. Und ihr Vater ...
Der Hass gegen ihn und seine ekelhaften Freunde brannte wieder in ihr. Der Vater war Schuld an allem, auch an ihrer jetzigen Lage. Er hatte damit angefangen, sie mit dem süßen Saft zu betäuben, der sie gleichgültig und gefügig machte. Und Ellen hatte in die gleiche Kerbe gehauen und ihr zu Beruhigung Likör gegeben.
Mara schwor sich Rache, sie alle sollten dafür bezahlen, was sie ihr angetan hatten.
Eine Schwester kam ins Raucherzimmer und riss sie aus den düsteren Gedanken – sie sollte mit ihr zum EKG gehen.
Kaum war Mara zurück in ihrem Zimmer, kam der unfreundliche Pfleger und sagte ihr, sie solle ihre Sachen zusammenpacken, da sie in ein anderes Zimmer verlegt werde; das Einzelzimmer müsse für einen anderen Patienten frei gemacht werden. Mara bekam es mit der Angst zu tun. Mit wem würde sie das Zimmer teilen müssen? Sie fürchtete sich vor der räumlichen Nähe, die ein Doppelzimmer zwangsläufig mit sich brachte.
Der Umzug war in wenigen Minuten vollzogen. Mara legte sich mit bangen Gefühlen auf ihr Bett und starrte die Decke an; ihre Zimmergenossin hatte sie noch nicht gesehen. Sie war unruhig, zitterte und schwitzte. Das sei der Entzug, hatte der Arzt ihr gesagt, und in den ersten Tagen bekomme sie Medikamente dagegen. Die Pillen wirkten nicht mehr, und alles in Mara schrie nach Bier und Schnaps. Der Arzt hatte sie vorgewarnt. Aber sie hatte es nicht geglaubt, nicht, nachdem sie den Krampfanfall gehabt hatte. Sie hatte das Problem unterschätzt;

nicht nur ihr Körper schrie nach dem Stoff. Zukunftsängste und Einsamkeit peinigten sie mehr, wenn sie nüchtern war. Sie war froh, als die Tür aufging und ihre Zimmernachbarin hereinkam. Es war die junge Frau aus dem Raucherzimmer. Mara fühlte sich überrumpelt, als das Mädchen direkt zu ihr ans Bett kam und ihr die Hand reichte:
„Hi, ich bin Nadja. Willkommen im Club! Bist du auf Alkohol oder Drogen? Bei mir ist's der Suff."
„Ich bin auch wegen Alkohol hier."
Mara war erstaunt, wie leicht ihr es gefallen war, vor dem Mädchen diesen Satz zu sagen. Aber es war ein gutes Gefühl, offen darüber zu reden.
„Ganz schöner Mist! Die ersten Tage sind hammerhart. Da musst du durch. Aber dann wird es besser. Mir geht es auch immer dreckig, wenn die mir keine Medikamente mehr geben. Aber diesmal schaffe ich es!"
Nadja hörte sich optimistisch an, und das machte Mara Mut. Mit dem jungen Mädchen zu reden, erleichterte sie. Es war ein sehr schönes Gefühl. Sie dachte daran, mit wie viel Bitterkeit sie die anderen Mädchen immer dabei beobachtet hatte, wenn sie zwanglos miteinander redeten und lachten. Und nun erlebte sie es selbst.
Nadja machte es ihr leicht, und schon bald redeten sie über Gott und die Welt, über Musik und Frisuren. Es war wunderbar einfach eine normale Jugendliche zu sein, und sie vergaß für selige Momente ihre Sorgen und Probleme. Nadjas Mutter hatte einen Frisiersalon, und die Mädchen überlegten, wie sie ihre Haare stylen könnten. Maras schwarze Haarfarbe wuchs langsam aber sicher raus. Sie hatte kein Geld mehr gehabt, um sich die Haare nachzufärben. Nadja meinte, bei ihrem Teint sehe blond besser aus, und riet ihr dazu wieder darauf hinzuarbeiten. Mara fand die Idee gut, denn es passte zu ihrem Vorsatz, ein neues Leben anzufangen. Die beiden berieten, was zu tun war. Schließlich rief Nadja ihre Mutter an und überredete sie dazu, Mara am anderen Tag Strähnchen zu färben, damit der

Übergang zu ihrer normalen Farbe nicht so deutlich sichtbar wäre. Die Stunden verflogen nur so, sie redeten und lachten miteinander, genau so wie es bei jungen Mädchen sein sollte. Erst später grübelte Mara wieder darüber nach, wie es nach ihrer Entlassung weitergehen sollte. Nadja, die bereits zum zweiten Mal zur Entgiftung war, versuchte Mara zu überreden, mit ihr in eine Selbsthilfegruppe zu gehen. Sie hatte schon die Erfahrung gemacht, dass es allein zu schwer war, mit dem Trinken aufzuhören. Außerdem riet sie Mara dazu, das kostenlose Angebot der Diakonie für eine ambulante Therapie in Anspruch zu nehmen. Mara dachte darüber nach. Nadjas Erfahrungen gaben ihr zu denken. Immerhin lebte das junge Mädchen in einer Familie und hatte sogar eine Ausbildungsstelle, und trotzdem hatte sie es alleine nicht geschafft. Mara hatte zwar nicht allzu viel von sich erzählt, aber immerhin so viel, dass sie weder Angehörige noch Arbeit hatte. Nadja bot ihr an, ihre Mutter zu fragen, ob Mara sich in ihrem Salon etwas Geld mit Putzen und Aufräumen verdienen könnte. So zeigte sich für Mara unerwartet ein Lichtstrahl am Ende des Tunnels.

Jakob besuchte Mara täglich und brachte ihr Kleinigkeiten wie Zeitschriften, Süßigkeiten oder Tabak mit. Dabei achtete er sorgfältig darauf, sie nicht zu beschämen. Anfangs dachte er, sie freue sich nur deshalb über seine Besuche, weil sie Langeweile hatte. Er wusste aus Erfahrung, dass in der Klinik jede Abwechslung willkommen war. Aber Mara genoss die Tage im Krankenhaus sogar, seit sie mit Nadja auf einem Zimmer lag. Für sie war die Gesellschaft der lebensbejahenden Zimmergenossin etwas Einmaliges und unsagbar Kostbares. Trotzdem freute sie sich, wenn Jakob kam. Er erzählte ihr von Hope und von seinem Zuhause, das auch bald das ihre werden sollte. Während Jakob am liebsten darüber redete, wie er die obere Etage für sie schön herrichten wollte, überlegte Mara vor allem, wie sie ihre Schulden bei ihm abarbeiten konnte. Seit sie sich entschlossen hatte, bei Jakob auf dem Lande zu wohnen, hing sie aber auch wieder schönen Träumereien nach. Jakob hatte ihr

Fotos gezeigt, darunter eines, das Gerti ihm gegeben hatte; es zeigte Hope und Zilla beim gemeinsamen Spiel auf der großen Wiese hinter dem Haus. Mara, die jahrelang bei Ellen in einem grauen Vorstadtviertel gewohnt hatte, freute sich auf ein Leben in dieser idyllischen Umgebung. Hatte sie erst vor ein paar Tagen noch überlegt, wie sie so schnell wie möglich aus der Gegend verschwinden sollte, so konnte sie nun die Ungeduld, bald in dem kleinen Dörfchen zu leben, kaum zügeln. Sie war auch nicht mehr argwöhnisch, was Jakobs Angebot anging, denn sie hatte erkannt, dass er tatsächlich jede Menge Hilfe gebrauchen konnte und ihr Einzug auch für ihn von Vorteil wäre.

Maras Leben hatte sich um hundertachtzig Grad gewendet; sie hatte nicht nur eine feste Bleibe, sondern sogar zwei Jobangebote. Sie konnte ihr Glück kaum glauben und schwebte auf Wolken. Nach ihrer Entlassung konnte sie bei Nadjas Mutter drei Mal in der Woche als Putzhilfe arbeiten, und Mehmet, der eine kleine türkische Gaststätte betrieb, hatte sie gefragt, ob sie nicht Lust hätte, abends in der Küche auszuhelfen. Mara wäre also zumindest finanziell von Jakob unabhängig, auch wenn ihr Einkommen nicht ausreiche, um sich in absehbarer Zeit etwas Eigenes aufzubauen. Der furchtbare Krampfanfall hatte ihr doch viel Gutes beschert: Ihrem größten Wunsch, sich eine ehrliche Existenz aufzubauen, war sie ein großes Stück nähergekommen.

Doch die Kosten für den Krankenhausaufenthalt lasteten schwer auf ihrer Seele. Der Gedanke, ihr neues Leben mit einem Betrug zu beginnen, war ihr beinahe unerträglich. Wenn sie wenigstens volljährig wäre, dann könnte sie sich selbst anzeigen und den Betrag vielleicht abstottern. So war die Gefahr viel zu groß, dass die Behörden sich mit ihren Eltern in Verbindung setzten und sie so wieder mit ihrer schrecklichen Vergangenheit konfrontiert würde.

An dem Tag, als Mara zu ersten Mal Ausgang hatte, war Jakob pünktlich um halb drei bei ihr auf der Station. Für seine Verhältnisse wirkte er regelrecht aufgekratzt.

„Hope wartet draußen auf dich. Ich habe ihr erzählt, dass du gleich kommst und mit ihr spazieren gehen willst. Das hat sie ganz genau verstanden, jedenfalls hat sie wie verrückt mit dem Schwanz gewedelt", sagte Jakob begeistert.

Mara lächelte glücklich und schaute neugierig in die kleine Papiertüte, die Jakob ihr hingestreckt hatte.

„Was ist denn das?", fragte sie verwundert.

„Na, was glaubst du denn? Hundeleckerli, was sonst? Du willst doch deiner treuen Freundin nicht ohne Geschenk begegnen, oder?"

Mara war gerührt und küsste Jakob spontan auf die Wange.

„Nun geh schon los! Sie wartet unten an der Bank auf dich. Ich komme dort in zwei Stunden hin", brummte er ganz verlegen.

„Kommst du denn nicht mit?", fragte Mara erstaunt.

„Nein, es ist sicher das Beste, wenn du dich jetzt erst mal allein mit ihr beschäftigst. Schließlich habt ihr euch eine ganze Weile nicht gesehen. In so einem Augenblick würden Fremde nur stören", versuchte Jakob zu scherzen.

Mara sah ihm dankbar in die Augen. Er hatte recht: Für sie war es viel einfacher, wenn sie mit Hope zuerst allein war. Den ganzen Tag lang hatte sie sich schon davor gefürchtet, mit Jakob zusammen zu ihrem Hund zu gehen. Sie hatte Angst, dass Hope freudig auf Jakob zustürmen könnte und sie nicht beachtete. Schon der Gedanke hatte ihr die Tränen in die Augen steigen lassen. Noch schlimmer könnte es nur noch kommen, wenn Jakob sie deswegen auch noch zu trösten versuchte.

Während Jakob den Hinterausgang benutzte, ging Mara durch den Haupteingang ins Freie. Einerseits freute sie sich auf das langersehnte Wiedersehen mit Hope, andererseits fürchtete sie sich davor, dass Hope sie vergessen haben könnte. Aber ihre Sorge war unbegründet. Hope war wie von Sinnen, als sie Mara erkannte. Sie bellte aufgeregt und zog so fest an der Leine, dass sie die Bank mitriss, an der sie angebunden war.

„Hope! Endlich hab ich dich wieder!"

Mara stürzte auf die Hündin zu, und es war ihr völlig egal, dass der außer Rand und Band geratene Hund mit dreckigen Pfoten an ihr hochsprang. Sie kniete sich vor Hope und ließ sich Gesicht und Hände ablecken. Erst nach ein paar Minuten hatte sich der Hund so weit beruhigt, dass er ein Leckerli von ihr annahm. Mara fasste die Leine und führte Hope zum nahegelegenen Fluss, damit sie ihren vom Bellen ganz trockenen Hals mit Wasser kühlen konnte. Dann brachen sie auf, um in dem weitläufigen Gelände hinter der Klinik einen ausgedehnten Spaziergang zu machen.

Jakob überlegte, ob es sich lohnte, für die zwei Stunden nach Hause zu fahren, entschied sich aber dafür zum Brunnen zu gehen. In den letzten Tagen hatte er kaum getrunken. Er war viel zu beschäftigt gewesen, und mit Hope blieb er lieber zu Hause. Sie konnte dort frei laufen und fühlte sich sichtlich wohl. Nach Siegen war er nur gefahren, wenn er Mara in der Klinik besuchte. Den Brunnen hatte er überhaupt nicht vermisst. Ihm kam es vor, als wäre es eine Ewigkeit her, dass Mara und Hope in sein Leben getreten waren, und er fühlte sich, seit er Hope abgegeben hatte, unruhig und niedergeschlagen. Er verstand sich selbst nicht. War er bisher sein ganzes Leben lang allein gewesen, so hielt er jetzt nicht einmal zwei Stunden aus. Mit Macht ergriff ihn wieder die Gier nach Alkohol. Es war unnatürlich warm und Jakob hatte sich viel zu dick angezogen. Schweißperlen standen ihm auf der Stirn, er schwitzte und hatte Durst. Mit einem Tetrapack Billigwein bewaffnet setzte er sich auf seinen Stammplatz am Brunnen und trank gierig und in großen Schlucken den minderwertigen Fusel.

Bisher hatte er sich keine darüber Gedanken gemacht, was andere über ihn dachten. Es kam nur selten vor, dass er am Brunnen Leute aus seinem Dorf traf. Jedenfalls hatte ihn nie jemand angesprochen. Bei den wenigen Begegnungen mit Nachbarn hatte man sich nur kurz zugenickt. Die Situation war für beide peinlich gewesen. Weder Jakob noch die anderen wollten, dass die beiden Welten miteinander in Berührung kamen. Während die einen ihn mit einer Mischung von Verachtung und Mitleid ansahen, hatte Jakob mit Schuld- und Schamgefühlen zu kämpfen. Doch an diesem Tag sollte es anders kommen: Alle waren an diesem Vormittag ziemlich betrunken, auch Jakob. Er hing mehr auf der Bank, als dass er saß. Er fühlte sich unsauber und roch so sehr nach Schweiß, dass es ihn selbst in der Nase stach. Der Kopf juckte beinahe unerträglich. Aber er hatte sich wegen der stechenden Schmerzen in der Hüfte nicht gründlich waschen können. An diesem ohnehin schon miserablen Nachmittag war ihm auch noch entsetzlich übel. Jakob musste laufend würgen, denn er hatte den lauwarmen Billigwein schnell wie Wasser getrunken. Er wagte kaum, den Kopf zu heben. Es war einer der ganz üblen Tage.

Als jemand vor ihm stehen blieb, sah Jakob hoch und blickte direkt in die hasserfüllten Augen des Mannes, der ihn zum Krüppel gefahren hatte.

Seit damals hatte er ihn nicht mehr von Nahem zu Gesicht bekommen. Aber wenn er hin und wieder den protzigen Wagen des Verbrechers zu sehen bekommen hatte, war die Wut jedes Mal in ihm hochgekocht.

Und nach all den Jahren stand dieser Mann plötzlich vor Jakob und blickte voller Verachtung auf ihn herab. Man sah ihm an, dass auch er zu viel trank; doch das tat er ganz gewiss in anderer Gesellschaft, anderer Umgebung und garantiert mit Edlerem als Billigwein. Auch er schien nicht mehr ganz nüchtern zu sein. Er hatte offensichtlich ein feuchtfröhliches Sektfrühstück hinter sich, da er einen piekfeinen Anzug und frisch geputzte Schuhe trug.

Als Jakob zu ihm auf blickte, spuckte der Mann ihm vor die Füße.

„Na, du Penner, kannst du noch begreifen, was ich dir zu sagen habe, oder bist du schon zu besoffen?" In seinen Worten lag unverhohlene Abscheu und glühender Hass.

„Du hast noch was, das mir gehört. Gib es mir schleunigst

zurück, sonst hole ich es mir!" Jakob war wie vom Donner gerührt und wusste nicht, was er sagen sollte. Erst als Knolle ihn anstieß und lallte: „He, Krücke, der Herr im Anzug wünscht dich zu sprechen. Hast du zufällig einen Termin für ihn frei?", löste sich Jakobs Starre.

Während Knolle sein zahnloses Maul aufriss und wie ein Irrer lachte, hielt Jakob dem Blick des Mannes stand. Leise, aber klar und deutlich antwortete Jakob seinem Peiniger von einst: „Gut, dass du mich daran erinnerst. Ich hätte fast vergessen, dass wir noch nicht quitt sind. Aber du kannst sicher sein, der Tag der Abrechnung kommt noch! Und dann kannst du es gerne wiederhaben. Wenn du solange nicht warten möchtest, dann gebe ich es gleich der Polizei. Dort kannst du es dann abholen. Aber vorher musst du denen ein paar Fragen beantworten. Wenn du es mir allerdings lieber abkaufen möchtest, habe ich auch nichts dagegen. Bin nämlich bisschen knapp bei Kasse. Weißt du, wegen der zertrümmerten Hüfte finde ich so schlecht Arbeit. Aber du verdienst doch gut, oder?"

Jakob unterstrich seine Drohung, indem er mit der Krücke in die Luft stieß. Der Mann musste zurückweichen, um nicht getroffen zu werden.

„Und jetzt verpiss dich, du Drecksack! Geh aus der Sonne! Ich mag nicht auf der Schattenseite stehen!"

Jakobs Stimme ging fast in Kreischen über, so viel Wut hatte sich in ihm angesammelt. Was hatte dieser miese Kerl ihm angetan! Niemals wäre er hier gelandet, wenn der Verbrecher ihn nicht über den Haufen gefahren hätte. Jakob hatte sich oft gewünscht, dass man ihn damals tot aufgefunden hätte. Das, was er hatte, konnte man wohl kaum Leben nennen. Aber sich umbringen? Dafür fehlte ihm der Mut. Wenn Blicke töten könnten, so wäre der Mann auf der Stelle tot gewesen. Jakob bebte vor Wut, als er dem torkelnden Mann nachschaute. Die Begegnung hatte alte Wunden aufgerissen, auch wenn Jakob aus der Konfrontation als Sieger hervorgegangen war. Als er dem Peiniger von einst ins Gesicht gesehen hatte, hatte der seinen

Blick nach wenigen Augenblicken gesenkt. Im angetrunkenen Zustand hatte er sich völlig überschätzt. Da wusste Jakob, dass ihm dieser Mann niemals gefährlich werden konnte. Aber er fühlte mit einem Mal, dass das Drama noch nicht beendet war. Es musste eine letzte Entscheidung getroffen werden.

Damals, als das Unglück geschah, hatte Jakob nicht geahnt, wie schwer seine Verletzung war. Sonst hätte er vielleicht anders gehandelt.

Nach drei Monaten war er immer noch nicht in der Lage gewesen auf eigenen Beinen zu stehen, und er hatte erfahren, dass er dies auch nie wieder schmerzfrei würde tun können.

Jakob hatte drei Monate im Krankenhaus gelegen. Danach hatte sich noch eine sechsmonatige Reha angeschlossen. Von dort war er mit der Gewissheit zurückgekehrt, dass er für immer ein Krüppel bleiben würde. Niemals mehr würde er ohne Krücken gehen können, und niemals mehr würde er frei von Schmerzen sein. Sein Schicksal war besiegelt gewesen. Jakob war zu hundert Prozent schwerbehindert und würde nie einer normalen Arbeit nachgehen können.

Mittlerweile hatte die Polizei die Ermittlungen eingestellt. Man hatte nichts gefunden, das den Täter überführt hätte, und Jakob konnte auch keine Hinweise geben. Sein Gedächtnis war noch nicht wieder hergestellt, und niemand wusste, ob er sich überhaupt jemals an den Unglücksabend würde erinnern können.

Aber dann waren irgendwann wie aus dem Nichts einzelne Erinnerungen aufgetaucht, bis nach ein paar Tagen die ganze Tragödie in Jakobs Bewusstsein zurückgekehrt war. Zunächst hatte Jakob niemanden etwas erzählt, weil er sich nicht im Klaren gewesen war, ob es sich um Erinnerungen gehandelt hatte oder um Tag-Albträume, die denen der Nacht ähnelten. Doch von Tag zu Tag waren die Inhalte klarer und lebendiger geworden, so dass er sich bald hatte zusammenreimen können, was tatsächlich mit ihm geschehen war. Irgendwann waren alle Lücken geschlossen, und in Jakobs Gehirn war ein messerscharfes Abbild von der abscheulichen Tat entstanden.

Aber er hatte niemandem davon erzählt. Zunächst deswegen, weil er immer noch darauf gehofft hatte, der Mann würde sich melden und sein Versprechen wahr machen – sie beide hatten in jener Nacht ein hohes Schweigegeld vereinbart – dann, weil er gewusst hatte, dass der Mann dafür im Gefängnis landen würde. Jakob hatte seine beiden Söhne gekannt, von denen einer mit ihm in dieselbe Klasse gegangen war, und er hatte nicht gewollt, dass sie ohne Vater aufwuchsen. Jakob vermisste seinen so schmerzlich, dass er das seinem Klassenkameraden nicht hatte antun wollen.

Auch seiner Mutter hatte er nichts von den wahren Umständen verraten. Jakob hatte gewusst, dass sie die Polizei einschalten würde, denn sie hatte noch mehr als er darunter gelitten, dass ihr Sohn von einem skrupellosen Verbrecher um ein normales Leben betrogen worden war. Nach dem Unfall war sie völlig verzweifelt gewesen. Jakob hatte den Vater verloren, dann auch noch seine Gesundheit, und sie hatte ihm bald sagen müssen, dass sie an unheilbarem Knochenkrebs erkrankt war und nicht mehr lange zu leben hatte. Wochenlang hatte sie das Gespräch vor sich hergeschoben, auch weil Jakob alle Kraft für seine Genesung gebraucht hatte. Doch nach Jakobs Reha hatte das Gespräch keinen Aufschub mehr geduldet.

Als sie Jakob von ihrer Krebserkrankung erzählt hatte, hatte er mit Wut reagiert. Er hatte die Mutter angeschrien und ihr Vorwürfe gemacht, dass sie ihn nun auch noch im Stich lasse. Blind vor Zorn und Ohnmacht war er damals aus dem Haus gerannt. Sie hatte ihm durchs Fenster nachgeschaut und ihn straucheln sehen. Im letzten Moment hatte er sich an einen Laternenpfahl klammern können. Als die Schmerzen in der Hüfte sich etwas gelegt hatten, war er weitergeeilt. Seine Mutter hatte noch gesehen, wie er sich mit dem Ärmel den Rotz von den verheulten Wangen wischte, bevor er in der Dunkelheit verschwand. Endlich hatte auch sie ungestört weinen können, bis sie vor Schwäche in die Kissen gesunken war und in einem kurzen Schlaf Linderung gefunden hatte.

Stunden später war Jakob zurückgekommen; er war vor ihr auf die Knie gefallen und hatte den Kopf auf ihren Schoß gelegt. Unter Schluchzen hatte er die Mutter angefleht, ihn nicht zu verlassen. Sie hatte sein wirres Haar gestreichelt und ihren Kopf auf seinen Scheitel gelegt. Lange hatten sie sich umarmt gehalten und geweint, bis sie keine Tränen mehr hatten.

Zuvor war er noch in blinder Wut auf das Schicksal, das ihm bald das Einzige rauben würde, was ihm geblieben war, in die Nacht hinausgerannt. Er hatte die Kontrolle über sich verloren. Die unerträgliche Ohnmacht hatte ihn dazu getrieben, den Mann anzurufen. In dem Moment, als er begriffen hatte, dass seine Mutter sterben würde, hatte sich die geballte Wut auf den Mann gerichtet, stellvertretend für alles Übel in seinem Leben. Sein Leben lag in Scherben, und jemand musste dafür bezahlen.

Außer sich vor Zorn hatte er die Nummer gewählt, die er mittlerweile auswendig wusste, da er immer einmal wieder überlegt hatte, ob er ihn auf seine Tat ansprechen sollte.

Der Unternehmer war aus allen Wolken gefallen. Er war nach einer Zeitungsmeldung davon ausgegangen, dass Jakob keine Erinnerung an die verhängnisvolle Nacht hatte. Mittlerweile war er davon überzeugt, dass seine Schuld für immer unentdeckt blieb. In der ersten Zeit war er fast verrückt vor Angst gewesen. Jedes Klingeln und jeder Anruf hatten ihn aufschrecken lassen. Tag und Nacht hatte er sich davor gefürchtet, dass die Polizei käme und ihn abführte. Dann wäre er wie ein Verbrecher in Haft genommen worden und hätte in einem öffentlichen Gerichtsverfahren Rede und Antwort stehen müssen. Die Peinlichkeit der Situation wäre unerträglich gewesen. Mittlerweile waren die Ermittlungen endlich eingestellt worden, und der Mann hatte sich in Sicherheit geglaubt. Aber Jakob hatte nichts vergessen. Seitdem seine Erinnerung an den Abend zurückgekehrt war, hatte er die Unglücksnacht fast jede Nacht aufs Neue erlebt ...

„Jakob! Um Gottes Willen! Ist was passiert? Es war so dunkel, ich hab ..." In aller Eile hatte der Mann den Reißverschluss der

Hose hochgezogen. Die sonst so anständige Frau an seiner Seite war grell geschminkt und genau wie der Mann angetrunken gewesen. Auch sie war nur notdürftig angezogen. Die Brüste quollen aus dem falsch sitzenden BH und boten einen abstoßenden Anblick. Jakob hatte im Bruchteil einer Sekunde begriffen, dass nicht nur Regen und Alkohol zu dem Unfall geführt hatten. Zuerst hatte er gar nichts gespürt. Doch dann waren die Schmerzen grell in seinen Körper gefahren, am meisten in den rechten Oberschenkel und der Hüfte.

„Hör zu, Jakob! Du weißt doch wie das ist. Denk auch an Roland, der dir immer in der Schule hilft, und an meine arme Frau. Nur der Alkohol war schuld. Ich hätte doch nie meine Ehe aufs Spiel gesetzt, wenn ... Du kennst mich doch, ich bin doch ein anständiger Kerl. Wenn das hier rauskommt, ist meine Ehe am Ende, und ich wäre auch geschäftlich ruiniert. Dafür wärst du dann verantwortlich! Ich fahre dich jetzt ins Krankenhaus, und dann bin ich weg. Wenn jemand fragt, sagst du, dass du es nicht weißt. Es soll auch nicht dein Schaden sein. Tu's für deine Mutter, die nicht ein noch aus weiß und das Haus nicht halten kann. Willst du das? Ich zahle dir so viel, dass ihr eure Schulden loswerdet. Bitte, Jakob! Sonst kommt ihr von den Schulden doch nie runter. Ich biete dir eine einmalige Gelegenheit. Wo tut es weh, Jakob? Bitte, sag was. Wir müssen hier weg."

Jakob hatte gar nicht zugehört, er hatte unter Schock gestanden, die Schmerzen hatten ihn keinen klaren Gedanken fassen lassen.

„Mein Bein, ich glaub', das ist gebrochen!"

Wieder hatte der Mann Jakob angefleht zu schweigen, und Jakob hatte zugestimmt. Er hatte an seine Mutter gedacht, und er hatte auch keine Familie zerstören wollen, er hatte nur gewollt, dass die Schmerzen aufhörten.

„Alles halb so schlimm! Ich lade dich vorm Krankenhaus ab und schelle am Haupteingang. Dann fahre ich los. Du hörst bald von mir, versprochen!"

Der Mann hatte ihn ins Fahrzeug geschleift. Als Jakob vor

Schmerzen aufgeschrien hatte, hatte die Frau ihm den Mund zugehalten. „Halt die Klappe, du Blödmann! Sonst kommt alles raus, und du kannst das Geld vergessen!"

„Aber du hast dich nicht gemeldet, du Schwein!", hatte Jakob in den Hörer geschrien. „Ich kann nie mehr richtig laufen, und ich werde mein Leben lang Schmerzen haben. Nur weil du besoffen Auto gefahren bist und dir die alte Nutte in voller Fahrt einen runtergeholt hat. Jetzt wirst du zahlen, sonst mach ich dich fertig. Ich bring' dich ins Gefängnis, wenn du nicht spurst! Ich verlange den doppelten Preis wie vereinbart. Du hast mich zum Krüppel gemacht und bist feige abgehauen. Ich hätte tot sein können, du mieser Verbrecher!"

Während der ungewohnt langen Rede hatte sich Jakobs Stimme mehrmals vor Wut überschlagen. Die Verzweiflung hatte ihn alle Skrupel vergessen lassen. Doch kaum hatte er den Hörer aufgelegt, war er von sich selbst entsetzt gewesen. Er kannte sich selbst nicht wieder. Erschöpft und frierend war er heimgekehrt. Der Hassanruf hatte ihm keine Linderung gebracht, im Gegenteil; er hatte sich beschmutzt und böse gefühlt – und erbärmlich einsam. Seine Mutter würde sterben.

Dennoch hatte der Anruf etwas in Gang gebracht. Endlich würde etwas geschehen. In all den Monaten hatte Jakob darunter gelitten, dass der Schuldige sein Leben einfach weitergelebt hatte, als sei nie etwas Besonderes passiert. Während er unter Schmerzen in Kliniken gelegen hatte und sich trotz der beiden schweren Operationen keine Besserung eingestellt hatte, hatte der Mann sein Geschäft vergrößert und sich als Schützenkönig feiern lassen. In unzähligen Stoßgebeten hatte Jakob sein Schicksal beklagt und Gott um Hilfe angefleht. Doch nichts war passiert. Nach der unerträglichen Ohnmacht war der Anruf zunächst eine atemberaubende Erleichterung gewesen. Endlich war er einmal der Überlegene gewesen, er hatte seinen Peiniger in die Knie zwingen können. Jakob hatte es genossen, als der Mann ihn um Gnade angefleht und versucht hatte, mit ihm zu handeln und wie er am Ende sogar vor Angst geheult hatte. Jakob war hart geblieben und hatte damit gedroht vielleicht noch mehr Geld zu fordern. Der Mann sollte keine ruhige Minute mehr haben. Hätte der Mann sich nur ein einziges Mal um Jakob gekümmert, ihn angerufen oder besucht, wäre Jakob niemals in den Sinn gekommen, ihn zu erpressen. Sein Argument, Jakob habe keine Beweise, konnte schnell widerlegt werden: Der Mann hatte mit seinem Taschentuch versucht, die Blutung am Kopf zu stillen. Das Tuch hatte er kurz zuvor benutzt, um die Spermaflecken von der Hose zu wischen. Jakob hatte es später gefunden und behalten. Das Einzige, was der Kerl aus einem Minimum an Verantwortung heraus getan hatte, war ihm nun zum Verhängnis geworden, denn mit den DNA-Spuren besaß Jakob den einzigen Beweis für die Täterschaft des Mannes und vielleicht auch der Frau.

Als Jakob wieder einmal am Bett seiner Mutter saß und ihre Hand hielt, hatte sie ihm ihre finanzielle Situation erläutert.

„Junge, ein paar Dinge will ich dir erklären, damit du dir ums Geld keine Sorgen machen musst. Das Haus ist abbezahlt. Mit Vaters Lebensversicherung konnte ich alle Schulden tilgen. Er hatte Gott sei Dank vorgesorgt. Du wirst eine volle Waisenrente bekommen und lebenslang eine kleine Invalidenrente von der Unfallversicherung, die Papa vor Jahren für dich abgeschlossen hat ..."

„Mama, ich will über solche Sachen nicht reden. Du lebst doch noch. Solange du da bist, ist alles gut. Geld ist mir sowieso nicht wichtig. Bitte hör auf damit ..."

„Halt, Jakob! Ja, noch bin ich bei dir. Aber irgendwann nicht mehr. Dann musst du aber Bescheid wissen. Bitte hör mir zu, das ist wichtig für mich: Also, bis zu deinem achtzehnten Lebensjahr wirst du keine Geldprobleme haben. Ich habe mit dem Notar vereinbart, dass nicht Doris, sondern Gerti in Gelddingen dein Vormund ist. Sie wird dir bei größeren Sachen helfen.

Sie hat die Vollmacht über alle finanziellen Angelegenheiten und hilft dir auch sonst gerne, sobald ich ... Es ist nicht viel, aber damit kannst du das Dach reparieren lassen. Das muss unbedingt gemacht werden. Kleinere Beträge kannst du selbst abheben, bei größeren rede mit Gerti. Die ist ehrlich und wird immer für dich da sein."

Jakob waren die Tränen in die Augen gestiegen, als die Mutter vom Finanziellen redete. In glühend-heißen Wellen war ihm die Scham über Gesicht und Rücken gelaufen, als ihm bewusst wurde, dass ihr Haus bereits abbezahlt war. Hätte er das damals gewusst! Niemals hätte er sich auf den schmutzigen Geldhandel eingelassen, der sein Gewissen von Anfang an belastet hatte und der ihn schließlich zu einem gemeinen Erpresser hatte werden lassen. Er war zum Verbrecher geworden, der sich in nichts von dem Mann unterschied, den er hasste. Ihm war übel geworden, und er hatte seiner Mutter nicht mehr in die Augen sehen können, bis zuletzt nicht mehr.

„Doris wird im Haus wohnen, bis du volljährig bist. Sonst hättest du zu Pflegeeltern gemusst, und das wollte ich dir ersparen. Danach werden die beiden ausziehen, außer du willst, dass sie bleiben. Doris hat versprochen für dich zu sorgen. Wäsche, Essen und alles, was so anfällt. Aber an das Geld kann sie nicht. Du weißt ja, wie die beiden sind."

„Mama, bitte hör jetzt auf damit! Du bist erschöpft. Du brauchst jetzt alle Kraft, um auszuhalten. Die arbeiten doch fieberhaft an Medikamenten gegen Krebs. Jetzt gibt es eine Klinik in Bayern, die ..."

„Lass, Junge! Es gibt keine Rettung mehr für mich. Ich käme damit ganz gut zurecht. Nur der Gedanke, dass ich dich hier alleine zurücklassen muss, quält mich. Für mich ist das Sterben nicht schlimm, dann bin ich doch wieder mit deinem Vater zusammen. Aber für dich, Jakob, für dich wird es schwer. Ich kann nicht verstehen, warum das Schicksal bei uns so zugeschlagen hat, dass auch ich dich so früh verlassen muss. Ach, Jakob, du bist so ein guter Junge. Hast was Besseres verdient als

dieses traurige Leben, so allein und verlassen und so krank ..."
Jakob hatte es nicht länger ertragen können, wie seine Mutter ihn lobte und hatte ihr das Wort abgeschnitten:
„Ich war, weiß Gott, kein Junge, der euch Freude gemacht hat, so oft wie ich die Schule geschwänzt habe. Immer hat Papa mich ermahnt, dass ich mehr für die Schule tun müsste. Aber ich habe einfach nicht auf ihn gehört, obwohl ich wusste, dass er sich deswegen sorgt. Erst vor ein paar Wochen habe ich angefangen zu lernen. Aber es ist noch nicht mal sicher, ob ich den Abschluss schaffe. Und wie oft hast du dir Sorgen gemacht, wenn ich nachts erst nach Hause gekommen bin? Wenn ich nach Bier und Zigaretten gestunken habe, hat dich das jedes Mal aufgeregt. Schon mit dreizehn bin ich manchmal besoffen nach Hause gekommen und habe dich damit unglücklich gemacht. Aber ich höre auf damit, ich verspreche es! Du sollst nie wieder Angst haben ..."
Seine Mutter hatte ihn sanft unterbrochen: „Hör auf, Junge! Diese Aufregungen machen alle Eltern durch, die Jungen in dem Alter haben. Das hört auch wieder auf. Du hast ein gutes Herz, und nur darauf kommt es an. Das haben dein Vater und ich immer gewusst. Wir waren immer stolz auf dich, auch wenn die Noten nicht die besten waren. Seit den letzten Monaten gibst du dir soviel Mühe. Halt weiter durch! Bestimmt schaffst du dann den Schulabschluss und kannst dir einen Beruf suchen, bei dem man sitzen kann."
Jakob war fast die Stimme dabei gebrochen, als er ihr das Versprechen gegeben hatte, zu lernen und anständig zu bleiben. Das, was sie zuvor gesagt hatte, hatte ihn bis ins Mark getroffen. Wenn sie gewusst hätte, dass er nichts als ein elender Lügner und Verbrecher war! Das durfte seine Mutter nie erfahren! Ihr zu liebe hatte er sich ändern wollen, damit sie eines Tages zu Recht stolz auf ihn sein könnte. Jakob hatte sich geschworen, das Blutgeld nicht anzurühren, und wenn, dann nur um Gutes damit zu tun. Die Worte der Mutter, die noch folgten, hatten wie Faustschläge in den Magen getroffen ...

„Weißt du, Jakob, Papa und ich wissen nicht viel vom lieben Gott. Aber ein paar Dinge will ich dir noch mit auf den Weg geben: Gott macht keine Fehler, und er lässt dich auch im tiefsten Leid nicht im Stich. Versprich mir, bleib ehrlich und behandle jeden so, wie du auch behandelt werden möchtest. Du musst die anderen Menschen achten. Es gibt keinen, und wenn er auch noch so einen schlechten Charakter hätte, den Gott nicht liebte. Also verletze niemanden, nicht mit Worten und erst recht nicht mit Schlägen. Und fluchen, fluchen sollst du auch nicht."

„Mama! Rede nicht so, als wolltest du gleich sterben. So weit ist es noch lange nicht. Aber ich verspreche dir, dass ich keine Zigaretten mehr klaue und nicht mehr lüge. Echt, Mama, du kannst dich drauf verlassen. Und die Schule mache ich auch fertig. Vielleicht find ich sogar einen Beruf. Ich tu alles, was du willst."

Jakob hatte ihre Knie umfasst und den Kopf in ihren Schoß gelegt. Die mühsam aufrecht erhaltene Fassade war zusammengebrochen, und er hatte bitterlich geweint. Sie hatte ihn gestreichelt und beruhigend auf ihn eingeredet, bis sein trockenes Schluchzen aufhörte und er sich schniefend erhob:

„Ich gehe jetzt Holz holen. Dann mache ich dir den Ofen an, damit dir warm wird. Und dann brat ich uns Spiegeleier mit Schinken drunter. Die isst du doch so gerne. Du hast doch Hunger, oder?"

„Ja, und wie", hatte seine Mutter gelogen. Jakobs eifriges Bemühen hatte sie gerührt, und sie hatte die Tränen unterdrücken müssen, um nicht laut loszuweinen. Um seinetwillen hatte sie bis zum Schluss tapfer sein wollen, damit es nicht noch schwerer für ihn würde.

„He, Krücke, bist du ins Koma gefallen, oder was?" Knolle fasste Jakob an die Schulter und schüttelte ihn grob.

„Lass das, du Arsch!", Jakob schreckte aus seinen Gedanken hoch und musste sich erst einmal orientieren, wo er war.

„Wie spät ist es?", fragte er, an niemand Bestimmten gerichtet.

„Bin ich vielleicht die Auskunft? He, Eddi, kannst du mal auf deine Rolex gucken und dem Herrn sagen, wie viel Uhr es ist?", lallte Knolle albern vor sich hin. „Haste vielleicht 'nen Termin?", stichelte er weiter.

„Halt die Fresse!", wies Jakob ihn erbost zurecht und stand wankend auf. Er musste in zwanzig Minuten bei der Klinik sein, um Hope abzuholen.

Am nächsten Tag nutzte Jakob die Zeit, in der Mara mit Hope spazieren ging, um in der Oberstadt ein Geschäft mit gebrauchten Computern aufzusuchen. Mara hatte ihm erzählt, wie wichtig ihr der Kontakt mit den Leuten in den sozialen Netzwerken und Chatrooms gewesen war, als sie noch bei Ellen gelebt hatte. Außerdem hatte sie alles Mögliche dort recherchiert. Dabei hatte sie erwähnt, dass sie fast verrückt geworden war, als Ellen ihr den Zugang zum Internet weggenommen hatte.

Jakob hatte sich nie mit Computern beschäftigt, aber er wusste, dass für die meisten jungen Menschen das Internet unverzichtbar war. Er wollte, dass Mara sich bei ihm wohl fühlte. Außerdem wusste er, dass sie viele Probleme zu bewältigen hatte, für deren Lösung sie das Internet brauchte. Sie wollte ihren Schulabschluss machen und brauchte auch einen Pass. Vielleicht ergäbe sich auch für ihn eine neue Perspektive, wenn er den Umgang mit dem Computer erlernte. Seit er Mara kennengelernt hatte, hielt er es am Brunnen fast nicht mehr aus. Ihn ödeten die blöden Sprüche der anderen an, und er konnte kaum noch nachvollziehen, dass es ihm jahrelang genügt hatte, fast täglich dorthin zu fahren und sich zu betrinken. In der letzten Zeit war er lieber mit Hope zu Hause geblieben und hatte überlegt, wie er das Leben mit Mara in seinem Haus organisieren sollte. Den Alkohol brauchte er zwar immer noch. Aber das Trinken war nicht mehr der Mittelpunkt in seinem Leben. Zum ersten Mal seit dem Unfall damals hatte er Ziele, die er erreichen wollte. Es war ein ganz anderes Lebensgefühl, wenn er morgens aufwachte und Pläne für den Tag schmieden konnte. Manchmal wusste er gar nicht, wo er anfangen sollte, so viel gab es auf einmal zu tun. Er wünschte sich eine bessere Kondition für all die vor ihm liegenden Aufgaben. Doch mit seiner Gesundheit ging es immer mehr bergab. Er quälte sich mit bleierner Müdigkeit und Kopfschmerzen. Den Gedanken, endlich zum Neurologen zu gehen, wie sein Hausarzt ihm dringend geraten hatte, verdrängte er immer wieder und nahm sich stattdessen vor, weniger zu trinken.

An diesem Nachmittag hatte er mehr als sonst getrunken, und er torkelte leicht, als er aus dem Geschäft kam. Für einen Computer hatte er sich nicht entscheiden können. Mit den Erläuterungen des Händlers hatte er nichts anfangen können. Jetzt hatte Jakob quälenden Durst. Nach dem vielen Bier brauchte er dringend etwas Kaltes zu trinken, am besten klares Wasser. Doch weit und breit gab es keinen Kiosk. In der Nähe lag aber ein kleiner Platz, auf dem man Straßenschach spielen konnte und an dessen Kopfseite sich eine wasserspeiende Figur befand. Sein Durst war groß, so dass er dort Wasser schöpfte und trank, obwohl ein Schild darauf hinwies, dass es kein Trinkwasser war.

„He, Kumpel! Lass das lieber! Von dem Wasser kannst du Durchfall kriegen. Komm her! Ich habe eine Flasche Sprudel im Rucksack."

Jakob drehte sich erschrocken um; er hatte niemanden bemerkt, den er kannte. Auf einer Bank etwas oberhalb saß ein langhaariger junger Mann. Er schwenkte fröhlich eine Wasserflasche und grinste zu ihm herüber:

„Komm her und setz dich!"

Jakob zögerte und überlegte fieberhaft, woher er den Mann kannte. Er nahm er seine Krücke in die Hand und wankte zu ihm hin. Der Mann konnte in seinem Alter sein. Vielleicht war er mit ihm zur Schule gegangen. Wie immer, wenn er jemanden von früher kannte, schämte er sich. Er hatte sich von der Situation überrumpeln lassen und war losgegangen. Doch nun wäre er am liebsten im Erdboden versunken. Der Fremde gehörte sicher nicht zu den Leuten, mit denen er gewöhnlich trank. Er sah sauber und gepflegt aus. Jakob hatte ihn noch nie zuvor gesehen. Es musste sich um eine Verwechslung handeln.

„Kennen wir uns?", fragte Jakob misstrauisch.

„Nein! Aber das kann sich ja ändern. Ich heiße Stefan, und du?"

„Jakob." Wohl oder übel musste er neben dem Fremden Platz nehmen, seine Hüfte schmerzte.

„Hier, trink erst mal was!" Der Mann reichte Jakob die Flasche, und der trank sie gierig halb leer. Erst als er die Flasche absetzte, wurde ihm bewusst, dass sie ihm nicht gehörte. Verlegen sah er unter sich. Er stellte das Mineralwasser neben sich, scharrte mit dem gesunden Bein auf dem Boden herum und überlegte verunsichert, wie er sich am schnellsten aus dem Staub machen könnte. Auch Stefan trank einen Schluck aus der Flasche. Er hatte nicht einmal abgewischt.

„Behalt' sie ruhig. Ich kenn das mit dem Nachdurst von mir selbst, da könnte man gleich ein ganzes Fass leertrinken." Verwundert sah Jakob ihn an. Stefan sprach so locker über das Thema, dass Jakob grinsen musste, seine Unsicherheit war verflogen.

„Was treibst du hier?", fragte er den Mann ganz spontan.

„Ach, ich komme gerade aus der Versammlung. Und jetzt muss ich erst mal in Ruhe eine rauchen. Willst du auch eine?"

„Danke." Jakob nahm sich eine Filterzigarette aus der halb vollen Schachtel und schämte sich wieder, diesmal wegen seiner von Nikotin verfärbten Finger. Aber auch das schien seinen neuen Bekannten nicht zu stören, genauso wenig wie Jakobs Bierfahne. Jakob hatte damit gerechnet, dass der Fremde von ihm abrücken würde, wenn er bemerkte, dass er neben einem heruntergekommenen Alkoholiker saß. Doch dieser Mann hatte sogar mit ihm aus der gleichen Flasche getrunken. Sie kamen ins Gespräch, und Jakob stellte fest, dass Stefan anders war als alle anderen, die er bisher in seinem Leben kennengelernt hatte. Er verachtete ihn nicht, und es sah auch nicht so aus, als ob er sich aus Mitleid mit ihm unterhielte. Der Mann schien echtes Interesse an ihm zu haben und gab Jakob das Gefühl gleichwertig zu sein. Jakob konnte sich nicht daran erinnern, wann er zuletzt von einem normalen Menschen so respektvoll behandelt worden war. Am liebsten wäre Jakob noch geblieben, aber er wollte nicht aufdringlich sein. Daher nahm er seine Krücken, um zum Bahnhof zurückzugehen.

„Du musst schon los?", fragte Stefan bedauernd.

„Ich muss den Bus zum Krankenhaus kriegen. Aber eigentlich habe ich noch ein paar Minuten", gab er zu und setzte sich wieder.

„Dann kann ich dich mitnehmen. Ich muss nämlich auch in die Richtung. Mein Auto steht ganz in der Nähe."

„In was für einer Versammlung warst du denn?" Jakob fragte nur, weil er die Unterhaltung wieder in Gang bringen wollte. „In einer politischen?"

„Bloß nicht! Mit so was habe ich nichts am Hut. Ich war bei einer Gemeindeversammlung. Ich gehöre zu den Pfingstlern."

„Ach so."

Aus Jakobs lahmer Antwort war herauszuhören, dass er nicht wusste, um was es sich dabei handelte. Er fühlte sich dumm und wollte nicht nachfragen. Aber Stefan erzählte von selbst, was es mit der Pfingstgemeinde auf sich hatte. Am Ende seines kleinen Vortrages fügte er noch an:

„Du siehst skeptisch aus. Das war ich am Anfang auch. Mit Kirche und so 'nem Zeug hatte ich vorher auch nie was am Hut. Aber dann hat mich ein Bekannter mal in die Gemeinde eingeladen, und ich bin hingegangen, eigentlich nur um ihm einen Gefallen zu tun. Das war vor acht Jahren. Damals hatte ich auch ein Alkoholproblem. Ich habe mich dort schnell richtig wohl gefühlt. Bei uns gibt es jede Menge junge Leute, und wir haben viel Spaß miteinander. Durch die Gemeinde bin ich auch vom Alkohol losgekommen. Seit damals bin ich nie mehr allein gewesen, wenn ich in Schwierigkeiten war. Wir sind wie eine große Familie."

„Und was ist da anders als in anderen Kirchengemeinden?", fragte Jakob, nun neugierig geworden. Stefan erzählte begeistert von seinem Glauben, und Jakob hörte ihm aufmerksam zu. Der christliche Glaube war ihm von der Kindheit her vertraut, und er verband viele gute Erinnerungen damit. Seine Eltern waren fromme Leute gewesen und vieles, was sie gesagt oder getan hatten, hatte Jakob beeindruckt. Doch er war nicht mehr zur Kirche gegangen, seit seine Mutter gestorben war. Er hatte sich vor den Blicken der anderen gefürchtet und war auch nicht damit klar gekommen, dass Gott all das Elend in seinem Leben zugelassen hatte.

Das, was Stefan ihm erzählte, zog ihn beinahe magisch an, und er stellte fest, dass er auch gerne einmal dorthin gehen wollte. Vergeblich wartete er darauf, dass Stefan ihn einlud. Schließlich überwand er sich und fragte, ob er mal unverbindlich mit in die Versammlung gehen könnte. Er wollte mehr von dem hören, was Stefan ihm erzählt hatte. Sie verabredeten sich für den nächsten Dienstagabend.

Stefans Wagen stand in einer Nebenstraße in der Nähe. Auf der Fahrt sprachen sie über Computer, und Jakob gab zu, dass er keine Ahnung davon hatte. Als er ihm erzählte, dass er sich einen gebrauchten Computer kaufen wollte, aber nicht wisse, welchen, bot Stefan ihm seine Hilfe beim Kauf an und versprach ihm, das Gerät auch anzuschließen und startklar zu machen. Danach wollte er Jakob noch eine kleine Einführung in die Welt des Internets geben. Stefan war in der Computerbranche tätig. Jakob fühlte sich fast euphorisch, als er ausstieg, und winkte dem Wagen noch lange nach. Am übernächsten Tag würden sie sich wiedersehen, um gemeinsam in den Computerladen zu gehen, und am Dienstag wollte er mit Stefan in dessen Gemeinde gehen. Jakob freute sich sehr, dass er Stefan kennengelernt hatte. Es war fast so, als seien sie Freunde, und das machte ihn glücklich.

Mara saß mit Nadja im Raucherzimmer und erzählte ihr glückselig von dem wunderschönen Spaziergang, den sie mit Hope gemacht hatte.

„Du kannst dir kaum vorstellen, was das für ein Gefühl war, endlich mal wieder an der frischen Luft zu sein! Hast du gesehen, wie Hope sich gefreut hat, als sie mich gesehen hat? Es hat mir so gut getan, sie endlich wiederzusehen. Ich kann es gar nicht mehr erwarten, hier rauszukommen! Ich fühle mich, als könnte ich Bäume ausreißen."

„Na, das freut mich für dich! Dein Hund ist wirklich süß. Du wirst sehen, die letzten Tage vergehen wie im Flug, jetzt, wo du Ausgang hast. Ich will dir deine Begeisterung auch nicht nehmen. Aber vergiss nicht, wie schwierig es draußen ist, trocken zu bleiben", bremste Nadja die neugewonnene Freundin.

Mara fühlte sich großartig und konnte sich nicht vorstellen, dass sie rückfällig werden könnte. Trotzdem hatte sie Nadja versprochen, mit ihr in eine Selbsthilfegruppe zu gehen. Auf Nadjas Rat hin hatte sie sich sogar einen Termin bei der ambulanten Suchtberatung geben lassen. Im Moment konnte allerdings nichts ihre Vorfreude dämpfen. Sie hatte mit Mehmet vereinbart, dass sie direkt nach der Entlassung bei ihm in der Küche anfangen würde, und auch die Putzstelle bei Nadjas Mutter war ihr sicher. Zum ersten Mal würde sie Geld durch ehrliche Arbeit verdienen. Nadja musste zu einem Arztgespräch, und Mara blieb allein im Raucherzimmer sitzen. Als Markus auf eine Zigarette in den Raucherraum kam, machte ihr Herz einen kleinen Hüpfer. Nach der ersten Begegnung dort sahen sie sich fast täglich um die gleiche Zeit wieder, und Mara hatte den Eindruck, dass der gutaussehende Krankenpflegeschüler ihretwegen kam. Einerseits machte sie das unsicher, andererseits freute sie sich darüber und genoss das Kribbeln im Bauch. Markus hatte ihr viel von sich erzählt, und sie hatten vereinbart sich zu duzen, wenn niemand sonst in der Nähe war. Als Mara ihn auf sein exotisches Aussehen angesprochen hatte, erfuhr sie, dass Markus' Mutter auf Hawaii geboren war und sich vor vielen Jahren in seinen Vater verliebt hatte, der dort damals als Ingenieur bei einer deutschen Firma gearbeitet hatte. Markus war beim Erzählen regelrecht ins Schwärmen geraten. Nicht nur die Insel hatte es ihm angetan. Er fand die Liebesgeschichte seiner Eltern unglaublich romantisch. Wie von selbst war das Gespräch auf Ehe und Familie gekommen. Markus hatte Mara bekannt, dass er an die große Liebe glaubte und seinen Eltern nacheifern wollte, für die es nie einen anderen Partner gegeben hatte. Treue bedeutete ihm viel, und er lehnte bedeutungslose Affären ab. Mara hatte sich noch nie Gedanken über dieses Thema gemacht. Für sie war es bisher undenkbar gewesen, dass sie eine Beziehung haben könnte. Doch seit sie Markus kannte, war sie sich gar nicht mehr so sicher. Sie war auf dem besten Weg sich zu verlieben.

„Hallo, Mara. Ich habe dich aus dem Fenster gesehen, als du mit deinem Hund draußen warst. Der ist ja einzigartig schön und gehorcht dir wohl aufs Wort! Wie hast du das bloß hingekriegt? Ich liebe Tiere und will später auch einen Hund haben."

Mara erzählte stolz, wie sie den kleinen Welpen gefunden und dass sie jede Menge über Hundeerziehung gelesen hatte. Auch von dem alten Tierarzt erzählte sie. Markus erkannte, wie eng die Beziehung von Mara zu dem Hund war, und es berührte ihn. Als er fragte, ob er mal mitkommen dürfe, wenn Mara mit Hope spazieren ging, stimmte sie so begeistert zu, dass es ihr danach peinlich war. Alles deutete darauf hin, dass sie sich auch nach der Entlassung wiedersehen würden.

Jakob wurde durch Hopes lautes Schnarchen aufgeweckt. Er gab ihr einen zärtlichen Klaps.

„Nicht besonders damenhaft, meine Süße."

Er streichelte ihr seidiges Fell, woraufhin sie im Schlaf genüsslich grunzte.

„Na, wenigstens eine, die gut schlafen kann", murmelte Jakob.

Wie so oft in letzter Zeit war er nachts wach geworden und hatte bis zur Morgendämmerung keinen Schlaf mehr finden können. Gegen die stechenden Kopfschmerzen hatte er die letzten beiden Schmerztabletten eingenommen. Doch auch die hatte ihm kaum geholfen. Er fühlte sich zerschlagen und matt. Als er aufstehen wollte, um das Kaffeewasser heiß zu machen, fiel er prompt wieder auf die Schlafcouch zurück. Blitze zuckten vor seinen Augen und heftiger Schwindel machte ihm zu schaffen. Er musste etwas unternehmen. Zwar hatte er schon lange Zeit Beschwerden. Doch bisher hatten ihn Müdigkeit und Schwäche nicht besonders beeinträchtigt. Wegen des Alkohols fühlte er sich seit Jahren müde und klapprig. Auch die Kopfschmerzen hatte er darauf zurückgeführt. Aber seit Mara in sein Leben getreten war, führte er ein anderes Leben; er musste planen, Besorgungen machen und Mara im Krankenhaus besuchen. Außerdem wollte er die Bekanntschaft mit Stefan gern vertiefen. Aber die körperlichen Probleme wurden schlimmer, obwohl er deutlich weniger trank als vorher. Er wollte fit werden, damit er seine vielfältigen Aufgaben mit Energie angehen konnte. Jakob rief seinen Hausarzt an und vereinbarte für mittags einen Termin in der Sprechstunde. Das hätte er längst tun sollen; der Arzt hatte ihm schon lange gesagt, dass er zur regelmäßigen Blutuntersuchung kommen solle.

Es klopfte am Fenster. Gerti stand mit einem Teller dort und bedeutete ihm zu öffnen. Jakob erhob sich vorsichtig, taumelte zum Fenster und öffnete es. Ihm war immer noch schwindelig, und er musste sich an der Fensterbank festhalten. Gerti reichte ihm einen Teller mit Waffeln hinein, die vom Vortag übrig geblieben waren.

„Geht es dir nicht gut, Jakob? Du siehst ganz blass und müde aus", fragte Gerti besorgt.

„Doch, doch", wiegelte Jakob ab. „Komm doch rein! Ich muss dir was erzählen." Gerti war überrascht. Normalerweise wimmelte Jakob sie schnell ab. Er eilte an die Haustür und ließ Gerti eintreten. Sie setzte sich auf den alten Holzstuhl am Tisch und wartete gespannt darauf, was Jakob ihr zu sagen hätte. Die Nachricht, dass bald ein junges Mädchen bei ihm einziehen würde, schlug bei ihr ein wie eine Bombe, so unvorstellbar und außergewöhnlich war das für den verschlossenen Eigenbrötler Jakob. Deshalb war Gerti skeptisch. Jakob erzählte umständlich, was sich ereignet hatte, mit Ausnahme der Tatsache, dass Mara einen Krampfanfall gehabt hatte und Alkoholikerin war. In seiner Erzählung hatte er ihr das Leben gerettet, als sie mitten im Einkaufszentrum einen Blinddarmdurchbruch erlitten hatte. Gerti freute sich über Jakobs Lebhaftigkeit, sorgte sich aber auch um ihn. Warum zog ein junges Mädchen ausgerechnet bei ihm ein? Sie fragte ihn, wo das Mädchen denn bisher gewohnt habe, bekam darauf aber nur eine sehr vage Auskunft, auf die sie sich keinen Reim machen konnte. Die Frage nach ihren Angehörigen beantwortete Jakob erst gar nicht. Gerti beschloss, ein Auge auf das Mädchen zu haben. Sie kannte Jakob lang genug, um zu wissen, dass die junge Frau ihm sehr am Herzen liegen musste, wenn er sie zu sich ins Haus einlud, und ihr wurde angst und bange bei dem Gedanken, sie würde sein außergewöhnliches Vertrauen missbrauchen. Für Gerti sah es so aus, als hätte Jakob sich in sie verliebt. Aber was die junge Frau anging, konnte Gerti sich beim besten Willen nicht vorstellen, dass sie seine Gefühle erwiderte. Vielleicht erlebte Jakob noch einmal, dass jemand bei ihm einzog, nur um sich sein Haus unter den Nagel zu reißen. Seine Tante hatte jedenfalls alles versucht, um ihn in ein Heim für körperlich behinderte Jugendliche zu stecken. Gerti wusste, wie sensibel und instabil Jakob war, und ihr mütterlicher Instinkt sagte ihr, dass das Mädchen ihn zerstören würde, wenn sie mit ihm spielte. Seit dem Tod seiner Mutter hatte er niemanden an sich herankommen lassen; Gerti vermutete, dass er die Nähe von netten Menschen mied, weil er Angst hatte, verlassen zu werden. Trotzdem versprach sie ihm zu helfen. Durch nichts ließ sie sich ihre Skepsis anmerken. Sie wollte sich erst selbst ein Bild von der jungen Frau machen.

Eine Stunde später verließ Jakob das Haus, um Hope bei Mara abzugeben. Dann machte er sich auf den Weg zum Arzt. Ihm ging es nun besser, und er wollte versuchen noch einmal ein Rezept für die Schmerztabletten zu bekommen, ohne dass er aufwendige Untersuchungen beim Neurologen über sich ergehen lassen musste.

Er brauchte nicht lange zu warten. Schon nach einer Viertelstunde wurde er ins Sprechzimmer gerufen. Doch diesmal weigerte sich sein alter Hausarzt, ihm einfach die Tabletten zu verschreiben. Er fragte ganz genau nach Jakobs Beschwerden, leuchtete ihm in Augen, Ohren und Hals und machte ein besorgtes Gesicht.

„Deine Blutwerte waren schon beim letzten Mal sehr schlecht, und ich hatte mit dir vereinbart, dass du dich beim Neurologen meldest. Aber dort bist du nicht gewesen. Ich kann dir die schweren Medikamente nicht mehr verschreiben, bevor du gründlich untersucht worden bist. Es kann nicht ausgeschlossen werden, dass du ernsthaft erkrankt bist. Bei deinen schlechten Blutwerten kann ich es nicht verantworten, dir weiterhin Tabletten zu geben, die deine Leber belasten. Ich rufe den Neurologen gleich an; er ist mir noch einen Gefallen schuldig. Warte bitte solange draußen!" Jakob wusste, dass Widerstand zwecklos war. Er kannte den Arzt schließlich sein ganzes Leben lang. Diesmal würde er zum Facharzt gehen müssen. Er mochte seinen Hausarzt nicht verärgern. Außerdem brauchte er dringend etwas gegen seine heftigen Kopfschmerzen. Wenige Minuten später erklärte die Sprechstundenhilfe Jakob, dass er in einer Stunde beim Neurologen sein sollte.

Nach ein paar Tagen bekam der Arzt den Befund: Jakob hatte einen inoperablen Hirntumor. Ihm blieben nur noch wenige Monate, und in dieser Zeit könnten noch alle möglichen Symptome wie Doppeltsehen, schlimmstenfalls auch psychotische Phänomene wie Wahnvorstellungen oder Stimmenhören auftreten. In diesem Fall sollte er sich umgehend beim Neurologen melden, der dagegen Neuroleptika verordnen würde. Als Jakob den Hausarzt fragte, ob es denn nichts mehr gebe, das ihm helfen könne, antwortete dieser ihm, dass es bei Krebs immer noch zu einer Spontanheilung kommen könne. Nur diesen einen Gedanke ließ Jakob zu. Dass er aller Wahrscheinlichkeit nach sehr bald sterben würde, verdrängte er sofort. Er würde weiterleben! Alles andere wäre sinnlos, ja unmöglich. Er konnte Mara schließlich nicht im Stich lassen. Zuletzt verschrieb ihm der alte Arzt ein Opiat gegen die Schmerzen. Mehr konnte er nicht für Jakob tun.

Mara saß hinterm Haus und hing glücklichen Träumereien nach. Sie beobachtete, wie Hope Zilla, den Hund der Nachbarin, auf der Wiese hinterherrannte. Was für ein Paradies, dachte sie voll Staunen. Wenn man von der heruntergekommenen Küche in die alte Waschküche kam und zur Hintertür ging, konnte man nicht ahnen, welch herrlicher Anblick einen dahinter erwartete. Nicht einmal in ihren schönsten Tagträumen hatte Mara sich eine solche Freiheit vorstellen können. Sie hatte immer in der Stadt gelebt und kannte nur Parks oder künstlich angelegte Grünflächen. Das, was sie hinter Jakobs Haus erblickte, hatte sie nur aus Filmen gekannt. Wie würde es erst im Frühling sein, wenn die Wiesen saftig grün waren und die alten Obstbäume voller Blüten standen! Mara atmete tief ein und genoss die frische, klare Luft, die so ganz anders roch als die verschmutzte Großstadtluft. Hier konnte sie Hope ohne Bedenken frei laufen lassen. In der Stadt waren die Wege mit Hundekot, leeren Chipstüten und gebrauchten Taschentücher verdreckt, und auf den Grünflächen fand man Kronkorken und Glassplitter. Die überfüllten Mülltonnen quollen oft über vor Getränkedosen und weggeworfenen Speiseresten. Mara musste stets aufpassen, dass der Hund nichts davon fraß; es war sogar vorgekommen, dass Hundehasser Giftköder ausgelegt hatten. Jakobs Grundstück reichte bis zum Wald, ein mäanderndes Flüsschen durchquerte die Wiese und lud die Hunde ein in großen Sätzen darüber zu springen. „Hier ist es viel schöner als auf den Rheinwiesen", dachte Mara, und das hatte sie sich in ihren kühnsten Träumen nicht vorstellen können. Hier hörte man nirgends das lautstarke Gegröle von feiernden Cliquen, und kein Radiolärm störte die Stille. Mara verstand plötzlich, was es hieß, innerlich zur Ruhe zu kommen, und sie spürte einen inneren Frieden, wie sie ihn nur auf Hoffmanns Hof hin und wieder erfahren hatte.

Mit einem Mal verstand sie, warum Jakob so an seinem Zuhause hing. Er musste hier wirklich eine traumhafte Kindheit verbracht haben und hatte in der herrlichen Umgebung mit seinen Freunden gespielt, als seine geliebten Eltern noch lebten. Er hatte ihr viel von ihnen erzählt, auch wie sein Vater ums Leben gekommen war, und wie sehr ihn der frühe Tod seiner Mutter getroffen hatte, und sie konnte nachfühlen, was es für ihn bedeuten musste, Haus und Grundstück wieder herzurichten. So konnte er ein kleines Stück Vergangenheit zum Leben erwecken, und sie hatte große Lust, ihm dabei zu helfen. Sie würde Unkraut jäten, Büsche beschneiden und all das viele Gerümpel vom Grundstück wegschaffen. Es würde hier wieder richtig schön werden. Auch im Haus wollte sie jede Menge tun. Sie mochte es, auch wenn es dringend einen neuen Anstrich brauchte. Hinter der hässlichen Fassade verbarg sich ein Kleinod, ein Schatz, und Mara hatte vor, ihn zu bergen.

Sie sprühte vor Ideen und fühlte eine Energie wie lange nicht. Die vor ihr liegenden Aufgaben erfüllten sie mit Tatendrang und Freude. Ihr Blick fiel auf die leeren Hasenställe. In der Scheune hatte sie die Überreste eines Pferchs entdeckt, der mit altem Maschendraht abgedeckt war, sicher um die Hasen vor Raubvögeln zu schützen, wenn sie auf der Wiese umherhoppelten. Den könnte sie leicht wieder herrichten. Mara träumte vor sich hin: Alle möglichen Tiere könnte sie halten, Meerschweinchen und Katzen, die hier frei laufen konnten. Tiger freute sich bestimmt über eine Gefährtin. Man könnte den alten Schuppen herrichten und sogar Ponys auf der Wiese halten. In ihrer

Phantasie nahm ihr alter Traum von einem Leben mit vielen Tieren und in herrlicher Natur konkrete Formen an. „Was fällt mir eigentlich ein? Es ist Jakobs Zuhause und nicht meines, und ich habe nicht vor, mich hier dauerhaft einzuquartieren", schalt sie sich. „Ich will mich von anderen unabhängig machen, koste es, was es wolle!" Wie um sich selbst zur Raison zu bringen, hatte sie die Worte laut ausgesprochen. Entschlossen stand sie auf und rief Hope zu sich. Vielleicht wäre sie irgendwann in der Lage, sich selbst so ein kleines Anwesen zuzulegen. Als ihr die unbezahlte Krankenhausrechnung ins Bewusstsein kam, schwand allerdings die Hoffnung auf eine bessere Zukunft. Ihr neues Leben sollte nicht mit einem Betrug beginnen. Sobald sie volljährig wäre, würde sie sich selbst anzeigen und die Schuld begleichen.

Mara gab sich einen Ruck und ging in den Schuppen, um die unzähligen leeren Flaschen einzusammeln, die sie später in den Glascontainer auf dem großen Parkplatz in der Nähe werfen wollte. Sie übte sich darin, schlechte Gedanken, die zu nichts führten, mit Aktivität zu vertreiben.

Jakob schaute Mara aus dem Fenster zu. Er spürte, dass sie sich wohlfühlte. Doch im Gegensatz zu ihr fühlte er sich schwach und elend. Todmüde lehnte er den Kopf gegen die Wand und dämmerte vor sich hin.

„Du schläfst ja am helllichten Tag!", lachte Mara fröhlich, als sie kurz ins Haus zurückkam. Jakob schreckte hoch.

„Ich weiß auch nicht, warum ich so müde bin. Vielleicht wegen der vielen Arbeit", versuchte er matt zu scherzen.

Als Mara sich ihn genauer ansah, stellte sie mit Schrecken fest, wie schlecht Jakob aussah, ganz blass und mit dunklen Ringen unter den Augen.

„Du solltest mehr essen und weniger trinken. Dir fehlen bestimmt jede Menge Vitamine, außerdem isst du zu wenig. Aber gib Acht! Wenn ich dir ein paar Wochen lang was Vernünftiges gekocht habe, wirst du so blühend wie der junge Frühling aussehen. Nur, dass ich außer Dosen aufmachen noch nie was anderes gemacht habe. Doch du wirst mein erstes Opfer sein, das ich solange bekoche, bis ich ein echter Profi bin." Freundschaftlich knuffte sie ihn in die Seite.

„Und dann, wenn ich mich grade dran gewöhnt hab, haust du ab und kochst für deinen Mann und die Kinder all die perfekten Mahlzeiten, die du an mir geübt hast, was?"

„Ja, klar! Genauso stelle ich mir das vor."

Sie alberten noch eine Weile herum, während Mara die Küche aufräumte. Im Handumdrehen sah es wohnlich und gemütlich aus. Jakob staunte. Selbst wenn Gerti hier gewirkt hatte, sah es nicht so behaglich aus. In Mara steckten offenbar ungeahnte Fähigkeiten. Dabei hatte sie gar nichts groß verändert, doch mit wenigen Handgriffen den Raum verzaubert. Jakob schaute ihr zufrieden bei der Arbeit zu und wunderte sich, dass ihr das sogar Spaß zu machen schien. Zwischendurch hatte sie ein paar Äpfel geschält und auf einem kleinen Teller in appetitliche Scheibchen vor ihn auf den Tisch gestellt. Ohne darüber nachzudenken, hatte er zugegriffen und alles aufgegessen, obwohl er seit Jahren kaum Obst angerührt hatte. Er fühlte sich fast so wohl wie Tiger, der schnurrend in der Ecke lag, nachdem er das Leberwurstbrot vertilgt hatte, mit dem ihn Mara verwöhnt hatte. Der Kater lag ausgestreckt im Warmen, obwohl es heller Tag war. „Nicht mehr lange, und er liegt genauso faul und träge in der Ecke wie ich auch", meinte Jakob grinsend.

„Ohne seine fleißige Mithilfe kriegen wir die Mäuseinvasion aber nicht in den Griff", mahnte er, obwohl Tiger eigentlich nur draußen jagte.

„Macht nichts!", rief Mara ihm lachend über die Schulter zu.

„Ich wollte immer schon zahme Mäuse haben." Jakob hatte ihr von Gonzales erzählt, und Mara reizte es, den Mäuserich ganz handzahm zu machen. Bisher hatte sie ihn noch nicht gesehen, aber sie war sehr gespannt auf die erste Begegnung.

Mara stand nun schon zum dritten Mal mit leeren Flaschen am Glascontainer. Der Gestank aus den leeren Schnapsflaschen schlug ihr zwar auf den Magen. Aber trotzdem löste er in ihr ein heftiges Verlangen nach Alkohol aus. Sie zitterte vor Gier. Panisch fiel ihr ein, was die anderen aus der Klinik ihr berichtet hatten. Aber sie hatte nicht geglaubt, dass ihr das passieren könnte. Sie war felsenfest davon überzeugt gewesen, dass sie nie mehr in Versuchung geraten könnte. Besonders weil ihr der Verzicht bisher leicht gefallen war, hatte sie kaum an Alkohol gedacht. Es war ihr unbegreiflich, dass sie so plötzlich wieder die Gier gepackt hatte und sie am liebsten eine Flasche Bier auf Ex in sich hineinschütten würde. Vielleicht hatte Jakob etwas ...

„Viel Arbeit im Haus, nicht?" Mara wurde plötzlich aus den gefährliche Gedanken gerissen. Sie drehte sich erschrocken um und erblickte eine fremde Frau im Kittel, die gerade dabei war, eine Flasche in den Container neben ihr zu werfen.

„Entschuldigung! Ich wollte Sie nicht erschrecken. Ich habe gedacht, Sie hätten mich kommen hören. Ich bin Gerti, Jakobs Nachbarin. Und Sie sind bestimmt Mara. Jakob hat mir von Ihnen erzählt. Ich habe Sie heute Morgen schon draußen aufräumen gesehen. Herzlich willkommen hier in der Nachbarschaft!"

„Hallo!", murmelte Mara unsicher.

Jakob hatte ihr von Gerti erzählt. Aber sie wusste nicht, was Gerti von ihr wusste. Außerdem hatte sie immer noch Angst vor der Begegnung mit Fremden. Doch Gerti redete gleich weiter und erleichterte ihr so den ersten Kontakt.

„Sind Sie denn wieder ganz gesund? Jakob hat mir von ihrem Blinddarmdurchbruch erzählt. Das war ja furchtbar gefährlich. Gott sei Dank, dass Jakob in der Nähe war! Woher kennen Sie ihn eigentlich? Sind sie schon länger befreundet? Ich wusste gar nicht, dass er ...Ich habe Sie hier noch nie gesehen. Ach, ich rede wieder viel zu viel", unterbrach Gerti ihren Redeschwall und sah Mara freundlich an.

Mara war erleichtert, dass Jakob ihr nichts von ihrem Alkoholproblem erzählt hatte. Am liebsten wäre sie fortgerannt. Aber Gerti war eine nette Frau, und Mara mochte sie nicht vor

den Kopf stoßen. Aus ihren vagen Bemerkungen wurde Gerti nicht recht schlau. Immerhin konnte sie daraus entnehmen, dass die junge Frau nur vorübergehend bei Jakob wohnen wollte, so lange bis sie eine feste Arbeit gefunden hätte.
„Für mich ist Jakob wie ein Sohn. Ich kümmere mich ein bisschen um ihn, wenn er mich lässt. Seine Mutter ist ja so früh gestorben, und seitdem ist er ganz allein. Er kommt nicht so gut zurecht, er hat ja fast immer Schmerzen in der Hüfte und ich ..." Gerti brach den Satz mittendrin ab.

Doch Mara hatte deutlich heraus gehört, dass sie sich um Jakob sorgte; sie spürte das Misstrauen der Frau, auch wenn sie sich Mühe gab, ihr freundlich und offen zu begegnen. Zuerst fühlte sich Mara verletzt, aber dann dachte sie, dass Gerti es nur gut mit Jakob meinte. Sie verstand, dass die ältere Frau Sorge hatte, Jakob würde ausgenutzt. Gerti hatte anklingen lassen, dass er sehr sensibel sei, auch wenn man ihm das nicht unbedingt anmerke. Mara spürte ihre Angst, dass sie ihn verletzen könnte und nahm sich vor, das Vertrauen dieser Frau zu gewinnen.

Gemeinsam gingen die beiden Frauen den Waldweg entlang zurück zum Haus. Jakob schlief schon wieder. Daher nahm Mara die Einladung zu einer Tasse Kaffee in Gertis Haus an, auch wenn sie sich noch immer sehr unsicher fühlte. Es war das erste Mal in ihrem Leben, dass sie bei jemandem zum Kaffeetrinken eingeladen war, und sie hatte Angst etwas falsch zu machen.

„Bringen Sie Hope ruhig mit! Zilla und sie kommen schon miteinander klar", forderte Gerti sie auf.

Mara freute sich über die unkomplizierte Art der Frau, sie schien alles ziemlich locker zu nehmen. Jedenfalls brauchte sie sich bei Gerti wegen der Etikette schon mal nicht zu fürchten. Unwillkürlich kamen Erinnerungen an ihr Elternhaus auf, wo jedes Fehlverhalten genau registriert und missbilligt wurde.

Als Mara in die Gertis Küche kam, fühlte sie sich gleich wohl. Es herrschte eine gemütliche Unordnung, die Möbel waren einfach und alt. Überall gab es blühende Blumen, und auf der bunten Wachstuchtischdecke stand ein Teller mit duftenden Waffeln zum Abkühlen. Gerti hatte offensichtlich im Handumdrehen einen Teig angerührt und war gerade dabei Kaffee zu machen.

„Können Sie schon mal die Waffel herausnehmen und mit dem Backen weitermachen? Dann hole ich das Geschirr." Mara war froh sich nützlich machen zu können und meinte schüchtern: „Sie hätten sich doch nicht so viele Umstände machen müssen meinetwegen."

„Ach, das sind doch keine Umstände! Den Teig hab ich in fünf Minuten gemacht. Außerdem esse ich um diese Zeit immer etwas, meist ein Butterbrot mit Marmelade. Wenn jemand da ist, lohnt es sich wenigstens Waffeln zu machen." Während die Hunde im angrenzenden Wohnzimmer miteinander rangelten, plauderten die beiden Frauen beim Kaffee über Gott und die Welt. Gerti hatte Mara schnell ins Herz geschlossen. Sie verfügte über eine feine Menschenkenntnis und fühlte, dass Mara nichts Böses im Sinn hatte und dass ihr Vorsatz, Jakob in Haus und Garten zu helfen, aufrichtig war. Gerti ahnte, dass Mara ein entwurzeltes und einsames Mädchen war, und beschloss, sie unter ihre Fittiche zu nehmen. Maras Unsicherheit legte sich schnell und sie erzählte, dass sie Lust hätte im Frühling einen kleinen Nutzgarten anzulegen, aber nicht wisse, wie man so etwas anfing. Gerti war begeistert und bot ihr Hilfe an.

„Ach, lassen wir das blöde ‚Sie'. Hier im Dorf duzen sich alle. Ich bin die Gerti", sagte sie und reichte Mara ihre schwielige Hand.

„Ich heiße Mara!", brachte sie stockend hervor. Sie war ein wenig befangen und wusste nicht, was sie sagen sollte. Trotzdem freute sie sich über die unerwartete Wärme.

„Wenn du magst, bringe ich dir auch das Kochen bei", versprach Gerti.

Mara hatte ihr davon erzählt, dass sie für gesunde Mahlzeiten sorgen wollte und erzählte ihr, dass Jakob gescherzt habe, sie wolle an ihm das Kochen für ihren zukünftigen Mann üben.

Gerti fiel ein Stein vom Herzen, eine Liebesbeziehung wäre auf Dauer auch nicht gut gegangen. Jakob war deutlich aufgeblüht, als er den Hund bei sich aufgenommen hatte.
Jakob hatte Mara von früher erzählt. Sie wusste, dass er eine glückliche Kindheit gehabt hatte und aus einem frommen Elternhaus stammte. Doch vieles von dem, was Gerti ihr am Nachmittag erzählt hatte, hatte sie noch nicht gewusst. Jakobs Leben als Jugendlicher nach dem furchtbaren Unfall und wie es dazu gekommen war und dass sich nie jemand um ihn gekümmert hatte, als er nach erfolgloser Reha auch noch seine Mutter verloren hatte und seine kaltherzige Tante und deren verkommener Mann bei ihm eingezogen waren. Da erkannte Mara, wie schwer Jakob es gehabt hatte und konnte ihn besser verstehen. Über einen so grausamen Verlust kam niemand hinweg, schon gar nicht ein zorniger Jugendlicher, der zum Krüppel gemacht worden war. Für wen oder was hätte er auch gegen den Alkohol ankämpfen sollen?

Ihre anfängliche Verachtung schlug in Mitleid um; sie wollte Jakob zeigen, dass er für sie wichtig war und sie ihn mochte. Vielleicht gab ihm Auftrieb, dass sie jetzt bei ihm eingezogen war und er mit ihr zusammen Pläne für Haus und Grundstück schmieden konnte. Sie nahm sich vor mit Jakob sehr achtsam umzugehen und ihn nicht zu enttäuschen.

„Es wäre toll, wenn du Jakob dazu bringen könntest, nicht so viel zu trinken! Und er müsste vernünftig essen und auch nicht mehr rauchen. Ich mache mir richtig Sorgen um ihn. Er sieht furchtbar krank aus. Aber du tust ihm gut, und für dich würde er vielleicht mit dem Trinken aufhören. Das verdammte Bier macht ihn total kaputt!"

Gerti traf einen empfindlichen Nerv bei Mara, und sie schluckte schwer. Gerti hatte ja keine Ahnung, dass sie selbst Probleme mit dem Alkohol hatte, und sie sollte das auch nicht erfahren.

„Ich kann ja mal mit ihm darüber reden", versprach Mara lahm. „Aber so groß ist mein Einfluss wirklich nicht. Ich bin

viel jünger als er, und ich weiß nicht, ob er sich von mir etwas sagen lässt." Mara fühlte sich überfordert.
„Tut mir leid! Du hast selbst mit dir genug zu tun. Das habe ich im Eifer des Gefechts ganz vergessen. Wenn es um Jakob geht, bin ich wie eine Glucke; er ist für mich wie ein Sohn. Aber ich komme nicht an ihn ran. Vergiss, was ich gesagt habe, sei einfach nett zu ihm!", lenkte sie ein.
„Aber ich muss dir sagen, dass er, seit du da bist, wie ausgewechselt ist, voller Tatendrang und Freude."
Gerti erzählte, dass er eigens für ihren Einzug einen neuen Fernseher gekauft und einen Computer angeschafft hatte. Und von Stefan, der ihn anschließen wollte. Mara spürte, dass Gerti nicht ganz wohl bei der Sache war.
„Woher er bloß das Geld dazu hat? Am Ende hat er im Lotto gewonnen, und dieser Stefan weiß das und nutzt ihn nur aus. Jakob hat noch nie einen echten Freund gehabt, und ich weiß, wie viel ihm dieser Kontakt bedeutet! Ich mache mir echt Sorgen um ihn", schloss Gerti ihre atemlose Rede.
„Das glaub ich nicht! Jakob hat mir von Stefan erzählt und gesagt, dass er ihn in seine Gemeinde eingeladen hat. Ich glaube, er meint es ehrlich. Aber ich bin nicht sicher, ob der nicht in eine Sekte geht. Er hat gesagt, Stefan tut ihm gut und bedrängt ihn auch nicht. Er war auch schon zwei Mal mit in der Kirche, und das hat ihm richtig gut getan", beruhigte Mara Gerti.
Gerti war regelrecht begeistert von dem, was Mara erzählte.
„Wenn das seine Mutter noch erlebt hätte!", rief sie aus. „Noch auf dem Sterbebett hat sie mir gesagt, dass es ihr größter Wunsch sei, wenn Jakob zum Glauben käme. Dann wüsste ich, dass er in guten Händen wäre. Aber Jakob wollte davon nichts wissen, er war wütend wegen der Ungerechtigkeit, dass sie immer arm gewesen waren und er zum Krüppel gefahren worden ist. Als dann auch noch die Mutter starb, war der Ofen ganz aus."
Gerti erklärte Mara, dass die Pfingstler keine Sekte seien, und dass es im Siegerland viele christliche Freikirchen gebe. Sie

erzählte Mara von Zungenreden, Offenbarungen des Heiligen Geistes und anderen seltsamen Dingen bei den Pfingstlern. „Jedenfalls sind sie sehr fromm", meinte Gerti zuletzt. Mara konnte mit all dem nicht viel anfangen; sie war mit ganz anderen Dingen beschäftigt, auch wenn sie sich manchmal fragte, ob nicht etwas Wahres am Glauben dran sein könnte. Immer wenn sie zurückdachte, an Hoffmanns oder den Kindergottesdienst, erinnerte sie sich an sehr viele schöne Momente, an Geborgenheit und Wärme. Später, bei Ellen, gab ihr der Gedanke an einen liebenden Gott nichts mehr. Genau wie Jakob auch hatte sie gegen einen Gott, der all das Unheil in ihrem Leben zugelassen hatte, innerlich rebelliert. Während sie Gerti zuhörte, fielen ihr der alte Tierarzt, der Ladenbesitzer, der ihr die Decke gebracht hatte, und nicht zuletzt Jakob und Nadja ein, und sie fragte sich, ob Gott da vielleicht seine Hände im Spiel gehabt hatte.

Nach dem Kaffeetrinken gingen Mara und Gerti noch gemeinsam mit den Hunden spazieren. „Komm doch morgen einfach rüber, wenn du Lust dazu hast! Ich muss ja auch mit dem Hund raus, und für eine gute Tasse Kaffee in lieber Gesellschaft habe ich immer Zeit."

Mara schwebte wie auf Wolken, so gut hatte ihr der Nachmittag getan. Und sie konnte ihr Glück kaum fassen; in Gerti hatte sie eine wunderbare, mütterliche Freundin gefunden. Sie wollte lernen, ihr zu vertrauen und die Nähe zu ihr nicht nur auszuhalten, sondern zu genießen. Die guten Erfahrungen, die sie machte, könnten ihre schweren Verletzungen vielleicht eines Tages ganz verheilen lassen. Dafür wollte sie kämpfen. Menschliche Nähe zuzulassen, hieße noch lange nicht, sich von anderen abhängig zu machen. Man muss den goldenen Mittelweg finden, überlegte sie. Im Moment war sie zuversichtlich, das zu schaffen. Es war ein Kampf, den sie unbedingt gewinnen wollte.

Am Abend teilte sie Jakob mit, dass sie am nächsten Morgen die Suchthilfe aufsuchen würde, um dort eine ambulante

Therapie anzufangen. Sie versuchte auch Jakob zu einer Therapie zu bewegen. Aber Jakob konnte sich ein Leben ohne Alkohol nicht vorstellen, jedenfalls noch nicht.

Jakob schaute, wie so oft in den letzten Stunden, auf die Uhr. Wo um alles in der Welt blieb Mara? Und warum hatte sie ihr verflixtes Handy ausgeschaltet? Sie hätte schon längst zu Hause sein müssen. Seit der Frisiersalon angerufen hatte, wo Mara blieb, machte Jakob sich Sorgen. Ihr Job war ihr wichtig, und sie wäre der Arbeit niemals grundlos ferngeblieben. Ob ihr etwas passiert war? Bisher hatte er sich immer auf sie verlassen können. Wenn es später wurde, rief sie stets bei ihm an. Vor zwei Stunden hatte er es nicht mehr ausgehalten und die Suchthilfe angerufen. Zuerst hatten sie sich geweigert, ihm Auskunft zu geben. Doch dann hatte die Frau am Telefon nachgegeben. Sie musste in Jakobs Stimme die Panik herausgehört haben, nachdem er ihr erzählt hatte, dass er sie schon einmal wegen eines Krampfanfalls in die Klinik gebracht hatte. Die Frau wollte ihn beruhigen, als sie ihm anvertraute, dass Mara wie immer pünktlich zum Gespräch gekommen und danach ganz normal gegangen war. Sie hatte noch kurz im Sekretariat einen neuen Termin gemacht, und da hätte es nicht so ausgesehen, dass mit Mara etwas nicht in Ordnung gewesen sei. Das machte Jakob noch unruhiger, und seine Gedanken überschlugen sich. Er war fast sicher, dass mit Mara etwas nicht stimmte. Dann hatte er nochmals überall angerufen: bei Nadja, im Frisiersalon und bei Mehmet im Lokal. Niemand hatte sie gesehen oder gewusst, wo sie war. Jakob rechnete mit dem Schlimmsten. Nun starrte er seit Stunden aus dem Fenster und hoffte jedes Mal, wenn der Bus kam, dass sie aussteigen würde.

Morgens war Mara noch voller Energie gewesen, sie war mit dem Hund gegangen und hatte sich anschließend für den Termin bei ihrer Suchttherapeutin fertiggemacht. Mit der Psychologin habe sie einen Glücksgriff getan, hatte sie ihm erzählt. Zwischen ihnen stimme die Chemie und sie habe Vertrauen zu der Frau. Jakob hatte sogar den Eindruck, dass sie sich auf die wöchentlichen Termine freute. Entsprechend gut gelaunt war sie mittags losgegangen.

Der Fünf-Uhr-Bus hielt vor dem Haus, und Jakob fiel ein Stein vom Herzen, als er Mara aussteigen sah. Eilig humpelte er zur Tür. Doch als Mara sturzbetrunken auf ihn zu wankte, schlug seine Erleichterung in Entsetzen um. Er konnte sie gerade noch festhalten, sonst wäre sie über die eigenen Füße gestolpert.

„Mara, um Gottes Willen! Was ist bloß passiert?" Statt zu antworten, fiel sie ihm schluchzend in die Arme. Immer wieder sagte sie: „Es hat doch alles keinen Zweck. Das halte ich nicht aus! Die Schweine haben mir mein Leben geraubt! Ich schaff' das nicht, ich schaff' das nicht!" Nach einer Weile konnte Jakob sich aus ihrer verzweifelten Umklammerung lösen. Während er einen starken Kaffee kochte, hörte er Mara leise weinen. Mittlerweile hatte sie sich ein wenig beruhigt. Doch Jakob zerriss es fast das Herz sie so unglücklich zu sehen. Er war davon überzeugt, dass sie mit der Therapeutin über die Vergewaltigungen in der Kindheit geredet und dass sie das aus der Bahn geworfen hatte. Natürlich hätte sie irgendwann darüber reden müssen, und ihm war klar gewesen, dass dies schmerzhaft für Mara sein würde.

Aber hätte die Therapeutin das nicht wissen müssen?! Warum hatte sie das arme Mädchen nach dem schlimmen Gespräch allein gelassen? Und hätte sie nicht sehen müssen, dass Mara für das belastende Thema nicht stabil genug war? Jakob war wütend auf die Psychologin, die Mara in eine solche Verzweiflung getrieben hatte. Wenn Mara schlief, wollte er die Frau anrufen und ihr sagen, wie verantwortungslos sie war. Doch dann erfuhr er von Mara, dass sie vor der Psychologin den Missbrauch lediglich angedeutet hatte und diese ihr vorgeschlagen hatte, das Thema zu einem späteren Zeitpunkt zu besprechen. Doch das hatte ausgereicht, um die verdrängten Vergewaltigungen wieder in ihr Bewusstsein zu katapultieren.

Nur so eben hatte sie das weitere Gespräch durchhalten können, indem sie über eher Nebensächliches gesprochen hatte. Doch kaum dass sie das Gebäude verlassen hatte, war sie in den erstbesten Laden gerannt, hatte sich eine Flasche Apfelkorn gekauft und schnell getrunken, reflexhaft und ohne nachzudenken. Dann wurde ihr mit Entsetzen klar, dass sie rückfällig geworden war, und um damit fertig zu werden, hatte sie noch mehr getrunken, so viel, bis sie alles vergessen konnte. Wie sie es geschafft hatte, mit dem Bus nach Hause zu fahren, wusste sie nicht mehr. Irgendwann war der Filmriss gekommen, und erst als Jakob sie in den Arm genommen hatte, war ihr bewusst geworden, was vorgefallen war. Die Vergangenheit hatte Mara eingeholt. Die Büchse der Pandora stand weit offen und ließ sich vielleicht nie wieder schließen.

Noch nie hatte Mara Jakob von ihrer Kindheit erzählt. Er wusste nur, was er sich zusammengereimt und aus verschiedenen Äußerungen herausgehört hatte. Mara hasste bestimmte Männer, besonders erfolgreiche, und mied alles, was auch nur im Entferntesten mit Sex zu tun hatte. Und wenn die Rede auf Ellen kam, rastete sie regelrecht aus.

Doch nun saß er neben Mara auf dem Sofa, hielt sie in seinen Armen und hörte ihr betroffen zu, während sie ihm schluchzend von ihrer Vergangenheit erzählte. Wie unter Zwang sprudelten die widerlichen Details aus ihr heraus und vergifteten Jakobs Hirnzellen mit Hass und ohnmächtiger Wut. Sie erzählte von ihrer Flucht und von Ellen, die die existenzielle Notlage des kleinen Mädchens ausgenutzt hatte, um Profit zu machen, und zog ihn mit hinein in all ihre Wut und Rachsucht. Zuletzt hatte sie verzweifelt gebrüllt:

„Ich werde sie alle umbringen, verstehst du! Solange diese gewissenlosen Schweine weiter in Saus und Braus leben und Kinder ficken, kann ich keinen Frieden finden. Ich werde nie einen Mann lieben können, weil ich immer die widerlichen Fratzen von den geilen Säcken vor Augen habe. Ich muss sie auslöschen! Es muss Blut fließen, damit ich zur Ruhe komme, damit ich endlich frei werde und ein neues Leben anfangen kann, und ich will an die Liebe zwischen zwei Menschen glauben können und nicht nur brutale Geilheit und Vergewaltigung im Kopf haben müssen. Und ich weiß, wo ich sie finde. Weil sie ja ach so wichtig sind, hab ich jeden Furz im Internet wiederfinden können."

Noch als Jakob Mara ins Bett brachte und sie zudeckte, klammerte sie sich an ihm fest und starrte ihn mit irrem Blick an. Bevor sie einschlief, sagte sie noch einmal: „Ich werde sie finden und töten!"

Wie hypnotisiert saß Jakob die ganze Nacht über auf dem Sofa und starrte in die Dunkelheit, geschüttelt von abgrundtiefem Hass und von überfließendem Mitleid für das Mädchen, das er wie eine kleine Schwester liebte. Bevor er im Morgengrauen in einen unruhigen Schlaf fiel, hatte er einen Entschluss gefasst:

Er würde tun, was getan werden musste, und für Mara den Weg zu einer unbelasteten Zukunft frei machen. Er würde an Maras statt töten!

Am nächsten Morgen erwachte Mara mit stechenden Kopfschmerzen. Es gelang ihr nur mit Mühe und Not ins Bad zu wanken und sich zu übergeben. Was war bloß passiert? Mara hatte keine Erinnerung an den vorigen Tag, wusste nicht einmal, wie sie nach Hause gekommen war. Sie presste die Finger auf die schmerzenden Schläfen und schlich zurück in ihr Bett. Wie war sie nur ins Bett gekommen? Verzweifelt versuchte sie sich zu erinnern. Gestern hatte sie einen Termin in der Suchtberatung, aber sie wusste beim besten Willen nicht mehr, worum es gegangen war. Das Letzte, was sie vage im Kopf hatte, war, dass sie irgendwo auf einer Bank in der Oberstadt gesessen hatte, neben sich eine Flasche Apfelkorn. Mara stöhnte auf, schloss die Augen, als könne sie so der Wahrheit entfliehen, und versuchte weiter zu schlafen. Ein erneuter Brechreiz zwang sie ins Bad. Sie übergab sich, bis es in ihrer Kehle brannte, dann beschloss sie zu duschen. Sie riss sich die schmutzigen Kleider vom Leib, in denen sie die Nacht verbracht hatte, und warf sie in die Waschmaschine. Sie duschte heiß und lange, zuletzt brauste sie sich eiskalt ab, um wieder klar im Kopf zu werden. Dann zog sie frische Sachen an und überlegte, wie sie Jakob entgegentreten sollte. Er musste mitbekommen haben, in welchen Zustand sie nach Hause gekommen war. Mara beschloss, so zu tun, als sei nichts vorgefallen und stieg die Treppe hinunter.

„Hi, Mara! Wie fühlst du dich?"

Jakob sah ihr an, wie sehr sie sich schämte. Zaghaft streichelte er sie am Arm. Er wusste, wie sie sich fühlte, und versuchte sie zu trösten. Da brachen bei ihr alle Dämme. Sie warf sich an seine Brust und weinte.

„Was habe ich bloß getan!?", rief sie verzweifelt. „Jetzt ist alles im Eimer, die Entgiftung und alles! Ich hab mir alles versaut", schluchzte sie.

„Nein, so darfst du das nicht sehen! Das kann jedem passieren, aber dass heißt noch lange nicht, dass du wieder von vorne anfangen musst! Im Gegensatz zu anderen bist du körperlich besser dran. Bei anderen reicht schon ein Tropfen, dann ist alles vorbei. Aber so weit bist du noch lange nicht. Vergiss, was gestern war! Heute ist heute, und du fängst neu an ...", versuchte Jakob sie zu beruhigen.

„Und wenn ich' s nicht schaffe?", weinte sie.

„Dann machst du eben noch einen Entzug. Aber du kriegst das schon hin!" „Ich kann nicht mehr ins Krankenhaus. Ich hab die doch um die Rechnung beschissen! Ich bin eine verdammte Betrügerin!"

„Nun mach aber mal halblang! Du hattest ja keine andere Wahl. Außerdem habe ich das erledigt." „Was?"

„Ich habe die Rechnung bezahlt. Es ist alles okay!" Er schüttelte die verzweifelte Mara sanft.

„Wie? Du hast die Rechnung bezahlt? Wieso? Woher hast du so viel Geld?"

„Darum mach dir mal keine Gedanken. Es ist meine Sache! Wenn du willst, kannst du es mir ja irgendwann zurückzahlen."

Jakob wusste um Maras Angst vor jeder Abhängigkeit. Und eigentlich hatte er ihr das gar nicht sagen wollen. Wie einem kleinen Kind wischte er ihre Tränen von den Wangen und gab ihr einen liebevollen Klaps.
„So, Thema beendet! Jetzt bekommst du einen starken Kaffee und dann isst du ein Butterbrot! Ich hab uns schon den Tisch gedeckt." Mara drehte sich zu ihm hin und umarmte ihn. Das Gesicht an seine Brust gedrückt murmelte sie:
„Ach Jakob, lieber Jakob! Wie soll ich dir nur danken?"
„Indem du jetzt fein frühstückst."
Mara hob den Blick und sah ihm gerührt in die Augen. Jakob wurde rot und sah schnell weg. Da küsste sie ihn zart auf die Lippen und hauchte:
„Danke! Ich hab dich so lieb."
Verlegen schob er sie zum Tisch, räusperte sich laut und vernehmlich.
„So, schlag zu!"
Jakob reichte ihr den Brotkorb. Sie langte zu. Zwischen zwei Bissen erklärte sie: „Ich muss mich beeilen! Ich bin um zehn mit Gerti verabredet, wir wollen gemeinsam mit den Hunden gehen und dann die Wäsche machen." Als sie sich vom Tisch erhob und sich schwungvoll die Jacke über die Schulter warf, schaute Jakob ihr verwundert nach. Erstaunlich schnell hatte sie sich von den dramatischen Ereignissen erholt und neuen Mut gefasst. Mara wusste anscheinend nicht mehr, was sie ihm gestern erzählt hatte, und er würde ihr das auch nicht sagen. Doch in ihm hatte sich jedes Wort eingebrannt, und er würde es nicht vergessen. Aus Liebe zu ihr würde er das Versprechen, das er sich gestern selbst gegeben hatte, wahr machen. Auf seinen Lippen fühlte er noch ihren Kuss. Er war glücklich, er würde alles für sie tun, denn sie hatte seinem trostlosen Leben endlich einen Sinn geben und Licht und Wärme gebracht.

Heftige Kopfschmerzen klopften in seinen Schläfen. In letzter Zeit waren die Attacken so stark geworden, dass er fast täglich zu den starken Tabletten griff, die ihn so müde machten, dass er sich hinlegen musste. Sie enthielten Morphium. Jakob rieb sich die Augen, als ob er dadurch die beängstigenden Bilder und Stimmen vertreiben könnte, die ihn seit Wochen quälten. „Das hat sicher mit den Pillen zu tun", dachte er. Waren die geisterhaften Erscheinungen nicht aufgetreten, als er das neue Medikament bekommen hatte? Oder kündigte sich ein Delirium an? Seit Mara bei ihm wohnte, hatte er nicht mehr viel getrunken und war vielleicht im Entzug, weil sein Körper mehr Alkohol brauchte. Mühsam quälte er sich auf die Beine und schlurfte zum Schuppen. Dort hatte er eine Flasche Korn versteckt, aus der er hin und wieder einen Schluck trank. Er füllte ein Wasserglas mit Schnaps, stürzte es herunter und schüttelte sich. Nur so eben konnte er ein Erbrechen verhindern. Dann schleppte er sich zurück und legte sich wieder hin. Die Tablette begann zu wirken, und der Alkohol tat das Seine dazu. Jakob fiel in einen langen Dämmerschlaf.

Als die beiden Frauen kamen, um die Schmutzwäsche zu holen, fanden sie Jakob im Tiefschlaf. Besorgt runzelte Gerti die Stirn. Mara fasste Jakob leicht an der Schulter, um ihn zu wecken. Es war Donnerstag. Abends war Männerabend in der Pfingstgemeinde. Der war Jakob heilig, noch mehr als der sonntägliche Gottesdienst, den er auch nie versäumte. Hier traf er auf Männer, die ihn so akzeptierten, wie er war. Niemand kümmerte es, woher jemand kam oder was er war. In dieser Gemeinschaft waren alle gleich wertvoll. Sie alle waren Söhne und Töchter des einzigen Gottes, und Jakob wollte sich dieses Gottes würdig erweisen, in dem er ein Leben in Gehorsam und Demut anstrebte.

Aber durfte er Maras wegen morden? Sollte er ihretwegen sein eigenes Seelenheil aufs Spiel setzen? War es vielleicht sogar Gottes Wille, dass er für Mara tötete? Musste er Blut vergießen, um sie zu retten? Hatte Gott nicht auch Jesu Blut gefordert, um seine geliebten Kinder zu retten? Auch er liebte Mara und wollte ihre Erlösung.

Jakob beschloss zu warten, bis Gott zu ihm redete. Dass Gott seine Fragen beantwortete, hatte er ihm bereits in einer Vision mitgeteilt. Gott schickte Jakob oft Visionen. ER sprach durch den Heiligen Geist zu ihm, ließ ihn Bilder von einzigartiger Schönheit sehen und himmlische Sphärenmusik hören. Wenn Gott redete, wurde Jakob von ekstatischen Glücksgefühlen übermannt. Auch der Teufel war am Werk. Er schickte Dämonen, die ihn in die Hölle sehen ließen und ihn mit grausamen Bildern peinigten. Tapfer ertrug Jakob die Qualen, wusste er doch, dass Satan keine Macht mehr über ihn hatte. Er ertrug auch die stechenden Kopfschmerzen, mit denen sich seine Visionen ankündigten. Es war Gottes Wille, dem er sich mit Freude unterwerfen wollte.

Die Brüder und Schwestern in seiner Gemeinde hatten ihm begeistert zugehört, als er ihnen von seinen Visionen erzählt hatte. Nur Wenigen war der Heilige Geist auf so einzigartige Weise erschienen. Viele sehnten sich danach, dass Gott so eindeutig zu ihnen redete. Von den grauenhaften Halluzinationen hatte Jakob nur Stefan erzählt. Stefan meinte, dass sei der Teufel, der ihn vom Glauben abbringen wolle und dass Satan auch Jesus in der Wüste in Versuchung geführt habe. Jakob sei ein Auserwählter, mit dem Gott etwas ganz Besonderes vor habe.

Selbst Stefan gegenüber hatte Jakob nichts von seinen körperlichen Beschwerden erzählt. Er wollte kein Mitleid; er wollte sein wie alle anderen. Außer Stefan wusste auch keiner von seinem Alkoholproblem. Aber das würde er bald im Griff haben.

Als Mara Jakob sanft am Arm schüttelte, versprach er gleich aufzustehen und sich fertigzumachen. Mara und Gerti könnten sich getrost um die Wäsche kümmern, er wolle schließlich auch äußerlich rein aussehen, versuchte er zu scherzen. Gerti sah ihn ernst an und sagte:

„Jakob, du bist ganz blass. Hast du wieder Kopfschmerzen? Ich finde, du solltest unbedingt zum Arzt gehen und dir das Blut untersuchen lassen."

„Ach, es geht mir nicht schlecht, ich bin nur ein wenig müde, aber das legt sich gleich", wehrte er ab.

Da meldete sich Mara zu Wort: „Übrigens hat dein Hausarzt gestern angerufen. Du hattest einen Termin bei ihm, bist aber nicht erschienen. Du sollst dich unbedingt in der Praxis melden! Rufst du ihn gleich morgen früh an?"

„Reine Geldmacherei!", knurrte Jakob.

Doch als er Maras besorgten Blick sah, lenkte er ein. Er wollte nicht, dass sie sich Sorgen machte und versprach, so schnell wie möglich zum Arzt zu gehen.

„Aber mach dir bloß keine Sorgen. Mit mir ist alles in Ordnung. Ich soll vielleicht eine Kur machen."

Mara sagte nichts dazu, auch wenn sie nicht glaubte, dass er sich gut fühlte.

Mara hingegen schwebte wie auf Wolken. Die regelmäßigen Termine bei der Psychologin ermutigten sie. Sie war selbstbewusster geworden und sah frisch und gesund aus. Die Abstinenz hatte sie regelrecht aufblühen lassen, ihre Haut war rosig, die Augen strahlend, und die neue Frisur brachte ihr honigblondes Haar besonders gut zur Geltung. Nachdem sie aufgehört hatte zu trinken, war auch der quälende Selbsthass abgefallen. Früher war sie vor Menschen geflohen, sie hatte sich für minderwertig und hässlich gehalten und sich nicht vorstellen können, dass jemand sie mögen könnte, so wie sie war.

Mara rührte es zwar, dass Jakob ihretwegen einen Computer angeschafft hatte, nutzte das Gerät aber kaum. Sie hatte nun echte Freunde und brauchte die virtuelle Welt nicht mehr.

Dafür verbrachte Jakob viel Zeit im Internet. Stefan hatte sein Versprechen gehalten und ihm beigebracht, wie man mit einem Computer umgeht. Seitdem surfte er stundenlang im Netz. Mara hatte keine Ahnung, womit er sich so intensiv beschäftigte. Als sie ihn gefragt hatte, hatte er ihr nur vage geantwortet. Doch für sie war das auch nicht wichtig zu wissen. Sie war froh, dass Jakob mehr zu Hause blieb; dadurch trank er nicht mehr so viel.

Mit der Therapeutin hatte Mara die Jahre mit Ellen aufgearbeitet. Es hatte eine Weile gedauert, bis sie begriffen hatte, dass sie kein schlechter Mensch war. Für das, was sie in den Jahren gemacht hatte, war Ellen verantwortlich, sie hatte Mara für ihre Zwecke missbraucht und mit Alkohol ruhiggestellt. Die einzige Möglichkeit, dieser Situation zu entfliehen, wäre gewesen, zu ihren Eltern zurückzugehen. Das war für Mara nie eine ernsthafte Alternative gewesen. Durch die Arbeit mit der Psychologin hatte sie verstanden, dass auch Ellen an ihr ein schweres Verbrechen begangen hatte.

Nach ihrem unbegreiflichen Alkoholrückfall hatte Mara die Psychologin am nächsten Morgen angerufen und um einen Notfalltermin am Nachmittag gebeten. Damals hatte sie sich ihrer Therapeutin rückhaltlos anvertraut. Da Mara keine Erinnerung daran hatte, was zu dem Rückfall geführt haben könnte, hatte sie mit ihrer Therapeutin rekapituliert, worüber sie sich beim letzten Gespräch unterhalten hatten. Die Psychologin erwähnte, dass sie das Thema „Vergewaltigung" kurz angeschnitten hatten. Das hatte gereicht, um eine Kettenreaktion hervorzurufen, die zum Rückfall geführt hatte. Mara hatte ihr von dem glühenden Hass erzählt, der ihr nach wie vor oft die Luft zum Atmen raubte. Sie hatte über ihre Rachegedanken gesprochen und berichtet, dass sie seit ihrer Flucht von zu Hause das Internet nach Informationen über ihren Vater und die anderen Männer abgesucht hatte. Ganz offen hatte sie von ihrem Wunsch geredet, ihren Vater und seine Kumpanen zu töten. Die Therapeutin hatte ihr versichert, dass solche Gedanken normal seien, und dass der Missbrauch an ihr nicht ungesühnt bleiben dürfe. Doch dafür wäre nicht Mara, sondern ordentliche Gerichte zuständig. Mara solle sowohl die Männer als auch Ellen anzeigen.

„Eine öffentliche Verurteilung der Täter kann Ihnen bei der Bewältigung der furchtbaren Verbrechen helfen. Ihre

Schuldgefühle werden dadurch nachlassen und irgendwann ganz verschwinden", hatte die Psychologin gemeint. Doch davon hatte Mara nichts wissen wollen. Sie wollte die Vergangenheit möglichst schnell hinter sich lassen und weder den Eltern noch sonst jemandem von früher begegnen. Die Psychologin hielt sie für stark genug, die traumatischen Erlebnisse auch ohne offizielle Verurteilung zu überwinden. Voraussetzung dafür war, dass Mara den Gedanken an Rache aufgebe und versuche, negativen Gefühlen möglichst wenig Raum zu geben.

Es kostete Mara zwar Überwindung die Mappe wegzuwerfen und stattdessen Techniken einzuüben, die ihr dabei halfen, ihre Gefühle unter Kontrolle zu bringen, aber mit Hilfe ihrer Therapeutin gelang ihr das immer besser, so dass Hass und Rachsucht nachließen. Um sich nicht mehr als unbedingt nötig mit der Vergangenheit zu befassen, redete Mara weder mit Nadja noch mit Jakob darüber.

Mara hatte den Rat der Psychologin befolgt und konzentrierte sich nun voll auf ihre Zukunft. Mit Hilfe einer Sozialarbeiterin von der Diakonie bekam sie gültige Papiere und lernte auf einer Abendschule für den Realschulabschluss. Danach wollte sie entweder eine Ausbildung zur Kindergärtnerin oder zur Krankenschwester beginnen. Seitdem sie begriffen hatte, dass die Menschen um sie herum ihr helfen wollten und sie wirklich mochten, hatte sie beinahe Unvorstellbares geleistet. Besonders von Nadja und Jakob fühlte sie sich angenommen. Sie brauchte niemandem mehr etwas vorzumachen, seit sie gelernt hatte, sich selbst anzunehmen und zu mögen. Der normale Alltag mit ehrlicher Arbeit und stabilen Beziehungen machte sie glücklich, und sie war zum ersten Mal im Leben stolz auf sich. Mittlerweile fühlte sich Mara in der ländlichen Gegend heimisch und dachte gar nicht mehr daran wegzugehen. Zusammen mit Gerti hatte sie Jakobs Grundstück in ein kleines Paradies verwandelt, und auch im Haus war es nun sauber und gemütlich. Viele hatten mit angefasst und bei der Renovierung geholfen. Dankbar dachte Mara an ihre neuen Freunde, besonders an

Nadja und Gerti, die ihr Leben auf so wunderbare Weise bereicherten. Und dann war da noch Markus ...

Mara und Markus waren wieder einmal zum Spazierengehen verabredet. Sie rasteten auf einer Bank oberhalb eines großen Wiesengeländes und beobachteten, wie Hope eine etwas schwerfällige Labradorhündin vergebens zum Spielen aufforderte. Endlich hatten ihre Bemühungen Erfolg. Der braune Hund jagte Hope laut kläffend hinterher. Damit ihre neue Bekanntschaft nicht die Lust am Wettlauf verlor, wurde Hope langsamer und ließ sich schließlich von ihr einholen. Ein fröhliches Gerangel setzte ein, bei dem Hope, auf dem Rücken liegend, versuchte, über die braune Hündin wieder die Oberhand zu gewinnen.

„Sieh mal, Hope scheint eine neue Freundin gefunden zu haben!", lachte Mara glücklich.

„Genau wie ich", erwiderte Markus und legte seinen Arm ganz leicht um Maras Schulter.

Ihr Herz schlug Purzelbäume und in ihrem Magen flatterte es nur so. Schon lange hatte sie darauf gehofft, dass Markus den ersten Schritt tat. Doch nun brachte sie nichts als ein leises Krächzen heraus, das als Zustimmung gemeint war. Schon im Krankenhaus hatte sie sich zu dem gutaussehenden Pflegeschüler hingezogen gefühlt, und auch Markus hatte ihre Nähe gesucht. Markus war verpflichtet gewesen gegenüber Patienten eine gewisse Distanz einzuhalten. Aber sobald Mara entlassen worden war und Nadja besuchte, die noch ein paar Tage im Krankenhaus bleiben musste, hatte Markus die erstbeste Gelegenheit ergriffen und sie auf ein Open-AIR-Konzert im Schlossgarten eingeladen. Da verliebte Mara sich bis über beide Ohren in den hübschen jungen Mann. Seitdem träumte sie fast unablässig davon, wie es wäre, wenn ...

Mara fehlte es an Erfahrung, sie wusste nicht, was sie tun sollte, jetzt, da Markus den Arm um sie gelegt hatte. In ihren Träumen folgte darauf erst ein zärtlicher, dann ein leidenschaftlicher

Kuss. Doch nun saß sie zitternd und stocksteif neben ihm und hielt die Luft an. Ihre Befürchtung, er könne deswegen wieder von ihr abrücken, verflog, als Markus sie noch ein wenig enger an sich heranzog. Sie spürte seinen fragenden Blick, hielt die Luft an und sah ihm in die Augen. Der Druck seiner Hand auf ihrer Schulter wurde stärker.

„Mara, ich glaub, ich hab mich in dich verliebt." Zärtlich berührte er ihre Wange. Seine Lippen streiften ihre pochende Schläfe, bevor sie sich langsam auf ihren Mund senkten. Endlich löste sich Maras Starre, sie schlang beide Arme fest um seinen Hals. Bei diesem ersten Kuss glaubte sie vor Glück sterben zu müssen.

Markus zuckte erschrocken zusammen. Hopes kalte Nase an seiner Hand hatte den Zauber des Augenblicks jäh beendet. Lachend umfasste er ihre Schnauze.

„Merkst du nicht wie, sehr du störst, du böses Tier?" Er stand auf, suchte ein Stöckchen und warf es für Hope in weitem Bogen weg. Bellend jagte der Hund hinterher. Mara ergriff Markus' Hand und zog ihn zurück auf die Bank. Dann machten sie da weiter, wo sie eben aufgehört hatten. Viel später erst brachte Markus Mara zurück nach Hause.

Auch diesmal setzte er sie auf dem Parkplatz in der Nähe von Jakobs Haus ab. Jakob wusste nichts von ihren Treffen. Wenn Jakob Mara überhaupt einmal gefragt hatte, wohin sie gehe, hatte sie stets vage geantwortet. Irgendetwas hielt Mara davon ab, Jakob zu erzählen, dass sie einen Jungen traf. Vielleicht weil sie sich schämte, denn sie hatte tief im Inneren befürchtet, Markus wolle ihr nur helfen, die Sucht in den Griff zu bekommen; er wusste schließlich von dem peinlichen Krampfanfall und ihrer Alkoholabhängigkeit. Markus war sozial engagiert und hatte sich um Mara gekümmert, sie ermutigt den Schulabschluss zu machen und zur Suchtberatung zu gehen. Bei ihren Verabredungen hatten sich die Gespräche meist um diese Themen gedreht. Sie hatte zwar gemerkt, dass er sie mochte, doch er hatte nie zuvor durchblicken lassen, dass er in sie verliebt war.

Jakob gegenüber hatte Mara eine seltsame Scheu über Liebe und Partnerschaft zu reden, auch wenn sie ihm sonst alles anvertraute. Vielleicht weil sie wusste, wie sehr Jakob sich eine Familie gewünscht hätte, vielleicht auch, weil sie wusste, dass er noch nie eine Liebesbeziehung gehabt hatte und sie sich ein wenig schuldig fühlte, schon jetzt die Liebe ihres Lebens gefunden zu haben. Sie nahm sich vor, mit Jakob über ihre Beziehung mit Markus zu reden, sobald sie sicher war, dass es für Markus mehr als ein kurzes Intermezzo war.

Der Tod stand vor der Tür. Lange hatte Jakob diese Tatsache verdrängt. Doch dann wurden die Schmerzen so stark, dass er sie nur noch mit Morphium in den Griff bekam. Mit aller Kraft kämpfte er gegen den Krebs an und flehte zu Gott, ihm mehr Zeit zu schenken. Es war zu früh zum Sterben! Jetzt, da er endlich glücklich war. Obwohl er schwächer und schwächer wurde, stemmte er sich gegen die Wahrheit; er wollte sein Leben nicht verlieren, jetzt, da er es endlich lieben gelernt hatte.

Später bereute er, dass er die wertvolle Zeit nicht dazu genutzt hatte, seinen Plan vorzubereiten. Aber Gott war gnädig, er würde trotzdem für Vollendung sorgen, davon war Jakob überzeugt. Schließlich hatte er Jakob dafür ausersehen, das gewaltige Werk zu vollbringen.

Glücklich sah Jakob zum mannshohen Kirchenfenster auf, das in herrlichen Gold- und Rottönen den Heiland darstellte, der ein kleines Schäfchen auf den Armen hielt. Jakob kam es so vor, als ob Jesus seine Hand bewegte und das Lamm streichelte. „Heute wird Gott mit mir reden", dachte er und senkte betend den Kopf.

Seit einigen Monate kam er hierher, in die kleine Kirche, in der er getauft und konfirmiert worden war und die er seit dem Tod der Mutter nicht mehr betreten hatte. Als er nach Jahren die große Flügeltür wieder geöffnet hatte, hatte Gott ihn willkommen geheißen, indem er einen hellen Lichtschein über den roten Teppich gelegt hatte. Still hatte Jakob sich auf eine der harten Holzbänke gesetzt und zum auferstandenen Christus aufgesehen, der die Hand zum Segen ausstreckte und mit der anderen Hand das verlorene Schäfchen hielt. Gebannt hatte Jakob auf die leuchtende Gestalt geblickt und gewartet. Er wusste, dass der Heiland heute mit ihm persönlich reden würde. Am frühen Morgen hatte der Heiland ihm in einer Vision angekündigt, dass er ihm heute in der kleinen Kirche persönlich begegnen wollte. Die grauenhaften Schmerzen waren schlimm gewesen. Dann hatte er in einem hellen Licht die Engel Gottes gesehen, die gegen Dämonen kämpften. Da hatte Jakob begriffen, dass er eine Mission zu erfüllen hatte. Schon früh war er in das Gotteshaus gekommen und hatte gewartet.

Im Inneren der Kirche war es dunkel, es war Dezember und die Tage kurz. Nur ein paar Kerzen auf dem Altar warfen sanfte Schatten. Plötzlich erstrahlte das Fenster des Christus in goldenem Licht und Jakob erkannte seine Gestalt klar wie nie zuvor. Wie gebannt sah er auf den Gekreuzigten. Da neigte Jesus sich zu ihm herab und schaute ihn freundlich und liebevoll an. Überwältigt schloss Jakob die Augen. Wärme durchflutete seine kalten Glieder, und er spürte die Liebe Gottes beinahe körperlich. Ein nie gekanntes Glücksgefühl ergriff ihn, und Jakob wäre am liebsten in diesem Moment gestorben, um für ewig in das Licht der Herrlichkeit einzutauchen. Doch er musste ausharren und hören, was Jesus ihm heute sagen würde.

„Ich spreche durch die Heilige Schrift zu den Menschen." Jesu Stimme war sanft und leise. Doch Jakob hatte verstanden. Er griff in die Innentasche seiner Jacke und zog das abgegriffene Neue Testament seiner Mutter hervor. Ehrfürchtig blätterte er in den dünnen Seiten. Wie durch ein Wunder sprangen ihm die Zeilen aus dem ersten Korintherbrief die Verse vier und fünf ins Auge. Jakob erstarrte. Wieder und wieder las er den einen Satz:

„Der soll an seinem Körper die verdiente Strafe vollziehen, damit er als einer, der von Gott den Heiligen Geist empfangen hat, am Gerichtstag des Herrn doch noch gerettet wird."

Da fiel es Jakob wie Schuppen von den Augen: Bevor es für ihn an der Zeit war heimzugehen, musste er noch einen allerletzten Auftrag erfüllen: Er sollte Maras Vergewaltigern ihre Schuld vor Augen führen, sie zur Buße auffordern und anschließend mit dem Tod bestrafen. Durch seine Tat wäre ihre Schuld getilgt und sie würden wiederauferstehen und ewiges Leben haben.

Demütig neigte Jakob sein Haupt und schwor Gehorsam, überwältigt von der Gnade Gottes, endlich die Antwort auf seine Fragen bekommen zu haben. Jakob wusste nun, dass er die Männer vom irdischen Leben befreien sollte. Er wäre kein Mörder, sondern ein Erlöser.

Schon vor Wochen, als Jakob in einer Vision gehört hatte, dass er zum Auserwählten berufen war, hatte sich seine Todesangst in stille Freude verwandelt. Er war sich der großen Gnade bewusst und wollte sich mit seinem ganzen Lebenswandel würdig zeigen. In einem Gespräch mit Stefan hatte dieser ihn darauf hingewiesen, dass der menschliche Körper ein vollkommenes Gefäß des Heiligen Geistes sein sollte, und Jakob hatte mit dem Trinken aufgehört. Es war ihm nicht einmal schwergefallen. Er hatte Stefan erzählt, dass seine Visionen immer häufiger kämen, und dass er darin Engel sähe, die gegen das Böse kämpften. Eine seltsame Scheu hatte ihn jedoch davon abgehalten, ihm von seiner baldigen Erlösung, seinem Tod, zu berichten. Er wusste, dass es Stefan und Mara über die Maßen schmerzen würde, wenn er ihnen von seinem Tumor im Kopf erzählen würde. Sie würden ihm dann nicht mehr unbefangen begegnen können, und seine letzten Wochen wären von Trauer und Tränen geprägt. Auch von seinem Auftrag hatte er niemandem erzählt. Er befürchtete, dass man ihm nicht glaubte und ihn womöglich daran hinderte, ihn auszuführen. Sie machten sich doch jetzt schon Sorgen, weil er so schwach und müde war, obwohl er ihnen gesagt hatte, er leide nur unter Eisenmangel und Migräne. Fast täglich kam Mara mit neuen Ideen, um ihn aufzupäppeln, und Stefan wollte ihn unbedingt zu seinem

Heilpraktiker schleppen. Jakob gingen ihre immer neuen Ratschläge auf die Nerven, er hatte jede Menge zu tun und brauchte Ruhe für die notwendigen Vorbereitungen. Er beschloss, ihnen zu erzählen, dass der Hausarzt ihn für eine Kur angemeldet habe und er bald zur Erholung ans Meer reisen müsse.

„Mensch, Jakob! Was sitzest du schon wieder am Computer? Wie bist du denn früher ohne das Ding zurechtgekommen? Kein Wunder, wenn du Kopfschmerzen bekommst!"

Jakob fuhr herum; er hatte Mara nicht kommen hören. Blitzschnell schob er den Ordner in die Schublade und hoffte, sie hätte ihn nicht gesehen. Er hatte schon hin und her überlegt, wie er an Maras Mappe kommen sollte, um die Namen ihrer Peiniger zu erfahren. Da hatte ihm Kommissar Zufall geholfen: Wie durch ein Wunder fand er eines Nachmittags den Ordner im Papiermüll; Mara musste ihn versehentlich zusammen mit einem Stapel Zeitschriften in die Kiste mit Altpapier geworfen haben.

„Was machst du da eigentlich?", fragte sie.

„Ich muss doch bald in Kur, und da wollte ich mal nachsehen, wie es dort aussieht und wie ich dahin komme", antwortete Jakob.

„Hast du denn schon einen Termin genannt bekommen? Ich dachte, der Arzt müsse das erst mal mit der Kasse klären. Du weißt doch noch gar nicht, wo du hin sollst. Oder doch?"

„Ist doch scheißegal! Ich darf doch wohl mal gucken, wie es in einem Kurhaus so aussieht!", antwortete Jakob aufgebracht und schaltete schnell den Computer aus, ohne ihn vorher herunterzufahren.

„Was bist du denn so aggressiv? Geht es dir wieder nicht gut?"

„Entschuldige, ich hab mich nur erschreckt. Ich wollte sowieso gerade Schluss machen. Ich muss noch in die Stadt", antwortete Jakob zerknirscht.

„Schon in Ordnung! Komm, lass uns zusammen eine Tasse Kaffee trinken. Ich muss auch gleich weg, ich treffe mich heute mit Markus!"

„Ach, bahnt sich da was an zwischen euch?", fragte Jakob in neckendem Ton.
Dass ihn diese Tatsache bis ins Mark schmerzte, ließ er sich nicht anmerken. Er hatte sich bereits gedacht, dass die beiden sich ineinander verliebt hatten. Er wusste, dass er Mara loslassen musste und dass für sie das Leben weiterging, auch wenn er nicht mehr da sein würde. Aber es tat so verflixt weh ...
„Wir sind nicht zusammen, wenn du das meinst. Aber wir haben eben viele gemeinsame Interessen, Hunde zum Beispiel", wiegelte Mara ab.
Sie hatte es noch immer nicht über sich gebracht, Jakob von ihrer Beziehung zu erzählen. Sie setzten sich zum Kaffee an den Tisch und alberten eine Weile herum. Mara war glücklich, dass Jakob endlich wieder einmal lachen konnte. Es ging ihm offensichtlich besser, und nach der Kur wäre er sicher wieder ganz gesund, hoffte sie.

Nachdem Mara das Haus verlassen hatte, quälte Jakob sich die Treppe hinauf. Wie schön es jetzt hier aussieht, dachte er, und ihm fiel ein, wie verdreckt und hässlich es dort noch vor einem Jahr gewesen war. Waren da nicht wieder Mäuse? Oder was trippelte da herum? Dann hörte er ein seltsames Pfeifen und meinte durch das Pfeifen hindurch eine Stimme zu hören. Verzweifelt hielt er sich die Ohren zu, Kopfschmerzen kündigte sich an. Bald würden ihn die Stimmen wieder fest im Griff haben, aber er musste sich ganz auf die praktische Ausführung seines Planes konzentrieren. Er schickte ein Stoßgebet zum Himmel, es schien zu wirken, das Rauschen im Kopf ließ nach. Nun musste er sich beeilen und die Zeit nutzen, bevor es schlimmer wurde. In der kleinen Abstellkammer unter dem Dach lagerten seine Sachen. Er lockerte eine Paneele und zog den Beutel mit dem Geld hervor. Mit zitternden Händen zählte er achthundert Euro ab, den Rest verbarg er wieder hinter der Holzplatte. Ihm wurde übel, wenn er an das Blutgeld dachte. Immer schon war ihm klar gewesen, dass die Sache mit dem

Geld falsch war. Doch es war das letzte Mal, dass er etwas davon nehmen wollte.

Noch vor wenigen Wochen hatte er sich vorgenommen, dem Unfallverursacher zu vergeben und ihm den erpressten Betrag zurückzugeben. Aber dann war etwas geschehen, das Jakob das Blut in den Adern gefrieren ließ: Gottes Strafgericht war schneller gewesen. Jakob hatte keine Gelegenheit bekommen, die Sache ins Reine zu bringen, aber ihm war klar geworden, dass der Mann bis zuletzt keine Reue gezeigt hatte, sonst hätte sich Gott gnädig gezeigt. Der Unternehmer hatte auf dem Schützenfest kräftig zugelangt. Es war dunkel und regnerisch gewesen, als er auf dem Weg nach Hause die Hauptstraße entlanggetorkelt sein musste. Gegenlicht hatte den herannahenden Fahrer wahrscheinlich geblendet. Er hatte den Betrunkenen offenbar nicht bemerkt, und sein Auto hatte ihn von hinten erfasst und hochgeschleudert. Als man den Unternehmer in den frühen Morgenstunden im Straßengraben fand, war er bereits an inneren Blutungen gestorben, seine Milz war gerissen. Wenn der Täter nicht geflohen wäre, hätte man ihn leicht retten können.

Für Jakob war das ein Beweis dafür, dass Gott die Hände im Spiel gehabt hatte; er hatte für Gerechtigkeit gesorgt, indem er dem Unternehmer die gleiche Verletzung zugefügt hatte wie dieser ihm vor vielen Jahren. „Auge um Auge, Zahn um Zahn", hieß es im Gesetz des Mose.

Der Familie des Unternehmers konnte Jakob das Geld nicht zurückgeben, ohne über die feige Tat ihres Angehörigen zu reden. Jakob war in einem Dilemma gewesen. Er hatte nicht gewusst, ob er für seine Mission das Geld anrühren durfte. Er betete für die richtige Entscheidung, und noch am gleichen Tag erhielt er Antwort. In der Tageslosung hieß es: „Wer Gutes tut, dem wird viel vergeben."

Da wusste Jakob, dass Gott ihm vergeben würde, wenn er einen Teil des Geldes für seine Reisekosten verwendete.

Alles andere sollte Mara bekommen, damit sie nie wieder von anderen finanziell abhängig sein musste. Er hoffte dadurch ein wenig von der Schuld abzutragen, die andere auf sich geladen hatten, als sie das wehrlose Kind missbrauchten. Mit dem Geld konnte er stellvertretend für die Täter eine angemessene Entschädigung zahlen und so an Mara gutmachen, was sie ihr angetan hatten.

Jakob fuhr ein letztes Mal zum Brunnen, in den Jackentaschen Hundefutter und Dosenbier. Er wartete auf Abdullah, den Marokkaner. Um nicht aufzufallen, riss er die Bierdose auf und trank. Als Herbert mit Peggy kam, nutzte Jakob die Gelegenheit und verwöhnte das Tier mit getrockneten Fleischstreifen, bevor er ihm ein paar zärtliche Abschiedsworte zuraunte.

„He, du kannst das Vieh haben, wenn du willst. Für 'ne Kiste Bier lege ich der Töle sogar noch 'nen Brautschleier um. Dann kannste se heiraten", kicherte Herbert blöd und sah in die Runde. Er glaubte, einen besonders guten Scherz gemacht zu haben, denn alle hatten gemerkt, dass Jakob unglücklich wirkte.

„Halt 's Maul, du Kotzbrocken!", ließ denn auch Eddi vernehmen.

„Muss ja nicht jeder so gefühlskalt sein wie du! Soll Leute wie mich und Jakob geben, die noch was anderes gern haben als den Suff."

Wie um seinen Worten Nachdruck zu verleihen, beugte auch er sich vor und tätschelte der Hündin das Fell. Wenig später gesellte sich auch Peter mit seinem Terrier dazu, der begeistert zu bellen begann, als er Jakob nach langer Zeit wiedererkannte. Auch Rex bekam von den Fleischstreifen ab, und Jakob kraulte ihn ein letztes Mal hinter den Ohren. Diesmal unterließ er es, dem Hund ein paar Worte ins Ohr zu flüstern. Er fürchtete sonst die Kontrolle über sich zu verlieren und in Tränen auszubrechen. Der Abschied von den beiden Hunden schmerzte ihn mehr, als er für möglich gehalten hatte. Wie schwer würde ihm erst der Abschied von Hope fallen?

Jakob musste eine Weile warten. Dann endlich ließ Abdullah sich blicken. Durch eine Kopfbewegung signalisierte Jakob ihm, dass er ihn sprechen musste. Er ging unauffällig vorüber; zwei Finger der rechten Hand ausgestreckt. Man würde sich in zwei Stunden unter der Bahnbrücke treffen. Als Jakob am Abend nach Hause fuhr, hatte eine Pistole mit vollem Magazin den Besitzer gewechselt. Die Registriernummer war weggefeilt worden. Die Waffe stammte aus Russland, wo sie fünf Jahre zuvor einem unachtsamen Polizisten gestohlen worden war, der aus Angst vor Repressalien über den Diebstahl geschwiegen hatte, und der sich seinerseits ein baugleiches Modell aus der Asservatenkammer in Minsk besorgt hatte.

„Hat sich Jakob mal bei dir gemeldet?", fragte Gerti, als Mara den Schnee wegschaufelte, der über Nacht in großen Mengen gefallen war.

„Ja, gestern Abend hat er endlich angerufen. Er musste sich erst ein billiges Prepaid-Handy kaufen, da er seines zu Hause vergessen hat. Ist ein komisches Sanatorium, wo man nicht mal anrufen darf, wenn man jemand sprechen will. Jakob hat mir seine neue Nummer gesagt. Aber ich soll ihn möglichst nicht anrufen, weil er den ganzen Tag über Anwendungen hat. Er fühlt sich dort pudelwohl und hat ein schönes Einzelzimmer mit Fernsehen und allem drum und dran. Der Arzt hat ihm eine kalorienreiche Kost verschrieben und Jakob hat gesagt, dass er in den paar Tagen schon drei Kilo zugenommen hat. Sein Eisenwert ist ziemlich niedrig, deswegen war er auch immer so schlapp, und der Blutdruck ist auch im Keller. Jakob muss jeden Tag Hockergymnastik mitmachen. Außer ihm sind da nur alte Leute, deshalb findet er die Therapie blöd. Aber mit seiner Hüfte kann er ja nicht an dem normalen Sport teilnehmen.

„Wie lange muss er dableiben?"

„Jakob sagt, dass er das noch nicht sicher weiß. Aber drei Wochen bleibt er mindestens." – „Kannst du mir die Adresse geben? Dann kann ich ihm wenigstens mal eine Karte schicken. Er war doch noch nie von hier weg, außer als Junge zum Aufpäppeln in der Eifel und die Reha damals. Bestimmt kriegt er Heimweh nach dir und Hope."

„Jakob ist ein Dusselkopf, ich hab ihn schon ein paar Mal nach der Adresse gefragt, aber er vergisst immer, wie die Straße heißt, oder ihm fällt grade der Name vom Sanatorium nicht ein. Ich frag ihn noch mal, und wenn er das dann immer noch nicht weiß, suche ich mir die Adresse eben im Internet oder frage seinen Hausarzt. Ich will ihm doch auch jede Woche mindestens einen Brief schreiben. Ich bin jedenfalls heilfroh, dass er sich endlich mal um seine Gesundheit kümmert; ich hab ihn lange bearbeiten müssen, bis er wegen der Kur endlich was in die Wege geleitet hat! Kommst du noch auf einen Kaffee mit rein? Danach können wir mit den Hunden gehen. Hope ist ganz begeistert vom Schnee; ich konnte sie kaum wieder reinbekommen heute Morgen."

„Klar, ich bringe Brötchen mit. Dann machen wir einen schönen Schneespaziergang. Bis gleich, Mara!"

Jakobs Hüfte schmerzte fast unerträglich; aber noch konnte er keine Pause einlegen. Heute wollte er seinen Auftrag zu Ende führen. Es blieb nur noch Maras Vater übrig. Herr Kleinmann, der Anwalt, war vor ein paar Jahren verstorben, die beiden anderen Männer hatte er bereits erlöst. Es war ihm schwergefallen, doch er hatte es getan. Beide hatten am Ende bereut, und Jakob hatte dafür gesorgt, dass sie unmittelbar danach ins Paradies kamen, bevor sie sich ein weiteres Mal versündigen konnten. Für Herrn Winter wollte er sich besonders viel Zeit nehmen. Der hatte die größte Sünde auf sich geladen, und es war wichtig, dass ihm das bewusst wurde, damit er verstand, wie groß Gottes Gnade für ihn war. All das Böse, das er seinem Kind jahrelang angetan hatte, würde ihm in dem einen Augenblick der Buße vergeben werden.

Schon drei Tage lang hatte Jakob ihn beobachtet, um seinen

Tagesrhythmus kennenzulernen. Jakob wusste bereits, wie er vorgehen wollte.

Mit Herrn Müller zu reden, war nicht schwer gewesen. Er war mittlerweile Chefredakteur bei einer großen Zeitung in Mannheim gewesen. Jakob hatte direkt am zweiten Tag Glück gehabt und konnte ihn während seiner Joggingrunde im Luisenpark abfangen. Mit ein wenig Glück befand sich seine irdische Hülle noch immer an dem Ort, an dem Jakob ihn zur Buße geführt hatte. Der Park war während der Winterzeit nachmittags nur bis fünf Uhr geöffnet, und nur wenige Wege waren gestreut. Um ungestört zu sein, hatte Jakob Herrn Müller an eine abgelegene Stelle im hinteren Teil des Gartens geführt, die der Öffentlichkeit um diese Jahreszeit nicht zugänglich war. Das Gespräch mit dem Zeitungsmann hatte nur zwanzig Minuten gedauert, so dass Jakob noch am selben Abend die Stadt verlassen konnte, um mit der Bahn nach Wiesbaden zu reisen.

Dort war er gerade noch rechtzeitig angekommen, um in einem Übernachtungsheim für Obdachlose ein Bett für die Nacht zu ergattern. So konnte er ausgeruht den zweiten Auftrag vorbereiten. Herr Brockmann arbeitete beim Bundeskriminalamt in Wiesbaden als Sachgebietsleiter und verließ immer erst spät sein Büro. Jakob konnte ihn schon am zweiten Tag zum Gespräch einladen. Herr Brockmann parkte seinen schönen alten Jaguar – ein echtes Liebhabermodell – in der Tiefgarage der Behörde, und so bot es sich an, ihn dort abzufangen und mit ihm zusammen auf einen menschenleeren Parkplatz an der Autobahn zu fahren. Zunächst hatte Herr Brockmann sich geweigert ihn mitzunehmen, so dass Jakob sich gezwungen sah, ihm die Pistole zu zeigen. Er hätte es lieber gehabt, wenn der Kriminalrat aus freien Stücken mit ihm geredet hätte. Doch später, auf dem verschneiten Parkplatz, hatte er bald eingesehen, dass es für ihn von existenzieller Bedeutung war, mit Jakob über das zu reden, was er damals der kleinen Felicitas Winter angetan hatte. Er zeigte sich bestürzt über das Schicksal des Mädchens, an dem er eine nicht unerhebliche Mitschuld hatte. Immer wieder hatte er versichert, dass er alles wieder gutmachen wolle. Aber Jakob hatte ihn damit beruhigen können, dass er für ihn bereits die Schuld beglichen hatte, indem er Mara finanziell entschädigt hatte. Herr Brockmann brauchte nichts weiter zu tun, als seine böse Tat aufrichtig zu bereuen. Er wäre dann unschuldig und rein und könne freudigen Herzens das Paradies betreten. Auch in diesem Fall war Jakob mit dem Mann tief ins Dickicht gegangen. Doch so dicht an der Autobahn würde man den Leichnam des Kriminalrats bald finden. Gebrauchtes Toilettenpapier fand sich bis in die entlegensten Ecken der Raststätte.

Jakob musste sehr vorsichtig sein. Bis in die späte Nacht hinein versteckte er sich im Gebüsch und wartete auf einen günstigen Augenblick, um die vierspurige Fahrbahn zu überqueren und sich in Sicherheit zu bringen. Um so wenig Spuren wie möglich zu hinterlassen, hatte Jakob die Nacht im Freien verbracht, eingepackt in einen Daunenschlafsack, den er sich Wochen vorher übers Internet bestellt hatte. Aber trotzdem hatte er furchtbar gefroren. Auf dem harten Boden unter einem Brückenpfeiler hatte er auf den Morgen gewartet. Seine überstrapazierte Hüfte hatte ihm fast unerträgliche Schmerzen verursacht, so dass er kaum ein Auge zugetan hatte. Jakob musste seinen Auftrag noch an diesem Tag zu Ende bringen. Eine weitere Nacht draußen würde er nicht überstehen.

Nun also blieb nur noch Maras Vater übrig, dessen Gewohnheiten hatte Jakob bereits sorgfältig erkundet. Der Arzt schien äußerst arrogant zu sein, jedenfalls er war Jakob zutiefst zuwider. Jakob saß in der Cafeteria des riesigen Klinikums und trank heißen Kakao. Genau wie an den Tagen zuvor kam Herr Dr. Winter pünktlich um acht Uhr fünfzehn mit seinem knallroten Porsche 911 vorgefahren und parkte auf seinem für Chefärzte reservierten Parkplatz. Er trug einen grauen Anzug und hellbraune, für die Jahreszeit zu dünne Slipper. Wie jeden

Morgen steuerte er den kleinen Kiosk an, der der Cafeteria angeschlossen war, und holte sich dort die Lokalzeitung und einen Espresso zum Mitnehmen. Auch diesmal schenkte er der Frau an der Kasse kein Wort und kein Lächeln. Achtlos legte er ein paar Münzen auf den Teller und winkte ungeduldig ab, als die Bedienung in der Kasse nach Wechselgeld kramte. An den Angestellten in der Pforte ging er grußlos vorbei. Als ihm eine hübsche, junge Lernschwester begegnete, sprach er sie an und plauderte mit ihr. An seinem neckenden Grinsen konnte Jakob unschwer erkennen, dass er ungeniert mit ihr flirtete und dabei ihren nackten Oberarm tätschelte. Jakob erhaschte noch einen Blick auf ihn, wie er den Aufzug betrat und das Titelblatt der Tageszeitung anstarrte, dessen Leitartikel an diesem Tag dem ermordeten Kriminalrat gewidmet war.

Von allen Männern war Dr. Winter für Jakob der unsympathischste. Kein Wunder, dass seine Ehefrau ihn bald nach Felicitas' Verschwinden wegen eines anderen Mannes verlassen hatte. Doch Jakob ermahnte sich daran zu denken, dass auch dieser Mann ein geliebtes Gotteskind war; nur dass er noch weiter als die Anderen auf Abwege geraten war. Jakob konnte und durfte sich nicht von seinem Hass leiten lassen. Auch dieser Mann hatte die Gnade Gottes verdient, wenn er aufrichtig bereute. Er verdrängte Wut und Ekel. Solche Menschen hatten ihm zu oft ihre Verachtung gezeigt. Doch Gott hasste Hochmut und Arroganz. Am Beispiel des toten Unternehmers zeigte sich der harte und bittere Lohn für die Sünde des Hochmuts.

Es war nicht Jakobs Angelegenheit, dass ausgerechnet Dr. Winter die Chance auf Buße vor Gott bekam. Er war nur für die ordnungsgemäße Ausführung des Heilsplanes verantwortlich, indem er den Mann zur Reue auffordern und ihn in diesem Falle durch einen schnellen Tod vor weiteren Übeltaten bewahren sollte. Jakob massierte seine Schläfe. Die Kopfschmerzen wurden schlimmer, er konnte vor Schwindel kaum noch geradeaus gehen. Aber er riss sich zusammen und verließ das Café, um zur Toilette zu gehen. Dort schluckte er hastig ein paar

Morphiumtabletten und betete darum, dass es ihm bald besser gehen möge. Erst wenn alles vorbei sein würde, durfte er sich Erleichterung verschaffen. Dann würde er das letzte Gramm Haschisch rauchen, um die Schmerzen zu lindern und das herrliche Glücksgefühl zu genießen. Doch nun galt es das letzte und größte Werk seines Lebens zu vollenden.

Es war nach zwanzig Uhr, als Dr. Winter seine Haustür aufschloss, um den wohlverdienten Feierabend bei einem guten Cognac zu genießen. Er hatte es sich gerade gemütlich gemacht und seine butterweichen Mokassins gegen warme Hausschuhe getauscht. Winter schloss die Augen, nippte an seinem Drink und lauschte mit Wohlbehagen seiner Lieblingsaufnahme des Streichquartetts Nr. 14 dMoll von Schubert: Der Tod und das Mädchen.

„Scheiße! Welcher Blödmann schellt um diese Zeit noch an der Tür?" Dr. Winter setzte das Glas hart auf dem Glastisch ab, bevor er sich ächzend aus dem Sessel erhob.

„Vielleicht ist Katjas Mann ja doch noch auf den Kardiologenkongress gefahren", mutmaßte er, mit einem Mal deutlich besser gelaunt, und fuhr sich schnell mit dem Kamm über das lichter werdende Haar. In der Tat zeichnete sich hinter dem Milchglasfenster der schweren Haustür aus tropischem Holz eine schmale Person mit langem Haar ab. Ich werde sie mal zu einem vernünftigen Friseur schicken. Als Frau eines ärztlichen Direktors könnte sie etwas stylischer aussehen, dachte er. Aber das war das Einzige, was er an dieser Rassefrau zu bemängeln hatte. Winter fand sie großartig mit ihrer sexuellen Gier und Verdorbenheit. Voller Vorfreude rieb er sich die Hände und riss erwartungsvoll die Tür auf.

„Hallo, Schatz!" Das Wort blieb ihm im Halse stecken, als er den verwahrlosten und krank aussehenden Mann erblickte, der vor ihm stand und ihn mit düsterem Blick ansah.

„Guten Abend, Herr Doktor Winter! Ich habe etwas mit Ihnen zu besprechen."

„Hau ab! Was sollte ich mit einem wie dir schon zu besprechen haben?" Doch ehe er Jakob die Tür vor der Nase zuknallen konnte, hatte dieser schon seine Krücke dazwischen geklemmt und die Pistole gezückt. Winter wurde kreidebleich, doch er fasste sich schnell: Der Junkie wollte sicher nur Geld.
„He, nicht so aggressiv, Mann! Auch wenn du mich um ein paar Euro erleichtern willst, sollten wir uns trotzdem wie zivilisierte Menschen benehmen. Ich habe ein paar Hundert Euro im Haus. Die kannst du haben. Warte einen Moment!"
Wieder versuchte der Arzt die Tür zu schließen, doch Jakob war schneller.
„Ich will Ihr verdammtes Geld nicht! Ich will mit Ihnen über ein sehr wichtiges Thema sprechen. Es geht um Ihre Zukunft. Lassen Sie mich herein! Dann können wir bei einem Gläschen Cognac in aller Ruhe miteinander reden. Sie trinken doch Cognac?"
Dr. Winter sah dem krank aussehenden Mann in die Augen, er glaubte eine Spur Irrsinn darin zu erkennen. Als Jakob mit der Waffe vor Doktor Winters Gesicht herumfuchtelte, ließ er ihn wortlos eintreten und führte ihn ins Wohnzimmer.
„Und, was wollen Sie? Womit kann ich Ihnen helfen?", fragte Winter knapp. Jakob ließ sich Zeit mit der Antwort und machte es sich erst einmal auf dem weichen Ledersessel bequem. „Einen Cognac kann ich mir ruhig genehmigen", entschied er und schaute Maras Vater provokativ in die Augen.
„Zunächst dürfen Sie mich auf einen Drink einladen", forderte Jakob ihn grinsend auf. Jakob genoss die Situation; – endlich war er einmal der Überlegene.
„Sie können die ganze Flasche haben, nur sagen Sie mir endlich, was Sie von mir wollen!" In Winter kochte die Wut hoch. Was bildete sich der verkommene Typ eigentlich ein? Als er jedoch Jakobs Blick sah, lief es ihm kalt den Rücken hinunter. Mit zittrigen Händen füllte er einen edlen Cognacschwenker und reichte Jakob das Glas.

„Ich will schnell zur Sache kommen, Herr Winter. Sind Sie gläubig?"

„Ein Zeuge Jehovas! Das gibt's doch nicht!", dachte der Arzt erleichtert. „Noch dazu mit einer Waffe." Winter lachte.

„Das ist ja mal was Originelles! Eine Bekehrung ganz im Stil der ersten Zwangsmissionierungen. Los, gib mir deine Pamphlete, nimm dir die Flasche Cognac, und eine ordentliche Spende kriegst du auch. Der Druck in eurer Sekte muss ja heftig sein, wenn ihr schon zu Waffen greifen müsst, um neue Schäfchen zu rekrutieren." Winter grinste spöttisch und zückte den Geldbeutel. Er konnte den Spinner nicht mehr ernst nehmen.

„Lass den Quatsch! Mir ist es verdammt Ernst!" Jakobs Stimme überschlug sich vor Wut über die Arroganz des Arztes. Er hatte Lust ihn gleich auf der Stelle zu töten und konnte kaum noch an sich halten.

„Komm, du frommer Heini, reg dich nicht so auf!", reizte ihn der Arzt überheblich lächelnd.

Er hatte nichts verstanden! Der Schuss traf das Knie des Mannes.

„Herr, vergib mir! Ich habe die Kontrolle verloren!", flehte Jakob erschrocken, fassungslos über seine Tat.

Dieser Mann war gefährlich. In seiner Überheblichkeit glich Winter dem Mann, der ihn zum Krüppel gemacht hatte, und der ihn auch dazu getrieben hatte, alle Skrupel über Bord zu werfen und Böses zu tun.

Winter lag am Boden und wimmerte vor Schmerzen. Kreidebleich hielt er sein Bein umfasst und weinte, er litt Höllenqualen. Vor Angst hatte er sich in die Hose gemacht. Der große dunkle Fleck im Schritt breitete sich aus, er winselte um Gnade und flehte Jakob an:

„Bitte, nimm alles, was du willst! Ich hab noch mehr, wir können an den Bankautomaten gehen, ich hab auch ein paar teure Uhren, nimm alles und geh, bitte!"

„Ich will dein schmutziges Geld nicht! Aber denk doch mal nach! Hast du nicht einen dunklen Fleck auf deiner blütenweißen Weste?"

Verständnislos blickte Winter in das bleiche Gesicht seines Peinigers.

„Ich denke da an ein kleines Mädchen, mit dem du etwas sehr Böses gemacht hast! Hast du nicht eine Tochter?", half Jakob nach.

Winter stutzte. Was sollte das? Woher wusste der Wahnsinnige von seiner kleinen Obsession? Dann fiel bei ihm der Groschen. Der Mann musste ihn mit Schulze verwechselt haben. Manchmal überließ Schulze ihm seine minderbemittelte, elfjährige Tochter. Die merkte sowieso nichts. Für diese Gefälligkeit zahlte Winter einen stattlichen Betrag.

„Eine Tochter?", wiederholte er verwirrt. „Ich habe keine Tochter! Ich wohne hier ganz allein. Du verwechselst mich. Ich bin nicht Schulze. Ich kann dir die Adresse geben oder ein Date für dich arrangieren. Aber warum bedrohst du mich mit der Waffe?" Der Arzt schöpfte Hoffnung und flehte Jakob an. „Bitte, nimm die Waffe runter!"

„Halt die Fresse, du Schwein! Hältst du mich vielleicht für einen verdammten Kinderficker? Hast du etwa immer noch Sex mit kleinen Mädchen? Los, antworte!" Jakob zitterte vor Wut. Und dieser Dreckskerl bekam von Gott noch eine Chance? Einen Moment lang war er unsicher. Doch dann ermahnte er sich. Wer war er schon, dass er Gottes Entscheidungen infrage stellte. Er hatte nur seinen Auftrag auszuführen.

Dem Arzt dämmerte es langsam, er schloss die Augen vor Entsetzen.

„Felicitas hat dich geschickt", flüsterte er heiser vor Angst.

„Schön, dass du dich erinnerst! Aber nein, sie hat mich nicht geschickt. Ich komme von höherer Stelle, ich bin hier, weil du deine Schuld eingestehen und bereuen sollst. Aber zieh dir erst mal eine trockene Hose an! Es ist unwürdig, wie du hier vor mir liegst!"

„Ich kann nicht! Ich habe furchtbare Schmerzen!", jaulte Winter.

„Stell dich nicht so an! Mara musste mehr leiden. Ihr Schmerz war ungleich schwerer." – „Mara? Wer ist Mara?"

„Mara ist deine Tochter. Seitdem du sie befleckt hast, konnte sie nicht mehr Felicitas heißen. Da nannte sie sich Mara, die Bittere. Aber bald wird sie wieder Felicitas heißen, bald wird sie wieder glücklich sein, und ich werde ihr dabei helfen", erklärte Jakob. Sein Blick flackerte.

„Ich verstehe nicht ...", wimmerte der Verletzte.

„Keine Sorge! Sobald du wieder anständige Kleider an hast, besprechen wir alles in Ruhe. Dann wirst du es begreifen und dich besser fühlen, weil du alles in Ordnung bringen kannst. Das willst du doch gerne, oder?"

„Ja, ich würde alles dafür tun! Ich hab jede Menge Geld ..."

„Du Narr!", unterbrach Jakob ihn zornig. „Hast du noch immer nicht begriffen?! Los! Geh jetzt und zieh dich um!"

Er riss Winter an den Haaren hoch und zwang ihn ins angrenzende Schlafzimmer zu kriechen. Mit vollgepisster Hose kroch Winter langsam voran. Sein zertrümmertes Bein hinterließ eine blutige Spur vom Wohnzimmer ins Schlafzimmer. Schluchzend ließ er sich vor dem Schrank fallen und überließ es Jakob, eine saubere Hose herauszusuchen. Es dauerte eine Weile, bis der Mann sich umgezogen hatte und Jakob wieder im Wohnzimmer gegenübersaß. Jakob nippte an dem milden Cognac. Dem Arzt lief der Schweiß übers Gesicht, er litt furchtbare Schmerzen.

„Erkennst du sie wieder?", fragte Jakob sanft und hielt ihm ein Foto vors Gesicht.

Es zeigte die lachende Mara zusammen mit Hope auf der Wiese hinter dem Haus. Winter sah nicht einmal auf. Da riss Jakob wieder seinen Kopf an den Haaren hoch und zwang ihn, das Bild anzusehen.

„Sieh her! Das ist deine Tochter, du hättest sie fast zerstört! Aber sie hat einen guten Charakter, deshalb hat sie es geschafft.

Sie ist trotz ihrer grauenhaften Kindheit nicht zum Untier geworden. Der Mensch hat es selbst in der Hand, wie er sich entwickelt. Mara hat sich für das Gute entschieden. Ellen, die dasselbe durchgemacht hat, nicht!"
„Ellen? Ich kenne keine Ellen. Ich weiß nicht, wovon Sie reden!", warf Winter verzweifelt ein.
„Egal, vielleicht erkläre ich dir später, wer Ellen ist. Aber erst musst du mir erzählen, was du gedacht hast, als du Mara zusammen mit deinen Freunden vergewaltigt hast. Was ist in dir vorgegangen, als du das Leben deines kleinen Kindes vergiftet hast? Und was hast du unternommen, als sie vor vielen Jahren geflohen ist?"
„Bitte, es ist doch so lange her! Ich hab es tausend Mal bereut. Als sie damals verschwunden war, hab ich gedacht, sie wäre entführt worden. Als sich dann aber keiner gemeldet hat, da haben alle gedacht, dass sie tot ist, dass der Entführer sie umgebracht hat. Ich konnte doch nicht ahnen ..." Wieder schluchzte Winter laut auf. Er war beinahe besinnungslos vor Schmerz. Jakob musste es zu Ende bringen, bevor er ohnmächtig wurde; er musste sein Verbrechen bei klarem Verstand bereuen, sonst wäre Jakobs Mühe um ihn vergeblich gewesen.
„Geh auf die Knie!" Jakob zog den Arzt vom Sessel und drückte ihm die Pistole in den Nacken. „Du hast deiner kleinen Tochter die Kindheit geraubt, sie misshandelt und vergewaltigt. Willst du bereuen und von deiner schweren Schuld befreit werden?"
„Ja, alles, was du willst! Ich mache alles!"
„Du irrst! Ich mache das nicht für mich. Ich tue es für dich und Mara! Du hast eine allerletzte Chance, dich von deiner bösen Tat zu befreien, nutze sie!"
Unter Tränen rief Winter aus: „Ja, ja! Ich bereue! Ich habe Schreckliches getan, aber jetzt ..."
„Jetzt bist du frei!" Jakob drückte ab. Dann schloss er die Augen und murmelte erschöpft: „Gott sei Dank! Es ist vollbracht!"

Mit letzter Kraft schleppte sich Jakob zum Waldrand und ließ sich auf der verschneiten Bank nieder. Ihm war heiß, so furchtbar heiß. Schneeflocken kühlten sein glühendes Gesicht. Ein wohliges Glücksgefühl durchströmte ihn, eine wohlige Wärme. Er blickte in ein strahlendes Licht, eine Blumenwiese, dort standen seine Eltern. Sie winkten ihm zu, und er lief ihnen entgegen.

Am Morgen fanden Stadtarbeiter seinen eingeschneiten Leichnam, ein Lächeln auf den bläulichen Lippen.

Drei Tage später erhielt Mara Post. Der mehrseitige Brief war von Jakob. Es war ein Abschiedsbrief. Erst viel später sollte ihr klar werden, dass sein Inhalt auch der Schlüssel zu einem neuen Leben in Freiheit und Sicherheit war.

EPILOG

„Ach, was war das wieder einmal schön!", rief Felicitas aus. „Welch ein Segen, dass es das Internet gibt! Du glaubst nicht, wie dankbar ich dir bin, dass du sie ausfindig gemacht hast und den Kontakt wiederhergestellt hast. Aber hätte es nicht auch sein können, dass sie sich nicht mehr an mich erinnert oder dass ich sie damals sehr verärgert hatte und sie mich gar nicht wiedersehen wollte?"

„Ich wusste doch wie wichtig Martina Mückler für dich gewesen ist, auch wenn ihr euch nur kurz gekannt habt! Außerdem hätte ich dir nichts gesagt, wenn ich nicht vorher mit Martina telefoniert hätte. Du weißt doch, dass sie dich nicht vergessen hat, und dass sie sich damals Sorgen um dich gemacht hast, als du nicht mehr gekommen bist! Sie hat ganz genau gespürt, wie einsam und unglücklich du warst, auch wenn du noch so sehr versucht hast, einen anderen Eindruck zu machen. Jedenfalls hat sie sich total gefreut, als ich sie damals angerufen habe. Meinst du nicht, dass ich auch Hoffmanns mal anrufen sollte, damit du diesen Kontakt wiederbeleben kannst? Die haben jetzt einen großen Bauernhof mit ökologischer Tierhaltung. Bestimmt würden sie sich freuen, von dir zu hören."

„Irgendwann werde ich das auch tun. Aber noch bin ich nicht so weit. Vielleicht schreibe ich ihnen aber mal, dass es mich noch gibt und ich oft an sie denke, und dass ich sie irgendwann mal gerne besuchen würde. Ohne sie hätte ich nie lernen können, dass es Menschen gibt, die auch ohne Berechnung Gutes tun, einfach so, weil sie Achtung vor anderen haben und gerne helfen. Aber für den Moment bin ich glücklich, dass ich Martina wiedergefunden habe. Ich freue mich jedes Mal, wenn es wieder soweit ist und wir nach Münster fahren und sie besuchen. Außerdem macht es unheimlich Spaß mit Jakob auf dem Aasee Tretboot zu fahren und anschließend noch einen Rundgang auf der Sent zu machen."

„Dann komm, und lass uns endlich dahin gehen, sonst wird er zu müde. Hope sieht auch schon ganz erschöpft aus." Markus legte den Arm um Felicitas und zog sie sanft in Richtung Jahrmarkt.

„Kein Wunder, so wie die mit Trixie herumgetobt ist! Ich finde, Trixie ist zu dick! Sie war schon als Welpe ziemlich verfressen. Aber so sind nun einmal die Labradore."

„Meinst du, Jakob könnte diesmal aufs Kinderkarussell?", fragte der junge Vater und schaute seinen Sprössling zärtlich an.

„Klar, jetzt ist er schon zwei Jahre alt. Du kannst dich ja neben ihn setzen. Auf der Elefantengondel und auch bei der Biene Maja können Eltern mitfahren. Ich würde in der Zeit gerne mal in den Dom gehen und eine Kerze für Jakob anzünden. Dem haben wir unser Glück zu verdanken, dass wir ohne Geldsorgen leben können. Ich bin so glücklich, dass er mir das Haus geschenkt hat und für das Paradies um uns herum. Ich stelle mir gerne vor, wie er vom Himmel auf uns herabsieht und sich freut. Aber er fehlt mir so, und es setzt mir immer noch sehr zu, wenn ich daran denke, was er getan hat. Mich belastet es, dass er geglaubt hat, er täte es für mich."

„Denk nicht mehr daran! Jakob war sehr krank, und er war davon überzeugt, den Männern, die er getötet hat, etwas Gutes zu tun. Es war der Tumor, der hat eine schwere Psychose hervor gerufen. Wenn er doch nur darüber geredet hätte! Selbst Stefan konnte nicht ahnen, was Jakob geplant hatte. Jakob hatte ihm doch nur von schönen Offenbarungen erzählt, und Stefan hat das als Wirken des Heiligen Geistes interpretiert. Niemand hat also Schuld an dem Unglück. Aber geh du nur zum Dom und zünde für ihn eine Kerze an. Er hätte alle Kerzen der Welt verdient!"

Felicitas gab Markus einen Kuss und ging zum Dom. Sie drehte sich noch einmal zu Markus um und rief: „Wenn ich noch nicht am Karussell stehe, dann komm doch zur Kirche!"

Felicitas war nur noch ein paar Meter vom Eingang des gewaltigen Gebäudes entfernt, als sie etwas sah, dass ihr das Blut in den Adern gefrieren ließ. Erst wollte sie sofort umdrehen. Doch dann riss sie sich zusammen. Schon vor Jahren hatte sie sich dazu entschlossen, nie wieder fortzulaufen, schon gar nicht vor Problemen oder Situationen, die ihr Angst machten. Mit wild pochendem Herzen ging sie an der Lumpengestalt vorbei. Die Alte versuchte gerade einen Kirchenbesucher auf sich aufmerksam zu machen und bemerkte sie nicht. Ungehindert konnte Felicitas an ihr vorbei in das Innere der Kathedrale gehen. Sie setzte sich auf die Bank unmittelbar vor dem Altar und flehte um eine Eingebung, wie sie sich verhalten sollte. Plötzlich wusste sie es. Bevor sie wieder zum Ausgang schritt, zündete sie eine Kerze für Jakob an und sprach ein Gebet für ihn.

Markus wartete schon draußen, als sie endlich den Vorplatz betrat.

„Gibst du mir bitte den fünfzig-Euro-Schein, den du noch im Geldbeutel hast?", fragte sie ihn.

Markus zückte das Portemonnaie und gab ihr das Geld.

„Was willst du denn damit?", fragte er überrascht.

„Ich will es der Alten da geben, die im Kircheneingang sitzt und die Leute anbettelt." Felicitas Stimme klang nicht so, als habe sie Mitleid mit der zerlumpten Frau, die jedes Mal flehend sie Hand ausstreckte, sobald jemand die Kirche betrat oder wieder herauskam. Markus fragte mehr als verwundert: „Jetzt versteh ich gar nichts mehr! Wenn du das so wütend sagst, dann frage ich mich, warum du der Bettlerin dann gleich fünfzig Euro in den Teller werfen willst!"

„Das erkläre ich dir später mal in Ruhe! Aber ich muss das tun, damit ich endlich auch mit dem Rest meiner dunklen Vergangenheit abschließen kann, und es gibt Menschen, denen man nie etwas schuldig bleiben sollte, schon gar nicht Geld." Markus zuckte mit den Achseln und ließ Felicitas tun, was sie zu tun hatte. Außerdem tat ihm die Bettlerin trotz allem leid. Sie hatte beide Füße amputiert und besaß nicht einmal Prothesen. Die Stümpfe waren nur mit ein paar Lumpen umwickelt.

Felicitas straffte ihre Schultern und ging erhobenen Hauptes zu der Alten hin. Im Gegensatz zu Markus sah sie die beiden Prothesen, auch wenn sie unter den Lumpen verborgen waren. Sie wusste, dass Ellen sehr wohl damit laufen konnte. Aber die Katze ließ das Mausen nicht. Mit den umwickelten Stümpfen ihrer Unterschenkel lohnte sich das Geschäft wieder. Ellen würde sich nie aufs Altenteil setzen, solange sie ihren Reichtum vermehren konnte.

Als Felicitas der Alten den Fünfzig-Euro-Schein in die ausgestreckte Hand legte, sah Ellen zu ihr hoch. Für einen winzigen Augenblick erkannte Felicitas die Angst in ihren Augen. Doch dann verwandelte sich ihr Blick, nackter Hass schlug der jungen Frau entgegen. Felicitas fror, trotz der Hitze bekam sie eine Gänsehaut. Eilig wandte sie sich ab. Nach wenigen Metern verspürte sie nur noch Mitleid. So einsam, kalt und freudlos Ellens Leben begonnen hatte, so würde es auch enden. Aber hatte nicht auch sie einmal die Möglichkeit gehabt, sich anders zu entscheiden?